D1292388

LOS HIJOS DEL TIEMPO

Ana Colchero

D.R. © Ana Colchero, 2012
c/o DOSPASSOS Agencia Literaria

D.R. © De esta edición:
Santillana Ediciones Generales, SA de CV
Av. Río Mixcoac 274, Col Acacias,
CP 03240, México, D. F.
www.sumadeletras.com/mx

Diseño de cubierta: Ramón Navarro
Fotografía de la autora: Rai Robledo
Lectura de pruebas: Jessica Martín del Campo

Primera edición: julio de 2012

ISBN: 978-607-11-2063-2

Impreso en México

Queda prohibida, salvo excepción prevista por la ley, cualquier forma de reproducción, distribución, comunicación pública y transformación de esta obra sin
contar con la autorización de los titulares de la propiedad intelectual. La infrac-
ción de los derechos mencionados puede ser constitutiva de delito.

PRIMERA PARTE

Cuando no hay esperanza para el futuro,
el presente se tiñe de una infame amargura.
ÉMILE ZOLA

En la partícula más pequeña se encuentra
el reflejo del universo entero.
LEIBNIZ

I

Un ritmo metálico y armonioso invadía la oscuridad del subsuelo. Los oxidados raíles del viejo metropolitano vibraban al compás de las percusiones que Cotto, un adolescente gigantón de expresión bobalicona, hacía sonar con dos tubos de acero al ritmo del sempiterno vaivén de su cuerpo desproporcionado y bestial. El sonido se propagaba desde la vía abandonada del metro bajo la calle 72, hasta las cloacas y la red de tuberías, por donde se rumoraba que había corrido el vapor de las fábricas situadas a las afueras de la ciudad, y que, como fulgores fantasmales, salían a las calles por el alcantarillado.

Desde un nicho horadado en la pared cóncava del túnel, a pocos pasos del gigantón, brotó una potente voz:

—¡Cotto! ¿Dónde está el agua filtrada?

La pregunta provenía de Rudra, un niño tullido que reptaba como una iguana, impulsando con las manos enfundadas en varios trapos un cuerpo que parecía carecer de articulaciones. Sus brazos eran exageradamente largos y las descoyuntadas piernas languidecían en la marcha como una cola de anfibio. Para proteger su frágil columna, Rudra se fajaba el encorvado torso con un sinfín de telas gastadas.

Enmarcados por un rostro ceniciento, sus vivaces ojos negros oteaban el entorno mal iluminado por una pálida tea clavada en lo alto del muro.

A pocos centímetros de Cotto, que seguía en su incesante rutina musical, Rudra vislumbró el ánfora que buscaba. Había tardado muchas horas en filtrar el fango a través de una piedra porosa hasta obtener aquel líquido cristalino. Qué ganas de lamer el rocío en los bordes de la vasija y beber despacio el agua fresca, saboreando los minerales que se habían disuelto por la filtración. Pero ahora debía utilizar el agua para fines más elevados. Tomó la vasija con la mano derecha y haciendo equilibrio para no derramar el contenido, se arrastró penosamente impulsando su cuerpo con el antebrazo izquierdo.

En la estación contigua, bajo la débil luz que se filtraba por el respiradero, una vieja devoraba con la vista las páginas de un libro amarillento. Rudra, con su tesoro líquido bien sujeto, se acercó cauteloso a la entrada esperando a que la vieja levantara el rostro.

Varias semanas atrás Rudra había encontrado a la anciana hojeando eso que llamaban libro y que los topos usaban ocasionalmente para alimentar el fuego. Notó con asombro que cuando la vieja miraba aquellas hojas llenas de extrañas inscripciones, susurraba palabras en voz queda, como si el libro le dictase frases al oído que luego ella repetía. Le intrigó tanto que se dio a la tarea de buscar papeles marcados con esos pequeños símbolos negros, para ver si a él también le decían algo. ¡Necesitaba comprender lo que había en esos libros! Empeñado en descubrir el misterio, se puso a observar a la vieja, con disimulo primero y luego con descaro, a pesar de los insultos que ella le profería cuando se percataba de su presencia.

Tras varios días sumido en la fascinación por aquellos signos, de pronto, como la sorpresiva luz de un relámpago en la noche, Rudra comprendió que las páginas estaban cuajadas de… ¡palabras! ¡Sí, palabras que tenían otra manera de existir y trascender! ¡El lenguaje, como él lo había aprendido escuchando hablar a los topos en los túneles, también podía guardarse en una hoja mediante símbolos, y viajar y contar historias de otros tiempos, de otros seres!

A partir de ese momento, la excitación del tullido fue tan grande que se obsesionó con la idea de descifrar algún día todos aquellos libros desechados por los uranos. Robaba a los dalits papeles útiles para avivar las hogueras, pensando que rescataba de la desaparición algún descubrimiento o suceso trascendental que de otro modo se perdería para siempre en el olvido; y hasta soñó que aquellos símbolos incomprensibles bailaban díscolos, resistiéndose a ser dominados por él.

Mientras aguardaba un gesto de distracción de la vieja, Rudra miró curioso sus mejillas macilentas; los mechones grasientos y ralos, entre los que había pocas canas a pesar de su edad; el rictus amargo de su rostro surcado de arrugas y aquel cuerpo encogido que contrastaba con unas manos aún tersas cuyos dedos manipulaban con suavidad las hojas del libro.

De pronto, la vieja se revolvió molesta; por el respiradero la luz decrecía y le fatigaba la vista. "Quizá se mude a otro túnel para sisar un poco de claridad —pensó Rudra—. ¡Ahora es el momento!". Con movimientos suaves comenzó a arrastrarse.

Al guardar el libro entre sus ropas, la vieja percibió al tullido y le espetó:

—¿Otra vez tú, Cuasimodo? ¡Lárgate!

—Te la doy toda, pero enséñame a entender los libros —irrumpió Rudra, mostrándole el agua filtrada del botijo.

—Te he dicho que no. ¡Vete!

Cuando la vieja se hubo levantado, le dio a Rudra una leve patada en el espinazo. Una vez más lo echaba a puntapiés. Pero él no estaba dispuesto a dejarse vencer; tarde o temprano conseguiría que la mujer le enseñara a leer.

Era la única lectora que conocía en el subsuelo y estaba dispuesto a todo para que la maldita vieja cediera. Mientras su enorme amigo Cotto le procurara el alimento de los basureros, lo abasteciera de agua y lo protegiera, él intentaría descubrir, por medio de sus libros, los secretos del mundo urano en la superficie. "Esta vez no será —pensó—, pero mañana insistiré de nuevo".

Necesitaba un rayo de sol para sobreponerse a esta nueva negativa de la vieja. Se asomaría para ver el ajetreo en las calles del lado este de la isla, donde trabajaban y se divertían los uranos. Quería sentir el sol en la cara, pese a los dolores que sufriría al salir a la superficie, pues él, como todos los dalits, adolecía de ceguera fotofóbica ocasionada por hipersensibilidad a la luz, la cual les permitía ver en la tiniebla más cerrada, pero era la causa de que la luz del sol les provocara un intenso dolor en los ojos. ¡Cómo ansiaba ser como los thugs, esos pocos dalits que habían decidido vivir en los escasos escondites que la ciudad ofrecía a quienes osaban dejar los túneles! Tanto admiraba Rudra a los que huían del subsuelo, que deseaba fervorosamente ser uno de ellos, aun a costa de separarse de Cotto, quien había salvado su vida cuando era un recién nacido. Tampoco le importaba perder las ventajas de moverse mejor que nadie por los túneles, pudiendo atravesar los pasadizos más estrechos, gracias a su desarticulado cuerpo; ni le preocupaba enfrentarse a la repulsión y al terror que su presencia provocaba a los uranos, pues él no solamente era un dalit, un mutante despreciable y peligroso para la casta superior, sino un topo contrahecho y grisáceo, una especie de aborto humano, que por circunstancias extraordinarias, había logrado sobrevivir.

Rudra atravesó Central Park por la red de cañerías. Al llegar a la altura de la Quinta Avenida, se resbaló como una anguila por el albañal mohoso que los topos habían abandonado mucho tiempo atrás por considerarlo peligroso y que sólo él utilizaba. Durante la noche había nevado y la luz era muy brillante ese día. Los destellos del sol que se filtraban por la atarjea dieron con fuerza en el rostro de Rudra. El dolor en sus ojos lo hizo tomar conciencia de la cantidad de días que llevaba sin salir del subsuelo y se frotó los párpados con los puños.

Desde donde se encontraba podía atisbar el movimiento de las calles heladas. Era la hora en la que los uranos volvían a su trabajo después de comer en restaurantes con grandes ventanales. Era también el momento del día en que más coches circulaban; en esa avenida, la más transitada, al menos diez por minuto.

Quizá vagaría todo el día esquivando a los desalmados gurkhas, guardianes de los uranos, y pernoctaría en la superficie, ¿por qué no? Lo subyugaba el deseo —aún mayor que su miedo— de sentir en la cara el viento helado proveniente del ancho río. Pensaba en arriesgarse y llegar hasta aquel mirador donde una vez admiró en el delgado horizonte zarco, enmarcado de plata, la imponente estatua de mujer que parecía emerger de las aguas. Se le había quedado grabada con fuego en la memoria y soñaba con alcanzarla a nado algún día para subir hasta su fría antorcha.

Cuando bajó la afluencia de transeúntes, Rudra comprobó que sólo un par de uranos rezagados caminaban presurosos. A pocos metros de su posición detectó un buen escondite bajo una pequeña estatua ecuestre a la que podría deslizarse en segundos.

Esperó en el albañal a que el sol bajara del cenit y entonces movió la pesada rejilla. Levantó varios centímetros la tapa de la alcantarilla para echar un último vistazo: la calle estaba despejada; todos habían vuelto a los edificios.

Posando las inútiles piernas en un escalón empotrado del albañal, Rudra plantó los codos en el borde de la boca del colector e impulsó el cuerpo hacia fuera. Sus pies, que oscilaban como colgajos estorbosos, se lastimaron al recibir el golpe del metal al caer. Cuando hubo sacado del todo su monstruoso cuerpo de lagarto, comenzó a reptar por en medio de la calle, pero una extraña sensación le hizo girar la cabeza. Frenó la marcha y su mirada se encontró con unos ojos más azules que el cielo vedado para los dalits: los ojos de un muchacho urano que lo miraban con estupor desde el interior de un coche detenido junto a la acera. Estaba solo dentro del vehículo y al verlo permaneció inmóvil, como hipnotizado. Rudra, olvidando el peligro, se detuvo y admiró largamente al muchacho: su pelo rubio, corto, brillante; la piel clara; las facciones armónicas… De golpe, la mirada llena de horror y asco del urano le hizo comprender el riesgo mortal que corría y se arrastró a toda prisa para internarse en el parque.

II

Cliff no acababa de comprender si había sido una ensoñación o en efecto había presenciado la aparición de una bestia repulsiva salida de las alcantarillas. "Seguro que se trata de un dalit, un mutante —pensó—, pero me ha mirado con una intensidad casi humana".

Ya antes su padre le había mostrado algunos topos, pero nada más de lejos. Cliff casi nunca salía del protectorado y solamente en la ciudad los dalits emergían de vez en cuando de las cloacas o las mazmorras del metro abandonado hacía décadas.

Con el corazón latiendo con fuerza por el incidente, esperó impaciente a que su padre volviera de una rápida diligencia en el Museo Metropolitano. "Habiendo gurkhas por todas partes, ¿qué peligro puede representar para mí un infrahumano y aberrante dalit? —se decía, tratando de calmarse—. ¡Él sí que tiene miedo de mí!".

Y sin embargo, Cliff se daba cuenta con horror de que no había percibido miedo en los ojos de aquel dalit.

Dio un respingo al escuchar el accionar de la portezuela. Su padre subió al coche y programó la marcha en dirección al protectorado en los linderos de la ciudad. Los uranos que regresaban a casa del trabajo por las vías rápidas que conectaban la ciudad a los protectorados se relajaban cómodamente en sus asientos, haciendo uso del piloto automático de sus vehículos eléctricos.

Flanqueado por el East River y Central Park, el lado este de Manhattan concentraba el grueso de las oficinas empresariales, las tiendas lujosas, los restaurantes y hoteles, los museos y las salas de espectáculos; el lado oeste había sido derruido casi por completo varias décadas atrás. Múltiples espacios verdes crecían entre los edificios; hacía años que había terminado la rehabilitación de la ciudad y ya se veían árboles adultos en los solares donde antiguamente hubo inmensos rascacielos. Ahora, a diferencia de antaño, la imagen de la urbe era amable y distendida, como el resto de las ciudades en todo el mundo.

Henry encendió la pantalla interactiva y buscó el canal de noticias. Se había alcanzado un récord histórico de tres por ciento de crecimiento económico desde el invierno anterior. Y más importante aún: los uranos habían rebasado el índice de natalidad esperado en ese mismo periodo. No podían estar más satisfechos… Con pesar, el locutor anunció que uno de los más famosos cantantes de música pop había fallecido en un insólito accidente automovilístico; se sospechaba que conducía imprudentemente sin piloto automático cuando su cuerpo salió expelido del coche al estrellarse contra un árbol… El Consejo anunciaba que la cosecha de los nanovegetales había alcanzado los volúmenes más altos de la Neohistoria y proclamaba el éxito en los trabajos de mejoramiento de la central nuclear que abastecía de electricidad a la zona… Tras el atentado dalit que había destruido la catedral de San Patricio, los trabajos de reconstrucción estaban terminados, y se llevaría a cabo una celebración por todo lo alto.

—Este domingo no podemos faltar al servicio del reverendo Wilkings, pero después iremos a dar la enhorabuena a los católicos por la reapertura de su catedral. No te olvides —indicó Henry a su hijo.

Cliff estaba tan ensimismado que ni siquiera escuchó a su padre.

—¿Qué te pasa?

—Nada —mintió Cliff para no tener que relatarle a Henry la aparición del topo y dar pie a un discurso aleccionador interminable sobre las hazañas de su abuelo, venerado prócer de la Gran Cruzada contra los dalits.

Según la leyenda familiar —que Cliff había conocido apenas dos años atrás, cuando cumplió los quince—, su abuelo paterno se había erigido en el Consejo como uno de los artífices más prominentes en la proscripción de los gobiernos y las fronteras nacionales durante el Exterminio dalit, cuando el Consejo había tomado definitivamente el control del planeta. "El mundo como tú lo disfrutas —le había explicado su padre— es el resultado de la gesta heroica de los miembros del Consejo, los arcontes, que hemos luchado en el anonimato por edificar un mundo noble para todos los uranos desde antes del inicio de la Neohistoria, que, como bien sabes, arranca a principios del siglo con la Cruzada Mundial: la gran respuesta al ataque terrorista en nuestra ciudad y que remata con el Exterminio Final".

No obstante todas estas lecciones, Cliff se daba cuenta de que Henry evitaba responder a muchas de sus preguntas, entre ellas, la razón por la cual el Consejo, pletórico de armas y recursos, que además dirigía el sistema financiero del planeta, no terminaba de una vez por todas con los seres del inframundo.

Cliff salió de sus reflexiones cuando se abrieron las verjas eléctricas del protectorado norte. Sintió un gran alivio al ver ese parque salpicado de alegres hogares, donde ningún dalit había entrado nunca; donde no existían ni túneles ni grandes cloacas que permitieran fermentar su existencia.

Sonrió al ver jugar a los pequeños con la nieve en los jardines que circundaban las casas, muchos de ellos convertidos en huertos frutales florecientes en otra época del año. Pocos años atrás, él y su hermano todavía trepaban a esos mismos árboles, burlando la vigilancia de los mayores.

A lo lejos destellaban las luces de la animada plazoleta donde solía concentrarse la vida social y comercial de todos los protectorados.

—Me pararé un momento para que bajes por mi revista semanal —indicó Henry a su hijo.

—¿*La Opinión*?

—Sí.

—No sé por qué lees en papel —comentó Cliff entre risas.

La lectura en papel había sido una excentricidad de su padre toda la vida, aunque ahora se había puesto de moda entre los uranos leer el periódico y las revistas como en los viejos tiempos. Cliff prefería verlo todo en pantalla u holograma, aunque sabía que al entrar en la universidad realizaría muchas de sus consultas en libros antiguos.

Ansiaba ser historiador, algo sumamente inusual entre los jóvenes uranos que solían inclinarse por la ciencia o la tecnología. Sin embargo, desde pequeño, Cliff había mostrado una gran avidez por conocer el pasado y creía que la historia le sería de mucha utilidad cuando sustituyera a su padre como arconte.

—Aprovecharé para comprarme un nuevo proyector de hologramas. El mío está ya un poco atrasado —dijo Cliff.

—Ven tú mañana —replicó su padre—. No tengo tiempo para esperarte.

—Es sólo un instante, de verdad —suplicó Cliff.

Subiéndose el cuello del abrigo, bajó como un bólido hacia el monitor de la tienda de autoservicio y tecleó en un segundo su pedido. Colocó el pulgar sobre el escáner y éste comprobó el código de Cliff para abonar el importe. Luego, dio la vuelta para hacer lo mismo en la maquinita de ediciones impresas y tomó *La Opinión*. Aguardó a que el reloj digital terminara su cuenta regresiva: cuatro, tres, dos, uno. La cajita con el proyector salió, la tomó antes de que subiera por la banda al mostrador y en unas pocas zancadas llegó al coche donde su padre lo esperaba impaciente.

En realidad, Cliff no necesitaba un nuevo proyector, pero el percance con el dalit lo tenía muy alterado y la compra lo apaciguó. A diferencia de los jóvenes uranos comunes, Cliff y su hermano, por ser patricios, podían adquirir cuanto se les antojara sin autorización de ningún adulto, siempre y cuando lo hicieran con discreción. Los arcontes y sus familias, conocidos como patricios, gozaban de beneficios extras con respecto a los uranos comunes, pero lo hacían con prudencia, pues por razones de seguridad debían mezclarse entre los uranos más acaudalados sin revelar su identidad. "Todos los uranos gozamos de los mismos beneficios —repetía una y otra vez la propaganda mediática del Consejo—, y cada uno debe sacar el máximo provecho de su condición de urano, compitiendo por su posición social y profesional en el marco de las normas establecidas por el Consejo". Esto era verdad para los uranos comunes, pero los arcontes y sus familias patricias se otorgaban generosas recompensas por desempeñar el papel de rectores de la sociedad urana. Camuflados como empresarios y profesionales adinerados, gozaban de prebendas y canonjías por encima del resto de los uranos, quienes aceptaban sin reservas la supremacía de los patricios, a cambio de la estabilidad y el progreso que el Consejo les garantizaba. "Tras la Cruzada Final sobrevivimos los aptos, los imprescindibles, y sucumbieron casi por completo los parias mutantes; ahora debemos hacer florecer nuestra era, la Neohistoria, luchando sin cuartel contra nuestras debilidades y enalteciendo la procreación de la raza urana". "Dios, que vela por nosotros, exige que cuidemos con celo de nuestros hijos y de nuestro planeta". Ésas eran las consignas del Consejo que se repetían sin cesar por el mundo en todos los idiomas.

El señor Heine se puso cómodo para leer el índice de *La Opinión*. A su lado, armando el nuevo proyector de holograma tridimensional y sensorial, Cliff trataba de olvidar a aquel dalit contrahecho que lo había mirado.

El coche paró frente a la casa. Ambos bajaron y con una leve presión se abrió la puerta de entrada. El picaporte llevaba tiempo averiado; nadie se ocupaba de esos detalles desde hacía siete largos años.

Al entrar al vestíbulo, Henry admiró la belleza de su mujer en aquella fotografía que él mismo había tomado el día de su nombramiento como "esposa del año". Curiosa distinción para una mujer que únicamente había logrado procrear dos hijos, pensó Henry, y recordó con nostalgia los esfuerzos de Sandra por compensar esa carencia con sus grandes virtudes de madre y esposa hasta el día de su muerte.

Sam no había llegado aún y sólo faltaban cinco minutos para las seis de la tarde, momento en el que sonaría la señal anunciando la entrada de la cena por el riel de servicio. La víspera, Cliff se había empeñado en programar en el horno cuántico, atún con espuma de espárragos, a pesar de que habían comido lo mismo la semana anterior. Cansado de discutir, su padre había aceptado el menú sin rechistar. A Sam le daba igual; no era un sibarita como su hermano Cliff.

Henry se esforzaba por fluctuar con naturalidad entre las contrastantes personalidades de sus dos hijos. Se veía reflejado en ambos: Sam, el mayor, era fuerte y desenvuelto, aunque un poco cabeza loca; Cliff, dos años menor, era perceptivo y ambicioso, pero un tanto prudente.

Cuando sus hijos cumplieron los quince años, Henry, como exigía el reglamento interno del Consejo, les reveló que pertenecían a una familia patricia, y dado que él era el arconte de la dinastía Heine, en un futuro no muy lejano, uno de ellos ocuparía su puesto. Esa revelación marcó definitivamente a los hermanos, pero a ninguno parecía quitarle el sueño la competencia a la que se enfrentarían, pues cada uno estaba convencido de que sería el sucesor de su padre. Sin embargo, Henry no había tomado una decisión. La vocación de historiador de Cliff podía granjearle simpatías dentro del Consejo, cuyos miembros ponían mucho hincapié en preservar la memoria colectiva de los uranos. Mientras que Sam, como químico industrial en ciernes, contaba con el perfil idóneo para dirigir con éxito una corporación tan compleja como la industria farmacéutica de la familia.

—Las seis y cinco... ¡Esta vez tu hermano tendrá un problema serio conmigo! —gruñó Henry—. Vamos a la mesa.

El salón comedor constituía uno de los puntos neurálgicos de la vida familiar urana y en la casa de los Heine no era la excepción. Separado del extenso jardín por una vidriera corrediza, en verano podía convertirse en una alegre terraza soleada. La prístina mesa de vidrio esmerilado estaba circundada por seis sillas confortables y tapizadas en nanotextiles de alegres flores. El servicio se guardaba en una opulenta vitrina de caoba tallada, conservada desde el siglo XIX por la familia Heine. Ése era el único mueble de la casa que había que limpiar como en los viejos tiempos. Todos los demás estaban fabricados con materiales que jamás se ensuciaban, excepto cuando llegaban a romperse. Gracias a los adelantos de la tecnología doméstica, los tres hombres de la mansión Heine se ocupaban sólo de preservar cierto orden para que la casa —aunque un poco pasada de moda— permaneciera siempre impecable. El jardín estaba al cuidado de Henry desde la muerte de Sandra; los fines de semana que no iba a la casa de la playa, se solazaba mimando las acacias en invierno y los rosales en verano.

Aunque sabía que su padre no le permitiría a Sam sentarse con ellos si no llegaba en los próximos minutos, Cliff puso la mesa para tres.

Escucharon el leve ronroneo de un motor eléctrico. Segundos después Sam entraba corriendo como un caballo desbocado.

—¡Ya sé, soy un mal hijo...! ¿Me perdonas? Por favor —imploró zalamero a su padre.

—Déjate de historias —replicó Henry—. Termina tú de poner la mesa y abre el vino. Pero es la última vez que te lo tolero.

—Sí, sí... Está bien —aceptó Sam.

Ocuparon sus asientos y unieron las manos como lo hacían en todas las comidas.

—Gracias, Señor, por estos alimentos. Danos fuerza para enfrentarnos a nuestras flaquezas y ayúdanos a mantener unida esta familia. Amén —concluyó Henry.

Irguieron la cabeza y comenzaron con el aperitivo de siempre: una tabla de los quesos favoritos de Henry, frutos secos, una lata de vieiras y una hogaza de pan; todo acompañado con vermú rojo para él. Al terminar pusieron los platos del aperitivo en la banda móvil que los transportó a la cocina y sirvieron el atún.

—¿Qué día acabas el curso? —preguntó Henry a su hijo mayor.

—El viernes próximo.

—¿Y tú? —preguntó de nuevo, dirigiéndose a Cliff.

—Lo mismo.

—Como hemos hecho estos últimos dos años, trabajarán conmigo en los laboratorios durante las vacaciones de invierno —indicó Henry.

—¿Nos vas a poner a prueba otra vez? —preguntó Sam con un tono burlón.

—En efecto —respondió Henry, y aprovechó para ponerlos al tanto de los últimos productos que el laboratorio sacaría al mercado—. En menos de un mes, Radium, la empresa a la que le subcontratamos los excipientes, nos entregará las nuevas nanocápsulas que se absorben de manera instantánea. ¡Son sorprendentes!

Henry sirvió el vino para él y su primogénito; Cliff, que era aún menor de edad, no tenía autorización para beber alcohol. El resto de la comida transcurrió en silencio. A la hora de los postres, Henry se dirigió a su hijo mayor con tono severo:

—Sam, llevo días esperando a que termines con la inaceptable situación en la que te has metido…, pero como no lo has hecho, no me dejas otra salida…

—¿De qué se trata, papá? —preguntó Sam, extrañado.

—Vas a dejar de ver a la urana rubia con la que estás saliendo desde hace un mes.

—¡¿Cómo lo sabes?! —exclamó Sam, azorado.

—El Consejo lo sabe todo… Terminarás con ella mañana mismo —ordenó Henry—. Sabes bien que te vas a casar con una patricia. Espero que con una de las hijas de Richardson. Así que no te entusiasmes con esta urana porque sólo nos traerá problemas… Tienes poco tiempo para divertirte antes de terminar tu carrera y casarte, aprovéchalo… Y no te lo voy a repetir: deja a la urana enseguida.

—¡Te aseguro que no es nada serio! —replicó Sam sobresaltado—. Únicamente es una chica para pasar el rato, nada más.

—Eso es justamente lo que me preocupa —afirmó Henry—. ¡Podrías dejarla embarazada, ¿y qué haríamos entonces?!

—¡No exageres! Eso no va a pasar… ¡Qué intransigencia…! Al menos antes de ser arconte debería poder divertirme sin cortapisas.

—Sigue con esa actitud y perderás la oportunidad de ser mi sucesor —dijo Henry con toda la carga que esto implicaba—. ¡Pero de cualquier modo, ningún patricio se ha casado jamás fuera de las familias, ni lo hará! Así que no tientes a tu suerte… Deja a esa joven… No quiero que termine lastimada.

—Sí. Tampoco yo quiero que corra la suerte de Rosy… —dijo Sam con voz apagada, sin levantar la vista del plato.

—¿Cómo dices? —preguntó Henry.

Después de una pausa dubitativa, Sam se arriesgó a desafiar la ira paterna.

—Me refiero a la novia de Patrick, el hijo menor de los Richardson, justamente. Cuando el Consejo se enteró de que un patricio había dejado embarazada a una urana común, la hizo desaparecer junto con toda su familia… Así que no te preocupes, haré lo que me pides.

—¡¿Rosy desapareció?! —preguntó Cliff impactado.

—¿Quién te contó eso? —inquirió Henry.

—El mismo Patrick me lo dijo llorando.

—¡No sé nada sobre semejante asunto! —replicó Henry visiblemente alterado—. ¡Doblemos la hoja!

Los hermanos dejaron casi intacto el postre y se retiraron después de dejar todo en orden.

"Qué nochecita me espera. No podré pegar ojo", pensó Cliff al entrar a su habitación, en la que por fortuna no se encontraba su hermano, que había salido al jardín a pesar del frío. No iba a procesar con facilidad tan confusa información y tanta soterrada violencia.

Apremiado por encontrar algo en que entretenerse, sacó su recién adquirido proyector de holograma, lo puso en sintonía con su computadora central y se colocó el visor sensorial para internarse en Oniria, el espacio de la red donde los uranos podían vivir una vida paralela mediante sus álter ego virtuales. Meses atrás, Cliff había creado el suyo, Cid, un joven apuesto y muy popular entre los grupos uranos más sofisticados. Se encontraba donde Cliff lo había dejado la última vez: en un lujoso ático con vista a Central Park.

En su nutrido armario, Cid encontró un atuendo perfecto para salir de fiesta. Acicalado con esmero se teletransportó a la discoteca virtual de moda, donde el exuberante precio que debían pagar los miembros vedaba la entrada a cualquier arribista. Halló el sitio repleto de jóvenes álter ego desenvueltos, bellos y exquisitamente ataviados. Cliff ansiaba encontrarse con alguna linda urana dispuesta a compartir una velada de intensas reflexiones, y quizá, ¿por qué no?, a escapar de la vigilancia virtual para teletransportarse a un sitio secreto donde poder besarla. Pero esa noche el espacio virtual ofrecía un concierto largamente esperado por todos y ninguna chica parecía dispuesta a perdérselo. ¡Qué mala suerte! Podía viajar a otros sitios interesantes en Oniria, pero como esa noche Cliff no estaba con ánimo de explorar, congeló a Cid y se quitó el visor.

Resignado a enfrentarse a una larga noche sin entretenimiento alguno para escapar del desasosiego, Cliff comenzó a recapitular los inusuales sucesos de ese día: había visto un dalit; había presenciado una acre discusión entre su padre y su hermano, algo insólito en un hogar donde el respeto a los mayores era sagrado; y acababa de enterarse de que el Consejo tenía por norma hacer desaparecer a los uranos que le estorbaban.

Sintió horror al pensar en la violencia que habrían empleado para detener a Rosy y a su familia. Si bien los gurkhas ejercían la fuerza física para preservar el bienestar urano, eran los arcontes quienes daban las órdenes y los responsables de sus acciones.

Cliff sentía cierto desprecio por los enérgicos guardianes del orden, a pesar de que Henry había tratado de inculcarle respeto hacia ellos. Desconfiaba por instinto de esos mercenarios altamente entrenados, que desde los inicios de la Neohistoria preservaban la seguridad de los arcontes y sus protegidos, sin responder a tratados internacionales o institución gubernamental alguna. Por varias lecturas, Cliff se enteró de que los antiguos gurkhas, poco antes de la proscripción de los gobiernos nacionales, habían desplazado por entero a policía y ejércitos, probando desde entonces su lealtad al Consejo. Desde ese momento, su rango sólo podía ser heredado de padres a hijos. La marca de su estirpe los convertía en una casta inferior a pesar de vivir entre los uranos, quienes sin embargo, los respetaban y temían, pues eran los exterminadores de dalits y centinelas del orden mundial. Pero Cliff, al enterarse de que esta vez habían actuado contra una amiga cercana, sintió como si su propio padre hubiera ejecutado la desaparición de Rosy y su familia, y no los gurkhas.

Cliff percibió que su habitual aplomo había desaparecido. Ahora miraba con descarnada claridad los sinsabores de ser un heredero a arconte.

III

Como cada tarde al acercarse el ocaso, agazapadas en el breve espacio de una vieja cañería desenterrada, Zeit y su madre aguardaban el chirrido penetrante que les anunciaría el momento de salir corriendo.

—Duérmete un rato —ordenó la madre, aterida.

La niña, obedeciendo a regañadientes, se arrellanó en el regazo de Gea.

Querían ser las primeras en entrar al basurero, pues llevaban dos noches sin probar bocado. A Gea los músculos acalambrados le respondían apenas, y la boca de Zeit se había resecado hasta convertirse en un hueco arenoso, lleno de pequeñas grietas.

Fijos en la nada, los inmensos ojos negros de la niña luchaban contra el sueño. Su respiración desacompasada le reveló a su madre que todavía estaba despierta.

—¡Duérmete!

Sin quitarse el guante pringoso que sólo conservaba dos dedos completos, Gea acarició mecánicamente el pelo trasquilado e hirsuto de su hija, y aun cuando sus uñas tropezaron con algún piojo, contuvo su costumbre de espulgarla. Zeit se dejó vencer por el débil sosiego de la duermevela.

Al poco rato, Gea sintió un estremecimiento al escuchar el bullicio que crecía en sordina alrededor de su escondite. Por la posición en la que se encontraba no podía verlos, pero sabía que los dalits asediaban por todos los rincones, atisbando a través de las rejillas del alcantarillado o tras los despojos que abarrotaban las proximidades del basurero en Morningside Heights. Sin embargo, ellas estaban a pocos pasos del vertedero y tenían bien detectado el orificio en la alambrada por donde entrarían antes que los demás dalits.

A lo lejos se escuchó un sonido estridente que despertó a Zeit. Desde las alturas, la pala mecánica soltaba su irregular lluvia de desperdicios. Era el momento de iniciar la carrera.

—¡Corre! —gritó Gea.

Veloces y a ras de suelo, imitando a las lagartijas, Zeit y su madre se lanzaron al boquete en la cerca de la calle 110. Nada más traspasar la entrada se detuvieron en seco al escuchar el grito desgarrador de un hombre que se había adelantado a los demás. La voz del dalit se ahogó bajo el último alud de desperdicios, al tiempo que los dedos de su mano derecha se asomaban en la cresta del montículo, como queriendo atenazar algo invisible, finalmente se crisparon, para enseguida desaparecer.

Zeit y su madre habían perdido su privilegiado lugar, pues otros corrían ya cuesta abajo aprovechando el desconcierto.

—¡Ve al fondo! —gritó Gea.

La niña supo lo que tenía que hacer. Corrió con la ligereza que le permitía su delgadísimo cuerpo y llegó a un espacio todavía virgen esa noche. Hurgó con método, olfateando los desechos y palpando los materiales. Gracias a los arbotantes de Morningside Drive que bañaban con su tenue luz el interior del basurero, pudo sortear los afilados bordes de las latas abiertas y los vidrios rotos; para el resto del trabajo sólo necesitaba el tacto y su aguzada nariz.

Tres manzanas a medio pudrir dentro de una bolsa. ¡Muy bien! Ahí dentro metió también dos envases con residuos secos de un postre que podrían rebañar. Y lo mejor de todo: varios huesos de cerdo.

Buscó a su madre con la mirada. Caminó en círculos sin alejarse demasiado, pero Gea no aparecía por ningún lado. Sintió que los dalits la miraban con suspicacia, sospechando que guardaba algo valioso dentro de sus ropas y se puso a fingir que seguía dragando en los desperdicios. Rodeada de seres grises, roñosos, medio ciegos, encorvados y frenéticos, alzó la cabeza para escrutar entre las dunas de basura, hasta que una mano tiró de ella.

—¿Encontraste algo? —preguntó Gea.

—Sí —respondió.

Salieron por el mismo hueco de la cerca por donde habían entrado. La madre guió la marcha tomando a Zeit del brazo con fuerza. A esa hora, la más peligrosa de la noche, el mejor modo de regresar al subsuelo era por los colectores abiertos de Central Park, pero para ello debían cruzar la avenida Manhattan, una calle demasiado peligrosa por la profusa iluminación y la vigilancia de los gurkhas montados en sus coches patrulla. Al atravesarla, Gea cerró los ojos, cegada por las brillantes luces, y Zeit hizo de guía. Al ver una patrulla con dos gurkhas que se aproximaban despacio, lanzando un haz de luz desde el toldo a un lado y otro de la calle, se metieron debajo de un solitario vehículo estacionado. Pegaron sus cuerpos al chasis helado del coche, doblando los antebrazos en los ejes para sostenerse. Cuando escucharon al vehículo alejarse, la chica se dejó caer, atisbó en todas direcciones, y tomando de la mano a su madre corrieron hacia la espesa enramada que coronaba la entrada del parque. En la penumbra Gea pudo al fin abrir los ojos. No habían avanzado más que unos pasos cuando percibieron algo que se movía a su derecha entre los setos colmados de escarcha. Se detuvieron, expectantes. Un dalit viejo y menudo, que cargaba un hatillo de tela raída en la espalda y una caña que hacía las veces de bastón, salió asustado de su escondite lanzándoles una fiera mirada y cruzó frente a ellas hasta desaparecer en la negrura de la arboleda.

Al no detectar ninguna patrulla de gurkhas a caballo, madre e hija agilizaron el paso hacia la boca del colector que tan bien conocían. Levantaron la alcantarilla desportillada por el uso diario y al entrar les asaltó de lleno el acre tufo a humedad que todo lo invadía; ese relente que impregnaba en las paredes plomizas del subsuelo los sedimentos de sus habitantes, y que propagaba la peste de los cuerpos en descomposición, las heces diseminadas y el sudor.

—¡Tengo hambre! ¡Voy a comer! —dijo la niña impetuosa antes de llegar a su nueva guarida en los pasadizos, excavados por los dalits para conectar en varios puntos el drenaje con los túneles del metro.

—Espera —respondió Gea.

—¡No! —exclamó Zeit, y se sentó en medio de la fría y densa oscuridad.

Sin esperar la aprobación de su madre, metió la mano en la bolsa de plástico, se llenó el puño con los restos de las manzanas y los devoró con ansia. Le tendió el envoltorio a Gea, y ésta, resignada ante la determinación de la chica, tomó también un puñado.

A tientas, Gea se cercioró de que hubiera espacio suficiente para acurrucarse fuera del paso de los dalits que volverían de los basureros en cualquier momento. Por suerte, al fondo había un desnivel en el que podían guarecerse hasta el amanecer. Terminaron de roer los huesos y los guardaron con cuidado; más tarde podrían hervirlos con algún follaje. La chica tomó un trago de agua de la botellita de plástico que le servía de cantimplora, y que había llenado en el río esa mañana, cuando, como todos los días, su madre la había mandado a tomar el sol. Extrajo también un trapo grande, raído y hecho jirones. Lo puso en el suelo a tientas y se sentó justo en el centro. Con otro trapo largo, mucho más estrecho, se envolvió las orejas y el cuello. Tomó los extremos del trapo grande y encogiéndose en un ovillo hizo un nudo por encima de su cabeza, hasta terminar encerrada dentro de un capullo textil.

Gea sacó de sus ropas los trozos doblados de cartón que había podido extraer del basurero, y esparciéndolos en el suelo se echó encima, arrimó a su hija junto a ella y se encorvó un poco para cubrir a la niña con su cuerpo.

—Mamá, ¿quién fue mi padre? —preguntó Zeit, que por primera vez en su existencia indagaba sobre sus orígenes.

Su pregunta hizo que Gea rememorara la sobrecogedora noche de su gestación, doce años atrás, cuando los uranos lanzaron el último gran ataque contra los dalits en los túneles. En aquel tiempo, los dalits aún ascendían esporádicamente a la superficie, y esa gélida noche, los valientes que acostumbraban aventurarse al exterior encontraron las salidas bloqueadas. Habían previsto ese bloqueo desde tiempo atrás y por eso habían cavado salidas secretas en ciertas zonas; pero, para su sorpresa, también las hallaron obstruidas por barricadas infranqueables. Al anochecer comenzó el ataque urano. En pocas horas, el subsuelo se inundó de un agua fría, maloliente y putrefacta. En un principio, Gea, como muchos otros, subió a los lugares más elevados. De golpe, el ataque paró. No había entrado agua suficiente para ahogarlos, pero sí la necesaria para que la humedad y el frío los condenaran a una muerte lenta.

A partir de este momento, en las cloacas todos los dalits fueron iguales. De nada valía ser hombre o mujer; un thug inconmovible o un dalit derrotado. El frío encogía los cuerpos y debilitaba las almas. Todos buscaban el lugar más seco, pero la humedad estaba dentro de cada dalit y los cuerpos entumecidos no encontraban sitio alguno a salvo de la congelación. En la oscuridad nadie lograba encender una fogata, pues la humedad apagaba cualquier chispazo. Con el paso de las horas, la hipotermia dejó un reguero de víctimas. Fue entonces cuando uno tras otro, movidos por la necesidad de no morir solos, se congregaron en el sótano de la estación Penn. Mareada y exánime, Gea se unió al grupo de mujeres que friccionaban el pecho de sus hijos para darles un poco de calor. Luego, los pocos viejos que aún quedaban en pie, se acercaron también. Al final, llegaron los hombres. Sin pronunciar palabra, y en la más completa oscuridad, fueron apretando sus cuerpos unos contra otros, esperando el final. Sólo los que morían eran sacados del círculo con respeto. Entre todos formaron una gigantesca masa humana, compacta y silenciosa, que atraía más y más cuerpos.

Respirando el aire que compartían todos en la cerrada oscuridad, y sintiendo por vez primera sin pudor ni desconfianza la cercanía de otros dalits, Gea percibió unos dedos que acariciaban su espalda. Aquellas yemas fueron brasas ardientes en su piel helada. Acercó el cuerpo al hombre que la asía por las caderas y se dejó reconfortar entre las brumas del mareo y el placer. El hombre levantó la tela húmeda de su falda y las pieles se tocaron por fin. La candela de aquel cuerpo la estremecía. Se abandonó por completo y el hombre la penetró. El vaivén casi imperceptible iba aumentando su deseo y su instinto animal hasta olvidarse por entero de aquella masa humana que la rodeaba. El hombre que le devolvía la vida no tenía facciones ni color, era únicamente aliento, saliva, piel. Sintió el semen hirviente en sus entrañas y languideció por completo, pero no cayó, no era posible; la apretada masa humana que los mantenía vivos la sostuvo en pie. ¿Quién había sido? No importaba. Era como si cada uno de los dalits reunidos ahí esa noche la hubiera preñado.

Muy poco a poco, gracias a la humanitaria promiscuidad, el calor empezó a sentirse en los ateridos cuerpos. Sólo entonces se empezaron a oír algunas voces, como si al recobrar la temperatura recobraran también el alma, y con ello, el lenguaje.

Había transcurrido un tiempo incalculable; nadie pudo saber si fueron horas o días. El agua no se evaporaba, pero las piedras y la tierra fueron decantando la inmundicia. Cuando los cuerpos recuperaron el calor, volvieron a aparecer las diferencias entre los hombres; la atracción de los cuerpos, que en un principio había respondido a la necesidad de no morir, se transformó, con las horas y los días, en predilecciones, en antagonismos y en el reconocimiento de las singularidades. Surgieron de nuevo las diferencias pero, aunque los dalits retornaron a su vida nómada y solitaria, nunca olvidaron esa noche funesta en la que salvaron sus vidas por mantenerse unidos.

Al saberse preñada, Gea concibió la idea de que su embarazo había sido el resultado de un acoplamiento místico, y sintió cómo resucitaba en ella un impulso vital. Ahora tenía un cometido ineluctable: hacer crecer sano y alerta el fruto de su vientre.

Al nacer Zeit, producto de la sobreviviencia dalit, Gea se convenció de que había parido a un ser predestinado y quiso cultivar en su hija el temple necesario para la resistencia y la lucha. Cuidaría con celo ese tesoro precioso que no le pertenecía a ella, sino a toda la humanidad. Aunque nada decía a su hija sobre ese halo especial del cual la creía dotada, Gea no cejaba nunca en el empeño de educarla con abnegación.

—Tu padre es el pueblo dalit —respondió Gea a la pregunta de su hija.

Zeit, conforme con la respuesta, entró en el hueco tibio de su origen y se fue dejando vencer por el cansancio. La digestión también hizo su benéfico efecto y comenzó a caer en un sueño que la transportó al mundo que todas las mañanas durante un rato veía con aquellos inmensos ojos azabache: el mundo de la superficie, donde vivían los uranos.

IV

El verano había estallado y el calor en el subsuelo era insoportable. Sólo en los pasadizos más profundos la humedad aún se mantenía fresca en esa época del año.

—La vieja no quiere enseñarme a leer y aquí hace demasiado calor. Me voy más abajo —notificó Rudra a Cotto—. Vuelvo en dos días. Me llevo comida y agua.

Rudra llevaba meses planeando una nueva expedición por el subsuelo. Esa mañana había decidido que era el momento justo de emprenderla, y comenzó los preparativos para su viaje.

Contaba con mucho tiempo libre gracias a la protección de Cotto, y lo aprovechaba al máximo para saciar su avidez de conocimiento, aunque ningún otro dalit compartía su curiosidad. La desnutrición permitía a los topos sólo una limitada actividad, pues la mayor parte del tiempo permanecían aletargados en los túneles. Ya ni siquiera había peleas entre ellos, como las que recordaba Rudra de años atrás, cuando los basureros rebosaban alimentos; ahora la lucha por un mendrugo exigía más astucia que fuerza. Pero él, que gozaba de un aliado tan descomunal como Cotto, podía permitirse el lujo de desarrollar al máximo su sentido de observación y su capacidad analítica.

Rudra odiaba vivir en la oscuridad de los túneles. No se sentía parte del submundo a pesar de haber nacido en él, como supo por Cotto, quien lo había encontrado una fría mañana de invierno. Éste le había dicho que guiado por un llanto inconsolable, llegó hasta un recién nacido maltrecho y deforme, envuelto en unos trapos sucios. Lo levantó en vilo como a un ejemplar recién pescado, y lo inspeccionó de arriba abajo. El infante berreaba a todo pulmón luchando por retener la vida que se le escapaba. De golpe extendió sus cadavéricos brazos y aprehendió con sus dedos diminutos la mano del grandulón, quien tiró los trapos sucios y cobijó al niño con sus propias ropas, al tiempo que se preguntaba qué podía comer un ser tan pequeño. A partir de aquel día lo llevó siempre colgado de su cuello como un chimpancé. Rudra sobrevivió a base de agua, azúcar y sal bajo la protección de Cotto, quien siguió creciendo desmesuradamente.

El lenguaje que se transmitía de generación en generación entre los dalits se fue haciendo cada vez más escueto con el paso de los años. A Cotto, considerado por los topos como subnormal, nada le habían enseñado y sólo balbucía algunas palabras. Sin embargo, desde muy pequeño Rudra adquirió el dominio de la lengua escuchando a los topos a su alrededor y forzó a su amigo a expresarse con palabras. Al pasar el tiempo, Cotto logró hablar lo indispensable, pero ya nunca fue capaz de exponer argumentos o ideas.

Lo que le faltaba a Rudra de movilidad, le sobraba de inteligencia. Le gustaba sentirse independiente de Cotto y moverse libremente por los túneles esquivando con astucia los peligros. Algunos dalits lo respetaban por considerarlo un prodigio de supervivencia; y no pocos, al verlo tan orgulloso y provocador, lo creían dotado de poderes sobrenaturales. No obstante, en muchas ocasiones Rudra era blanco de burlas y agresiones. No le dolían las pedradas ni las injurias, pero sí la imposibilidad de defenderse. Por eso se aferraba a la única arma que poseía: su mente luminosa.

Se rumoraba que más allá del pozo que reunía el agua del drenaje en el lado este, existían tesoros escondidos. Para sumergirse en el pozo, Rudra tuvo que aprender a nadar. Después de varios intentos peligrosamente fallidos, de los cuales Cotto tuvo que salvarlo, Rudra dominó el peso de sus piernas inertes, y finalmente aprendió a bucear.

Esa mañana llegó hasta el borde del pozo y lo estudió con detenimiento intentando deducir a qué profundidad podía estar la tubería que lo conectaba a las cloacas. Al apagar su tea, el lugar quedó por entero a oscuras. Sin perder tiempo, Rudra aspiró todo el aire que sus pulmones podían contener y se lanzó de cabeza dentro del pozo. Intentó avanzar palpando las paredes, pero un remolino hizo girar su cuerpo en una frenética espiral hasta que entró en el apacible remanso de un lago subterráneo. Braceó buscando a tientas la orilla, a la que se afianzó con desesperación para salir del agua.

Permaneció largo rato inmóvil, reponiéndose del susto y el cansancio, hasta que sintió una corriente de aire. Podía ser una salida. Al levantar la cabeza creyó ver un destello. Se arrastró largo rato guiado por esa tenue luz que aumentaba de tamaño al acercarse. No era una alucinación. Unos metros antes de llegar advirtió que la luz provenía de una claraboya, como las que los dalits perforaban en los techos de los túneles pegados a la superficie. "Pero es muy regular —pensó—, quizá fue hecha por los uranos". La luz entraba con nitidez y Rudra se paró justo debajo del rayo de sol filtrado por los varios metros de cemento.

Cuando sus ojos se acostumbraron a la claridad, distinguió el lugar en el que se encontraba: una caverna de altas paredes cubiertas por nichos y estantes atestados de libros y antigüedades. El suelo era arenoso y estaba ligeramente húmedo; a pocos centímetros las paredes contaban con unos peldaños de metal para ascender a las repisas. A pesar del caos, todo parecía tener un orden, aunque indescifrable para Rudra. Con asombro infinito se dio cuenta de que estaba rodeado por algo muy apreciado por él: ¡libros! El lugar estaba plagado de ellos. "¡Ahora la vieja tendrá que enseñarme a leer!", pensó feliz. Pero ¿cómo salir de aquí? En ese momento comprendió que jamás podría remontar la cascada que lo había arrojado a aquella cueva. Se encontraba sepultado en vida con todos esos libros que nunca podría leer.

V

Gracias, señora Yadley —dijo Cliff al recibir el plato con galletas de coco y chocolate que la madre de Tom le ofrecía.

—Yo misma las hice.

—La felicito, señora —dijo Cliff con admiración—. Están deliciosas. A mi madre tampoco le gustaba servirnos en casa nanoalimentos precocinados.

—Hacía muy bien tu madre, querido… Dios mediante, mañana te voy a preparar una avena con leche que te va a encantar. ¡Y nada de Final Blend!

El jardín de la casa de su amigo Tom había sido escenario de muchos días memorables desde su infancia. Merendar a la sombra de los árboles unos bocadillos caseros en aquel hogar pletórico de animación familiar recrudecía la amargura de su orfandad. Aunque el barullo infantil en la piscina los distraía ocasionalmente del estudio, prefería pasar ahí las tardes que llegar a su casa vacía. Al caer la noche, abandonaban sus quehaceres y la familia Yadley se daba cita en el comedor. Las animadas charlas se prolongaban hasta la hora de la cena, cuando Cliff solía retirarse lamentando no poder permanecer un rato más.

Ni siquiera al enterarse de su privilegiada posición de patricio dejó de frecuentar a esa entrañable familia, si bien a partir de entonces lo separó de ella una barrera invisible, pues llevaba más de dos años ocultando sus privilegios patricios a Tom, y cada vez le resultaba más difícil fingir.

Hubiera querido reaccionar como Sam, que se enorgullecía de su condición de patricio con actitud desenfadada. Todos lo admiraban sin sospechar que detrás de esa seguridad se erigía el poder del Consejo y no únicamente la arrogancia del hijo de un empresario prominente, que era el rol de Henry frente a la comunidad urana.

—¿Sabes, Tom? Le he pedido a papá que me deje vivir en el bungalow del fondo del jardín, junto al viejo plátano, donde mi madre tenía su estudio de pintura —comentó Cliff.

—Qué bien.

—Ya no soporto a mi hermano. Me aturde. Se irrita por cualquier cosa.

A pesar de la desenvoltura de su hermano en sociedad, Cliff atestiguaba en la intimidad del hogar, cómo reaccionaba Sam de manera irreflexiva y torpe ante contrariedades sin importancia, y asumía una actitud de veleidosa despreocupación ante las responsabilidades.

—Además, se pasa todo el tiempo con el visor sensorial 582 puesto, metido quién sabe dónde en la red y no deja de moverse y parlotear por la habitación.

—¡Pero si ese visor todavía no ha salido al mercado! —dijo Tom sorprendido—. ¿Cómo lo consiguió?

—No lo sé —mintió Cliff, a quien le costaba poner atención al sinfín de pequeños detalles que debía evitar frente a Tom.

—¿Es cierto que con él sientes más intensamente que en la vida real?

—No lo he usado —respondió Cliff, y cambió de tema—. En el bungalow podremos meternos en Oniria a todos los sitios prohibidos sin la vigilancia de mi padre. ¿Vendrás a visitarme, aunque mi casa sea tan tristona?

—Qué tonterías dices, me encanta tu casa. Si Dios quiere, el sábado voy.

—Perdona, el sábado no puedo. Iré a la casa de la playa con los Richardson, los hijos de unos amigos de mi padre. Son unos pesados…

—Ajá… —dijo Tom con un mohín de reproche—. Bueno, terminemos el cuestionario de biología, porque mañana nos van a reprobar si seguimos hablando… ¡No puedo aprenderme eso que decía el tal Darwin sobre la evolución de las especies! Es tan absurdo y aberrante que no me imagino cómo antes de la Neohistoria los científicos podían creerse semejante teoría. Menos mal que los creacionistas lucharon hasta imponer el diseño inteligente entre los miembros de la comunidad científica.

—Yo repasaré el cuestionario más tarde… —dijo Cliff—. Ahora tengo que estudiar para el examen de historia y ganarle esta vez a Charles.

—¡Qué pique se traen ustedes dos desde hace años! —rio Tom.

—Pues tengo que agradecerle que me encendiera aún más el gusto por la historia —aclaró Cliff—. ¿Te acuerdas aquella discusión en la clase del profesor Adler, cuando me derrotó con todos aquellos datos? Pues desde ese instante me puse a estudiar como loco para vencerlo y terminé por encontrar mi vocación.

—Bueno, pues de algo sirvió la paliza que te dio —dijo Tom divertido.

—No, ya en serio, Tom. Cuanto más estudio, más me convenzo de que existe una corriente subterránea que enlaza toda la historia de la humanidad.

Lo que Cliff no podía compartir con su amigo era el placer que le producía detectar en el pasado, detrás de ciertos misterios políticos, la mano del Consejo; algo que ni siquiera después de casi un siglo se ventilaba abiertamente entre los uranos. Él intuía a los arcontes en cada pasaje de la historia y la Neohistoria, y se deleitaba imaginando cuáles habrían sido las discusiones entre ellos para emprender tal o cual acción; para hacer, por ejemplo, que los gobiernos nacionales de entonces la ejecutaran; para que la población la aceptara agradecida; o para sortear la reacción de los opositores. ¡Aquellos miembros del Consejo eran unos titanes adelantados a su tiempo! Habían sido capaces de idear los cimientos de un nuevo mundo partiendo de la nada, soportando todas las contrariedades de una sociedad incapaz de comprender sus elevados fines. Aprovechando cada coyuntura, los viejos arcontes habían clavado disimuladamente una y otra cuña para inclinar la balanza a su favor, hasta definir los destinos de todos sus congéneres sin oposición alguna, sabiendo cómo dar a cada urano su lugar en la sociedad y exigiendo de todos fidelidad y respeto a las normas del Consejo y a Dios. Aun cuando cuestionaba a veces la mano dura de la casta superior, Cliff estaba orgulloso de pertenecer a ella.

—A propósito —comentó Tom—. A las ocho nos espera el reverendo Wilkings.

—Lo había olvidado —respondió Cliff—. Qué despiste. Llamaré a mi padre para que no me espere a cenar.

Cliff activó el auricular que todo urano desde niño portaba discretamente incrustado en el pabellón de la oreja.

—Papá —pronunció fuerte y claro y esperó a que Henry respondiera—. No llegaré a cenar... Sí, no te preocupes, ya todas mis cosas están en el bungalow... El fin de semana, sí... De acuerdo. Adiós.

—Mi padre insiste en que lo acompañe el sábado a la casa de la playa, vienen esos amigos suyos —dijo apenado por no poder recibir a Tom en el bungalow.

Henry había logrado ya que Cliff dejara de frecuentar a todos sus amigos uranos, excepto a Tom, y procuraba reunirlo con los hijos de sus amigos patricios. Pero Cliff los encontraba a casi todos intratables.

El cambio de hábitos empezaba a distanciarlo de Tom, quien cada vez se sentía más desplazado por sus nuevas amistades y los lujos que no podía solventar. A pesar de que Cliff procuraba no gastar en exceso frente a él y lo trataba como si nada hubiese cambiado, los secretos y las mentiras empezaban a minar su amistad.

Pero el dinero y los nuevos compromisos no eran las únicas causas de su distanciamiento. Ambos tenían ahora una visión del mundo y expectativas muy diferentes. Tom pensaba estudiar arquitectura, buscar un empleo y formar una familia, mientras que Cliff estaba destinado a ser un arconte. Ahora Cliff veía el mundo desde una perspectiva mucho más amplia que Tom y aspiraba a proyectos más ambiciosos. Los patricios podían disfrutar de beneficios que los uranos comunes ni siquiera conocían; contaban con información clasificada a la que los uranos nunca tendrían acceso; y sabían que el mundo no se derrumbaba por un castigo divino al no cumplir con todas las reglas que imponían las iglesias y el Consejo.

Esa tarde, después de mucho estudiar, apagaron los proyectores de pantallas y los hologramas y se marcharon a casa del reverendo Wilkings, donde llevaban semanas organizando el programa de actividades extracurriculares para los niños pequeños del protectorado. A Cliff le gustaba participar como voluntario, pero le fastidiaba la idea de oír el sermón que con seguridad les asestaría el reverendo al terminar el trabajo. En cuanto llegaron a la puerta del templo se sinceró con Tom.

—¿Qué te parece si mejor nos escapamos a mi bungalow para que veas cómo va quedando, y aprovechamos para entrar con el visor nuevo de mi hermano a un sitio secreto en Oniria donde sé que las chicas se dejan besar? ¿Qué tal? —preguntó con una sonrisa pícara.

Tom lo miró molesto y dejando salir todo el resentimiento acumulado, le respondió:

—Mira, Cliff, no sé qué te está pasando últimamente, pero cada vez te entiendo menos. Veo que estás más contento con tus amigos ricos que conmigo. Mi padre no puede darme el mismo tren de vida que tú llevas. Él es sólo un buen médico y no un empresario prominente como el tuyo.

—Pero eso no tiene nada que ver, Tom. A mí no me interesa lo que podamos gastar, sino estar juntos, charlar...

—Cliff, sólo piensas en sexo, en divertirte y en ganarle una competencia en historia a Charles o a quien sea para sentir que eres el mejor de todos... Y además, te estás volviendo un cínico que no respeta ni siquiera a Dios... Lo siento, pero es mejor que dejemos de vernos.

Humillado y dolido, Cliff se marchó a casa. Sentía como si hubiera recibido una bofetada en plena cara y tuviera las manos atadas para defenderse. Tom lo envidiaba, sin duda, pero al mismo tiempo lo repudiaba moralmente. ¿De verdad había cambiado tanto en los últimos dos años? Ése era el precio que tenía que pagar por ser un patricio, y mayor aún el que pagaría al convertirse en arconte.

Llegó al bungalow y se echó en la tumbona bajo la sombra del viejo plátano a rumiar su pena, se quitó la camisa por el calor y trató de ordenar las ideas mirando el cielo estrellado.

Perder a su mejor amigo era un golpe tremendo, pero desde hacía tiempo esperaba esa ruptura. Ahora debía encauzar las energías en su carrera universitaria y en cimentar su candidatura como arconte.

Al pensar en su ingreso en el Consejo, lo asaltaban sentimientos encontrados: temía perder la calma necesaria para dedicarse al estudio, pero, por otro lado, dado el cariz competitivo de su carácter, ansiaba entablar un duelo frontal y equitativo con los demás arcontes. Sam no lo amedrentaba como rival, pues creía que estaba fuera de la competencia para obtener el puesto. Su carácter frívolo y veleidoso lo incapacitaba para ser un arconte.

Cliff vio a su padre salir de la casa con dirección al bungalow.

—¿No me dijiste que llegarías tarde?

—Terminé antes… —mintió Cliff—. No es cierto, papá. Lo que sucede es que Tom se disgustó conmigo. Las cosas ya no son como antes entre nosotros.

—Me apena. Pero te entiendo, lo mismo me pasó a tu edad. Los patricios no podemos congeniar con los uranos comunes y nuestro trato termina siendo esporádico y superficial. Pero será duro perder a Tom que ha sido tu mejor amigo desde la infancia…

—Me voy a sentir muy solo sin él.

—Pues he venido en buen momento —dijo Henry, tratando de animar a su hijo—. Tengo un regalo para ti. Siempre me preguntas sobre la historia del Consejo y recordé este documento que mi padre me entregó unos años antes de ocupar su puesto como arconte… Toma, te despejará algunas dudas sobre la Neohistoria.

—Gracias, papá.

En cuanto su padre lo dejó solo, Cliff entró en el bungalow y abrió con ansiedad el amarillento manuscrito. La letra firme y clara de su abuelo se correspondía con la imagen que de él reflejaban las filmaciones en la red y las fotografías en casa. Su recuerdo estaba casi borrado; sólo conservaba una desvaída reminiscencia de la última Navidad, cuando le regalara el gran tren eléctrico que aún hoy seguía montado y circulando en el cuarto de juegos.

Querido Henry:

Muchas noches te has acercado a mí, preguntándome sobre el Consejo y la Cruzada Final. Hoy, a punto de dar el gran paso de decidir mi sucesor, es momento de que conozcas todo lo que me es permitido revelarte sobre nuestros orígenes y la evolución de nuestros antepasados.

Debes recordar que los arcontes, sosteniendo discretamente sobre nuestros hombros a los gobiernos nacionales del orbe, alcanzamos la supremacía ideológica y económica mundial una década antes de terminar el milenio, al desaparecer la bipolaridad que había dividido al planeta por más de setenta años, durante los cuales nacimos como Consejo Mundial, consolidamos nuestras fortunas y proyectamos el futuro de la humanidad.

Con el objeto de reforzar nuestra hegemonía, propagamos hacia todas las capas desarrolladas de la sociedad un seductor estilo de vida basado en la sana y estimulante competencia entre los individuos. Diseñamos preferencias, deseos y temores que fomentaran el consumo intensivo de servicios, bienes, protección, salud, entretenimiento e información para incentivar el desarrollo social, tecnológico y económico. Así robustecimos las democracias y garantizamos la alta rentabilidad de nuestro proyecto, aplastando además casi cualquier conato de resistencia o rebelión. Pero aparejada con este proceso, sobrevino una baja alarmante en los niveles de natalidad de la población más favorecida que vivía una existencia complaciente y egocéntrica.

Antes de terminar el milenio, advertimos que lo que nos había sido útil durante décadas empezaba a volverse en nuestra contra debido al propio desarrollo productivo: el grueso de la población que nos había enriquecido con su trabajo era ya inservible y se convertía por tanto en una onerosa carga para los hombres de bien, amenazando la estabilidad mundial con sus exigencias. Esta numerosa población de descla-

sados se distanciaba cada vez más de la sociedad civilizada, y sufría una alarmante involución. Por otro lado, llevábamos años afirmando a los ciudadanos de bien que gracias al fin de la bipolaridad no tenían ya nada que temer, pues el mundo despegaba hacia la libertad y el bienestar; pero ciertos grupos marginados, algunas etnias que seguían resistiéndose a la hegemonía y hasta unos pocos sectores de la sociedad privilegiada, acusaban a la estable democracia de opresiva y excluyente, y habían comenzado a organizar su descontento a nivel mundial.

La solución a nuestra disyuntiva en ese momento histórico no tenía vuelta de hoja: debíamos terminar con los desclasados para defender a la sociedad civilizada. Pero sólo podíamos lograrlo si los hombres de bien comprendían el peligro que representaban los parias. Para ello fue imprescindible revertir su sensación de seguridad, por lo que tuvimos que esperar a que se produjera el evento catastrófico y catalizador que aceleró el paso hacia la hegemonía y el control territorial del mundo, dando comienzo a la Neohistoria: el gran atentado terrorista a las torres gemelas en nuestra ciudad.

El ataque fue expuesto al máximo en los medios de comunicación para que nadie lo olvidara. Nos permitió, por un lado, infundir en la población la sensación de inseguridad necesaria para encauzar y volcar su odio hacia la nueva bestia apocalíptica, y por el otro, nos dio la justificación ideal para avanzar a la siguiente etapa: la Cruzada Global. Ésta arrancó dos años más tarde, con el consenso de casi todas las naciones, las cuales comprendieron que nada detendría al mal que provenía de los extremistas si no se tomaban medidas preventivas y represalias enérgicas. El comienzo de lo que hoy conocemos como Cruzada Global nos llevó en primera instancia a la ocupación militar, política y económica del Oriente Medio.

Sin embargo, en poco tiempo comprobamos que, a pesar del miedo a los terroristas herejes y marginados, la sociedad civilizada seguía viviendo en un exceso de confianza, con el consecuente nivel de vulgaridad, estulticia y egocentrismo, además de un preocupante descenso en los índices de natalidad. En cambio, los indeseables se multiplicaban como ratas e invadían las ciudades del mundo civilizado con migraciones masivas, dado que el continente africano y diversas áreas de Asia y América del Sur estaban sumidos en la miseria y el caos. Al comenzar en 2008 la gran crisis financiera —originada, no por errores financieros, sino por la depresión económica que no habíamos podido remontar—, profundizamos la lucha contra los enemigos terroristas, aunque suavizamos por un tiempo los aspectos más puntillosos de la lucha frontal contra el terrorismo. El miedo a ser devorada por los tentáculos implacables de la crisis financiera y la recesión productiva volvió a la población mundial más conservadora que nunca, lo que contribuyó a aplacar cualquier descontento, hasta que sobrevino la rebelión que escapó por entero a nuestros cálculos. Nunca imaginamos que durante la Cruzada Global los parias se organizarían de manera tan eficiente y discreta, ni que lanzaran —aprovechando el desconcierto del peor tsunami registrado en Asia— semejante ofensiva nombrando una minúscula república multiétnica autónoma en la vieja Alemania. Pero en lugar de lamentarlo, vimos en ello una oportunidad de oro para dar el siguiente paso: la proscripción de los estados y gobiernos nacionales, ya entonces anacrónicos y obsoletos.

Tras un referéndum mundial, el Consejo tomó el control del orbe y anunció la última etapa de la Cruzada Global, el Exterminio de los indeseables, que marcó el momento justo para reforzar la exaltación religiosa, el bastión más sólido de la humanidad, el cual habíamos cimentado con bases firmes desde los inicios de la Cruzada Global. El terremoto en Asia

*y la invasión de los parias en tierras teutonas fueron exhibi-
dos como una prueba de la cólera divina por la relajación de
los valores morales en una sociedad hedonista y disoluta que
había dado la espalda a la vida espiritual. Desde el inicio del
Exterminio reforzamos la influencia de todas las religiones,
exceptuando la musulmana que inicio su extinción desde el
comienzo de la Cruzada. Para crear el cambio esperado entre
los uranos, llamados así desde la Cruzada para diferenciarlos
de la casta en involución —los dalits o intocables—, fue necesario hacerles comprender que su estabilidad se encontraba
en peligro por la furia asesina de negros, cobrizos y todos los
parias herejes y anarquistas que habían declarado la guerra
a las democracias del orbe, tras haber desarrollado una mutación genética irreversible. Se sucedieron entonces atentados de gran envergadura contra los puntos más sensibles del
mundo urano, que fueron adjudicados a la comunidad paria
en Alemania y a sus ramificaciones en todos los continentes;
entre ellos la explosión que redujo a escombros nuestra bella
catedral de San Patricio. Filmamos cientos de imágenes para
que todos tuvieran plena conciencia de la gravedad de los
hechos y las transmitimos sin descanso. Los primeros meses
fueron de alerta roja, pues hicimos palpable que en cualquier
momento los dalits, a quienes ya era imposible reintegrar al
mundo civilizado —por la tara genética que corrompía sus
mentes y sus almas—, podían volver a atacar. Los uranos en-
tendieron que todos debían participar de manera decidida en
la defensa del nuevo orden mundial, y lucharon codo a codo
para liquidar a sus enemigos junto a las guardias privadas,
que pronto serían conocidas como gurkhas. El triunfo se alcanzó de manera colosal en sólo cinco años.*

*Así, los arcontes salvamos a los hombres de bien del inmi-
nente peligro dalit y empezamos a construir un mundo urano
armónico y próspero. Uno de los mayores logros del Consejo
fue la eliminación del trabajo manual, gracias al desarrollo*

tecnológico, y el encumbramiento del trabajo intelectual como pilar del progreso y la lucha contra el mal. Si bien el desarrollo hubiera permitido aumentar los tiempos de ocio de los uranos, construimos un delicado engranaje en el que todos tuvieran una ocupación convenientemente remunerada, social y profesionalmente destacada.

Por un tiempo, el centro de las ciudades, donde se había concentrado la población dalit antes del Exterminio, quedaron desiertos, pero poco a poco los uranos fuimos reconquistando sus calles, las cuales se reurbanizaron pensando en el nuevo número de habitantes. Ciudades enteras desaparecieron y en otras fueron derruidos infinidad de barrios. Revivimos el espíritu de comunidad, proscribimos la servidumbre en los hogares para eliminar a las castas cercanas a los dalits y consagramos todos los recursos y esfuerzos al bien más preciado para nuestra especie: la infancia.

Actuando en el anonimato, los arcontes hemos logrado proteger a los uranos de nuestros enemigos y proveerlos sin pausa de los benefactores indispensables. Mezclados entre los más prominentes uranos, no sólo nos protegemos de posibles ataques dalits sino también de la tentación a los excesos a los que fueron proclives en otras épocas políticos y magnates.

Dentro de la gran comunidad mundial, hoy cada urano es responsable de una célula: su familia, y a ella se consagran por entero, mientras Dios cuida de sus almas, y nosotros, el Consejo, vigilamos la tranquilidad y el bienestar de todos.

Cliff terminó de leer y dobló el documento de su abuelo. Había despejado muchas de sus incógnitas, pero le desilusionó que no mencionara nada de la existencia de intocables después del Exterminio.

Recordó al dalit que había visto meses atrás y revivió la sensación de repugnancia que le había producido. Imaginó a sus abuelos topándose constantemente con esa gente inmunda y sufriendo sus agresiones cuando aun vivían en la superficie, y pensó que si estudiaba de cerca a los actuales dalits, podría acercarse al sentimiento que había llevado a los arcontes a transformar el mundo de modo tan radical. "Mi padre se opondrá a que visite libremente la ciudad —pensó—. Tengo que esperar a la mayoría de edad para aproximarme a los basureros, donde dicen que los intocables llegan en tropel".

En el fondo del alma, Cliff reconocía que su intención no sólo era comprender mejor el origen de la Neohistoria, sino vencer aquel terror que lo había paralizado frente al dalit de ojos negros, pues temía que si no era capaz de sostener la mirada a un intocable, jamás poseería el temple moral necesario para ser miembro del Consejo.

Dio unos pasos hasta el cajón donde tenía su bien más preciado: el dije que su madre llevara junto al pecho durante su último año de vida: un uróboros, símbolo pagano del infinito y el eterno retorno, representado por una serpiente que se muerde la cola. Se colgó el uróboros en el cuello y guardó con celo aquel documento que lo acercaba un poco más a su destino como arconte.

VI

Un chaparrón estival asolaba la ciudad produciendo un tintineo pertinaz y acompasado sobre el respiradero donde Zeit dormía. Un viejo dalit cavaba una canaleta en el piso para recolectar el agua de lluvia, y Gea, que remataba con un cordel su apretada trenza, lo reprendió.

—¡Silencio! Mi hija está durmiendo.

—Ya desperté, mamá —dijo Zeit, aún amodorrada.

Madre e hija tenían alimento suficiente, por lo que esa noche se abstendrían de ir al basurero. Gea decidió dedicar la jornada entera a su más acendrada obsesión: el acicalamiento y la limpieza de su hija.

Gea llenó un cuenco de agua, desnudó el torso de la chica y lo restregó vigorosamente con paños húmedos. Siguió con el resto del cuerpo y cuando no quedaba trozo de piel por limpiar, la cubrió con otros trapos y la frotó para activar su circulación y hacerla entrar en calor.

Aunque pataleara, Zeit no se libraba un sólo día del rito sanitario. Gea había aprendido esta rutina de los thugs: los temibles seres, mitad dalits, mitad bestias, que vivían escondidos en la superficie. Los legendarios thugs eran extremadamente pulcros, llevaban la cabeza rapada, dibujaban tatuajes con forma de gota en su rostro por cada urano asesinado, y se ataban un lazo a la cintura, el rumal, con el cual estrangulaban silenciosamente a sus víctimas.

Siendo Gea todavía una niña, los thugs solían visitar de vez en cuando los túneles; ella los miraba con una mezcla de pavor y fascinación, cautivada por su aspecto amenazante y sus interminables ritos de limpieza. Más de una vez la había asaltado la tentación de unirse a una de las clicas de los thugs, para vivir en la superficie, aunque al hacerlo se expusiera a una muerte prematura. El sentido de pertenencia al grupo de los thugs y su implacable odio a los uranos habían despertado en Gea fantasías de rebelión y libertad. Con la esperanza de convertirse en uno de ellos adoptó el rumal y más tarde comenzó a seguir la ceremonia de limpieza. Pero su intento de adhesión a los thugs quedó truncado, no por sus dudas y temores, sino por su gravidez.

Para terminar el aseo de su hija, Gea le frotó meticulosamente los dientes con su rumal. Cuando la lluvia hubo amainado, mandó a su hija a tomar el sol.

Zeit se escurrió a lo largo de la cañería mohosa por la que corría todavía un hilo de agua, y salió a la atarjea que daba a una terraza invadida por la maleza en el ala oeste del parque, conocida como Summit Rock, donde solía pernoctar un viejo dalit polvoriento que consideraba el lugar como "su" mirador. Por consejo de su madre, Zeit se asomaba un ratito a la superficie cada mañana, pues Gea tenía la obsesión de que su hija conservara íntegro el don de la vista, aunque no pudiera moverse en las tinieblas del subsuelo con la misma facilidad que los otros dalits.

Robándole espacio al malhumorado viejo, Zeit espiaba desde aquel mirador a los pocos uranos que se aventuraban a pasear por ese lado del parque. Sólo permanecía una media hora diaria; lo suficiente para encandilarse y contrarrestar la fotofobia. Era el único momento del día en el que se separaba de su madre. Gea y Zeit permanecían unidas como si nunca hubiesen cortado el cordón umbilical: siempre juntas ante los peligros, siempre alerta a las necesidades de la otra, y sin vínculo alguno con otros dalits. Muchas veces habían sido agredidas y muchas veces cambiaron de lugar en los túneles. Desde muy pequeña, Zeit había aprendido a desconfiar de los extraños y a huir de ellos.

Tiempo atrás, Zeit solía jugar con otros niños en los túneles. Como era más débil y quebradiza que sus compañeros de juego, pero no soportaba subordinarse a sus reglas, pronto se enzarzaba en violentas peleas, donde solía llevar la peor parte. Dejó de frecuentar la compañía de los niños, pero conservó de aquella época una viva pasión por los juegos infantiles. Pronto descubrió que podía divertirse con el pensamiento mejor que con objetos o personas, y se dedicó a soñar despierta historias y escenarios fantásticos. Le gustaba alimentar su imaginación observando el mundo exterior, donde no todo era monótono, gris e inamovible como en el subsuelo. Los objetos en la superficie dormían durante la noche con la certeza de que en pocas horas recuperarían el color, pasando de la opacidad plomiza en el amanecer, al nácar resplandeciente cuando el sol brillaba en todo lo alto; no como los objetos siempre pardos que yacían en la penumbra de los túneles, iluminados únicamente por la luz macilenta que llegaba desde el exterior o la débil llama de las teas.

Dentro de la cabeza de Zeit, el mundo solar se contraponía con las sombras y espectros del subsuelo, como la cara y el reverso de la misma moneda. Esa media hora diaria de su existencia le devolvía la vista, pero la exponía a un mundo inalcanzable que no podía siquiera arañar con la punta de los dedos, y que sin embargo ansiaba conocer con desesperación. Quería caminar desenfadadamente por la superficie como los uranos, transportarse en máquinas, tener ese tono de piel diáfano y claro que los distinguía… Pero su madre le había enseñado, y la experiencia también, que bajo ningún pretexto debía transitar por la superficie, pues los gurkhas estaban ahí para impedirlo. Varias veces Zeit había comprobado en carne propia lo que podía sucederle. En una ocasión estuvo a un palmo de ser capturada; en otra, el mazo de un gurkha le dio de lleno en la sien dejándole una cicatriz rugosa sobre la oreja derecha que todavía conservaba. Aunque su agilidad de liebre la salvó en aquella ocasión, había aprendido bien la lección y evitaba alejarse de su mirador más allá de unos pocos pasos.

Pero ese día, algo como un vértigo la impulsó a ir más lejos; quizá fuese el calor dulce y húmedo del verano o el fulgor de las pequeñas nubes que pasaban sobre su cabeza anunciando una lluvia alegre y refrescante. Pensó en las gotas brincando sobre el estanque que tan cerca se encontraba y se arrastró unos metros, y luego otros más. Los troncos moteados de los plátanos la protegían de la vista de los gurkhas que patrullaban la zona. Se lanzó de un tirón hasta los matorrales del lado este, donde un depresión del terreno formaba una trinchera de arbustos entre los que pudo apreciar el agua tranquila del Turtle Pond, que en ese momento era surcada por unas embarcaciones diminutas. En la otra orilla, varios niños uranos las observaban riendo, aplaudiendo incluso, mientras manipulaban los mandos a distancia. Zeit permaneció extasiada con los giros y carreras de los pequeños barcos, hasta que llegaron a la orilla. En ese instante se despertó un griterío entre los niños, que daban saltos y se palmeaban unos a otros. Entonces, las embarcaciones volvieron a ellos sin prisa y los chicos las sacaron del agua y las guardaron en unas cajas multicolores. Los niños se alejaron guiados por los adultos que se habían puesto de pie al terminar la carrera. Las papeleras estaban rebosantes de cosas. ¿Qué habría ahí? ¿Alguna de aquellas cajitas de colores? ¿Podía ser? "Todavía no es momento de ir —pensó Zeit—, tengo que esperar un rato para acercarme".

Miró el agua del lago que en nada se parecía a la del subsuelo; era tan distinta…, llena de destellos de mil tonos, olores suaves, aromáticos y sabor acaramelado. Aún mejor era el agua del río, siempre plata y esmeralda, siempre poderosa, incesante, peregrina; agua que olía a salud, mejor aun: a nada. En cambio, el agua en el metro lo calaba todo; se impregnaba gélida al cuerpo en invierno, viscosa en verano; no se evaporaba nunca, porque abajo no había casi viento que se la llevase. Era agua que se estancaba pudriendo el aire, trasminando los muros, el suelo y los poros; matando los fuegos de teas y fogatas. La implacable humedad del subsuelo, apenas contenida por cartones y maderas, terminaba siempre traspasándolos antes del amanecer, hasta alcanzar la curtida piel de los dalits.

Zeit decidió que la manera más segura de llegar al otro lado era cruzando a nado. Un seguro de vida esencial para los dalits era saber nadar, y a Zeit su madre le había enseñado desde muy pequeña en los pozos del desagüe. Llegó a la otra orilla en dos tiradas de buceo y se aproximó a los desperdicios que habían dejado los niños en las papeleras: un sinfín de envolturas de golosinas y algunos trozos escupidos, que Zeit devoró a toda prisa. El alimento dulce le desagradaba, pero no podía dejar de servirse de sus calorías. ¡Un velamen destripado yacía al fondo! Su tela, útil todavía, estaba apenas fija a un palo roto. Zeit proyectó enseguida cómo revivir el brioso navío, reparándolo con un trozo de madera pulida con el filo de su navaja.

Por puro instinto tocó con la punta de los dedos el mango del cuchillo que dormía en el bolsillo de su pantalón. Ella misma había fabricado el arma con un trozo alargado de acero inoxidable que un día de suerte, meses atrás, había encontrado su madre en el basurero. Semanas enteras había trabajado con paciencia el metal, hasta lograr la fisonomía de un puñal de buen tamaño, con una prolongación larga y angosta de la misma pieza a manera de empuñadura. Desgastó, limó y a fuego vivo martilló el metal hasta configurar una estructura aceptable. La formación del mango representaba un gran reto, más aún para una chica de tan sólo doce años. Echó mano del mismo método con el que a fuego lento trabajaban en el subsuelo el barro para hacer vasijas. Sobre el metal impregnó al mango una pasta arenosa que dejó secar en las entradas de ventilación del subterráneo, sin separarse de allí ni un momento. Cuando terminaba de secarse, lo acercaba a la llama de una hoguera sujetándolo por la hoja con una especie de pinza formada por maderos, y repetía el proceso. Finalmente el mango engrosó lo suficiente para poder asirlo con firmeza. Cuando hubo terminado su navaja, sintió que había dejado de ser una niña. Desde ese día la llevaba siempre al cinto, dentro de una funda que ella misma fabricara con cuero y cartílago de rata.

De vuelta al mirador iba imaginando su nuevo barco cuando, al levantar la vista, descubrió a lo lejos un par de gurkhas haciendo su ronda a caballo. La sangre le corrió muy de prisa por el cuerpo haciéndola despertar de su ensoñación de navegante y huyó hasta caer en las piedras que bordeaban una escultura marcial. Reparó en que había pasado mucho tiempo desde su salida a la superficie; el tránsito de los uranos comenzaría a incrementarse en cualquier momento, y eso haría más complicado el regreso al subsuelo. Aun así, era preferible arriesgarse y volver cuanto antes: su madre debía de estar muy preocupada por su retraso.

Dio un rodeo largo por el sendero norte, haciendo una parada en el muro colindante con la escalinata. Se escondió tras el nacimiento enmarañado de la trepadora que lo cubría, y aunque los cardos la pinchaban, se introdujo por completo en el follaje de la enredadera aspirando su frescura. No se veían más que unos cuantos uranos caminando por las veredas peatonales y estaban tan distantes, que aun cuando dieran voces a los gurkhas, calculó que éstos no podrían ya darle alcance, y corrió despavorida.

Asustado por su piel oscura y su indumentaria andrajosa, un niño gritó de pánico al verla correr. Su aullido alertó a los gurkhas, que comenzaron a perseguirla a todo galope. Zeit oía cada vez más cerca los cascos de los caballos y creyó que su fin había llegado. Arribó sin aliento a la embocadura de la nueva madriguera que los dalits habían abierto cerca del lago. Milagrosamente, los gurkhas no la habían taponado aún y se tiró de cabeza en ella. Respiró aliviada a un par de metros bajo tierra, sabiendo que sus perseguidores creerían que había entrado ya a la red de túneles y drenajes. Pero aquella era una madriguera que había sido construida sólo como trinchera. Para los gurkhas la vigilancia del parque implicaba todo un reto, pues los topos cavaban hoyos profundos que desembocaban en los túneles, y también otros hoyos superficiales como ése. Nunca sabían si el dalit escondido bajaba a las profundidades del subsuelo o volvería a salir un rato después de haberse sumergido en un hueco poco profundo.

Zeit tendría que esperar a que se despejara la zona para alcanzar un acceso al subsuelo. Pensó en lo preocupada que estaría su madre. Ella no había aprendido a esperar como los dalits de nacimiento, capaces de adormecer sus pensamientos, su ansiedad y hasta sus necesidades por tiempo indefinido. Los intocables que habían nacido en la superficie, como Gea, eran impacientes, se dejaban llevar por pensamientos catastrofistas y eso los exponía al peligro con más facilidad que a los dalits naturales, que habían aprendido de las ratas, los topos y los murciélagos el arte de esperar el momento adecuado para abandonar las tinieblas. Gea había nacido y vivido varios años en la superficie, y aunque ya casi nada recordaba de ello, aquella impaciencia denotaba su origen.

Zeit no podía arriesgarse a salir de nuevo y esperó resignada dentro de su agujero a que afuera todo estuviera en calma. Comenzó a bajar el sol y entonces se aventuró a emprender el trayecto hacia su mirador, segura de que Gea estaría rabiosa.

Llegó al subsuelo sin contratiempos y mientras caminaba por el primer tramo del drenaje pensó que durante varios días haría todo lo que su madre le pidiera: filtraría paciente el agua; la espulgaría y peinaría por horas hasta que sus trenzas quedaran inmaculadas; le acariciaría los pies como a ella le gustaba; lo que fuera necesario para hacerse perdonar esa travesura.

Pero no la encontró en el sitio habitual. Era lógico, se habría cansado de esperar y estaría ya en el hueco que ocupaban en los túneles. Pero tampoco estaba allí. Hizo el recorrido de ida y vuelta varias veces y hasta pensó que se habría escondido para asustarla. Al cabo de un buen rato comenzó a impacientarse y volvió a la entrada del mirador. Le preguntó al viejo si había visto a su madre, pero éste ni siquiera le contestó.

Zeit se estremeció al pensar que muy pronto caería la noche. Gea debía de haber salido a buscarla y no habría podido volver. Se angustió al pensar que su madre no era diestra en la superficie; nunca salía sin ella, y además, era casi ciega. Corriendo un riesgo inmenso salió a peinar los alrededores, pero Gea no aparecía por ninguna parte.

De vuelta al mirador, escuchó, tras una tupida arboleda que bloqueaba la visibilidad, unos lamentos que le desgarraron el alma. Se paralizó ansiando que esa voz hubiese sido sólo una ilusión de su mente, pero los quejidos se hicieron más nítidos: era su madre. Zeit corrió desbocada hacia el sitio. Ahí estaba Gea. Su cabeza yacía sobre una aureola líquida, purpúrea, irreparable. Zeit constató aterrorizada que sobre el oído de su madre se dibujaba la pequeña entrada de una bala gurkha que al salir le había descarnado la mejilla abriendo un orificio granate, como un pequeño clavel, por donde manaba la sangre bañando su trenza. La cabeza inclinada hacia atrás mostraba las venas azuladas y tensas de su cuello palpitando agónicamente.

Con sus pequeñas manos, Zeit tomó el rostro de Gea tratando de tapar la herida por la que se le iba la vida; pero enseguida se tiñeron de rojo.

—Zeit, no te quedes sola… Busca compañía —dijo su madre casi sin aliento.

—Perdóname por haberme ido —rogó Zeit sin poder contener el llanto.

—No importa… Escucha. Tú no debías haber estado nunca sola… Yo no debía morir tan pronto.

—No hables, mamá…

—Escucha. Debes saber algo.

—¡No pierdas fuerzas! —imploraba Zeit con desesperación.

—Óyeme bien —dijo Gea casi en susurro—. Tú no naciste sola… De mí nacieron dos… Tu hermano mellizo era un engendro, y tuve que dejarlo morir en una cueva de las cloacas… No hubieran podido sobrevivir los dos… —Gea hizo una pausa para tomar aliento—. Tuve que optar y te elegí a ti. Él hubiera muerto tarde o temprano … Pero debes comprender que otro ser en mi vientre te hizo compañía… No es tu naturaleza estar sola…

—Viviré y moriré sola. No hables más.

—Busca compañía —dijo Gea, mirando por última vez los bellos ojos negros de su hija.

Zeit estrechó el cuerpo casi exánime de su madre, como tantas noches ella la había atenazado al suyo para conservar el poco calor que las cobijara hasta el amanecer. Le cantó las mismas canciones que desde pequeña colmaron sus sueños y la arrulló con un vaivén pausado, monótono. Siguió tarareando la música de su niñez aun después de sentir el último aliento de su madre… Poco a poco fue sumiéndose en un sueño profundo, respirando muy suave, con el deseo incontenible de morir también.

Al despertar sintió cómo la invadía el frío que expedía el cuerpo de la que había sido su madre y comprendió con espanto que estaba completamente sola en el mundo. Cerró de nuevo los ojos tratando de aplazar la separación, pero la desgarradora realidad terminó por vencerla. Se resistió mucho rato, pero al final se incorporó, y detrás de una gran piedra, con sus pequeñas manos, hizo un hoyo poco profundo hacia el que arrastró el cuerpo de Gea.

—Nunca confiaré en nadie, mamá… Te juro que vengaré tu muerte.

Desde aquel instante el rencor y la ira hincaron profundas raíces en su alma de niña.

VII

Lo primero es tranquilizarme —pensó Rudra—. De nada sirve ponerme nervioso. Alguien metió estas cosas aquí y esa misma persona salió por algún sitio, ya que no hay un esqueleto aquí, ni vi ninguno en el camino". Rebuscando entre los viejos libros y los muchos objetos abandonados en esa cueva en forma de bombona, Rudra encontró una apertura tras un mueble de metal corroído por el óxido. Tomó el libro más voluminoso, lo guardó en su talego y se arrastró por el pasadizo que lo precedía hasta que llegó a su olfato la conocida peste a humedad y descomposición del mundo subterráneo de los intocables. "No debo de estar muy lejos de una entrada que desemboque en los túneles", pensó.

Guiado por su olfato, llegó a la red del desagüe y finalmente al viejo metropolitano. ¡Ni siquiera estaba lejos de la cueva que compartía en ese momento con Cotto! La cueva debía estar bajo la 115 y la Séptima Avenida. El camino de llegada había sido accidentado, no así el de salida; por ese mismo pensaba volver, pero esta vez acompañado de la vieja lectora. "No se podrá resistir a que le enseñe todos estos libros", pensó exultante.

Encontró a Cotto en el mismo sitio en que lo había dejado esperando su regreso. Ocupado en hacer sonar unas varas contra el barandal de una trunca escalera de caracol.

—¡Mira lo que traje de un sitio increíble que acabo de descubrir! —dijo, mostrándole el libraco—. ¿Has visto a la vieja?

Sin inmutarse por el hallazgo, el lacónico gigante respondió señalando con el dedo índice hacia el norte.

—Irnos pronto. Lluvia entró. Todo empapado —dijo, y Rudra comprendió que ya era hora de abandonar el hogar provisional donde habían vivido varias semanas.

Los dalits se habían dado por vencidos ante la humedad. En otras épocas aún la combatían con ahínco, pero en los últimos tiempos habían optado por convertirse definitivamente en nómadas del subsuelo, abandonando sus intentos por contener el agua con diques u otras defensas inútiles.

Los viejos que habían poseído un hogar en la superficie antes de convertirse en topos y penetrar en el inframundo al escapar del Exterminio se resistían a errar de un lugar a otro. Pero las nuevas generaciones se habían acostumbrado al vagabundeo perpetuo. Eran nómadas subterráneos sin mañana, sin deseos, sin prisa, sin ilusión. Aun cuando los ataques uranos al subsuelo —que más de una vez amenazaron con ahogarlos vivos— habían cesado misteriosamente hacía algunos años, no se alteró ya el espíritu trashumante de los dalits que nada poseían, a nada se aferraban ni nada podían ya perder. Por ser nómadas habían desarrollado un alto sentido de la economía y la simplicidad. Eso los hacía prescindir de casi cualquier pertenencia superflua. Si se avecinaba un peligro o cambiaba la temperatura en los túneles, cuanto menos llevaran consigo, más cómodo y seguro era su traslado. Únicamente el alimento que ofrecía el basurero los mantenía atados a la superficie, aunque cada vez hallaban más tubérculos e insectos comestibles en el mundo de las tinieblas.

—Antes de irnos, voy por la vieja. Espérame aquí —dispuso el tullido, y se arrastró hacia la dirección que Cotto le había indicado.

Tenía que proceder con malicia. La vieja era retobada a más no poder y también muy capaz de robarle el libro y no creer que existía esa cueva de ensueño.

Al encontrarla, buscó un sitio donde ella pudiera verlo y ahí se colocó muy solemne en flor de loto, y se puso a hojear el libro ignorando a la mujer. Hizo un esfuerzo por no levantar los ojos y encontrarse con la mirada esquiva pero incisiva de la vieja que lo atisbaba de reojo, con una mezcla de rabia y envidia. Se midieron en ese juego un tiempo incalculable, hasta que la mujer, con un grito, ordenó:

—¡Ven aquí!

El chico se arrastró hasta ella y con la sagacidad que lo caracterizaba dijo:

—Te traje este libro, toma… Uno de entre muchos más que he encontrado en un depósito secreto.

La vieja se lo arrebató de las manos y comenzó a devorarlo, como si le fuese la vida en ello. El chico se mantuvo imperturbable a su lado, simplemente alimentando la tea a sus espaldas. Cuando la vieja hubo terminado, dictaminó:

—Sé con qué intención me has dado este ejemplar y también sé que no habrá poder humano que te haga decirme dónde están los demás libros si no te enseño a leer —y sin esperar la respuesta del tullido, añadió—: Acepto. Pero escúchame bien. Si en diez días no has aprendido, se acabó el trato y me dejas tranquila. Mañana me llevarás a ese dichoso lugar. Vamos a ver si en verdad existe.

Rudra sintió que la emoción y la angustia se desbordaban en su baldado cuerpo. Por fin había logrado su objetivo, pero ¿y si no estaba a la altura y le era imposible aprender?

—Además, tú y tu amigo se encargarán de buscarme alimento. Estoy muy vieja para esos trotes y pierdo mucho tiempo hurgando en el basurero. Ah, me llamo Thot.

Huelga decir que Rudra aprendió a leer, no en diez días, sino en ocho, durante los cuales Cotto se hizo por entero responsable del sustento de la anciana y de su amigo. Salían de la cueva de los libros únicamente para recibir algo de alimento del gigantón y enseguida regresaban.

—He seleccionado las lecturas con las que vas a comenzar. No tienes ni idea de nada, así que será como empezar con un niño pequeño, como cuando les daba clases a los párvulos, en mis épocas de profesora… ¡Pero qué te digo, si no me entiendes nada, Cuasimodo!

—Soy Rudra, no Cuasimodo.

—¡Eres una bestia, eso es lo que eres! —mentía la vieja, cada vez más convencida de la despierta inteligencia del chico.

Rudra ni se inmutaba con los insultos de Thot. No desperdiciaba un minuto de claridad para leer y admirar las ilustraciones en las que descubrió las grandes pinturas de la humanidad, los monumentos, las antiguas ciudades y la vestimenta de los hombres de otros tiempos. Aunque caía irremediablemente dormido por el cansancio, las imágenes del mundo que estaba descubriendo se le agolpaban sin orden ni concierto, desencadenando sueños maravillosos y caóticos. Quería entender el funcionamiento del átomo, de las células, de la naturaleza entera. Sus ansias de comprensión desbordaban a Thot, que también estaba embelesada con el tesoro de libros y objetos preciosos.

La vieja no pudo evitar romper en llanto al abrir una insignificante cajita de madera y encontrar un par de relojes de cuerda en perfecto estado, dormidos en su cama de seda roja: un reloj de pulsera, y otro de leontina. Las esferas estaban ligeramente amarillentas, pero las manecillas resplandecían esperando sólo a que alguien las pusiera en marcha.

Con la respiración en vilo, Thot comenzó a darle cuerda muy despacio a uno de los relojes. Un gesto brusco podía hacer saltar la cuerda, pero eso no sucedió y cuando vio la manecilla del segundero avanzar con su cadencia majestuosa, dijo:

—¡Es como si el tiempo comenzara a correr de nuevo! Como si hasta ahora hubiera estado detenido… ¡Voy a tirar mi maldito péndulo!

Contagiado por la emoción de la vieja, Rudra se acercó despacio y siguió sus movimientos sin comprender lo que hacía. Esperó a que Thot se colocara ambos relojes, uno en la muñeca, otro enganchado al cinto de su falda, para preguntarle qué eran. "La existencia de una medida del tiempo independiente de los sucesos es difícil de concebir, pero utilísima", pensó Rudra.

El concepto de la medición universal del tiempo fue para Rudra un descubrimiento imponente. Algunos viejos dalits hablaban de minutos y de horas, pero ya nadie era capaz de determinarlos ni guiarse por ellos; no había manera de saber en qué momento se había cumplido una hora o un minuto. A diferencia de lo que pasaba en la superficie, donde era fácil medir el tiempo, en el mundo subterráneo todo permanecía detenido, como si el tiempo hubiese dejado casi de existir. Los intocables no sentían pasar las horas, ni podían tomar como punto de referencia la salida del sol o las fases lunares. Para los que poseían una rendija hacia el exterior, el tiempo se delimitaba por las distintas posiciones de las sombras que proyectaba el sol en los respiraderos durante el día. Si no, el paso del tiempo sólo se reconocía en la vejez, en la muerte de los otros, y se calculaba por los fenómenos cotidianos: la extinción de una tea o una fogata, la descomposición de los cuerpos —más rápida en verano que en invierno—, o la decantación del agua que se filtraba por las piedras.

Poco a poco, el tiempo para los dalits se fue haciendo tan elástico, que llegó a ser inmenso, infinito, al igual que etéreo y fugaz; no medía el pasado, casi difuso, ni el futuro, sólo el presente constante, eterno. La idea del tiempo futuro que había guiado siempre la vida de los hombres, y ahora la de los uranos, había dejado de tener sentido para los dalits. No había proyectos ni esperanzas, únicamente la existencia presente, ineludible y definitiva. Y, por ello, era justamente el tiempo la única posesión de los dalits. Se habían adueñado del tiempo; un tiempo nunca antes conocido por los hombres.

La vieja dio también con una brújula y le explicó a Rudra su gran utilidad, lo mismo que el funcionamiento de otra gran cantidad de objetos deslumbrantes que fueron apareciendo dentro de cajas y en lo alto de la estantería.

Thot y el tullido pasaron en aquel sitio hediondo a madera podrida, a polillas y a papel humedecido muchos días con sus noches. Una mañana, armados con sus tesoros, decidieron dejar su encierro. Thot hizo cargar a Rudra hasta la entrada del depósito donde los esperaba Cotto un pesado baúl, no demasiado grande, que contenía un regalo para el gigantón. La vieja jaló del brazo a Cotto para que se sentara con ella en el suelo y ordenó a Rudra acercar la caja. Al abrirla apareció un objeto completamente desconocido para los chicos. Thot lo cargó, lo colocó sobre sus piernas y pasó por sus brazos una especie de tirantes. Desplegó el curioso aparato que parecía estar a punto de romperse en dos, y en ese momento salió de él un sonido armonioso y grave. Cuando la vieja lo devolvía a su estado normal, el sonido aumentaba con nuevos tonos. Los botones y las teclas del instrumento respondieron a los dedos medio agarrotados de la vieja, emitiendo una música simple y melodiosa. Cotto lo miró con los ojos desorbitados, y antes de que Thot terminara la pieza, le arrebató el acordeón diatónico, que a partir de ese momento sería su compañero inseparable.

Como Thot había sospechado, en pocos días el corpulento muchacho sacó una rudimentaria música de aquel instrumento con las escuetas nociones de solfeo que ella le trasmitió. El gigantón atronaba los túneles haciendo sonar su viejo instrumento.

Una tarde estaba la vieja tarareando descuidadamente una canción de su infancia, cuando de pronto escuchó esa misma melodía salir del fuelle del acordeón.

—¡Cotto! ¡Tienes oído absoluto! —clamó Thot sin poder contener su alegría.

¿Cómo era posible que aquel muchacho medio idiota fuese capaz de semejantes prodigios? En la vieja se despertó un ansia incontenible por escuchar la música que tanto había amado antes de huir del Exterminio. Quería recordar con dulzura los momentos de felicidad de su lejano pasado. Obligó a Rudra a bajar al zulo, pues suponía que en ese mar de cosas podría encontrar un primigenio aparato de sonido. Como Thot esperaba, después de hurgar con insistencia, Rudra encontró en un baúl mohoso y desportillado el precioso objeto: un gramófono y unos discos de Bach y Mozart en buen estado. Como un hecho providencial, uno de esos discos contenía seis versiones distintas del *Musikalisches Würfelspiel* de Mozart.

Una y otra vez Cotto escuchó aquella música intuyendo que algo se escondía en sus sonidos. Hasta que un día dio con el gran secreto: las seis versiones contenían los mismos compases ordenados de modos diversos.

Cotto había llegado a dominar en el acordeón las versiones del *Musikalisches Würfelspiel* que la vieja había encontrado, pero una mañana Thot se despertó sobresaltada al escuchar una melodía nueva, y luego otra. En lo más profundo de su memoria reconoció esas piezas: eran diferentes versiones del *Musikalisches Würfelspiel*. El gigante había descubierto que Mozart ordenaba fragmentos de modos diversos para componer con los mismos compases nuevas melodías. Thot le preguntó cómo lo había hecho, pero Cotto no supo responderle, y fue cuando la vieja, ansiosa por hacerle a él comprender su logro, escribió en el suelo arenoso de la cueva una simple ecuación aritmética; Cotto la miró impávido. Ella utilizó sus dedos para explicarle que uno más uno eran dos. El chico asintió, como quien escucha una obviedad, y fue entonces él quien le explicó con los dedos, que dos más dos eran cuatro.

La vieja le enseñó con qué signos se representan los números, y en ese instante Cotto sintió que un mundo nuevo se abría ante él; como si ese velo impenetrable a través del cual había visto siempre su entorno se levantara para dar paso a una catarata de lógica y claridad. Los patrones se habían repetido dentro de su mente desde siempre; las matemáticas habían sido el lenguaje en el que discurría el pensamiento de Cotto, pero sólo hasta ese momento pudo cobrar conciencia de cómo podía comunicarse con los demás gracias a él. Aun cuando no pudiera expresar con palabras sus ideas y sentimientos, ahora el mundo le parecía un poco menos impenetrable.

Thot quedó maravillada al ver que con sólo una brizna de información se desplegaba en Cotto una indiscutible destreza en la lógica matemática. Se pasaba horas poniendo a prueba la capacidad del gigante para desarrollar todo tipo de fórmulas y resolver problemas matemáticos, que luego ella verificaba en el apartado de resultados de los libros. El joven siempre acertaba, era infalible y podía pasar días elaborando ecuaciones en una pared o en cualquier superficie. Al parecer era la única actividad que de veras le entusiasmaba, junto con la posibilidad de tocar música en el viejo acordeón o hacer percusiones en la tubería de los túneles.

Entretenidos en su melomanía, la vieja y el gigantón se olvidaban durante horas del tullido que aprovechaba ese tiempo para leer, cada vez con más celeridad, todo cuanto caía en sus manos. En los libros Rudra aprendió las causas de los fenómenos naturales, los descubrimientos e inventos de los grandes hombres de ciencia y las obras maestras del arte universal. Pero sobre todo quedó encadenado por el hechizo de otras vidas. La primera que cayó en sus manos lo transportó tan completamente a un mundo fuera de sí mismo, tan vibrante y real, que por momentos creía vivir dentro de esas historias. Convertido en el protagonista de las novelas, Rudra escapaba de la realidad de las cloacas, pero al llegar al punto final de cada relato, se enfrentaba a un vacío que sólo podía ser compensado con una nueva lectura.

Formando una entidad indivisible, los tres amigos pasaron el verano y casi todo el otoño sumidos en sus descubrimientos. El semblante duro de Thot se suavizaba en cuanto el gigantón tocaba la música que ella misma le había descubierto. Por otro lado, Rudra no dejaba de atosigarla con mil preguntas.

—Thot, los dalits no han existido siempre, ¿verdad? No encuentro referencia nuestra en ningún sitio. Solamente en la India, como una antigua casta de intocables. Pero no son como nosotros realmente. —Una pausa reflexiva, larga y espesa, hizo a la vieja prestar más atención para averiguar adónde quería llegar el chico—. ¿Por qué los dalits estamos en el subsuelo sin poder salir? ¿Desde cuándo estamos en los túneles? Tú viviste fuera y me lo tienes que explicar. ¿Fuiste una urana?

—No. Es una historia muy complicada.

—Necesito saberlo todo, porque quiero salir. Quiero vivir fuera, en la superficie… Quiero poder moverme por donde me dé la gana, sin que me persigan los gurkhas. Quiero conocer el mundo, como los personajes de mis libros. Pero sobre todo, Thot, quiero ver el sol por las mañanas y sentir el viento en la cara.

Sólo hasta ese momento la anciana dalit comprendió lo que sus lecturas habían ocasionado en ese jovencito que ninguna posibilidad tenía de ser libre, ni de salir siquiera del submundo. Se entristeció al ver las ansias de libertad del chico, que moriría con la frustración más punzante que puede existir: la de desear lo imposible y jamás alcanzarlo.

VIII

Cliff terminó con sentimientos encontrados el último año del bachillerato. Estaba ansioso por iniciar la carrera de historia, pero pensaba lo mucho que echaría de menos la indulgente vida de bachiller. Veía con nostalgia cómo su adolescencia se esfumaba para dar paso al duelo por la posición de arconte.

Para festejar el fin de curso, el colegio de Cliff organizó un viaje a las nuevas colonias en la antigua Nigeria, donde muchas familias provenientes del norte de Europa habían comenzado a repoblar las grandes extensiones de tierra reforestadas tras el exterminio de la población negra.

En tres horas un jet supersónico llevó a los graduados al aeropuerto de Abuya. Se hospedaron en un albergue rústico, aunque con todas las comodidades, regenteado por una destacada familia urana, que encontraba muy edificante recibir a jóvenes de todo el mundo para mostrarles las bellezas de la región.

Cliff encontró especialmente interesantes los flamantes museos de ciencias naturales e historia. Se maravilló al comprobar la transformación de este continente devastado hasta bien entrada la Neohistoria por el hambre, la miseria y las enfermedades, ahora renacido con esplendor tras haber sido reforestado y colonizado por familias uranas. La zona revestía especial importancia para la Neohistoria, pues desde ahí habían salido parte de los emigrantes que protagonizaron en Alemania la gran revuelta que precipitó el Exterminio.

Conversando con los dueños del albergue se enteró de la existencia de un número importante de dalits en la zona. Esto le asombró, considerando que antes de la Cruzada Global en el continente africano se habían logrado avances importantes en la eliminación de dalits mediante guerras intestinas auspiciadas por el Consejo, inoculación de enfermedades epidémicas, ataques bactericidas y escasez de alimentos. "¿De modo que ni siquiera aquí el Consejo puede terminar con los dalits?", se preguntaba Cliff intrigado.

Regresó al museo sin sus compañeros, y pasó varias mañanas observando los ritos de los seres que habían vivido en esa parte del mundo no hacía tanto tiempo. En cada visita encontraba aspectos insospechados de sus costumbres. Al lado de esas vidas penosas, convulsionadas e inciertas, el mundo urano resultaba tan predecible, uniforme, aburrido. Frente a las imágenes de aquellos hombres negros como el carbón, vestidos con taparrabos, bailando incontinentes al ritmo de una música hipnótica, que movía los cuerpos y envolvía el ambiente en una euforia letárgica, a Cliff le invadió el impúdico deseo de sentirse por un momento parte de aquella gente vital y primitiva.

La expresión de los danzantes le recordó al contrahecho dalit con el que se había topado meses atrás. No había logrado olvidar esa mirada profunda que ahora veía en los ojos de los hombres de la extinta África negra.

Volvió del viaje más convencido que nunca de su vocación por la historia, y con más curiosidad que antes por asomarse al mundo de los dalits. En pocas semanas cumpliría los dieciocho años, y con ello la autorización para entrar a la ciudad sin compañía de ningún adulto. De esta forma, podría comenzar sus pesquisas sobre los topos. Desconocía los recovecos de la isla y pensó que su hermano podía ser un buen guía, aunque no pensaba revelarle la razón de su interés.

Una madrugada, pocos días antes de su cumpleaños, Cliff abordó a Sam al regresar de su juerga habitual. Éste, quien desde hacía dos años tenía permiso para entrar a la ciudad sin supervisión, no paraba en casa. La vida nocturna de Manhattan le resultaba electrizante en contraste con la monótona rutina del protectorado.

—Sam, quiero que me lleves contigo a la ciudad el próximo fin de semana.

—Tú no puedes todavía venir a los bares.

—Pero si el viernes cumplo los dieciocho.

—¡Genial…! Te voy a organizar un rito de iniciación que no vas a olvidar. A mí me lo hicieron hace dos años y fue increíble… Pero pensaba que no te interesaban las fiestas.

—Claro que me interesan. Y también quiero recorrer la ciudad por la noche… ¿Tú la conoces bien?

—Por supuesto. Tengo un grupo de amigos patricios, con quienes circulamos por ahí en busca de algo menos aburrido que las diversiones de los uranos corrientes. Pero quizá eso no te guste. Eres un chico bueno… Las calles tienen su morbo. No todo es tan tranquilo como parece.

—¿Cómo qué?

—Nada en particular.

—¿Dalits?

—¿Y eso? ¿Qué sabes tú de los dalits?

—Me despiertan mucha curiosidad.

—Está bien, te enseñaré el lado oscuro de Manhattan y algo más —dijo con gesto travieso.

Cliff se dedicó durante esos días a buscar información sobre los intocables de la zona. Le preguntó una vez más a su padre cuántos dalits había en el subsuelo de la isla y por qué no habían terminado definitivamente con ellos, pero Henry volvió a responderle con evasivas.

Le llamaron la atención los poquísimos datos que encontró en la red. En ningún sitio pudo hallar el número existente ni algo más preciso sobre sus hábitos, y dedujo que el Consejo lo hacía para no asustar a los uranos revelando la cantidad de enemigos potenciales que pululaba bajo tierra.

El día del cumpleaños de Cliff, Henry despertó a su hijo armando un gran alboroto.

—¡Felicidades! —dijo, entregándole su regalo de mayoría de edad.

Todavía amodorrado, Cliff abrió el pequeño cofre donde encontró las llaves de un pequeño jet último modelo y de un apartamento propio: una especie de certificado de emancipación familiar para cuando los patricios cumplían dieciocho años. Al levantar la vista para agradecérselo a su padre, encontró en sus ojos el destello de una dulce nostalgia; lo vio mayor, aunque no lo era, y lo abrazó muy fuerte.

—Gracias, papá, pero yo voy a hacer lo mismo que Sam. Seguiré viviendo aquí en casa.

Henry sonrió sin poder ocultar su alegría por la decisión de Cliff. La familia seguiría unida hasta que alguno de sus dos hijos se casara.

Cliff, deseoso de disfrutar de su independencia, se subió al coche y traspasó sólo por primera vez las rejas del protectorado, siguió por la autovía y entró a Manhattan por el puente Triboro. Siempre había ido a la ciudad con algún adulto; la sensación de pasear solo sin rumbo fijo era desconocida y excitante, aunque un tanto angustiosa.

Condujo hasta el nuevo puerto de Nueva York, donde múltiples grúas robotizadas, dirigidas por un diestro empleado en alguna lujosa oficina a kilómetros de distancia, movían contenedores inmensos llenos de productos llegados de todas partes del mundo.

A Cliff le encantaba la actividad del muelle, los restaurantes, las salas de espectáculos y el fulgor de las marquesinas luminosas de Broadway. Un brío nacido de su recién inaugurada autonomía lo llevó a circular sin rumbo por las grandes avenidas y los callejones pintorescos que aún conservaban el Village y el antiguo barrio chino, llenos de bares y restaurantes. ¡Qué placer moverse libremente! La ciudad siempre lo había cautivado por su vitalidad y su historia, y en ese momento imaginaba las acciones que propondría al Consejo para mejorar su funcionamiento, en cuanto su padre lo eligiera como su sucesor.

Un escalofrío lo sorprendió al recordar que esa noche Sam le mostraría la otra cara de la ciudad: la de los intocables.

Cenaron en familia con los tíos y primos de otras partes del mundo, que jamás faltaban a las celebraciones en casa del arconte de la familia. Todos respetaban a Henry por haber heredado el puesto del abuelo en el Consejo, y únicamente su cuñado Robert, hermano de Sandra, merecía más deferencias que Henry, por ser un arconte de mayor edad.

La alegría de Cliff al ver la casa llena de niños le despertó un gran deseo de erigir muy pronto una familia. Su regocijo sólo se nubló un momento, con el brindis que ninguno de los Heine omitía en acontecimientos importantes.

—En este día añoro más que nunca a mamá… —dijo Cliff en tono solemne—. Brindo por ella y por mi padre que en su ausencia ha guiado con tanta entereza nuestra agitada adolescencia… Gracias, papá.

Henry no pudo reprimir una lágrima y abrazó a su hijo colmado de una emoción que hubiera preferido guardar para un momento más íntimo, lejos de la mirada de los invitados.

Después de la cena, Sam y Cliff emprendieron la retirada a Manhattan. Su padre hubiera querido retenerlos, pero entendía que esa noche su hijo estrenaba la mayoría de edad y debía dejarlo marchar.

Subieron al coche que Sam condujo sin piloto automático. Al entrar en la isla tomaron por la Primera Avenida, hasta la iglesia de la Santa Trinidad, donde los gurkhas solían parar a descansar y reorganizarse.

—Espérame aquí. No tardo —dijo Sam, subiéndose el cuello del abrigo.

Inquieto por la tardanza de su hermano, Cliff estaba ya a punto de llamarlo por el auricular cuando apareció con una pícara sonrisa.

—Listo. —Le tiró a Cliff un paquetito—. Aquí tienes tu escudo protector esta noche.

Cliff lo abrió intrigado.

— ¡¿Condones?! —exclamó—. ¿Como los que usaban nuestros abuelos? ¡No sabía que aún existían!

—Los hacen los gurkhas por ahí y yo tengo contactos para conseguirlos… ¿Contento?

A partir de ese momento Cliff fue presa de una angustiosa excitación; su hermano había planeado su desvirgamiento para esa noche y temía no hacer un buen papel. Ansiaba saber quién era la chica que se prestaría a ello, pero por temor a ponerse aún más tenso, prefirió no preguntárselo a su hermano.

Atravesaron la isla hasta Tribeca Park. Allí entraron en un pub estilo irlandés, donde los únicos clientes eran los amigos de Sam. Cliff los reconoció enseguida: eran todos hijos de familias patricias, pero no había ninguna mujer. Posiblemente llegarían más tarde, pensó. Los patricios recibieron a los Heine con grandes aspavientos, la música muy alta y vociferando palabras soeces, algo impensable entre uranos comunes. Corría mucho alcohol y algunas drogas que Cliff conocía solo por referencias. Tan excitado estaba que el alcohol se le subió a la cabeza antes de terminar el tercer trago.

—No quiero que te pierdas tu fiesta por borracho —lo amonestó Sam—. Aspira esto, que nos vamos a que conozcas la ciudad de noche, como querías.

Tentado por la propuesta de su hermano, Cliff inhaló la cocaína que le ofrecía y en segundos se sintió completamente sobrio.

Ocho juerguistas con espíritu aventurero se montaron en dos coches y el resto se quedó en el pub. Muy pocas veces Cliff había visitado la ciudad de noche y siempre con algún adulto que solía correr directamente a su destino, evitando circular por las calles del centro. Encontró fascinante el paseo por las avenidas y las callejuelas que presentaban un aspecto espectral a la luz de las farolas.

Cliff jamás había transitado por el lado oeste en la noche. La escasa presencia de edificaciones y el deterioro de las calles comenzaron a inquietarlo. Se internaron en Central Park por la calle 96 y subieron por una vereda estrecha hacia North Woods, la región del parque más escarpada y con más espesa vegetación. Se apearon y Cliff sintió de golpe que Central Park latía de noche con una fuerza sobrecogedora. Al comenzar la caminata encontraron dos patrullas de gurkhas a caballo que, tras cuadrarse ante ellos, les cedieron el paso.

El grupo de patricios se adentró en la espesura, caminando en absoluto silencio, hasta que se escucharon ruidos de pisadas presurosas cerca de la orilla del camino.

—¡Ahí hay uno! —susurró Raúl, el pelirrojo.

Todos se giraron hacia donde señalaba Raúl, pero los demás no lograron ver nada.

—De verdad que lo vi.

Detenidos en lo alto de un montículo, se recostaron en el césped, guardando completo silencio.

Sólo en los apacibles campamentos organizados por el colegio, Cliff recordaba un sereno más aterciopelado; pero en esta ocasión, la majestuosidad del cielo estrellado se conjugaba con una sensación de indescriptible peligro, suscitando en él un nerviosismo vertiginoso.

—Por esta zona se mueven los thugs, no los dalits —le dijo Sam *sotto voce*—. Si te atrapan, te estrangulan con su cinto en un instante… Nunca los puedes cazar, son demasiado veloces… Tienen un aspecto aterrador… Hoy que hay luna llena podríamos ver a alguno.

Cliff recordó haber estudiado que el origen de los thugs se remontaba a épocas anteriores a la Neohistoria, cuando la marginación condujo a los jóvenes emigrantes a desarrollar una fiereza tan descomunal que los convirtió en seres incapaces de empatía, carentes de sentido alguno de arraigo, y dispuestos a perderlo todo sin inmutarse —hasta partes del cuerpo o su propia vida—, aunque con un espíritu de grupo tan fuerte como su ira. El Consejo tramó devolver a los thugs a sus naciones de origen para sembrar el terror por todo el continente. En los primeros años de la Cruzada Final, los thugs y grupos similares en todo el mundo fueron utilizados en ejércitos privados o escuadrones paramilitares que año tras año arrasaban con decenas de asentamientos pobres. Cuando comenzó el Exterminio, el Consejo contaba con que los thugs operarían como un eslabón más en la cadena de violencia contra los dalits, pero los miembros de las sectas thugs volvieron su violencia en contra de los uranos, superando muchas veces a éstos en crueldad.

No había pasado más de un cuarto de hora, cuando uno de los patricios chasqueó los dedos. Los demás se incorporaron y miraron hacia la izquierda: en absoluto silencio caminaban siete jóvenes con la cabeza rapada, los rostros tatuados, el pantalón ceñido por una cinta ancha y el cuerpo desnudo de cintura para arriba a pesar del frío otoñal. Cliff permaneció extasiado ante el espectáculo; era como mirar a siete pumas sigilosos, desconfiados, astutos. No caminaban en línea, sino que trazaban una especie de elipse por la que cambiaban de posición mientras avanzaban.

—¿Van a los basureros? —preguntó Cliff.

—No. Ellos no comen desperdicios…

—¡Mira! —dijo Cliff, señalando al último de la formación.

Los thugs lo habían oído: rompieron la formación instantáneamente y se desvanecieron en el aire.

—Es inútil quedarnos —afirmó Sam—. No volverán a salir. Vámonos.

Cliff estaba avergonzado por haber causado la estampida de thugs y decepcionado de que la exhibición de intocables terminara tan pronto. Volvieron a los vehículos y para su sorpresa vio que se dirigían hacia el norte por Columbus Avenue.

—¿Adónde vamos? —preguntó tímidamente a su hermano.

—A los basureros —respondió Sam—. ¿No querías ver a los intocables?

Cliff sonrió feliz y exaltado por la noticia. ¡Por fin vería a los dalits!

Dieron un rodeo por Broadway y al bajar por la calle 121 una patrulla de gurkhas los detuvo. Sam bajó del coche y después de unos minutos volvió riendo. Arrancó de nuevo y siguieron por el mismo camino. El paisaje era cada vez más desolado. Los dos vehículos apagaron sus luces y avanzaron despacio. A Cliff la adrenalina le abrasaba la piel. Una y otra vez le habían dicho que los dalits no podían hacerle ningún daño, y sin embargo, ahí estaba, con los nervios crispados, temiendo un fatal desenlace de esta aventura. Pararon los motores. Era momento de bajar. ¿Ya nadie los protegía? Cliff comprobó que ningún gurkha los había seguido hasta ese remoto paraje del antiguo parque Morningside, ahora convertido en el vertedero de la zona norte.

Pudieron caminar sin guardar silencio, pues un estruendo de máquinas ensordecía el fantasmagórico lugar. A Cliff lo invadió un mareo que no le permitía luchar contra esa atmósfera que parecía tomar por asalto sus sentidos. Los sonidos de la noche lo colmaban de impaciencia. Se sintió embriagado por el deseo morboso de mirar a esos seres que ya escuchaba piar, morder, correr y arrastrarse, como ratas en un granero. Sam hizo subir a su hermano a un carromato abandonado; solo a él. Al afinar la mirada, se le heló la sangre. El inmenso vertedero estaba infestado de dalits que entraban por el lado opuesto al que ellos se encontraban y por donde se lanzaba la basura desde las grandes grúas conectadas a los conductos de desperdicios de los protectorados y los edificios de oficinas del lado este.

Los chillidos aterradores de los dalits y su olor a humedad putrefacta le erizaban la piel. Cliff no podía concebir lo que veía: en aquel hormiguero el frenético movimiento de desperdicios producido por cientos de bestias buscando un bocado, un trozo de cartón seco o un cordón de zapatos levantaba un estruendo apocalíptico.

Cliff pasó un largo rato hipnotizado por aquella visión. ¡De modo que noche tras noche se repetía esa misma escena en los basureros de todas las ciudades!

Sam tuvo que forzar a Cliff a descender.

El grupo de amigos regresó muy animado a los coches. Sólo Cliff caminaba en silencio.

—Lo que acabas de presenciar quizá ha sido demasiado fuerte para tu primera noche. Lo reconozco —dijo Sam.

—No. Estoy bien —respondió Cliff, que en realidad se encontraba conmocionado.

—Se te pasará. Lo más interesante está por venir y ni te acordarás de esto —dijo Sam entre risas, y en dos zancadas se emparejó con los demás, que escuchaban divertidos las aventuras de Raúl:

—Éste es el lugar donde el mes pasado vi cómo los gurkhas perseguían a tres dalits, dos jóvenes y un viejo. Dieron alcance primero al viejo y lo mataron ahí, junto a ese árbol. Cuando atraparon a los otros dos, los paralizaron con la picana eléctrica y los subieron a un calabozo rodante sin ventanas.

—¿Adónde se los llevaron? —inquirió Cliff, saliendo un momento de su marasmo.

—No sé. Hacen esas redadas con frecuencia.

Cliff se acercó a su hermano y le dijo en voz baja:

—Perdóname, Sam, pero creo que me voy a casa. No me siento bien.

—¡Estás loco! Ahora viene lo mejor. Vamos a cazar a una guapa urana nada más para ti… Porque yo sé muy bien que nunca te has acostado con nadie. ¡Vas a ver la sorpresa que te estamos cocinando!

—Gracias, pero ahora no puedo. De verdad.

—Como quieras. Allá tú —respondió Sam, visiblemente molesto—. Pero me dejas en ridículo delante de todos. Pensarán que mi hermano es un marica.

—Lo siento.

Durante el camino de vuelta los hermanos no se dirigieron la palabra. Sam dejó a Cliff en la puerta y enfiló el coche de vuelta a Manhattan.

Cliff lamentaba haber desaprovechado la oportunidad de intimar con una mujer, pero después de todo lo que había vivido esa noche, no tenía la presencia de ánimo para iniciarse en el sexo. Una y otra vez venían a su mente la escalofriante imagen de los thugs y el delirante trajín de los dalits entre los desperdicios, con su peste y su infrahumana estridencia.

¿Por qué no los exterminaban de una vez? Ya era mayor de edad y quizá ahora su padre se lo contaría.

A la mañana siguiente se dirigió al despacho de Henry cuando se marcharon los parientes que habían pernoctado en casa.

—¿Puedo pasar?

—Entra —contestó Henry—. Cuéntame cómo estuvo tu fiesta en la ciudad.

—Bien, gracias.

—Me alegro.

—Verás, papá, quiero saber algo que varias veces te has negado a explicarme. ¿Por qué dejan existir a los dalits aquí en las ciudades? Constantemente nos hablan de lo peligrosos que son, pero a veces nos encontramos dalits en las calles. Yo sé que hay miles allá abajo. ¿Por qué lo permitimos? ¿Por qué no los exterminamos de una vez?

—No hay tantos, Cliff, sólo unos cuantos.

—No. Hay miles —sostuvo Cliff—. ¿Es que no somos capaces de acabar con ellos?

—Claro que sí.

—¿Entonces? ¿Qué pasa? ¿Por qué los hemos dejado vivir y hasta los alimentamos con desperdicios? —Henry guardó silencio, pero aun así Cliff insistió—: Por favor, papá. Contéstame.

—Ahora no puedo decirte nada más… Si tú me sucedes en el Consejo, lo entenderás.

SEGUNDA PARTE

Seis años después

El hecho de que una opinión haya sido sostenida, no es evidencia de que no sea absurda.

BERTRAND RUSSELL

IX

La navaja le quemaba los dedos. Era más afilada que cualquier otra que hubiera tenido antes y le daba vueltas entre los dedos con fruición mientras la rabia, convertida en un dolor ácido y punzante, le subía por la garganta cerrándole el paso del aire.

Sólo su propia sangre podía consolarla... Impulsada por un vértigo irrefrenable, Zeit hizo un primer corte, esta vez en su abdomen..., y luego, otro más.

Había marcado dos líneas paralelas, como dos hilos que en instantes se desdibujaron formando una profusa mancha granate. El tajo tuvo su efecto benéfico: la traquea se abrió y el aire empezó a fluir libremente.

El manar de la sangre derritió su ira como un soplo de viento helado se lleva el humo de una hoguera. La luz que se filtraba por la rejilla del albañal dibujaba en sus palmas teñidas de rojo líneas oblicuas de tonos purpúreos y finos destellos azabaches. Cuando la herida dejó de sangrar, Zeit se abrazó a sí misma y cerró suavemente los ojos.

Exhausta al terminar su infausto rito, se abandonó a los sueños que la transportaban con dulzura hacia un tiempo sin tiempo, del que siempre volvía un poco más fuerte, aunque con un regusto agridulce en el alma.

Esa noche Zeit no había podido alcanzar su guarida en el viejo avellano y pernoctó en un hueco lateral bajo la alcantarilla, que los dalits despreciaban por húmedo y pequeño, y en el que apenas cabía. Prefería esa tortura antes que volver a los túneles de donde había escapado seis años atrás.

Desde la muerte de Gea, Zeit vivía en los escondites de la superficie. Contraviniendo la última voluntad de su madre, se alejó por completo de los dalits. Pasó cuatro años escondiéndose bajo los puentes, en las bocas de las alcantarillas o entre los desperdicios de los muelles del Hudson, hasta que encontró una guarida que convirtió en su hogar.

Una noche, dos años atrás, caminando cautelosa por el lado oriental de Central Park, a unos metros del arco Winterdale, vio un hueco en el tronco de un viejo avellano del cual salían quince ramas sinuosas e imponentes. El hueco era tan grande que cupo en él a la perfección. Ahuyentó con facilidad a los bichos que lo habitaban y con ramas secas borró el olor impregnado por el cadáver de una ardilla. Esperó la noche para buscar en el basurero algo con lo que cubrir la boca de su guarida y disimular así tan buen escondite. Dio con un tablón de superficie rugosa, de dibujo similar al tronco del avellano, y trabajó incansablemente durante tres días profundizando la concavidad hasta formar una especie de concha ligera con pequeñas ranuras. Al terminar, se metió en el hueco y colocó el tablón a manera de respiradero.

Dentro de su cubil se guarecía del sereno al volver del basurero y dormía la mayor parte de la jornada. Algunos días, aunque estuviera mareada por la falta de alimento, prefería no salir al vertedero para seguir toda la noche al abrigo de su árbol.

La tarde anterior, el hambre la había obligado a ir en busca de alimento. Bordeó la reserva de agua en cuyo re-

manso llenó el frasco de vidrio que usaba como cantimplora. El agua helada le paralizó la punta de los dedos y le hizo
recordar que así de fría era la muerte. Ya en el basurero las
fuerzas le fallaron; no estaba tan alerta como de costumbre
y por ello no detectó a un dalit corpulento y costroso que
la seguía. Minutos más tarde el hombre le dio alcance y de
un tirón levantó su pequeño cuerpo, arrojándolo sobre una
montaña de basura. Mientras el tipo forcejeaba tratando de
inmovilizarla, buscando al mismo tiempo sacar su miembro,
Zeit se giró y con la punta de un vidrio que había palpado
en los desperdicios le cruzó la cara. El hombre gritó como
un loco llevándose las manos al rostro para contener la sangre
que le brotaba del ojo. Zeit compendió que debía acabar lo que
había empezado y clavó el vidrio chorreante en la espalda
del hombre, una y otra vez. El hombre chillaba con desgarradores aullidos y manoteaba como una bestia acorralada.
Cuando estaba a punto de quedar desarmada, Zeit logró
asestar un corte certero en la garganta y el hombre soltó el
último estertor. Zeit huyó del depósito corriendo a toda prisa, pero mucho antes de poder alcanzar su árbol cayó desfa-
llecida de cansancio. En un último esfuerzo por salvarse de
los gurkhas, se arrastró sin resuello hasta una alcantarilla,
que en el pasado le había servido de escondite. Al amparo del
pringoso conducto, su agitación fue dando paso a la rabia, y
ésta, al dolor, que terminó por dominarla: ese dolor sin tregua, que la sumergía en la desolación más amarga y que sólo
era capaz de abatir mediante el exangüe exorcismo en el que
había recaído una y otra vez desde la muerte de Gea.

Se despertó confundida. ¿Cuánto tiempo llevaba durmiendo? ¿Había soñado el ataque de ese hombre? No…

La peste del tipo aún estaba impregnada en su abrigo,
mezclada con el olor de su propia sangre.

Salió con sigilo del albañal y echó a caminar hacia el río.
Para su sorpresa, una patrulla de gurkhas pasó cerca de ella

sin detenerla. "Debo de tener un aspecto tan miserable que ni siquiera me persiguen —pensó—. Claro, hace más de tres días que no como y estoy sucia de sangre y mugre". Se detuvo en los setos donde echaban con frecuencia abono fresco, rascó en la tierra hasta encontrar tres lombrices, y una tras otra las engulló sin masticarlas.

Mientras caminaba tomó la resolución de sobreponerse cuanto antes a los sucesos de la víspera. Una vez más se había cortado por la desesperación y la impotencia, pero no estaba dispuesta a seguir sintiendo lástima de sí misma. Lo primero era asearse como su madre le había enseñado y orear sus ropas antes de volver al árbol. Marchó con cautela por las calles despobladas hasta el río. Le gustaba mirar el agua plateada del Hudson, los viejos muelles abandonados, los edificios de la otra orilla. Se metió bajo una placa de descarga para escapar de la vista de los gurkhas, y ahí, con medio cuerpo bajo el agua, restregó su piel con tanta energía que terminó toda colorada a pesar del frío. Humedeció unos trapos y con ellos limpió el inacabado abrigo de pelo de rata que ella misma se venía fabricando desde hacía casi un año y al que solamente le faltaba la manga derecha, para lo cual necesitaba cuando menos diez pieles de ratas, que cosería con una ingeniosa aguja de madera enhebrada con jirones de ropa del depósito. Su abrigo manco de rata provocaba las carcajadas de los dalits. Pero ella sabía defenderse, y a cualquier provocación respondía con pedradas y maldiciones. Por otra parte, ya se había acostumbrado al gesto de repulsión de los uranos, que desviaban la vista para no mirarla; de ellos sólo le preocupaba que dieran la alerta a los gurkhas, de quienes, hasta el momento, la había salvado su agilidad felina.

Al volver a su hueco en el árbol, pensó que únicamente la actividad podía vacunarla contra sus recurrentes crisis de angustia. Terminaría su abrigo antes de que llegara el invierno. Por más asco que le inspirara el subsuelo, Zeit estaba obligada a visitarlo si quería encontrar ratas de buen tamaño. Los desagües próximos a los cuatro basureros de la ciudad, donde los roedores se alimentaban, al igual que los dalits, eran el mejor sitio para cazarlas.

Después de un breve descanso, empaquetó el pequeño piolet semicurvo que había fabricado hacía un año y unas cuantas bolsas de plástico. Cerró su hueco dejando, entre otras cosas, las flechas fabricadas con las ramas que cortaba en el parque, y unas cuantas telas para reforzar su calzado. Los zapatos eran su bien más preciado. Tiempo atrás había conseguido uno para el pie derecho que le quedaba a la perfección, con una suela de goma casi entera y orificios para ceñirlo con un lazo a modo de cordón. En el pie izquierdo llevaba un plástico grueso cortado a su medida, que sujetaba a la planta del pie con jirones de telas.

Por lo general, iba a las cloacas a cazar ratas a la hora en que los intocables abandonaban los túneles para ir al basurero y los roedores deambulaban con más confianza. Al caer el sol emprendió la marcha hacia el albañal de la calle 81, donde pensó que con suerte cazaría tres o cuatro roedores.

Bajó por el estrecho conducto hasta el primer pozo, a unos treinta metros de la superficie, y se tendió pegada a un angosto saliente en lo alto del desagüe, desde donde oía el fluir lento y continuo del río subterráneo. Algunas ratas se dejaban transportar por él, pero la mayor parte corría por el andador, en medio del grueso sumidero.

La oscuridad era absoluta; Zeit sólo contaba con un fino oído y su destreza como cazadora. Para evitar que su tos crónica —característica de todos los dalits— la delatara, se contuvo tragando saliva constantemente. Le esperaba una larga noche, así que relajó el cuerpo y procuró que su oído funcionara como un radar. Dejó pasar varias ratas pequeñas, hasta que escuchó el inconfundible chillido de una rata de gran tamaño. A toda velocidad corrigió su posición de ataque, estiró la mano asiendo el piolet, y en cuanto la escuchó pasar justo debajo de ella, descargó el arma con toda su fuerza. El piolet entró rompiendo el cráneo de la rata que aún tuvo resuello para lanzar un chillido destemplado. Al girar la muñeca, Zeit atenazó a su presa, impidiéndole caer al afluente. Chorreando aún líquidos espesos por el boquete de la cabeza, la guardó en un saquillo de plástico rápidamente, para que el olor a sangre no se expandiera por el drenaje. Tres horas después cayó una más, tan grande que Zeit decidió que por ese día había terminado la caza y volvió a la superficie. Dos noches con igual suerte y podría completar la manga. Antes de salir al exterior cortó de un tajo la cabeza de las ratas y desolló el cuerpo con mucho cuidado para no romper la piel.

De vuelta a su hueco en el avellano sintió deseos de compartir con alguien su victoria y sus trofeos de batalla. La vida en la superficie le permitía respirar aire limpio, sentir el sol y la brisa en la cara, pero la había dejado en total aislamiento. Esa soledad la llevó incluso a casi olvidar el exiguo lenguaje que aprendiera de su madre; pasaba semanas enteras sin comunicarse con nadie ni escuchar siquiera su propia voz. Por ello, su pensamiento parecía haberse encogido, y actuaba como una autómata, con el terror pegado a la piel, sabiendo que cada hora transcurrida era una victoria sobre la muerte. Pero ese miedo, en lugar de refrenar su ira, la atizaba. Por el contrario, sus horas de quietud transcurrían con la lentitud tortuosa de la desesperanza y su mente desbordada era incapaz de mantenerse en calma mientras llegaba la hora de la rapiña en los basureros.

Errar con el único propósito de no morir no era lo mismo que vivir. En la calle no había consuelo ni resignación; al menos los topos se aferraban al subsuelo, haciéndolo suyo en el ir y venir de su vida trashumante, pero a los pocos dalits que vivían escondidos en la superficie, nada les pertenecía, sólo una existencia triste como testigos mudos de la vida complaciente de los uranos, mientras se consumían a solas en los escondites callejeros, en las alcantarillas, o como Zeit, sola en el hueco de un árbol centenario.

X

Te parece bien guardarte nuestro *Quijote* para ti solito?! —dijo Thot muy molesta—. Sé bien que lo tienes escondido entre tus cosas. Quedamos en que yo lo llevaba en mi saco y tú me lo pedirías cuando quisieras leerlo.

—No te enojes, Thot. No me di cuenta.

—Mentiroso —espetó la vieja, fingiendo una hosquedad que no era ya más que una reminiscencia insustancial de su antiguo mal genio.

Al poco tiempo de conocerla, Rudra y Cotto descubrieron una viva ternura bajo el áspero temperamento de Thot, por lo que al terminar la alfabetización de Rudra, les resultó imposible dejarla partir y le hicieron una propuesta que no pudo rechazar: seguirían dándole protección a cambio de que ella les transmitiera todos sus conocimientos. Andando el tiempo, aparte de las enseñanzas básicas, realizaron múltiples experimentos con materiales y sustancias, y hasta lograron descifrar, con montones de diccionarios, varios textos en lenguas extranjeras.

Pero existía algo sobre lo que Thot guardaba un total hermetismo: su pasado en la superficie. Rudra le había hecho toda clase de preguntas sobre su juventud, su trabajo como maestra y su familia, creyendo que le sería de utilidad para comprender cómo había sido el mundo antes del Exterminio, pero fue inútil: Thot se negaba rotundamente a hablar de su pasado.

Por las mañanas, Rudra y Thot se dedicaban al estudio, y por las noches, Cotto, con su amigo montado en los hombros, se abría paso en el basurero dando golpes y empujones para alcanzar una posición privilegiada. Rudra bajaba a los montículos de desperdicios, mientras Cotto se colocaba a manera de parapeto para que él escudriñara con tranquilidad, pues no sólo buscaba comida, sino todo papel que contuviera algo legible.

Esa noche, de vuelta en los túneles, cargando un bulto con alimentos y otro con papeles, vieron extrañados que su vieja amiga no estaba en la cueva. Ninguno de los dos dijo nada, pues no era la primera vez que se escabullía por ahí. Cotto se echó a dormir y el tullido aprovechó para ordenar los nuevos papeles y seguir con sus lecturas pendientes bajo el lánguido resplandor de una tea.

A pesar de que la vida nómada únicamente le permitía conservar lo esencial para sobrevivir, Rudra no paraba de coleccionar libros, periódicos, papeluchos, revistas y hasta folletos publicitarios. Almacenarlos en el subsuelo era tarea casi imposible, pues la humedad y las mareas intempestivas todo lo destruían; pero él se valía de plásticos y sacos que encontraba en el basurero para proteger su tesoro, el cual cargaban a cuestas en cada mudanza.

Rudra poseía una curiosidad insaciable, capaz de vencer todos los obstáculos. Siempre encontraba momentos de ocio para leer los textos que iba acumulando, aunque sus cansados ojos lagrimearan por la falta de luz o por la minúscula tipografía. Pero esa madrugada, al vaciar el contenido de la bolsa con papeles, no pudo menos que suspirar al ver la caótica pila desparramada frente a él.

Días antes, Thot le había preguntado de qué le iba a servir tanta información, y no había querido contestarle. Su anhelo de saber había crecido poco a poco al ir engarzando un conocimiento con otro: descubrir el átomo, por ejemplo, lo había llevado a la necesidad de entender la célula, y después, ya le fue imposible ignorar a los organismos vivos. Con todos los temas le pasaba algo similar.

Dado que sus hallazgos estaban llenos de vacíos e interrogantes, Rudra leía siempre con un método preciso: cada dato que encontraba en los textos lo iba sumando a un archivo de su gran biblioteca mental; una biblioteca minuciosa, limpia y bella, en violento contraste con la realidad que lo envolvía. Su mente era un arsenal repleto de ficheros, casi todos inconclusos, para los que buscaba sin descanso los datos que le faltaban.

Cada vez lo invadía con más fuerza el placer de la vorágine cognitiva; un placer que se había convertido en adicción. El vicio de saber se alimentaba a sí mismo, pues cuanta más información procesaba, más quería saber y mayor era su orgullo y su deseo de diferenciarse de los topos que lo habían humillado desde niño por su cuerpo deforme. Desde pequeño había agudizado su radar de alerta para huir de quienes lo acechaban para divertirse viéndole correr como una lagartija, con su columna deforme movida por unos brazos que no parecían humanos. Muchas veces soñaba con transformarse en un gigante como su amigo y vengarse del escarnio. Pero cuando estaba despierto luchaba contra el resentimiento de una manera más eficaz: afinando su inteligencia, sus conocimientos y su ingenio. Esto lo fue haciendo sentir un ser diametralmente opuesto a lo que su imagen de minusválido proyectaba. Se percibía a sí mismo como un hombre completo y sabio, pues crecía en él la idea de que si había sobrevivido en condiciones tan adversas, alcanzando un conocimiento tan vasto, no era sólo para compensar su invalidez, sino porque estaba predestinado a cumplir una misión superior.

Pasó mucho tiempo dilucidando la naturaleza de su encomienda, hasta que un día todo se le reveló con absoluta claridad: él, el dalit más endeble del subsuelo, podría guiarlos a todos en su lucha por rescatar la libertad que los uranos les habían robado. Desde ese día Rudra se miró a sí mismo como un Espartaco contrahecho, que con impulso quijotesco alcanzaría lo imposible. Pero ni siquiera a Thot se atrevió a revelarle sus pensamientos, pues temía que se riera de él.

Lo aprendido durante esos años de estudio le había enseñado que todo aquello que compone el universo está regido por la dialéctica interna donde cohabitan la armonía y la contradicción. Únicamente en la profundidad de los fenómenos se puede entender la esencia del comportamiento que los gobierna, así como su talón de Aquiles, pensaba Rudra. Desde hacía tiempo había deducido que no existen hechos irreversibles en la historia, y por ello los dalits podían revertir su condición. Pero para oponerse a los uranos, para siquiera pensar en luchar contra ellos, debía conocer sus fortalezas y ante todo sus debilidades. Se decía que quizá podía ser algo tan simple como cortarle la coleta a Sansón. Disponía de conocimientos suficientes en historia, ciencia y arte para seguir con su investigación, y estaba resuelto a indagar con paciencia infinita en el mundo de los uranos.

Inmerso en esos pensamientos se quedó profundamente dormido, pero al despertar comprobó alarmado que su amiga no había vuelto.

—Thot no está —dijo, zarandeando a Cotto—. Acompáñame.

El grandulón se puso de pie como un resorte y con sus manazas subió a Rudra a la espalda para ir en busca de la vieja.

—Primero vamos al sótano de la estación Central. Sabes cómo le gusta estar allí.

Acortaron camino por los pasadizos que los topos habían construido desde el Exterminio para conectar los túneles del metro a las cloacas. Su paciente obra de ingeniería había vuelto aún más enmarañada la red del subsuelo, repleta de bifurcaciones, salientes y vericuetos. Rudra y Cotto atravesaron Central Park por las cloacas. Bajaron por el pozo más cercano al afluente, donde se enfrentaron a una corriente muy crecida, que Cotto venció con relativa facilidad. En la calle 86 y Lexington subieron de nuevo al metropolitano, por el que llegaron a la estación Central, donde se sumergieron treinta metros bajo tierra, hasta el sótano que en los viejos tiempos albergaba el cuarto de control de energía que movía el sistema ferroviario.

Si bien los dalits procuraban vivir junto a las entradas de luz cercanas a los basureros de la ciudad, unos pocos vivían internados en las cloacas, comiendo tubérculos y ratas, y requiriendo cada vez menos luz. Fueron ellos los que empezaron con la costumbre de cavar pasadizos que conectaran el abandonado metro con las cloacas, para así llegar a todos los puntos de la isla, y más tarde, todos siguieron su ejemplo.

El mayor problema para transitar en el laberinto era la oscuridad, pero unos años atrás los dalits habían descubierto una sustancia luminosa creada por la química del subsuelo que los topos más viejos afirmaban jamás haber visto en la superficie. Era una especie de alquitrán de consistencia gelatinosa que emitía resplandores multicolores, cuyos destellos cambiaban de tonalidad sin patrón alguno, como la aurora boreal. Su origen provenía de una práctica que comenzó a extenderse en el subsuelo desde los primeros años del Exterminio: para evitar la contaminación y el tufo, los dalits apilaban a los muertos en las cuevas más inhóspitas, húmedas y sulfurosas, las cuales sellaban cuando no cabía ninguno más. Cierto día, alguien abrió una de las cuevas y se encontró con esa particular sustancia bioluminiscente. La brea mortuoria emitía una luz tenue, pero constante, que se propagaba durante mucho tiempo. La denominaron belenus. Para algunos la sustancia encerraba un misterio sagrado, por ser un obsequio de los muertos, y quizá por ello se produjo por primera vez entre los dalits un consenso tácito, haciendo del belenus un bien colectivo. Desde entonces lo situaban en pasos negros y estratégicos del subsuelo para facilitar el camino de todos.

Cuando por fin Rudra y Cotto llegaron al sótano de la estación Central vieron con preocupación la ausencia de Thot y decidieron volver a la cueva, esta vez por un nuevo camino para ampliar la búsqueda. Habían estado muy atentos a una posible señal en las cañerías, pues los tres amigos solían comunicarse mediante percusiones. Pero no fue el sonido sino el olor de la vieja lo que los guió hasta ella. Rudra olfateó el característico hedor a polvo y sudor de Thot. Era solo un efluvio, pero suficiente para saber que por ahí había pasado. "¿Qué habría venido a buscar Thot en un albañal?", se preguntó Rudra y se puso a gritar con todas sus fuerzas, secundado por el grandulón: "¡Thot! ¡Thot!". Avanzaron gritando hasta la boca de una alcantarilla. ¡Ahí estaba, inmóvil y absorta en la contemplación de la superficie!

—¡¿Qué haces aquí…?! Baja —indicó Rudra.

Comenzó a descender al tiempo que parloteaba atropelladamente. Antes de que tocara el suelo, Cotto la cargó como a una niña pequeña.

—Tengo que contarles lo que vi. ¡Es increíble! —exclamó sin dejar de mirar con curiosidad a Rudra, que subido en los hombros de su amigo, rozaba con sus piernas de trapo la cara de la vieja.

—Espera a que volvamos a la cueva y nos cuentas qué pasó.

—Está bien. Además, ya se fue. Pero mañana volveré a buscarla —dijo cansada y se fue quedando dormida en los brazos de Cotto.

Esa noche no salieron a los basureros, pues la travesía por los túneles había sido extenuante. Pasaron horas antes de que Thot despertara. Cuando por fin lo hizo, Cotto le ofreció un boniato que él mismo había pelado con los dientes. Era un tubérculo de bulbo fibroso, informe y marrón, que crecía a ras de suelo en los pasadizos construidos por los topos; su sabor era como la tierra que lo producía, húmedo y salobre. La vieja comió con avidez y bebió de la cantimplora de Rudra.

—¿Por dónde empiezo…? —preguntó Thot, mirando a sus amigos—. Pues bien, un rato después de que salieran rumbo al basurero, fui a pegarme al grupo que llegó hace unos días a la caverna de al lado, porque quería leer a la luz de su fogata, pero los malditos me echaron, así que seguí caminando. Y como siempre pasa, me perdí. Cuanto más andaba más me iba alejando de nuestra cueva, hasta que me di cuenta de que estaba en la 103, cerca de la piscina. Me dio más miedo volver a perderme en los túneles, así que preferí dormir escondida entre unos setos y encontrar desde fuera, al amanecer, la alcantarilla por donde sé llegar. Lo que me preocupaba era no despertar a la hora indicada, pero el viento de la noche, al que estoy desacostumbrada, me despertó una y otra vez, así que con los primeros albores me puse en marcha. Me resguardé entre la maleza, a pocos pasos de la atarjea donde me encontraron, y me senté a esperar el momento propicio para correr y meterme. Transcurrieron unos pocos minutos cuando de pronto unas manos teñidas de rojo comenzaron a abrir la tapa de la alcantarilla. Me oculté aterrorizada, pero no dejé de mirar. De repente, salió la cabeza de una jovencita, con el pelo hirsuto. Cuando el sol le dio de lleno, casi me desmayo, pues te vi a ti, Rudra, ¡a ti, saliendo de esa alcantarilla!

—¡Qué tontería dices!

—¡Como te lo estoy diciendo! Hay una muchacha exactamente igual a ti cerca de aquí, aunque cubierta con un abrigote de rata, por lo que más parece un fantasma que una joven… Pero no tengo duda de que es tu hermana gemela… Es imposible que existan unos ojos negros iguales a los tuyos y unas facciones tan semejantes… Cotto, tienes que recordar si cuando recogiste a Rudra no había una niña a su lado.

—No. Estaba solo. Solo. Llorando, entre trapos.

—¿Cómo es mi cara? —preguntó Rudra mientras con sus dedos se acariciaba el rostro.

—¿Recuerdas cuando te viste en los espejos mohosos de la caverna donde encontraste los libros? No has cambiado mucho. Esa joven tiene tu misma edad, seguro, y es idéntica a ti, pero no está lisiada.

—¡No puede ser, Cotto la hubiera encontrado junto a mí! —afirmó vehemente-. ¡Debe de ser una alucinación tuya, tendríamos que haberla visto en todos estos años!

—Tú no te hubieses dado cuenta; apenas conoces tu fisonomía, y Cotto quizá no prestó atención si la vio.

—¿Por qué no la detuviste?

—Debo confesar que la sorpresa me paralizó, pero sobre todo me asusté. Tenía las manos llenas de sangre, y aunque después no vi a nadie herido, en ese momento creí que era peligrosa. Vestía una extraña chaqueta, te digo, hecha como de pelo de rata, y algo curioso, tenía la cara limpia, no como todos nosotros, cetrinos de mugre y llenos de costras. Por eso la pude ver bien y no me cabe duda de que es tu vivo retrato…

La sospecha de tener una melliza dejó a Rudra conmocionado, y en los días siguientes luchó por borrar de su mente esa idea. La posibilidad de tener una hermana lo llenaba de ilusión, pero le dolía imaginar que su madre lo había abandonado.

XI

La preparación del banquete había tenido la casa patas arriba desde la víspera. Henry tenía los nervios crispados, pues no faltaban más que tres horas para la ceremonia y aún no había recibido el pedido de arreglos florales. Llevaba varios días presa de ansiedad y lamentando sin cesar la ausencia de Sandra. "Ella hubiera convertido estas jornadas en algo delicioso —pensó—, dirigiendo los preparativos como un juego divertido, con su diligencia y sus dulces maneras. Yo dirijo una gran corporación y no puedo organizar la boda de mi hijo. ¡Después de tantos años, sigo siendo una calamidad sin ella!".

Henry había instalado en su casa y en varios hoteles de la ciudad a los parientes y amigos del extranjero. Sólo faltaba por llegar Cliff, que en el último momento había retrasado veinticuatro horas su viaje por anuncio de mal tiempo en territorio persa, donde llevaba dos años haciendo un doctorado que finalizaría en pocas semanas, al presentar su tesis.

Sam apareció por la puerta del jardín llevando un casco de motociclista y vestido de cualquier manera.

—Cliff salió hace cuatro horas de territorio persa —informó Henry—. No tardará en llegar.

—¿Viene solo? —preguntó Sam.

—Pues ¿con quién iba a venir? ¿Tú sabes si se se hizo novio de alguna de las Tausen?

—No sé nada.

—¡Mira qué facha traes! Yo que tú me vestiría de una buena vez. Nos vamos en menos de dos horas.

Sam pasó por la estancia sin detenerse a mirar la festiva decoración y las mesas montadas con gran lujo. Sus suegros, que por tradición debían haberse encargado de la fiesta, habían aceptado que Henry la organizara, cuando éste adujo con vehemencia la importancia de desposar a su primogénito. "Además, ustedes han casado ya a tres de sus cinco hijos", argumentó Henry en la solemne petición de mano dos meses atrás. En realidad, se había impuesto la jerarquía de Henry en el Consejo, y su consuegro había tenido que acceder poniendo buena cara.

Henry quería hacer época con la boda de Sam, a quien, sin embargo, el boato de la ceremonia le tenía sin cuidado. "Las bodas se olvidan después de que aparece la última fotografía en la sección de sociedad de las revistas virtuales", decía. Lo que deseaba con impaciencia era la noche de bodas. En casi un año de noviazgo con Rita le había sido imposible llevarla a la cama. Si bien había buscado en ella a una chica decente con quien formar una familia, hacía varios meses que su pureza le importaba ya muy poco, pues de manera incontrolable deseaba poseerla. A tal grado había llegado su obsesión que ya ni sus aventuras en la ciudad lo consolaban. Dejó de trasnochar con sus amigos y pidió la mano de Rita. Pero ni la promesa de boda había hecho ceder a la chica, que guardaba su virginidad con celo absoluto para la noche de bodas. Sólo en momentos de arrebato había permitido a Sam tocar sus pechos, aunque de manera tan candorosa y tímida que siempre terminaba ruborizada pidiéndole que retirase la mano. Los preámbulos de azúcar y hiel con los que

Rita lo camelaba tenían a Sam tan perturbado que decidió adelantar la fecha del enlace sin importarle que Cliff tuviese que viajar justo antes de la defensa de su tesis doctoral. En una llamada desesperada, Sam le explicó a su hermano que la boda se celebraría antes de lo pensado porque no sabía de lo que era capaz si no se acostaba pronto con su prometida. Fue tal su empecinamiento que ni siquiera Henry pudo hacerlo desistir, y temiendo que Rita estuviese embarazada, aceptó.

Sam se miró al espejo complacido. El chaqué le quedaba perfecto, los zapatos de charol estaban relucientes y en la muñeca lucía un nuevo reloj, regalo de Rita, cuya hora marcaría el comienzo de su vida de casado y el epílogo de muchas aventuras. Contempló en el reflejo de sus ojos celestes, muy claros, esa chispa que siempre lo había diferenciado de todos en la familia, hasta de su hermano. La suerte le sonreía. La única sombra: la ausencia de su madre en este día tan importante, pero, por lo demás, él había nacido con buena estrella. Sólo le faltaba una cosa para tener la felicidad completa. Desde hacía seis meses ejercía el cargo de director comercial de la corporación farmacéutica familiar, y a pesar de que su padre le repetía que era un periodo de prueba mientras regresaba su hermano, él esperaba que la boda inclinara aún más la balanza a su favor para heredar, en muy poco tiempo, el puesto de Henry en el Consejo.

La puerta se abrió con violencia y entró Cliff en ropa informal, con el pelo alborotado por el ajetreo del viaje.

—¡Felicidades! —dijo, abrazando a su hermano.

—¡Bienvenido! —respondió Sam, palmeando la espalda de Cliff—. Oye, gracias por venir. No podía aplazar mi boda hasta que terminaras tu doctorado, hermano, lo siento.

—No hay problema. —Cliff sonrió al tiempo que se sentaba al borde de la cama—. Estoy impaciente por conocer a mi cuñada, de la que tanto me has hablado. La vi cuando era muy pequeña, pero casi no me acuerdo de ella. Es increíble que no hayamos coincidido una sola vez desde tu noviazgo ni te hayas tomado la molestia de venir a verme con ella.

—Imposible. Mi suegro no la deja subir a mi jet… Pero ya conocerás a la belleza con la que me caso. Por eso estoy tan desesperado, hermano —dijo, volviéndose al espejo para terminar de arreglarse—. ¿Alguna vez has visto a un novio más guapo que yo?

Cliff rio mirando a su hermano a través del espejo.

—Pues en cuanto veas a Rita te harás una idea de la preciosidad de hijos que vamos a tener. No se ha hecho ni una sola operación de cirugía estética, ¿te imaginas qué portento? Quiero una casa como Dios manda, llena de niños, ¡lo menos diez…! ¿Y tú? ¿Qué ha pasado con la menor de los Tausen?

Henry entró en la habitación de Sam llevando en brazos una gran canasta con rosas. Los chicos se rieron al ver a su padre oculto tras el gigantesco arreglo floral.

—Vámonos ya. Vístete enseguida, Cliff, o te vas por tu cuenta.

Cuando Sam llegó con su padre y su hermano a la iglesia, las dos familias ocupaban ya sus asientos a cada lado de la nave central.

Cliff, que estaba de espaldas a la puerta, percibió el momento en el que una sonrisa transfiguraba el rostro de Sam, una sonrisa en la que se traslucían amor, orgullo y felicidad en un todo armónico. Al girar, Cliff comprobó que la novia había entrado en el recinto. Un murmullo de admiración invadió el lugar. Ninguno de los asistentes pudo permanecer indiferente ante el halo virginal que envolvía a la bella Rita. Su blanco vestido, aderezado con un velo que transparentaba sus delicadas facciones, coronaba la viva imagen del ideal urano, en cualquier parte del mundo.

Cliff no podía apartar su atención de ese ángel etéreo que se acercaba como transportado por una nube. Mientras avanzaba por la nave central, Rita, alegre y tímida a la vez, sostenía la mirada de su prometido. Al llegar junto a él, ocupó delicadamente su sitio y giró suavemente para mirar a sus padres, que le sonreían con un gesto de amor y resignación.

Cliff presenció la ceremonia con una exaltación que le nublaba el entendimiento: la belleza de Rita y sus delicados movimientos lo subyugaban. Al momento de los votos, Sam pronunció un discurso manido y soso, mientras que Rita hizo sonar su dulce voz para mostrar un alma candorosa y sincera. Después de pronunciar sus últimas palabras se giró un instante y se encontró con la mirada embelesada de Cliff, que sintió como si un rayo de luz y alegría inundara su corazón.

Cuando los novios avanzaron del brazo como marido y mujer, Cliff fue presa del dolor punzante de la envidia, y comprendió que nunca había experimentado una sensación tan desgarradora. Las preguntas amables, los saludos de sus parientes y las presentaciones a los miembros de la otra familia, no lograron distraer su tortura.

Nadie se privaba de elogiar la belleza angelical de Rita, la gallardía de Sam y el maravilloso porvenir de aquel matrimonio que pronto formaría una numerosa familia. Entre el bullicio de charlas menudas y el revuelo de niños que corrían por todos lados, los invitados partieron hacia la recepción.

Henry estaba exultante en su papel de anfitrión. Recibía a los invitados como lo hubiera hecho en su residencia oficial un embajador de otros tiempos. "¡Con qué comodidad se habría vivido en aquellas épocas, cuando los criados de librea y las negras rechonchas se encargaban de todo el trabajo!", pensó. Él contaba sólo con la ayuda de algunos desagradables robots, y de los chefs que había contratado para encargarse del banquete, quienes se comportaban más como vedettes que como profesionales.

La entrada de los novios fue deslumbrante: los invitados recibieron a la pareja de pie con un aplauso unánime.

Los primeros corrillos entre las dos familias, ahora emparentadas, crearon un ambiente distendido, el cual aprovechó Cliff para relajarse. Sin embargo, poco duró su paz, pues Sam y su flamante esposa se unieron a él después de saludar a los familiares más lejanos.

—Él es mi hermanito pequeño, Rita. Es guapo, ¿verdad? Aunque no tanto como yo, claro.

Rita, asintió con una sonrisa, mirando de nuevo los ojos celestes y diáfanos de su cuñado.

—Te dejo a mi esposa un momento. Creo, mi amor, que tu padre necesita que lo rescate del primo Damián —dijo Sam, acudiendo en auxilio de su suegro.

—Me alegro de que pudieras llegar a tiempo.

—No me habría perdido la boda por nada del mundo —dijo Cliff—. El mal tiempo amainó esta mañana en territorio persa y pude pilotar sin problema.

—Me ha dicho tu hermano que eres muy buen piloto —dijo Rita con un dejo de timidez, que hincó aún más el aguijón en el alma atormentada de Cliff—. Pero, cuéntame sobre tu doctorado. Sam es un bruto y no me ha explicado bien lo que estás estudiando.

—Hago una investigación sobre la evolución de la sociedad en los últimos años antes del Exterminio en diferentes partes del mundo. Y como después de África, en Medio Oriente se dieron los siguientes avances de la Cruzada, me fui allá para tener a mano las fuentes originarias.

—Me lo vas a tener que explicar con calma, pues yo de todo eso no entiendo casi nada.

—Con mucho gusto.

Cliff tenía la garganta seca y sintió que todo cuanto decía era torpe e insulso. Frente a esa criatura celestial, sus frases y sus ademanes le parecían ridículos. Nada de lo que decía tenía sentido ni propósito; lo único sensato hubiera sido contemplar a su cuñada en devoto silencio. Pero tenía que disimular su turbación, por lo que trató de ordenar sus pensamientos y de hablar con aplomo sobre lo que tan bien conocía.

—Dicen que fue una etapa muy difícil para los uranos, ¿no? —preguntó Rita—. Que había varias razas malignas entonces. Me han contado que había gente de piel completamente negra por muchos lugares del mundo.

—Sí, había una población negra, que habrás visto en documentales, a ellos se les comenzó a exterminar desde antes de la Cruzada, y su continente ya estaba casi totalmente despoblado al comenzar el Exterminio. Después siguieron los árabes, los indios y otras etnias mutantes, hasta que no quedamos más que los uranos: los blancos, los amarillos y los mestizos de castas superiores. Los dalits son el último vestigio de las razas oscuras.

—Yo nunca he visto uno, sólo en holograma. ¿Tú sí?

—Sí, los he visto. Desgraciadamente en la ciudad suelen salir algunos de las cloacas, y te topas con ellos si no tienes cuidado, pero son inofensivos. Repugnantes, pero inofensivos.

—Me han dicho que también hay unos que se llaman thugs. ¿Es verdad que matan estrangulando con un lazo? —preguntó Rita con una mueca de espanto.

—Eso sólo pasaba antes. Aunque al parecer quedan algunos thugs, no han matado en muchos años —mintió, procurando tranquilizarla.

Cliff no podía dejar de observar los dones de Rita: su frescura, su simpatía, su elegancia. "Es mi alma gemela —pensaba—. Sam jamás podrá apreciar la transparencia de su espíritu. Él sólo ve su belleza. Yo en cambio hubiera podido hacerla completamente feliz". Arrobado por los atributos de su cuñada, comenzó a nacer en Cliff un amor imposible, ensombrecido por la impotencia y los celos. Ahora tenía otro motivo para rivalizar con Sam. Aunque su competencia por el puesto en el Consejo era abierta y explícita, jamás había dañado sus lazos fraternales. Pero la rivalidad en amores no podía ser tan benigna. Debía, pues, desterrar de su alma aquel sentimiento.

Para tranquilidad de Cliff, que temía no poder ocultar su embeleso, Sam irrumpió en la conversación.

—Amor mío, después de abrir el baile nos vamos. Huyamos ya de toda esta gente —dijo Sam con una sonrisa pícara y nerviosa en el rostro.

Los novios partieron a su luna de miel al terminar el primer vals.

Cuando por fin se retiraron los invitados, el aire en la casa aún conservaba el calor de los cuerpos bailando y el eco de las despedidas interminables. A pesar del cansancio, Henry sabía que le sería imposible dormir. Con un plato de pastel de almendras y un vaso de leche, se sentó en el sofá junto a Cliff, que apuraba una copa.

—Fue una fiesta preciosa, papá —dijo Cliff—. Todo salió de maravilla.

—Espero organizar pronto la tuya.

—Si eso es una indirecta, te contesto directamente: no he podido enamorarme de ninguna de las tres Tausens casaderas.

—Lástima, pero no te preocupes. Parece ser que los Rauter cambiarán su residencia cerca de aquí y sé que sus hijas son encantadoras. Necesito nietos, Cliff. Pasa el tiempo y la familia no crece.

—¿Qué prisa tienes?

—No me siento demasiado bien y quería tenerlos a los dos asentados para tomar mi decisión.

—¿Qué te pasa? ¿Estás enfermo?

—No, solo estoy cansado y aburrido. Me parece que los nuevos problemas en el Consejo sobrepasan nuestra comprensión y se necesita sangre joven para resolverlos.

—¿Qué problemas?

—No es más que una etapa de ajuste, quizá. Pero finalmente está pasando lo que temíamos. No debería hablarte de esto ahora, pero las cosas no son como antes y yo ya no tengo capacidad ni ánimo para buscar soluciones. De hecho, había pensado hablar contigo cuando hubieras terminado tu especialidad, pero, no sé por qué, esta noche me siento completamente seguro de lo que debo hacer. No vale la pena esperar más.

A Cliff le sobrevino un estremecimiento por la noticia. No esperaba que fuese tan pronto; le faltaba un mes para concluir su especialización, pero en cuanto terminara podría empezar la instrucción para hacerse cargo de la posición de su padre. Muchas veces había escuchado en sueños el aviso de su nombramiento, pero aun así se sentía nervioso.

—Verás, Cliff, como podrás imaginar, lo he meditado cuidadosamente. Retirarme ahora es un golpe duro para mí, pero es lo correcto. Añoro una vida tranquila, con mis nietos, mis flores…, como el viejo en que me he convertido desde que murió tu madre. Cuanto más pasa el tiempo, más la echo de menos.

—Lo comprendo. Es natural.

—Te has convertido en un excelente muchacho, con unas inclinaciones poco comunes en esta época, y menos aún entre los hijos de patricios; sin embargo, tuviste el coraje de defender tu vocación y por ello te admiro.

—Gracias, papá —dijo Cliff con una tensa expectación.

—Por otro lado, tu hermano ha demostrado que puede dirigir la corporación con mucha facilidad… y su matrimonio y la dulzura de Rita le harán sentar cabeza del todo… Por eso he decidido que sea Sam quien me suceda en el Consejo.

Las palabras de su padre lo dejaron sumido en la perplejidad. Nunca había dudado de que él se convertiría en arconte y no Sam. De golpe, toda la seguridad en sí mismo se convertía en una arrogancia fatua, ridícula.

De manera que su hermano se lo llevaba todo: la posición de arconte y la mujer que él hubiera amado sin reservas. ¿Qué había hecho mal? ¿Cómo podía ser tan ciego y tan soberbio como para no ver las cualidades de su hermano? Había elegido su carrera pensando en las necesidades del Consejo y ahora sus conocimientos no le valdrían de nada.

Cliff guardó silencio después de oír la sentencia, pero por la desoladora expresión de su rostro, Henry comprendió el tremendo golpe que su hijo acababa de recibir.

—No creí que te afectara tanto. En realidad, pensé que te quitaba un peso de encima. ¿Por qué nunca me dijiste lo importante que era para ti convertirte en arconte? Tu hermano jamás dejó de presionarme, mientras que tú permanecías callado, inmerso en tu aislamiento. Ahora comprendo por qué te esmerabas tanto en tus estudios… Lo siento, hijo, mi decisión está tomada, pero quiero que me expliques por qué guardaste silencio todo este tiempo.

Cliff no podía explicarle a su padre que nunca había dicho nada porque jamás pensó que su hermano diera la talla para convertirse en arconte: es decir, por simple y llana soberbia.

Ahora debía aprender a vivir una vida sin ideales, pues el más importante de su existencia, ser un arconte excepcional, acababa de morir.

—No lo sé, padre —respondió tras una larga pausa—. No sé por qué jamás te dije lo mucho que me importaba ocupar tu lugar en el Consejo.

XII

Por la tarde, las cicatrices del vientre le escocían con tal furia que se rascó hasta levantar la costra. Con el índice, Zeit limpió el hilillo de sangre que comenzaba a correr por su abdomen y lo chupó con avidez. Aquel sabor ferroso le hizo evocar al tipo que había tenido que matar la noche anterior. Dentro de su cabeza comenzaron a retumbar los roncos estertores del violador, y su corazón se aceleró al sentir de nuevo el terror que la había impulsado a matarlo. Anheló con desesperación que alguien le tendiera una mano amiga. En ese momento sacó del olvido las últimas palabras de su madre: "No te quedes sola". Con un golpe de arrojo se ciñó el rumal que había heredado de Gea, enfundó en él su navaja, reunió algunas lanzas, y con la alforja llena de alimento y cachivaches salió de su cado.

Anduvo por el parque con más precaución que de costumbre, pues a esas horas de la tarde se intensificaban las rondas de gurkhas a caballo. Recorriendo el camino en varios tramos, logró aproximarse a una hondonada pedregosa en North Woods, donde meses atrás había detectado a un grupo de los legendarios thugs. Había tomado la resolución de unirse a ellos, por sangrientos que fueran los ritos de iniciación para entrar al grupo. Prefería sufrir todas las torturas de iniciación para ser aceptada en alguna clica que seguir sola.

Tras unos arbustos, a pocos metros de una profunda depresión del terreno, Zeit esperó a que cerrara la noche. Dio un respingo al escuchar los característicos silbidos de los thugs, pero una vez sobrepuesta al miedo, entró con paso altanero en la boca del lobo. En cuanto los thugs sintieron una presencia extraña, se diseminaron a toda velocidad por los laterales de su reducto. Zeit bajó despacio la escarpada pendiente, pues sabía que en cuanto notaran en ella la más mínima señal de amenaza, el jefe de la clica daría la orden de ataque. Le tranquilizaba saber que al menos los thugs jamás la atacarían por la espalda como los gurkhas, sino de frente, con sus rumales, como el que ella portaba en la cintura.

Invadir su territorio constituía una provocación flagrante, pero Zeit, haciendo gala de su temeridad, llegó hasta el centro mismo del barranco y se sentó aparentando tranquilidad e indiferencia. No se le ocurrió otra cosa que sacar una lanza a medio terminar y ponerse a trabajar en ella como si el hecho de haber llegado a ese recóndito sitio en el parque para instalar ahí su lugar de faena hubiese sido sólo una coincidencia. Con movimientos diestros de muñeca talló una y otra vez la madera con su afilada navaja. Fingiéndose absorta en el trabajo, aguzaba el oído en dirección a las ramas secas que crujían bajo los pies de los chicos agazapados en la oscuridad. No había pasado mucho tiempo cuando se apareció el primero, luego otro y después todos, hasta que se vio cercada por los siete muchachos de la clica, quienes la escrutaban sin decir palabra, ejecutando una especie de danza intimidatoria. Con falso aplomo, ella fingió no darse por aludida y ni siquiera los miró.

Al terminar de tallar la lanza, tomó otra rama y se puso a mondarla en forma de arpón. Con ademanes firmes, hacía alarde de su destreza con el cuchillo, y aunque ningún arma podía ser eficaz contra un ataque thug, con esa actitud retadora buscaba mostrarles que era tan osada como ellos. Al mirar de soslayo los tatuajes en sus caras y cuerpos, exhibidos como trofeos de guerra, Zeit pensó que ella tenía más cortes en sus extremidades que ninguno de ellos, y en un acto irreflexivo, se arremangó las perneras del pantalón deshilachado y la manga de su abrigo de rata, dejando expuestos los muchos cortes de navaja que le habían mitigado la angustia y aliviado la soledad.

Los thugs depusieron los gestos amenazantes y comenzaron a mirarla con estupor, como si nunca hubieran conocido a nadie con mayor indiferencia al peligro. Con el paso de las horas, su presencia entre los thugs fue tácitamente aceptada y la tensión acabó por relajarse casi por completo. Así les llegó la aurora y todos se dispersaron para sumergirse en sus escondites diurnos.

Zeit volvió la noche siguiente y las demás, repitiéndose cada vez la misma escena: ella aparentaba no verlos, y los chicos continuaban con su vida cotidiana como si la intrusa no existiera. De aquella manera, Zeit se enteró de muchas de las costumbres y los ritos de los thugs.

Lo que más le asombró fue su manera de comunicarse. Casi no hablaban entre sí, pues habían inventado un lenguaje corporal y gestual elaboradísimo, junto a un dialecto plagado de palabras cortas, silbidos y sonidos guturales, que imitaban el piar de los pájaros, el canto de los grillos y hasta el chasquido de las lagartijas. Zeit temió que jamás aprendería aquel enigmático sistema de comunicación, pues a duras penas había podido dilucidar algunos de esos extraños monosílabos y el significado de muy pocas señas.

Con una mezcla de atracción y pavor contemplaba sus cabezas rapadas, las caras y los cuerpos cubiertos de tatuajes, el mortífero rumal al cinto y los pies descalzos y el torso desnudo pese a las heladas de noviembre. Pero sobre todo le llamaba la atención su pulcritud; ellos no olían a sudor, a orines, o a polvo y humo como todos los intocables, pues cada noche los miembros de la clica humedecían su rumal, aunque solo fuese con unas gotas de agua, restregaban sus cuerpos enérgicamente, y después, con otro poco de agua enjuagaban el rumal y repetían el proceso. Eran particularmente escrupulosos en el aseo de los sobacos y las partes íntimas, siendo éste el último paso. Desde el primer día Zeit pudo constatar sin lugar a dudas que el ritual de limpieza de los thugs era el mismo que Gea le había enseñado a ella, lo que, con gran sorpresa, la llevó a inferir que su madre no sólo había atado un rumal a su cintura para intimidar a los dalits, sino que también había intentado, como ella ahora, formar parte de una clica. Este hecho le infundió ánimo y seguridad para continuar con su plan.

Además de tener obsesivos hábitos de limpieza, los thugs se mantenían perennemente lampiños. De reojo, Zeit los miraba apartarse por parejas cuando terminaban su aseo para rasurarse el uno al otro, pasándose por el cráneo y el rostro el filo de sus cuchillos, con tal minuciosidad, que en la mutua afeitada podían estar ocupados casi toda la noche. Hasta los que no tenían barba ni bigote todavía pedían a los mayores que les rasuraran la pelusilla del mentón. Luego, se afeitaban a solas las piernas, los brazos y el pecho.

A diferencia de los dalits, para estos seres de aspecto amenazante era una cuestión de honor no comer de los basureros. Habían confeccionado una insólita dieta a base de hierbas e insectos, la cual Zeit adoptó desde la segunda noche de pernoctar entre ellos. El primer bocado de lagartija sazonada con hojas de ciruelo casi la hizo vomitar. Sin embargo, algunos insectos eran muy salados, lo que disimulaba su mal sabor, haciéndolos casi apetitosos. Al quinto día se lamentó de no haber comido nada más que insectos mucho antes, en lugar de recurrir tantas veces a la carne de rata en busca de proteína. Incluso juzgó que podía ser un remedio muy eficaz contra los estragos de salud entre los dalits, provocados por la falta de sal. Se enteró asimismo de que los thugs se habían convertido en aspirantes a entomólogos y botánicos, descubriendo algunas propiedades medicinales en las plantas y los insectos, y hasta presenció la rápida curación de un muchacho que se quejaba de dolor agudo en el vientre con un misterioso té.

Cada clica nombraba como líder al miembro que se destacaba por ser el más despiadado y audaz del grupo. Desde la primera noche, Zeit advirtió que el líder de aquella célula era un muchacho flaco, con una poderosa musculatura que tensaba su piel morena, una marca violácea en forma de estrella que le cubría el dorso de la mano y varias lágrimas indelebles en las mejillas. Tenía unos ojos grises que ella no podía dejar de observar de manera pertinaz y un tanto insolente, aunque él siempre esquivase su mirada. Le llamaban Ananké, y generó en Zeit sensaciones muy contradictorias: las primeras noches, su atractivo salvaje le despertó fantasías eróticas, pero conforme pasaron los días fue naciendo en su corazón un inesperado sentimiento de ternura, como si hubiera descubierto bajo la rudeza de Ananké el alma de un huérfano desvalido.

En cuanto a los demás miembros de la célula, dos de ellos parecían tener menos de diez años, y el mayor no rebasaba los veintitrés. Era normal que no llegaran a la madurez, pues muchos de ellos morían en la adolescencia a manos de los gurkhas o inmolados en alguna de sus misiones suicidas. En esta clica no había ninguna mujer, aunque Zeit había visto a varias de ellas en otras células. En invierno, cuando todos los thugs llevaban el torso cubierto, era difícil diferenciarlas de los varones, pues ambos sexos se rapaban la cabeza y llevaban holgadas camisolas. La vida para ellas era igual de dura que para los hombres, excepto en épocas de gestación, cuando el resto del grupo las protegía.

Zeit no tardó en comprender que la tajante verticalidad en los mandos de las clicas y sus férreas normas de lealtad y disciplina —cuya violación se castigaba con la muerte— eran indispensables para la superviviencia del clan, y al entenderlo, Zeit comenzó a envidiar el sentido comunitario y fraternal de los thugs, quienes defendían a su grupo aun a costa del dolor, la mutilación o la muerte. Esta clica ya contaba con siete miembros, que era el máximo permitido, pero aun así su intención era convencerlos para que la ayudasen a ingresar en otra que estuviera incompleta.

Era la séptima noche que los thugs y Zeit jugaban a la indiferencia mutua. Resignada a la incomunicación, ella prefería pernoctar acompañada por unos compañeros que simulaban no darse cuenta de su existencia, que escarbar sola en el basurero. Pero, para su sorpresa, esa noche, a los pocos minutos de haberse instalado en el centro de la hondonada, Ananké se acercó, se sentó junto a ella y tomando una de sus lanzas, rompió el hielo.

—¿La sabes usar? —dijo con una sonrisa maliciosa.

Ananké había hecho la inapreciable concesión de hablarle a Zeit en lenguaje corriente y ella se puso tan nerviosa que estuvo a punto de cortarse con la navaja.

—Sí —balbuceó.

Pasaron un rato en silencio, él jugando con las lanzas y ella terminando la que tenía en proceso, hasta que Ananké, aburrido, se puso en pie y salió del barranco.

Durante dos noches Zeit esperó otra palabra de Ananké o de alguno de los thugs, pero de nuevo se había vuelto invisible para la clica. Hasta ese momento lo único que había ganado era un lugar mudo entre los thugs durante las madrugadas, cuando estiraban los músculos después de dormir agazapados en cualquier madriguera durante el día.

Ella mantuvo un hermético silencio, pues confiaba en que su mutismo sería la única forma de no despertar la ira o el desprecio de la tribu. ¿Pero hasta qué punto era posible pertenecer a ella? El hecho de que Ananké le dirigiera unas palabras para después ignorarla le hizo sentir que habían terminado por considerarla como un animalito extraviado a quien soportaban sólo por piedad.

Una tarde lluviosa, cansada de representar la escena de las últimas noches frente a los thugs, decidió pernoctar acurrucada en el hueco del avellano. Pero a las primeras horas de la madrugada se despertó llorando de tristeza, añorando un abrazo desconocido. Pensó en Ananké, en sus manos fuertes, en su mirada arrogante y tierna a la vez. Tarareando las canciones de cuna que su madre solía cantarle, quiso ahuyentar la impotencia y el deseo, pero no pudo reprimir el llanto.

La noche siguiente tampoco fue al barranco de la clica. Estaba ya harta de los insectos y salió de su hueco al atardecer, camino al vertedero. Entró por un orificio de la cerca recién abierto por los dalits y que muy pronto los uranos cerrarían. Era la inmutable rutina: los dalits abrían una entrada derrumbando una parte del muro, cortando una alambrada, o cavando un pasadizo, y los gurkhas en pocos días la cerraban. Había una larga fila de topos esperando turno para entrar al inmenso basurero que apestaba a papeles humedecidos en grasa y agua estancada, a comida en descomposición, a cadáveres de ratas muertas, y a especias y fragancias de orígenes desconocidos para los intocables, quienes conocían todos los olores del mundo urano, sin haber visto su origen jamás.

Menuda y astuta, Zeit se internaba en sitios inaccesibles para casi todos los dalits. Esa noche entró en un gran armario desvencijado, a través de una pequeña hendidura en la parte trasera, por la que varios topos metían los brazos sin lograr sacar nada. Sentada en la base del armario, hurgó a ciegas hasta que dio con un montón de telas de diversas texturas, y las acarició con la yema de los dedos, tratando de adivinar sus colores, que imaginaba intensos y brillantes. Tomó tres lienzos grandes, que bien podrían ser vestidos largos de mujer, como los que había visto sobre los harapos de una vieja en los túneles, y los guardó en su alforja. En uno de aquellos manotazos desordenados encontró un par de zapatos de goma, tan suaves y afelpados que no pudo dejar de llevárselos a la cara para constatar su tersura. Estaban unidos por sus cordones, pero con un poco de paciencia logró desatarlos, y alzando el pie derecho midió su tamaño: le quedaban un poco grandes, pero podría rellenar la punta con una borla de tela. Tan exaltada estaba por el hallazgo que sin pensarlo un segundo se arrancó las vendas de los pies y se puso las zapatos nuevos. Le subió un calor alegre por las piernas: encontrar un tesoro así cerca del invierno, era un golpe de suerte que ocurría una sola vez en la vida. Los topos estaban ya rompiendo a golpes el armario. Para no despertar su codicia, se envolvió los pies con jirones de tela y salió del armario segundos antes de que los topos lo abrieran a golpes. Se escurrió a la esquina sur en busca de comida y escarbó en un sólo lugar, a diferencia de los demás topos que cambiaban sin cesar de posición. Hundida hasta la cintura en los desperdicios, encontró un par de bolsas pequeñas con restos de carne guisada, mezclada con un dulce pegajoso; suficiente para sobrevivir dos noches. Emprendió la fuga con ágiles zancadas rumbo al orificio de salida. Había desaparecido el dolor en los pies que siempre le inflingían las telas endurecidas por el sudor y la mugre. ¡Qué sensación tan placentera! Llegó al hueco en la valla y al volverse vio ya muy pequeño el centro del depósito. ¡Lo lejos que había llegado en un momento gracias a sus zapatos nuevos! Como estaba tan cansada por el esfuerzo de la carrera, tomó asiento junto a un montón de latas herrumbrosas y se entretuvo lanzándolas a una gran charca que la rotura de las cañerías había formado en una depresión del terreno. Le gustaba escuchar el impacto de los torpedos de aluminio en el agua.

Súbitamente, sintió un puñetazo en el estómago que la dejó sin aire, al tiempo que alguien más a su espalda la alzaba por los sobacos. Entre patadas, y jadeando por el sofoco, pudo distinguir que sus atacantes eran un viejo que la sostenía en vilo y una mujer joven que le arrancaba las telas de las piernas y al fin, los preciados zapatos nuevos. En su mente desorientada recordó la imprudente carrera que había delatado tan ansiado botín. Cuando el viejo aflojó la presión de los brazos para que la mujer sacara la manga del abrigo de piel de rata, Zeit aprovechó para soltar manotazos y puntapiés rabiosos, hasta que el hombre, de un empellón la lanzó a la fría charca donde cayó de bruces. Con los últimos arrestos Zeit sacó la cabeza del agua y tomó con desesperación una bocanada de aire, pero ya no pudo moverse: estaba aterida y el peso de su abrigo y del talego empapados le pesaban como lastres. Percibió que el nivel del agua subía. Eran las olas que un cuerpo colosal desplazaba en su andar patoso al entrar en la charca. Sumida en la indolencia ni siquiera sintió temor cuando las manazas de aquel titán la levantaron por la cintura. Como un fardo, el gigante logró sacarla del arroyo y sin perder un instante la despojó del abrigo y de todos los trapos que la cubrían hasta dejarla completamente desnuda. Con la misma presteza la metió debajo de su poncho de burda lana lleno de agujeros y rasgaduras, donde el cuerpo de Zeit se adhirió a la piel del gigante de mirada alelada. Así, entre el calor del pecho peludo y la tosca tela, Zeit volvió a la vida.

Cotto echó a andar con la joven pegada a su piel, y con los brazos hizo una bolsa de marsupial por fuera del poncho. Zeit se quedó tan profundamente dormida que no oyó las sirenas de los gurkhas ni las campanas de San Juan el Divino, cuando a las cinco de la mañana repicaron mientras ellos cruzaban frente al templo para bajar al subsuelo por un albañal.

XIII

Despertó con el olfato saturado por aquel inconfundible hedor a humedad y humo del subsuelo. Al espabilarse, la asustó que Cotto la escudriñara con insistencia, pero se calmó al recordar que ese gigante la había salvado de morir por hipotermia. ¿Cuánto tiempo llevaba ahí inconsciente? Advirtió que ya estaba seca y que la habían vestido con una camisa raída y unos pantalones muy largos.

—¿Cuánto hace que estoy aquí? —preguntó.

—Dos días —contestó Cotto, observándola con infinita curiosidad.

—¿Tanto tiempo?

Hizo el intento de levantarse, pero un potente mareo se lo impidió.

—Come —dijo Cotto, y le ofreció un trozo de boniato.

Al tragar el primer bocado del terroso tubérculo, su mirada se topó con un ser deforme que la observaba desde el fondo de la cueva. Aterrada, se lanzó de un salto hacia la entrada, pero Cotto le cerró el paso. Zeit forcejeó inútilmente contra aquella mole que recibía sus golpes sin inmutarse, hasta que la fatiga la venció y quedó tendida en el suelo sin aliento. De inmediato, oyó la voz grave de Rudra:

—Tranquilízate. Tienes que reponer fuerzas.

Al volverse, Zeit vio de frente al tullido y pensó que estaba mirando su propia imagen reflejada en un espejo deformado. Creyó estar delirando, y aun así una magnética atracción la hizo avanzar hacia Rudra. La frente amplia, los ojos negros y los carnosos labios de ese hombrecillo contrahecho formaban una copia exacta de su propio rostro. Entonces comprendió sin vacilación que aquel era el mellizo contrahecho que su madre había abandonado.

Lo observó largo rato sin decir palabra, mientras Rudra, a su vez, la miraba con fascinación. Zeit lo tocó para comprobar que no estaba delirando. Posó los dedos sobre sus ojos y poco a poco bajó a los pómulos, a la nariz, al cuello, pero cuando intentó tocar su pecho, él le tomó la mano para impedirlo. Ella examinó esa mano, las vendas bien apretadas que la cubrían, los largos dedos y las uñas renegridas.

—Ella me contó que habíamos nacido dos. Nuestra madre creyó que morirías enseguida.

—¿Dónde está tu madre? —dijo Rudra con voz entrecortada.

—Muerta. Un gurkha la mató.

—¿Cuándo? —preguntó Rudra, sin poder disimular el impacto de la noticia.

—Yo era muy pequeña.

Rudra permaneció con la mirada perdida, extraviado en sus pensamientos.

—Me tengo que ir —dijo Zeit, poniéndose en pie.

—Espera —replicó Rudra en un tono apagado.

—¡No! Tengo que salir. ¡No soporto estar aquí abajo!

—¿Vives en la superficie?

—Sí, claro. Dejé de ser topo cuando murió mi madre y odio estar aquí.

—Yo también aborrezco el subsuelo —dijo Rudra, arrastrándose hacia su hermana con más curiosidad que antes—. Ni siquiera sé tu nombre. Me llamo Rudra, ¿y tú?

—Zeit —respondió mientras observaba a Thot que entraba cargando dos pesadas vasijas.

La vieja se acercó a la muchacha y la tomó por el mentón para comparar su perfil con el de Rudra.

—¿Ahora me crees? —dijo al tullido—. Despierta, se parece aún más a ti. Tiene tus mismos ojos.

—Sí, es mi hermana. Su madre... nuestra madre, le dijo que había parido mellizos... —dijo Rudra, y se volvió a Zeit—: Es Thot; vive con nosotros. Ella te descubrió hace unos días en una alcantarilla del parque. Cuando Cotto te vio en el basurero, llevábamos días buscándote. Llegaste medio muerta y Thot te reanimó con sus menjurjes.

—Gracias —dijo Zeit a la vieja desdentada—. Bueno... me voy.

—¡Ah, no! —exclamó Thot—. No te puedes marchar. Tenemos mucho de qué hablar.

—¡Me tengo que ir! —respondió enérgicamente Zeit, sintiéndose acorralada.

—Todavía no estás bien y tu abrigo no se ha secado. Afuera hace mucho frío ya —dijo la vieja—. Espera un día hasta que te repongas. Tenemos comida suficiente y además, Rudra te está haciendo unas alpargatas con trapos.

Aunque le contrariaba esperar, el ofrecimiento de un calzado nuevo fue una tentación que no pudo resistir. Recogió el pedazo de boniato que había tirado al levantarse, y se sentó a comer, escuchando atenta la melodía que Cotto había empezado a tocar en el acordeón. Muchas veces había oído a lo lejos la música sedante de los uranos, como la del ballet que se representaba cada año en otoño en el lago de Central Park, pero nunca había visto de cerca un instrumento musical.

La vieja, por su parte, como si soñara con los ojos abiertos, empezó a hojear absorta un libro a la luz de la tea. Jamás había visto a ningún dalit que cultivara el espíritu como ese trío.

Zeit terminó de comer y al incorporarse para tomar agua del cuenco, vio que Rudra alisaba unos papeles contra el suelo de la cueva.

—Necesito medirte esto —le dijo—. Ven.

Ella obedeció.

—Pisa fuerte sobre el papel.

Rudra marcó con una piedra rojiza el contorno de los pies. Luego Zeit regresó al otro extremo de la cueva y se puso a ordenar los objetos de su talego, sin perder de vista a Rudra. Hasta aquel momento, sólo su madre había hecho algo por ella. Ahora, de golpe, un gigante le salvaba la vida, una vieja la ayudaba a sanar y encontraba a un hermano que le hacía un calzado nuevo.

Pasó mucho rato mirando de reojo sus rutinas. Cuando la vieja y Cotto se durmieron, su hermano le preguntó:

—¿En dónde te escondes?

—En el hueco de un árbol.

—¿Estás sola?

—Sí.

Rudra volvió a su tarea junto a la tea y Zeit apreció con claridad la deformidad de sus piernas, la curvatura de su columna vertebral y la simiesca longitud de sus brazos. Era curioso ver a un ser contrahecho que pese a ello prodigaba tanta destreza al manipular materiales y herramientas rudimentarias.

—Tienes unos dedos enormes —comentó Zeit—. No son como los míos.

—Todo mi cuerpo es distinto al tuyo. Sólo somos iguales en la cara. Pero tú tienes una nariz más delgada y un lunar que yo no tengo.

—No es cierto, también tú lo tienes. —Y diciendo esto, Zeit se arrastró a un lado de su hermano para señalarle sobre el mentón un lunar similar al suyo que resultó ser una mancha de hollín.

En ese instante, como si de un hechizo se tratara, se miraron intensamente y sin pudor, tratando de reconocer sus semejanzas. Así estuvieron un largo rato en el que Zeit imaginó cuán diferente habría sido su vida junto a Rudra. Se ruborizó al pensar que habían compartido el vientre materno del cual ella había absorbido toda la savia, dejándolo a él incompleto.

—¿Por qué me abandonó? —se atrevió a preguntar, Rudra.

—No podía con los dos. ¿Cómo lograste vivir?

—Cotto me recogió en la cueva donde nacimos. Desde entonces estamos juntos. A Thot la conocimos después. Ella me enseñó a leer. Ésos son mis libros y mis papeles —dijo, señalando los bultos al fondo de la cueva.

—Yo estuve en el subsuelo hasta que mi madre murió, y no pienso regresar jamás. Pero ya no puedo estar sola y voy a intentar entrar a una clica thug.

—¿De verdad? ¿Crees que te aceptarán? —preguntó Rudra.

—Todavía no me dan el sí —reconoció Zeit.

—¿Por qué?

—No les intereso. No sé combatir como ellos.

—Necesitarás demostrarles que sabes hacer algo.

—Sólo sé cazar ratas.

Zeit se sintió ridícula frente a ese hombrecillo deforme que le hacía confesar lo inútil y tonta que era, y se puso de muy mal humor.

—¡Cállate! Mejor me voy.

—Espera… Yo puedo enseñarte algo que ellos valorarían mucho —propuso Rudra.

—¿Qué? —dijo refunfuñando, pero comida por la curiosidad.

—Entender lo que dicen los signos uranos, leer… —dijo, mostrándole un libro—. Si los thugs supieran leer, podrían luchar mucho mejor contra los uranos. Si aprendes, serías muy importante para ellos.

Zeit se quedó dubitativa mucho rato. Detestaba la idea de bajar al subsuelo mientras aprendía, pero al mismo tiempo, era una propuesta muy tentadora.

—No quiero bajar aquí —repuso.

—Voy a proponerte un intercambio: si tú me ayudas a encontrar un sitio en la superficie donde pueda vivir, yo te enseño a leer. Te sonará raro, pero a pesar de ser un tullido, quiero vivir allá arriba. Me niego a terminar mis días bajo tierra. En cuanto encuentres ese lugar, me mudo y allí mismo te enseño a leer.

—¿Dejarías a tus amigos?

—Cotto y yo somos una misma persona. Estaremos siempre unidos. Por las noches iremos juntos al basurero. Thot sólo necesita tener un libro y un poco de comida. Le han dejado de interesar mis reflexiones y detesta responder a todas mis preguntas sobre el pasado.

—Déjame pensarlo.

Mientras trataba de dormir, Zeit fue recordando todos aquellos sitios en la superficie, plagados de signos incomprensibles. ¿Era posible entender la escritura de los uranos y desentrañar sus secretos? ¿Conseguiría así la estimación de los thugs? Con todas esas interrogantes en la cabeza, Zeit se rindió a un sueño profundo y tibio, al abrigo de su hermano.

XIV

Ni su manifiesto desánimo logró dejar a Cliff fuera del cuadro de honor. Dominaba tan bien su tema de investigación que respondió con brillantez las preguntas más arduas de los sinodales, aun cuando su mente y su mirada no podían apartarse de Rita que lo observaba con gravedad desde la primera fila del anfiteatro.

Los Heine se habían trasladado a Mesopotamia la víspera para estar con Cliff en la defensa de su tesis doctoral. El acontecimiento revestía especial importancia para Henry, pues junto al matrimonio de Sam, la graduación del benjamín rubricaba el éxito de su solitaria paternidad.

Después del examen acudieron a brindar al lujoso apartamento de Cliff algunos compañeros, sus maestros más cercanos y la familia. Entre todos formaron un distendido grupo que no dejó de exaltar las prendas intelectuales del flamante doctor que los había deslumbrado con su aguda comprensión de la historia universal.

—No sabe cómo me sorprende que su hijo desentrañe tan finamente los móviles de los grandes y pequeños acontecimientos de la historia —comentó entusiasmado el rabino Cohen, quien había dirigido personalmente dos investigaciones de Cliff en la Universidad de Mesopotamia.

—Le agradezco sus comentarios. Pero a decir verdad…, hace un tiempo yo mismo recelaba de la carrera que había elegido mi hijo —confesó Henry.

—Por el actual predominio de la ciencia y la tecnología, no es extraño que el estudio de las humanidades resulte en apariencia irrelevante. Mas a pesar de la bonanza y estabilidad que gozamos, las sociedades nunca dejan de evolucionar, señor Heine.

Cliff observaba la celebración con flemática distancia, presintiendo el vacío que lo embargaría por la mañana cuando archivara en el pasado la etapa dorada de su juventud. No abrigaba ningún deseo de impartir cátedra o presentarse a oposiciones para una plaza de investigador titular. Mientras tuvo la esperanza de ser un digno arconte, se consagró a esa meta con una disciplina ejemplar, pero ahora, descartada la posibilidad de aplicar sus proyectos y predicciones de manera directa en la sociedad, se preguntaba qué razón tenía para seguir esforzándose. Se sintió abatido y humillado al ver que sus conocimientos quedarían confinados a la academia. Como mucho podría encargarse de algunos proyectos para el Consejo, pero sin ninguna autoridad en la toma de decisiones.

Henry hizo sonar su copa para agrupar a los invitados. La música calló y todos, champán en mano, rodearon a los Heine.

—Te felicito, hijo. Desde muy pequeño te destacaste por tu inteligencia y templanza. Ahora recoges el fruto tras cultivar esos dones. Creo que hice un buen trabajo y me quedo tranquilo al comprobar que te has convertido en un hombre ejemplar. Gracias por tu tesón y tu cariño.

Cliff alzó la copa y todos bebieron. Recibió con fingido entusiasmo el abrazo de todos, pero la dulce felicitación de Rita, su inalcanzable cuñada, le roció con vinagre la herida del corazón. Cuando su hermano se acercó, no pudo reprimir una afectada sonrisa de resentimiento.

—¿Cuándo jurarás tu cargo en el Consejo? —le preguntó a bocajarro.

—El mes que viene —respondió Sam extrañado—. No sabía que papá te hubiese dado detalles de su retiro.

—No me dijo nada. Deduje que sería pronto —respondió Cliff lacónico—. Enhorabuena.

Los invitados que debían cruzar la ciudad hacia otros protectorados se marcharon antes del toque de queda, del cual sólo se libraban los uranos con permiso de tránsito nocturno. Los que residían en el mismo protectorado tardarían aún en marcharse y el homenajeado no veía la hora de terminar con aquella celebración.

Al irse todos, Cliff se refugió en su habitación lamentando haber dejado de ser un estudiante para formar parte de las filas de patricios que sólo podían aspirar a erigir una familia con muchos hijos y a ascender paulatinamente en la jerarquía profesional, mientras que los arcontes dirigían el destino del mundo, diseñaban todos los aspectos de la vida y mantenían la cohesión social, mediante la voluntaria subordinación de los uranos a los dictados implacables del Consejo. A diferencia de Sam, que sólo sería un tecnócrata más, él hubiera podido aportar al Consejo una visión innovadora gracias a sus investigaciones sociales. Entre otros hallazgos, había detectado que la moral pública empezaba a relajarse, que la obediencia a Dios flaqueaba y que los valores uranos ya no eran tan firmes como al término de la Cruzada Final; entre otras razones, porque las fuerzas del mal ya no representaban una amenaza tan inminente como antes, y los preceptos morales y religiosos impuestos por el Consejo ahogaban a las nuevas generaciones.

Se daba cuenta de que el bienestar estaba cobrando su precio; ninguna sociedad en auge perenne podía estar exenta de la autocomplacencia y el escepticismo. En las nuevas generaciones empezaban a surgir los primeros incumplimientos a las normas sociales y los preceptos religiosos, y aun cuando era sólo un brote de indisciplina, constituía para Cliff un riesgo inquietante, del cual dudaba que los arcontes tuvieran conciencia, pues vivían inmersos en su estrecho círculo, muy lejos de la realidad urana. Él hubiera podido idear mil estrategias para cortar el mal de raíz, pero su padre había decidido que fuese Sam, un técnico, y no un humanista, quien lo sustituyera. No podía evitar sentir rencor contra Henry, quien al no aquilatar el gran servicio que podía prestar al Consejo, lo había condenado a una vida mediocre y sin incentivos.

Una idea recurrente le impidió dormir esa noche. Al regresar a Nueva York atestiguaría desde su modesta plaza de investigador el éxito de Sam como miembro del Consejo; lo vería recibir los elogios de su padre y gozar de la mujer que debió haber sido suya. ¡Qué miserable destino!

Empezaba a invadirle el sabor amargo de la envidia. Él, que siempre había buscado mantenerse por encima de la abyección propia de las masas uranas, era esclavo de un sentimiento tan vulgar; él, que se había instruido para desentrañar las bajezas humanas, se dejaba dominar por ellas. ¿De qué servía todo su empeño por perfeccionar el intelecto si estaba destinado a envilecerse? ¿Por qué no disfrutar entonces de los placeres banales que siempre había considerado ordinarios, pero que a todos provocaban tanto deleite? En ese momento ansió participar en la vida mundana y de los placeres que uranos y patricios disfrutaban a plenitud a espaldas del Consejo —y hasta bajo la tolerancia permisiva de éste, pensó—, en lugares escondidos y discretos. Los entretenimientos groseros no lo salvarían de su dolencia de espíritu, pero la diversión y la compañía de otras mujeres aliviarían quizá ese sentimiento, mezcla de rencor y celos, que lo devoraba como una úlcera secreta.

Con el brillo espectral de la aurora, Cliff tomó la determinación de no volver a Nueva York. Era consciente de que se enfrentaría a un conflicto de proporciones incalculables con su padre, pero estaba resuelto, y esperó a que Henry terminara de desayunar para anunciárselo.

—No iré con ustedes mañana a casa.

—¿Quieres irte por tu cuenta?

—No, papá, tengo otros planes. Me gustaría viajar por el mundo una temporada.

—No digas tonterías, tienes que presentarte el lunes en la universidad… ¿Necesitas unas vacaciones?

—Voy a declinar el puesto. Y no sé cuándo regresaré, si es que vuelvo.

—¿Qué estás diciendo? ¿Dónde vas a trabajar?

—No lo sé.

—¡Eso te pasa por haber escogido una carrera tan absurda! ¡Si hubieras seguido los pasos de tu hermano, esto no pasaría! —estalló Henry—. Pero eres un patricio y dentro de tus privilegios no está vagabundear por el mundo. Lo que tienes que hacer es casarte pronto, formar una familia y dejarte de niñerías…

—Te equivocaste en tu decisión, papá. No comprendes el bien que mis conocimientos pueden hacer al Consejo. Careces de visión para anticiparte a los conflictos que se están incubando en la sociedad.

—¡Cómo te atreves a juzgarme! —explotó Henry—. Mira, Cliff, mi condición de arconte no me permite abandonarte por entero a tu suerte, pero sólo contarás con el capital mínimo para que tu comportamiento no despierte sospechas. ¡A partir de hoy, tus privilegios quedan cancelados!

—No me asusta estar fuera de tu protección.

—Esperaré tu arrepentimiento, Cliff… Esto es un desplante por la frustración que te provocó no haber sido mi sustituto, pero se te pasará y volverás a casa. Mientras tanto, ten mucho cuidado con lo que haces. Si contravienes cualquier código de honor para los patricios, ni tu hermano ni yo podremos ayudarte.

Cliff se encerró en su cuarto, desde donde pudo escuchar a Sam decir a su padre que él arreglaría las cosas más adelante con su hermano. Rita entró al comedor y su marido le ordenó que se preparara para irse, sin darle ninguna explicación. Los Heine dejaron Bagdad una hora después.

Cliff vagó por la ciudad toda la tarde. No estaba intranquilo ni arrepentido de su impetuosa resolución, y durante el largo paseo sólo pensó cómo emplear su recién ganada libertad. Quería dejar de ser un muchacho obediente; conocería por fin el mundo en su descarnada realidad. Aun cuando los uranos habitaban en un entorno impoluto, Cliff pensó que debían de existir islotes de libertad y rebeldía, donde no todos se comportaran como autómatas manejados por los dogmas del Consejo. Sabía de sobra que la sociedad estaba sustentada por un engranaje de mentiras, mentiras necesarias para que todos vivieran felizmente anestesiados, pero él ya no quería un simulacro de felicidad, sino vivir a plenitud y conocer a hombres y mujeres movidos por la pasión, como los protagonistas de la historia universal que tan bien conocía. Pero esos héroes, aventureros, filósofos y escritores llenos de curiosidad, genialidad e inconformidad, ¿existían todavía? Al rebelarse contra la decisión de un arconte, él mismo se había convertido en un inconforme, en un rebelde y debía asumir esa ruptura con todas sus consecuencias. "Subido al barco de la aventura dejaré que el oleaje conduzca por un tiempo mi vida", pensó, mareado y eufórico a la vez por esta bocanada de aire fresco.

Al volver al piso, lo primero que hizo fue consultar el capital del que disponía para solventar su indisciplina. Necesitaba ese capital, pues no había hecho todo esto para convertirse ahora en un triste urano. No. Quería, como un condenado a muerte, exprimir el tiempo que le quedaba antes de enfrentarse a la pérdida completa de sus privilegios como patricio. La contención y la vida ordenada de tantos años le pesaban en el alma, así que durante el tiempo que le fuera posible disfrutaría hasta saciarse de los placeres mundanos y borraría el recuerdo de Rita en brazos de otras mujeres hermosas. Pero ningún urano podía vagar por el mundo a sus anchas, y menos todavía un patricio como él. Se le presentaba una paradójica situación: vivir en un ostracismo vigilado sin tregua por el Consejo.

Cuánto deseaba arrancar de su cuerpo el chip de seguimiento y recorrer la tierra sin ser detectado por los satélites del Consejo, para evitar, entre otras cosas, que al llegar a cualquier ciudad, la consabida comitiva de patricios locales lo recibiera en el hangar para hospedarlo en sus casas como invitado de honor, como era la costumbre.

Esa noche tuvo una ingeniosa idea: si llegaba a cada ciudad acompañado por un urano común, podría declinar la invitación de sus anfitriones sin despertar suspicacias. Y qué mejor acompañante que Randy, su amigo del doctorado, quien poseía una sed insaciable de aventuras y era casi tan rico como él, pues pertenecía a una de las familias uranas más prominentes. Randy era juerguista y uno de los alumnos más conquistadores y promiscuos de la universidad, pero no por ello menos inteligente que los estudiantes más aplicados. Ocupado en terminar la tesis, llevaba algunos meses sin tener contacto con él, pero esperaba que aún no tuviera compromisos laborales ni matrimonio a las puertas.

Por fortuna encontró a su amigo al primer intento. A petición de Cliff se citaron fuera del protectorado que albergaba la universidad, en uno de los restaurantes más animados de Bagdad. "Con algo de suerte, esta misma noche pernoctaré junto a una linda urana", pensó entusiasmado por empezar su nueva vida. Se lamentaba de haber desperdiciado el tiempo durante su doctorado: en resumen, no había tenido más que algunos encuentros sexuales con un par de chicas y estaba ansioso por poner remedio a su casi patológica timidez ante las mujeres, a quienes, no obstante, deseaba con ardor.

Después de aplicar su pulgar al sensor que comprobaba la identidad y solvencia económica, Cliff entró al bar pletórico de estudiantes universitarios, locales y foráneos, algunos de visita por una sola noche, ya que Mesopotamia se había convertido en una escala obligada para los intelectuales y artistas. En las máquinas dispensadoras se sirvió un gin-tonic, mientras observaba en múltiples pantallas diversos aspectos de la fiesta tomados por cámaras ambientales. Gracias a ese circuito cerrado se podía reconocer a todos los asistentes sin tener que observar a nadie de manera impertinente. Con una barrida de la cámara sobre el elegido, la pantalla ofrecía por unos segundos los mejores ángulos de su fisonomía y ciertos datos: número de auricular, profesión, edad, estado civil. Los interesados en establecer contacto con tal o cual persona debían registrar el código de barras del candidato dirigiendo su microprocesador de pulsera hacia la pantalla.

La música electrónica exaltaba los cuerpos, pero el bar carecía de autorización para poseer pista de baile y los asistentes se contentaban con escuchar. El Consejo juzgaba que el baile favorecía una excitación erótica innecesaria entre solteros, y sólo se otorgaba permiso para bailar en fiestas particulares y en escuelas de danza clásica y tradicional. Para bailar música moderna había que ir a los tugurios clandestinos.

De entrada, Cliff admiró el impecable atuendo de hombres y mujeres, todos vestidos bajo los estándares más vanguardistas. Desde pequeños, los uranos se sometían a múltiples cirugías plásticas, por lo que ninguno tenía mala figura o un rostro poco armónico. Para los uranos las cirugías estéticas eran un canon de distinción social importante y todos se ufanaban de ellas. Pero a la par de la belleza del cuerpo, entre los universitarios importaba el adorno del intelecto. A pesar de su completa dedicación al conocimiento y las artes, la mayoría de esos jóvenes tenía más vanidad intelectual que verdadero talento.

Randy y Cliff se saludaron efusivamente y armados con dos ginebras se pusieron al corriente de sus vidas. Cliff corroboró que su amigo seguía siendo tan alocado y divertido como siempre; por ello, antes de terminar la segunda copa, le dijo:

—He pensado no volver a mi casa, al menos por un tiempo. Estoy harto de las responsabilidades. Quiero emprender un viaje sin destino y disfrutar la vida antes de casarme.

—¡Qué envidia! ¡Cómo me gustaría hacer algo así! Me he pasado años estudiando. Bueno, a decir verdad, con una beldad en mi cama casi todos los fines de semana y unas buenas sustancias para pasarlo bien de vez en cuando...

—¿Por qué no me acompañas?

—Perder un año laboral significaría retrasarme con respecto a los otros de mi generación. A mi regreso habría muchos mejor posicionados que yo... Aunque trabajaré en la empresa de mi padre, no te creas que va a darme ninguna ventaja.

—Tú más que nadie puedes tomarte un tiempo, hombre —dijo Cliff, haciéndole entender a Randy que lo creía un patricio, pues nada envanecía más a los uranos acaudalados que se sospechara que eran miembros de la casta superior.

—Tal vez tengas razón... —respondió Randy, visiblemente halagado por la insinuación de Cliff—. Me hace falta ver mundo.

—¿Sabes? Fue difícil convencer a mi padre para que me subvencionara la aventura, pero finalmente aceptó —mintió Cliff—. Además, tenemos derecho a descansar un poco, ¿no? La competencia es despiadada, pero confío en mi talento. Modestia aparte, tú y yo somos los mejores de nuestras promociones y en cuanto lleguemos al trabajo, arrasaremos con todos.

—Eso dalo por descontado... Podríamos recorrer Europa juntos, a ver qué nos encontramos por ahí —contestó Randy, mordiendo el anzuelo.

Cliff estaba satisfecho: había logrado tentar a su amigo. Mientras planeaban el viaje, Randy coqueteaba con una preciosa rubia que le devolvió la sonrisa con estudiada timidez.

—Ésta se viene conmigo, ya verás.

—Te envidio. Confieso que soy un pésimo seductor... ¿Estas chicas caen... sin un largo cortejo?

—Cada vez más. Aunque sigue habiendo una gran mayoría que no suelta prenda hasta la noche de bodas...

No le sorprendió a Cliff comprobar que las jóvenes casaderas de las mejores familias empezaban a posponer el momento del matrimonio para aprovechar sus encantos en escarceos prematrimoniales.

—Si estás dispuesto, podemos ir después a otro sitio más animado —propuso Randy.

—¿Habrá mujeres que se dejen pagar? —murmuró al oído de su amigo, pues la prostitución era un delito mayúsculo en todo el mundo.

Si pensaba dar rienda suelta al desenfreno, nada mejor que empezar por vencer sus barreras en el terreno erótico. Aunque prefería conquistar a una de esas muchachas libertinas que se acostaban por gusto, no le importaba pagar. Pocos años atrás era impensable encontrar una prostituta, pero ahora, un número cada vez más nutrido de uranas de baja extracción, en complicidad con sus clientes, burlaban la vigilancia del Consejo para vender sus encantos y procurarse lujos extras.

—No sólo eso. También podremos conseguir algunas drogas maravillosas que acaban de salir al mercado negro —dijo riendo, y al ver la expresión atónita de su amigo, Randy preguntó—: ¿No consumes drogas?

—Estoy en la mejor disposición para conocerlas todas —respondió Cliff con tono provocador.

—¡Cómo has cambiado...! Me alegro de haberte corrompido.

Cliff permaneció pensativo mientras su amigo llenaba de nuevo las copas en la máquina. Era imposible que la fabricación y venta de drogas escapara al control del Consejo. Quizá los mismos arcontes fomentaban su consumo para ofrecer a los uranos más alicientes de entretenimiento, pues era evidente que los antiguos incentivos centrados en una vida llena de paz y armonía sin dalits no eran suficientes para motivar a esta nueva generación de uranos. Sí, quería experimentar todos los estados sensoriales y sicológicos que las sustancias alucinógenas le brindaran.

—Esta rubia es un poco sosa. ¿Nos vamos a otro sitio? —preguntó Randy.

—Cuando quieras —respondió Cliff entusiasmado.

Llegaron a un escondido bar en el centro de Bagdad, donde se exhibían multitud de cuadros, esculturas y objetos artísticos de todo tipo. Los asistentes eran en su mayoría artistas plásticos y escénicos, que proliferaban internacionalmente, pues la industria del entretenimiento y el comercio de arte estaban en su apogeo. El mercado era tan grande que no había urano próspero en el mundo que no poseyera varias piezas de pintores y escultores destacados, lo mismo en sus casas de la ciudad que en sus mansiones de recreo. Por otra parte, la sociedad urana era consumidora insaciable de todo tipo de entretenimiento por medios electrónicos, y en los últimos tiempos habían resurgido de sus cenizas las puestas en escena, lo que los hacía viajar aún más de lo habitual para asistir a los estrenos que cobraban fama mundial.

Un bar en boga debía ofrecer comodidad y exclusividad, pues el hacinamiento era considerado por los uranos un rasgo de mal gusto, y este bar tenía la asistencia justa para cumplir con los estándares más rigurosos. Sin dejar de atisbar la pantalla interactiva, Cliff y Randy merodearon buscando un sitio donde instalarse. A los pocos minutos Cliff vio en el monitor a una preciosa morena. Se sintió atraído por esa chica que se alejaba por completo de la nívea imagen de Rita, y captó su código. Se llamaba Helga, provenía de Europa central y se autodenominaba artista conceptual.

—Vamos un poco más al fondo, Randy.

Llegaron hasta donde Cliff podía ver mejor a la morena, y se acomodaron en una mesa elevada.

—Voy por unos tragos y a ver qué otra cosa interesante me encuentro por ahí —dijo Randy con un gesto socarrón.

En persona, la morena que había visto Cliff por la pantalla, era aún más hermosa y vestía al último grito de la moda. Cuando Helga sintió su mirada, se movió en el sillón como sacudida por una descarga eléctrica, y echando el pelo hacia atrás, se irguió estilizando todavía más su figura. Cliff no quiso perder un minuto y con los datos del código de barras le envió un mensaje. Su respuesta se limitó a una discreta, pero incitante sonrisa. Cliff fue hasta ella, le ofreció el brazo con un gesto caballeroso y divertido, y la joven lo aceptó. Ocuparon una mesa apartada, y en pocos minutos Helga resumió su trayectoria como artista, pero Cliff escuchaba muy poco de todo aquello, pues un cosquilleo en todo el cuerpo le hacía mirar con insistencia las piernas largas y el generoso escote de Helga. Sin embargo, fue paciente: asentía y preguntaba nimiedades, sin escatimar los elogios galantes. No había pasado una hora cuando salieron del lugar rumbo al apartamento de Helga, un sitio acogedor, repleto de piezas artísticas, libros, alfombras, cojines y muebles primorosos. El holograma estaba abierto en la página de "la sorprendente artista conceptual Helga Darren".

—No pasa un sólo día en que no actualice mi blog. Si me descuido, algún artista puede tomar mi lugar en el *ranking*, Dios no lo permita. Así que entre los tiempos de creación y promoción no tengo un minuto para mí.

Todo urano gozaba de un sitio propio en el ciberespacio, los blogs, donde desplegaban sus señas particulares, talentos, inspiraciones y pensamientos, pero los artistas luchaban por un lugar preponderante de cara al gran público en la red y los medios electrónicos. El número de visitas y de amigos a cada blog era señal incuestionable de éxito y por ello todo urano estaba siempre atento a su página. La elaboración y actualización de sus blogs era un servicio que los uranos prestaban involuntariamente al Consejo, ya que lo abastecían de información sobre sus actividades e inclinaciones.

—Enséñame tu blog.

Cliff no quería mostrárselo a Helga, pues era tan escueto que se podía confundir con el de un perdedor. La página personal de los patricios era supervisada por el Consejo; cada uno escribía lo que deseaba subir a la red, pero antes, los funcionarios de Comisiones Militares, órgano de inteligencia del Consejo, pasaba la información por un tamiz para eliminar cualquier dato comprometedor. Cliff no actualizaba su blog casi nunca, pues no tenía interés en llamar la atención de los uranos; no necesitaba competir por un lugar en la sociedad ya que lo poseía desde su nacimiento.

—Otro día te lo enseño. Cuéntame qué estás haciendo en este momento.

—Trabajo en tres exposiciones programadas para los próximos meses y no doy abasto. Una de ellas en Oniria, imagínate, una exhibición virtual. Mis ventas han subido mucho, gracias a Dios, pero no paro de trabajar, así que me encontraste hoy en el bar por casualidad…, necesitaba algo de esparcimiento. Es tan agotador innovar todo el tiempo… Pero no hay remedio. El otro día lo hablaba con un amigo músico: si nos quedamos atrás, si nuestra obra envejece, te vas al fondo. Así es el arte.

Cliff escuchaba a Helga mientras veía su catálogo —del cual no hubiese comprado ni una sola pieza— y pensaba en lo tensos que estaban siempre los artistas por la feroz competencia en su gremio y la despiadada tortura psicológica que ejercían sobre ellos los críticos.

—Además, no paro de viajar. Ya sabes, si faltas a una sola bienal, inauguración o fiesta en cualquier parte del planeta, estás perdido.

Señalando la primera página del catálogo, Cliff interrumpió a Helga:

—¡Qué maravillosa escultura! Me imagino que ya está vendida, porque si no es así, me encantaría regalársela a mi padre. Él adoraría tu obra.

—Tienes suerte, ésta la acabo de terminar y todavía está disponible.

—¡Qué increíble será tener una obra tuya! —mintió, tomando por el talle a Helga, quien no dejaba de mirar sus ojos azules.

Se besaron suavemente.

—Espera. Tengo unas pastillas sensacionales que me dio un amigo. ¿Te atreves? —preguntó Helga en tono juguetón.

—Claro.

Sumido en la exaltación causada por la droga, Cliff venció todas sus inhibiciones y le hizo el amor a Helga con una pasión arrebatadora, que no sabía si atribuir al imponente cuerpo de la chica o a los trastornos de la química cerebral.

Despertó antes que Helga. Mirando el cúmulo de potingues desplegados en las repisas sobre el retrete donde estaba orinando, pensó que Rita no necesitaba ni una milésima parte de todos aquellos mejunjes para estar hermosa. Al volver junto a Helga, la vio dormir sin sentirse conmovido por su esbelto cuerpo. Agobiado por la idea de compartir el desayuno con esa *snob* de alma hueca, sin pensarlo dos veces se vistió y salió dejando en el tocador una nota de despedida.

De vuelta a casa le cayó encima todo el peso del conflicto en el que estaba metido. Ahora vivía en una especie de limbo: como sus privilegios patricios estaban suspendidos, no era diferente a cualquier urano, y sin embargo, él sabía cosas que lo distanciaban abismalmente de ellos. No pertenecía ya a ningún grupo ni quería arraigarse en ninguna ciudad. Pero el mundo urano carecía de espacio para seres sin ataduras, sin trabajo, sin hogar. Nunca antes había decidido libremente sus movimientos, y sin embargo, le resultó extraño no sentir miedo al futuro. Disfrutaba de un sentimiento peculiar de redención, aunque temía que no le durara mucho tiempo. Ansiaba llevar las riendas de su vida, pero ningún urano, ni siquiera un patricio, podía elegir su destino, pues todos los pasos eran dirigidos por los preceptos y las leyes del Consejo y la Iglesia. "Hasta el agua que bebemos está administrada por el Consejo —pensó—, lo mismo que los alimentos, los gustos, la fe: todo está diseñado para que no haya nadie diferente, para que todos seamos uniformemente felices. Sólo los dalits vagan sin raigambre por el subsuelo".

Al mirar sus cuadernos, la computadora repleta de fichas y los cientos de libros que tapizaban las paredes de su apartamento, pensó que era una ironía saber tanto y no haber descubierto aún por qué el Consejo no exterminaba de forma definitiva a los dalits. Había escogido la Universidad de Mesopotamia —primera región conquistada por el Consejo en los comienzos de la Cruzada— para poder estudiar en las fuentes originarias aquellos sucesos, y encontrar la verdadera causa de la paradójica tolerancia con los vencidos. Tras el primer año de posgrado, la exigencia de sus estudios le había hecho aplazar la investigación; además, en aquellos momentos todavía pensaba que el secreto le sería revelado al convertirse en arconte. Pero ahora todo había cambiado: a menos que resolviera el enigma por su cuenta, nunca sabría la verdad.

Pero ¿por dónde empezar su investigación? Sabía que el Consejo toleraba esporádicamente la presencia en la superficie de dalits viejos o lastimosos, así como de unos cuantos thugs. Los primeros despertaban repulsión, y los segundos infundían pavor en las buenas conciencias. Con el fin de atemorizar a la población —aunque cada vez con menos eficiencia en opinión de Cliff—, el aparato de propaganda del Consejo advertía a los uranos sobre el peligro de los mutantes que habitaban el subsuelo y aparecían subrepticiamente en las ciudades para robar o matar. Pero Cliff no atinaba a explicarse por qué el Consejo permitía la existencia de la inmensa cantidad de dalits jóvenes y sanos que reptaban por el subsuelo de todas las grandes urbes. Eran muchísimos, no sólo unos cuantos, como difundía la propaganda oficial.

Cliff estaba empeñado en resolver el misterio. Tomó asiento y desplegó en holograma el mapamundi de Peters. Por su acendrado hábito profesional de mirar los mapas desde la óptica de un historiador, su atención se dirigió a Dresde, la antigua ciudad alemana donde años atrás, aprovechando el vacío demográfico de la población urana, los dalits insurrectos habían protagonizado el alzamiento que desencadenó el Exterminio. Para refrescar sus conocimientos sobre aquellos sucesos, abrió un artículo del viejo maestro Karem, en el sitio virtual de la universidad.

El primero de enero del año 2040 el mundo se despertó con el terremoto más intenso registrado en tiempos modernos, el cual destruyó ciudades enteras de Asia. Pero los males nunca vienen solos y dos semanas después llegó el seísmo más devastador de todos. En Dresde, una ciudad al este de la vieja Alemania, abandonada por sus habitantes originales, un grupo de inmigrantes, en su mayoría africanos, conformaron una minúscula república autónoma.

Para comprender el impacto de la insurrección en Dresde es necesario asomarnos a la evolución de la Neohistoria que se inicia con la Cruzada Final en Oriente Medio —como respuesta a los atentados terroristas en América— y finaliza con los sucesos de Dresde que dan comienzo al Exterminio. Para 2040, gracias al éxito de la Cruzada, el mundo civilizado había logrado eliminar a un gran número de infieles musulmanes, de pobres de Oriente y América y de negros del continente africano. Sin embargo, en regiones con numerosa población urana, como Europa, la Cruzada no podía realizarse de manera extensiva, lo cual ralentizó la desaparición de los dalits. A pesar de que en Europa la mayoría de los servicios y el comercio se realizaban por medio del autoservicio, y se había alcanzado una intensa robotización en la industria, la renuencia de los uranos a desempeñar los trabajos humildes y menos remunerados, junto a las bajas tasas de natalidad, había hecho imposible detener el flujo migratorio de África y otras partes del mundo. Los inmigrantes perseguidos por la Cruzada en Europa veían por doquier ciudades y pueblos abandonados, con casas en perfectas condiciones, escuelas en pie y servicios semihabilitados. Cinco mil negros y algunos cobrizos aprovecharon aquella infraestructura abandonada en Dresde para asentarse discretamente durante varios meses, hasta el día en que la declararon Nuevo Territorio Independiente de Europa. Éste contaba con un aparato de gobierno electo y rotativo, bien organizado, y una división del trabajo que les permitía casi total autonomía económica del resto del mundo, además de una tecnificación ampliada, herencia de la urana, que empezaron a ejercitar sin las cortapisas de los estándares del mundo urano, que dosifican el uso de innovadoras tecnologías. Cuando el Nuevo Territorio proclamó su independencia, el Consejo se dio cuenta de que muchos otros marginados podrían seguir su ejemplo en el mundo entero; sólo era cuestión de tiempo para que el fenómeno se expandiera.

Los uranos comprendimos que los acontecimientos de Dresde eran un castigo divino por habernos alejado de Dios.

No bastaba eliminar a los dalits para reencaminar la sociedad hacia el bien; había que combatir el pecado con la virtud. Los años de distensión moral y relajamiento espiritual de la sociedad urana debían terminar.

El Consejo, gracias a que desde sus orígenes había sido un órgano supranacional secreto, pudo esquivar cualquier represalia del mal. El 7 de mayo de 2040, todos los uranos acordamos por unanimidad, mediante sufragio directo en la red, proscribir los estados y gobiernos nacionales, y ceder el control del orbe a los hombres del Consejo, garantizando su anonimato. Un mes más tarde, en junio de 2040, el Consejo promulgó el inicio del Exterminio Mundial, con la bendición de los pontífices de las principales iglesias, que proclamaban el carácter sagrado de la Cruzada. En seis días exactos, nuestros batallones eliminaron a todos los miembros de la república autónoma impía en Alemania.

Al apagar el holograma, Cliff pensó que había una extraña coincidencia entre la cima y el subsuelo. Tanto los patricios como los dalits eran castas ocultas: una de ellas se escondía en palacetes ultramodernos, la otra en las cloacas de las ciudades, pero ambas sostenían una guerra a muerte sin verse las caras.

Mirando el Tigris, cuna de la civilización y del primer grupo étnico que la Cruzada había declarado la guerra, Cliff tomó la determinación de atisbar en uno de los secretos mejor guardados de la Neohistoria: la razón por la cual el Consejo permitía la subsistencia de sus enemigos subterráneos.

#557 06-25-2013 12:53PM
Item(s) checked out to p3421592.

TITLE: Inocente
BARCODE: 33477461627199
DUE DATE: 08-14-13

TITLE: Verdad silenciada
BARCODE: 33477462587774
DUE DATE: 08-14-13

TITLE: Desnuda ante ti
BARCODE: 33477462585405
DUE DATE: 08-14-13

TITLE: Los hijos del tiempo
BARCODE: 33477462580528
DUE DATE: 08-14-13

  Houston Public Library - Carnegie
Renew online! - Limitations may apply.

XV

Durante los días que Rudra tardó en hacer sus alpargatas, Zeit salía de la cueva a inspeccionar el subsuelo al que no había vuelto desde la muerte de Gea. En aquella oscuridad inhóspita, reconoció el tufo pestilente de antaño, que amalgamaba los excrementos, la humedad saturada y el sudor asfixiante y rancio de los dalits. Sin embargo, algo había mejorado: ya no había ese putrefacto olor a cadáveres en descomposición que tanto le repugnaba en la infancia.

Los grisáceos túneles seguían igual, pero la mirada de los topos era distinta; no podía precisar si lo que había cambiado era su actitud ante la vida, pero encontraba aquellos ojos más sosegados y la atmósfera menos opresiva que antes.

Aunque todavía algunos dalits vivían solos, como en el pasado, Zeit comprobó que ahora se movían en parejas o grupos; abrían los respiraderos que los uranos habían sellado en el pasado para habitar bajo las entradas de luz, y hasta incluían en su alimentación tubérculos y ratas asadas.

Ahora los topos formaban pandillas que competían entre sí para distinguirse, mientras que antes se habían esforzado por pasar inadvertidos. Se cruzó con personajes extraños para quienes la búsqueda de identidad colectiva animaba a seguir una especie de moda. Los miembros de la banda más numerosa llevaban la cabeza rapada y dos trapos envueltos al cuello. Los integrantes de otra lucían una trenza en la nuca, junto al resto del pelo trasquilado y una tela en la cintura de donde colgaban diversos instrumentos. Así distinguió varios grupos bien diferenciados, aunque todos tenían el hábito de llevar un arma punzocortante al cinto.

Esa tarde, cuando Zeit volvió a la cueva, Thot estaba dividiendo en cuatro raciones el alimento que custodiaba Cotto, el único miembro del grupo a quien nadie se atrevía a robar. Zeit se comió la suya de un bocado y apuró toda el agua de la botella que había llenado en una cañería rota. Los cuatro, aprovechando el bienestar de la digestión, se echaron a descansar. No se oía un ruido en la oscuridad, ya que a esa hora casi todos los dalits salían al basurero. La tea estaba a punto de extinguirse y Zeit miró de reojo a su hermano que aprovechaba el último resplandor para trabajar en las rudimentarias alpargatas. Cerró los ojos para retener su imagen y un benigno sopor la invadió.

Consumida la tea, Rudra abandonó su labor. Sondeando la oscuridad en busca de paz, vio que una luz crecía en el pasillo, pero no quiso alertar a los demás y sólo se irguió expectante. De golpe, durante unos segundos la cueva se iluminó. Quien llevaba la antorcha salió en el acto y todo se oscureció de nuevo, pero Rudra tuvo tiempo suficiente para ver a Thot acariciando el pelo hirsuto de Zeit. El tullido nunca había visto en la vieja un gesto de ternura como aquel y no pudo contener su deseo de acercarse.

Al sentirlo cerca, Thot le dijo con voz sosegada:

—Zeit me recuerda mucho a mi hija pequeña.

—¿Tuviste una hija?

La vieja suspiró muy hondo, como llenando el alma de coraje para empezar su relato.

—Antes del genocidio vivía con mi marido, Ramón, y mis cuatro hijos en una pequeña casa del otro lado del gran puente… Mi esposo se atormentaba más que yo por la miseria en que vivíamos. Todos nos buscábamos la vida con empleos temporales o vendiendo cualquier cosa. Yo había sido maestra de educación primaria, pero tras perder mi plaza, hice todo tipo de faenas. Mi hija mayor tenía dos niños, los más traviesos del barrio. Mis dos hijos varones, a pesar de estar hundidos en las drogas que se vendían al por mayor en las calles de la ciudad, regresaban a casa por las noches, a veces con algo para comer.

”El hambre nos derrotaba, y lo más doloroso era ver a los pequeños con las barrigas hinchadas, duras como tambores, y con tan pocas fuerzas… Yo sostenía en pie a aquella familia que asombrosamente seguía unida. Me esforzaba por ofrecerle a cada uno al menos un lugar donde vivir.

”Una noche, al volver de asistir un parto, ya muy entrada la madrugada, desde lejos observé la luz de mi casa encendida. Imaginé que alguno tendría insomnio y me alegré de traer dos barras de pan y unos granos de café para el que estuviera despierto. Me dolían las piernas por tantas horas de labor, pero apreté el paso; mi marido no tardaría en levantarse y yo tendría el colchón para mí sola… Al abrir la puerta de entrada percibí un olor acre que se me metió en la nariz, pero que no pude identificar. No oí ruido alguno y respiré tranquila creyendo que todos estaban dormidos. Di unos pasos para dejar sobre la mesa el pan y el café, cuando descubrí el cadáver de mi hija mayor, con el cráneo abierto hasta la frente, y el de mi nieto menor en medio de un charco de sangre. Sobre el sofá yacía Ramón con los ojos abiertos en una expresión de estupor, y a sus pies vi a Alfonso con la cara hecha un amasijo de carne tumefacta. Todo estaba ocurriendo como en una película en cámara lenta. En un momento mi visión se nubló y mi pulso latía tan fuerte que podía oírlo. Faltaban dos de mis hijos y un nieto, y no pude pensar más que en ellos; entré a la pequeña cocina y ahí di con el pequeño, estaba boca abajo. Esperando que solo estuviera dormido, lo cargué y lo mecí con un vaivén histérico para revivirlo… Con él niño muerto en brazos busqué en la parte trasera de la casa los demás cuerpos, deseando no encontrarlos. Fuera estaba mi hija menor colgada de una farola. Al menor no lo encontré por ningún sitio. Entré de nuevo, dejé al pequeño sobre su abuelo y salí a buscar a mi hija. Subida en un cajón de madera alcé sus delgados muslos, todavía calientes, impulsé el cuerpo inerte hacia arriba para sobrepasar el gancho que la sostenía y la bajé con cuidado, procurando que su rostro no rozara la farola mugrienta. La recosté en el suelo con delicadeza y la cargué en vilo para llevarla junto al resto de la familia… Una extraña paz se apoderó de mí mientras lavaba los cuerpos. Les limpié la sangre con mucho cuidado, como si aún pudieran sentir dolor. Miré el líquido de un rojo cada vez más intenso en el balde grande con agua y sentí que mi corazón dejaba de latir. Me invadió un frío cruel y a la vez anhelado; luego, un mareo cadencioso…, pero no tuve la fortuna de perder la conciencia. Un minuto más tarde mi respiración se normalizó volviéndose pausada. Pensé: "Con un solo corte en la muñeca todo terminará". Fui a la cocina a por el cuchillo más afilado y cuando sentí el filo en la piel, recordé al hijo que quizá vivía aún. Abandoné el cuchillo junto a mi deseo de morir para esperarlo. Aguardé la llegada del hijo pequeño junto a mis muertos limpios, silenciosos. Sólo me movía de la silla para refrescar con un trapo húmedo sus rostros, ahuyentando las moscas que los molestaban.

"Con el último hilo de fuerza, tras velarlos cuatro días, salí de aquella casa atrancando para siempre la puerta. Vagué por las calles buscando a mi hijo. No me cansaba nunca de mirar los rostros de los hombres jóvenes esperando hallar al mío. Pero cada día que pasaba sentía menos esperanzas y más odio. Viví el Exterminio anestesiada contra el dolor, mirando cómo la escena que me había cercenado la vida se repetía una y otra vez en miles de casas, en hospitales, escuelas. La saña crecía conforme aumentaban las matanzas. Los soldados mercenarios se hicieron cada vez más sanguinarios. El gozo por el sufrimiento ajeno se convirtió en una especie de epidemia y pronto miles de civiles se unieron al Exterminio, pues lo consideraban un deber religioso. Se ponían a prueba compitiendo como modernos templarios, para ver quién exterminaba a mayor número de emisarios del mal. El sadismo marcó esta guerra como nunca otra en la historia, pues pretendían que fuera la última de las guerras, la definitiva, y por lo tanto, debía ser ejemplar. El olor a muerte invadió ciudades enteras; muchos años tardó en desaparecer, pero los sobrevivientes del Exterminio lo llevamos clavado en la mente.

—Después del Exterminio, la esperanza de encontrar a mi hijo me mantuvo con vida, y me interné en los túneles creyendo que aquí lo encontraría. Por eso me ausento de vez en cuando y vago por el laberinto de las cloacas, atenta a una voz, a una mirada… Pero los años han pasado y casi he perdido la esperanza de encontrarlo —concluyó Thot y suspiró al sentir la mano de su amigo sobre la suya—. Ahora ya sabes quién soy, Rudra, y por qué no he querido nunca revivir mi pasado.

—Sí, ahora comprendo tu desconsuelo, amiga mía… Trata de descansar —le dijo, soltando su mano, y se arrastró al fondo de la cueva.

Zeit también había escuchado el desolador relato, pues sólo había fingido estar dormida mientras Thot la acariciaba. Cuántas cosas había vivido en unos pocos días. Era como si hubieran pasado años desde que Cotto la salvara. En cambio, su vida en la superficie le parecía ahora tan corta que hubiera podido resumirla en una frase, en un recuerdo efímero, volátil.

Su estancia junto a Rudra y sus amigos estaba a punto de concluir; las alpargatas estaban casi listas. "Mejor así —pensó—, odio el subsuelo, ya quiero ver la luz, sentir el aire. Pronto mi hueco en el árbol se quedará helado, tengo mucho trabajo por delante para aislarlo del frío…" Pero al sentir a su lado la tibieza del cuerpo de Thot, imaginó la añoranza que sentiría de todo aquello y lo bueno que sería poder llevarse ese calor a su guarida. Se rio de esa idea tonta, pero le entró un súbito mal humor que la mantuvo en vela por el resto de la noche.

Cuando Rudra despertó, encendió una tea y se puso a trabajar. Zeit lo contemplaba con los ojos entrecerrados. Qué destreza tenía con esos dedos largos, tan distintos a los suyos. Cuánto empeño había puesto en hacer unos zapatos para ella, mientras él llevaba los pies cubiertos con telas andrajosas. De pronto reconoció en el entrecejo contraído de Rudra un gesto de su madre y el corazón le dio un vuelco. Sólo en ese instante concibió cabalmente que Rudra era su mellizo, su sangre, parte de ella misma. Había necesitado algo más que el parecido físico para aceptarlo.

—Ven a probártelos —dijo Rudra, ignorando el fingido sueño de su hermana.

"Parece que tiene mucha prisa por terminar con mis zapatos para que me vaya de una vez", pensó. Se levantó con suavidad para no despertar a Thot y se sentó junto a Rudra. Éste le calzó las alpargatas y fue atando los burdos cordones hasta que se le ciñeron bien al tobillo.

—¡Perfecto! —exclamó, satisfecho.

Zeit miró sus nuevos zapatos y comprendió que no había más razones para prolongar su estancia en el subsuelo. "¡Qué bueno, me voy de una buena vez!", se dijo llena de angustia, tratando de enmascarar la desolación que le sobrevenía al imaginar su vida solitaria en la superficie. Sin embargo, un sabor amargo le subió por la garganta, y sin poder reprimir el llanto, gritó:

—¡¿Por qué me los has hecho?! ¡Son una porquería! ¡No me gustan! ¡Quítamelos!

Thot y Cotto se despertaron asustados.

—¿Qué pasa? —preguntó la vieja.

—¡Mira qué porquería me hizo Rudra…! ¡No los quiero! —clamaba, intentando al mismo tiempo deshacer los lazos.

La intensidad de su llanto crecía al ver cómo los nudos se apretaban cada vez con más fuerza al jalar para desatarlos. Cotto se acercó y con sus gordos dedos apartó los de Zeit para ayudarla, pero ella se resistió dándole manotazos y empujones, hasta que el gigantón la maniató y la abrazó muy fuerte arrullándola con un vaivén suave, tarareando la tonada triste de un adagio. Entre suspiros entrecortados, Zeit se fue calmando y entonces Cotto la soltó.

—Tus alpargatas son muy resistentes. Podrás cambiarles los lazos cuando encuentres unos más bonitos —dijo la vieja, que adivinaba los sentimientos de Zeit—. Se los cambiaremos juntas.

Zeit asintió con mirada recelosa.

—Ayúdame a cortar con tu cuchillo este trozo de pan —le pidió Thot, cambiando de tema—. Está durísimo.

Después de comer un bocado, Zeit empezó a reunir sus cosas y Thot y Cotto salieron de la cueva para dejar solos a los hermanos.

—¿En cuánto tiempo crees que podrás encontrarme una guarida allá afuera? —preguntó Rudra, dando por hecho que Zeit aceptaba el trato que le había propuesto días atrás—. Tengo que enseñarte a leer cuanto antes.

—No lo sé. Va a ser difícil encontrar un lugar para ti, pero lo intentaré.

—Te esperaré todas las tardes, a la puesta del sol, bajo el albañal donde te vio Thot por primera vez.

—De acuerdo... Adiós —dijo Zeit, poniéndose su abrigo y calzando sus nuevos zapatos de trapo.

Después de muchos días peinando el parque, Zeit se convenció de que ahí no encontraría ningún lugar apto para Rudra. La mayoría de los buenos escondites estaban ocupados por dalits que huían del subsuelo, o eran muy pequeños para almacenar los papeles de su hermano. No le quedaba más que inspeccionar los muelles abandonados del Hudson en la parte alta de la isla.

Cruzó a través del desagüe hasta entroncar con las vías del ferrocarril subterráneo. Salió por los respiraderos de la calle 83 y en unos pasos se encontró frente al Hudson. ¡Qué placer caminar sintiendo la brisa y el murmullo suave del río! A lo largo de la antigua vereda abandonada por los uranos, corrían los altibajos del terreno, donde la maleza crecía desordenada y los altos relieves formaban sombras serpenteantes a esa hora de la tarde.

Casi a punto de claudicar en su búsqueda, Zeit vislumbró, como saliendo de las profundidades del río, los restos oxidados de un gigantesco muelle para transportar vagones de ferrocarril. No hubiese llamado tan poderosamente su atención de no ser porque coronando los imponentes raíles, las poleas y las dos torres de los lados, se encontraba una gran habitación con tejado a dos aguas, posiblemente la antigua sala de máquinas. Si bien había claros importantes en el techo y en la parte alta de las paredes, el cuarto parecía encontrarse casi entero. A escasos cinco metros de la orilla, comenzaban los inclinados y formidables raíles que llegaban hasta la ferrosa construcción. Zeit se sumergió en el agua, se encaramó en los raíles y caminó hasta la torre izquierda, donde encontró una escalera exterior muy desvencijada, por la que logró subir unos quince metros hasta alcanzar la sala de mando. ¡Qué espectáculo más sorprendente! Los edificios y calles de la zona este empezaban a iluminarse, y en la otra orilla, el rojizo atardecer ensangrentaba las aguas del río.

A pesar del intrincado camino para llegar a la guarida, no podría encontrar mejor lugar en la ciudad para su hermano. Sin dificultad podría escalar con sus fuertes brazos por el andamiaje oxidado de las torres o por la incompleta escalinata. En la sala de mando ni siquiera encontró indicios de dalits, únicamente olor a aceite industrial y a herrumbre. ¡Cómo le hubiera gustado haber dado con un hogar como aquél cuando ella era una recién llegada a la superficie...! Pero éste sería de su hermano; se lo había prometido.

Durante tres noches, los amigos esquivaron el patrullaje de los gurkhas para transportar libros y papeles hacia la nueva guarida. Cotto y Thot llegaban con su carga hasta los colectores ubicados bajo las columnas de la vía rápida, a pocos metros del río, y desde ahí, Zeit y Rudra transportaban penosamente todas las pertenencias a lo alto del viejo muelle, lo que, por esquivar la vigilancia de los gurkhas, les llevó varios días.

Finalmente, Rudra quedó instalado en su palacete. Si se encaramaba en la montaña de libros, podía asomar la cabeza por los boquetes que dejaban las placas faltantes en el extremo superior de las paredes. Desde ahí dominaba la ciudad, sintiendo el sol y la brisa en la cara. Él, que siempre se había arrastrado por el inframundo, ahora miraba la ciudad como un rey encumbrado.

En la placentera soledad de su mirador sólo se escuchaba el murmullo del río. Sentado en flor de loto, se dejó llevar con el pensamiento por esa apacible corriente. Por fin tenía un lugar donde echar raíces. "Aquí voy a edificar mi futuro. Hasta hoy no he sido más que un nómada, y los nómadas no tienen futuro, sólo presente", se dijo.

La vida de los topos transcurría como una pesadilla recurrente: buscar alimento en los basureros, huir del peligro como ratas, procrear y dormir. Pero Rudra no se conformaba con subsistir: quería vivir de verdad. Desde niño había mostrado una determinación inquebrantable, primero para no morir, y más tarde para hacer de su vida algo menos oprobioso que la fútil existencia en los túneles. Había emprendido la descomunal tarea de estudiar todas las disciplinas del saber para cumplir con la misión para la que se creía predestinado: dirigir la lucha de los dalits contra los uranos. La llegada de Zeit representaba una señal incontrovertible de que debía seguir ese camino. Ella sería sus piernas y sus ojos donde él no llegara.

Al caer la noche se entregó al mundo imaginario donde solía evadirse de la realidad. Su fantasía más secreta y la más intensa era hacer el amor con Juana, una criatura que había creado en su mente, dibujando con precisión su rostro, su cuerpo, su mirada, sus manos, y el gran amor que ambos se profesaban: un amor que traspasaba el tiempo y el espacio. Juana se materializaba cuando Rudra quería comunicarle sus reflexiones, abrazarla en sus desvelos, disipar dudas, llorar, saciar los apetitos de ese cuerpo informe, torturado por deseos inaplazables. Era un súcubo adorable en quien volcaba todos sus impulsos, desde los más tiernos hasta los más perversos. Amaba a Juana; la había seducido, violado, orillado a la impudicia; la había erigido en santa y corrompido de todas las maneras.

—Mira qué hermosa casa te entrego —susurró a Juana en su fantasmal oído.

Al despertar de sus ensoñaciones, o de su otra vida, le costaba siempre un poco volver a su cuerpo desarticulado, su rostro ceniciento, sus desproporcionadas manos que actuaban casi como pies, sus dientes un tanto podridos y su mirada de águila acechante. Pero ahora que poseía un lugar en el mundo y una hermana, sintió que todo se alineaba a su favor para cumplir la misión que se había impuesto.

Las clases de lectura de Zeit empezaron al día siguiente de la mudanza. Duraban toda la tarde hasta la hora de salir al basurero, donde se unían a Cotto. Al terminar la recolección de alimentos, cada uno se iba por su lado. A Rudra le fue imposible convencer a Zeit para que pernoctara en su guarida, al menos hasta que hubiese aprendido a leer.

Estaba sorprendido por la increíble rapidez mental de Zeit. Rudra notaba lo ansiosa que estaba su hermana por leer. Pero eso representaba un arma de doble filo para Rudra, pues aunque quería compartir con su hermana todo lo que habitaba en los libros para unirla a sus proyectos, era consciente de que, en cuanto lo lograra, volvería con los thugs.

Poco pudo hacer Rudra para demorar el proceso de aprendizaje de Zeit, quien dio muestras de una sorprendente inteligencia. La meta no era ya leer con fluidez, lo que logró en muy corto tiempo, sino descifrar la cantidad de palabras y conceptos incomprensibles; una tarea que la ponía de muy mal humor.

—¡De nada sirve leer si no entiendo lo que quiere decir esto! —estalló una tarde, atascada en el pasaje descriptivo de una novela.

—No te desesperes, todo a su tiempo —la calmó Rudra—. Lo que haremos a partir de este momento es leer juntos. Yo te explico lo que no entiendas o buscamos la repuesta en el diccionario, ¿de acuerdo?

Anticipándose al futuro, Rudra urdió una treta para que Zeit permaneciera atada a él por más tiempo. Comenzó a leerle novelas y biografías. Cada día la chica se interesaba más y más por los mundos antiguos y modernos, imaginarios o reales que le relataban los textos. Poco a poco la lectura fue interrumpiéndose con menos preguntas, y muchas veces era la propia Zeit quien leía en voz alta mientras Rudra escuchaba. Poco después del atardecer dejaban la lectura pendiente para ir al basurero y la retomaban la tarde siguiente. Rudra nunca le permitía a Zeit llevarse el libro en turno, pues, a la manera de Sherezade, buscaba mantener despierta su curiosidad. Impaciente por seguir con la historia que había quedado inconclusa, Zeit llegaba muy puntual, aun cuando a veces tardaba una hora en evadir el patrullaje de los gurkhas y cruzar las casi quince calles que la separaban del muelle donde vivía Rudra.

A Zeit le había dado por leerlo todo: cualquier papel tirado, los rótulos de la ciudad, señales, avisos... Infinidad de veces iba directa al deshojado diccionario de Rudra para consultar palabras extrañas. Soñaba con los personajes que iba descubriendo en las novelas y recreaba en su mente los escenarios, los bosques, las playas. En las madrugadas se arrullaba con el recuerdo de los besos de Odette a Swan, la picaresca de don Pablos, el tormento de Raskolnikov... Pero junto al placer que le generaban los relatos, empezaba a crecer en ella una rabia muy distinta a la que hasta entonces la había dominado. Era una rabia nacida de sus más íntimos deseos: ¿por qué no podía ser ella la protagonista de esas historias?

Rudra había escogido el orden de las últimas lecturas con mucho cuidado. No quería precipitar el proceso por el cual Zeit debía llegar a cuestionar la realidad entre uranos y dalits. El aguerrido temperamento de Zeit era el capital que Rudra más valoraba en ella, pero al mismo tiempo el detonador de un explosivo que podía dar al traste con sus planes.

Con la primera mañana de invierno llegó el momento en que la chispa de la inconformidad despertó en ella.

—Antes nunca hubo dalits, ¿verdad?

—No como nosotros. Los antiguos dalits, los intocables de la India, vivían en la superficie.

—¿Por qué no podemos vivir entre los uranos como antes del Exterminio?

—Porque los uranos ya no lo permiten. En otro tiempo les hacíamos falta para trabajar, ahora ya no. Tienen máquinas y robots para hacerlo todo. Sus dioses nos consideran la encarnación del mal y el deber de los uranos es luchar por eliminarnos.

—¿Por qué no nos matan a todos de una vez? —preguntó Zeit—. ¿Por qué matan a unos y a otros se los llevan presos? ¿Sabes adónde los llevan?

—No lo sé… Deberíamos investigarlo, ¿verdad?

Zeit guardó un prolongado silencio. Algo le rondaba por la cabeza, pero le costaba expresarlo.

—Deben de estar pensando en matarnos a todos —dijo, tras su larga reflexión—. ¿Para qué dejarnos vivir? Debemos de ser los únicos dalits que quedan en el mundo y quizá muy pronto concluya su tarea de exterminio.

—No lo creo. Los periódicos dicen que hay madrigueras de dalits en todo el mundo.

—Escriben sobre los dalits, pero no dicen cuántos hay ni dónde están —contestó airada—. Puede ser que nosotros seamos los últimos de la especie, Rudra.

—No es así —replicó Rudra.

—¿Sabes? No debemos morir sin antes vengarnos de lo que nos hicieron. Ellos nos pusieron aquí, nosotros no pertenecemos a las cloacas. Ya que nos impidieron vivir como seres humanos, no vamos a quedarnos cruzados de brazos ahora que van a matar a los últimos supervivientes de nuestra casta.

—No somos los últimos. Estoy seguro de que existen dalits por todos lados, en cada ciudad, hasta en el campo —insistió Rudra.

Con la mirada perdida en sus pensamientos, Zeit había dejado de escuchar a Rudra. Tomó su alforja y se encaminó a la escalinata.

—Ahora más que nunca debo unirme a los thugs. Al menos ellos matan a los uranos. Eso es lo que voy a hacer, asesinar a todos los uranos que pueda antes de que nos exterminen por completo.

—¡Zeit, escucha! Los thugs no han logrado evitar, a pesar de su beligerancia, que nos maten y nos persigan. Estoy convencido de que dejan existir a los thugs para mostrarnos en los medios como una gran amenaza. Pero cada vez que lo desean, los uranos hacen una carnicería con ellos. ¿Conoces a algún thug viejo? ¿Verdad que no? Todos mueren jóvenes, Zeit… Si te unes a ellos, lograrás que te maten.

—Al menos moriré peleando —dijo Zeit con total aplomo, al tiempo que salía de la guarida sin mirar atrás.

Su partida dejó conmocionado a Rudra. Había cometido un gran error al darle tanta información a su hermana de un solo golpe. "Debí encauzar su odio hacia un objetivo —pensó—. Esta lucha debe fundarse en la inteligencia y ella sólo tiene deseos de venganza". ¿Cómo convencerla de que era inútil aplicar la ley del Talión a los uranos? ¿Cómo impedir que se metiera entre las patas de los caballos?

Para tranquilizar a Zeit necesitaba pruebas de la existencia de otros reductos dalits en el mundo. Quizá eso pudiera convencerla de que la guerra contra los uranos tenía sentido, no así una venganza visceral y sangrienta que solo radicalizaría al enemigo. Necesitaba localizar esas pruebas antes de que Zeit fuese aceptada por la organización de los thugs; después sería demasiado tarde.

XVI

Por el ventanal, admirando la cúpula de la Frauenkirche, reconstruida tras los bombardeos uranos para liberar a Dresde de la república mestiza, Cliff pasó revista a las mujeres hermosas con las que había intimado en los últimos meses. "Una conquista en cada ciudad europea no está mal para un donjuán principiante", pensó. Al escuchar la respiración pausada de Lisa, que yacía dormida a su lado, admiró su cuerpo desnudo y guardó esa imagen en su mente, sabiendo que unas horas más tarde se despediría de ella para siempre.

Aquel frenético ritmo de conquistas había logrado su cometido: desde hacía semanas la pureza de Rita le resultaba artificial; su perfección, rayana en el fingimiento; y su talante mesurado, producto solamente de la frialdad. Rita ya no era más que el anacrónico referente de la mujer ideal, referente que Cliff buscaba destruir por completo reviviéndolo una y otra vez en desfiguradas réplicas, como la rubia Lisa, de grandes ojos claros y rasgos frágiles, que contrastaban con una risa estridente y un parloteo desaforado.

Algo similar le estaba sucediendo con respecto al mundo patricio del que se iba distanciando emocionalmente cada vez más. Cliff se encontraba en una especie de limbo, sustraído de la doble moral y de los deberes patricios. Había empleado con éxito la estratagema de llegar acompañado de Randy a cada nueva ciudad, a fin de que los patricios locales se abstuvieran de ofrecerle hospedaje. Aun así, no dejaba de visitarlos esporádicamente para evitar suspicacias. Aunque a veces añoraba sus privilegios de clase, la disciplina exigida a los patricios le resultaba ya tan excesivamente rígida que, con tal de verse liberado de ella, aceptaba gustoso las incomodidades del ostracismo. Además, viviendo con su amigo, se daba cuenta de que la conducta impuesta a la casta superior no era muy distinta a la de los uranos comunes, si bien los privilegios patricios eran infinitamente superiores y su fervor religioso meramente decorativo.

Le resultaba curiosa la transformación que se operaba en Randy: durante el día se mantenía huraño y abstraído, pero en cuanto pisaba la escena nocturna era todo alegría y desparpajo; no había club donde no fuera el alma de la fiesta, y todos, más aún las mujeres, se rendían a sus encantos. Pero cuando llegaba la resaca del alcohol y las drogas, lo asaltaba el remordimiento, y se colocaba el teletransportador para asistir a los ritos de su iglesia evangelista, donde entonaba cantos litúrgicos y escuchaba el sermón de su pastor que fulminaba a los pecadores con terribles amenazas de condenación eterna. Los patricios distaban mucho de temer a Dios, porque sabían que el fanatismo religioso era un instrumento del Consejo para ejercer control sobre los uranos comunes. Por ello, muchas veces, Cliff se olvidaba de guardar las formas delante de su amigo. Con el tiempo advirtió que Randy, quien no podía sospechar que la debilidad en la fe de Cliff se debía a su condición de patricio, empezaba a mirarlo como un apóstata.

Otra práctica obsesiva de Randy era averiguar si sus compañeros de universidad se habían colocado ya en algún puesto importante. Luchaban en su interior las ansias del último desahogo juvenil y los cálculos de su futuro profesional, pero no parecía tener intención de abandonar por el momento una ciudad tan pródiga en diversiones como Dresde, donde se daban cita uranos destacados en varias disciplinas, casi tantos como en Bagdad.

Abatido por la resaca de la noche anterior, Cliff se tiró en el sofá, sin otra intención que reponerse para volver más tarde a los bares. Pero al poco rato se sintió mortalmente aburrido: no encontraba nada interesante en la pantalla, ni podía hablar con Randy, pues, como era habitual en él, estaba absorto en su visor sensorial. Para entretenerse, abrió el archivo de las últimas fotos de dalits que había sacado en Dresde, y miró con una mezcla de atracción y repugnancia el holograma de un par de viejos topos saliendo del basurero.

Durante aquellos meses lejos de la tutela familiar, Cliff había disfrutado apasionadamente su independencia. Sin embargo, algo lo incomodaba: la libertad alcanzada le resultaba insuficiente; como si de una adicción se tratara, deseaba llevarla hasta sus últimas consecuencias, al extremo de sentir una inconcebible envidia hacia los dalits. Empezaba a creer que sólo esos seres del subsuelo eran libres de verdad en aquel mundo vigilado con un microscopio omnipresente. A pesar de ser perseguidos como animales ponzoñosos, ¿serían ellos los únicos seres con libre albedrío en un planeta donde todo está predeterminado? ¿O acaso los arcontes también llevaban la cuenta de las actividades de los dalits y hasta de sus pensamientos en los oscuros túneles? No, era imposible que los sometieran a un espionaje tan riguroso. Podían detectar sus salidas y entradas al subsuelo, pero los gurkhas no se internaban jamás en las profundidades del subsuelo y muy poco debían de saber sobre esos seres que el Consejo calificaba de mutantes, pero que Cliff reconocía como hombres y mujeres dotados de conciencia.

En aquel momento entró Randy a la estancia y miró estupefacto las imágenes de dalits que Cliff miraba en su pantalla.

—¡¿Dónde has sacado esas fotografías?!

—Aquí, hace unos días... —confesó, pero ante la cara desconcertada de Randy añadió—: Me interesaba ver si seguía habiendo dalits en la ciudad donde se inició el Exterminio —respondió Cliff, trabucado por la sorpresa.

—¿Para qué? —preguntó Randy extrañado.

—Me llaman la atención desde niño. ¿A ti no?

—Me dan mucho asco y por supuesto trato de evitarlos como todo el mundo. ¿Para qué querría tener sus fotos en mi pantalla? —Tras un silencio incómodo, dijo—: ¿Son ellos los que te han impulsado a venir aquí?

—De ninguna manera. Como te dije, quería conocer Europa Central y además, juntos decidimos que esta ciudad sería nuestro cuarto destino, ¿te acuerdas?

—Sí —contestó Randy, receloso.

Tras este altercado, Cliff presintió que las crecientes asperezas entre él y su amigo harían imposible su convivencia por mucho más tiempo.

Las primeras semanas juntos transcurrieron a un ritmo vertiginoso y la amistad parecía robustecerse con las aventuras. Pero desde hacía días, Cliff notaba a Randy cada vez más aislado en un irritante mutismo. Permanecía durante horas inmerso en la red, sin cruzar palabra con él; objetaba los planes diurnos que le proponía y había dejado de hablarle sobre sus conquistas.

Esa noche Cliff se alegró de que Randy arguyera una excusa para no salir con él. Le complacía la idea de dormir solo en su apartamento, pues la vida disipada, si bien había sido emocionante y novedosa, empezaba a fastidiarle: noche tras noche se repetían las mismas caras con nuevos rasgos, las mismas canciones con otras melodías, las mismas sensaciones con nuevas drogas. Y él no podía dejar de ser quien era; toda su vida la había pasado enfrascado en el estudio y ahora veía su futuro difuminado de frenesí.

Miró con desdén el holograma y el visor sensorial que podían llevarlo a cualquier parte del planeta, a experimentar todo tipo de sensaciones o a interactuar con millones de uranos; nada de lo que le ofrecía la red le interesaba.

Buscó en el fondo de la maleta su viejo ejemplar de T. S. Eliot. Conforme iban cayendo las horas, releía los poemas con un deleite saturado de sensualidad y locura. En una borrachera de palabras e imágenes, divagó sobre la ruptura con su pasado.

Al calor de la poesía, se despertó en Cliff un irrefrenable deseo de perderse en la naturaleza, de beber el agua de los ríos y alimentarse de hierbas; de no volver a hablar con ningún urano; de tener la compañía de otros seres más simples, menos orquestados por la misma partitura. Quería gritar para oír el eco de su voz retumbando en un abismo; quería que sus ojos encontraran seres tangibles, auténticos, dolientes, y dejar atrás la irrealidad fotografiada y eternizada en pantallas y hologramas. Quería, más que nada, sentir que el cambio era posible, que la humanidad podía despertar de ese letargo inducido. "Mire hacia donde mire, veo la misma escena una y otra vez; ciudades y personas casi idénticas en cada lugar que piso. Sin embargo, sé que todo evoluciona de manera imperceptible, pero su variación es tan pequeña que priva por doquier el aburrimiento de lo uniforme. La libertad parcial a la que he llegado no es suficiente para hacerme sentir realmente vivo; sólo me drena, dejándome desamparado. Quiero que suceda algo que lo vuelque todo de cabeza, que me exponga al peligro, que me muestre mis propias entrañas", pensaba Cliff cuando el rojizo resplandor de la aurora lo tomó por sorpresa.

A pesar de haberse desvelado, no sintió cansancio cuando se subió al coche esa tarde para vagar por los alrededores de Dresde. Al cruzar cada bocacalle, al transitar por la autopista y hasta cuando se apeó para mirar el horizonte, sintió la mirada de las mil cámaras que desde los satélites observaban los actos de todos los uranos. "Sí, hay alguien que nos observa sin descanso desde el cielo —pensó, pero no precisamente Dios—. Él debe estar mirando con estupor cómo nos han robado la libertad". Sin lugar a dudas, después de su enfrentamiento con Henry, las cámaras lo perseguían con especial atención. "¡Cómo desearía convertirme en dalit y burlar el ojo del Consejo!".

Ante el sol escarlata que se ocultaba en el horizonte, comprendió con horror que llevaba semanas actuando deliberadamente para las cámaras en los clubes nocturnos y en las calles; sabía que el Consejo lo observaba y por ello los desafiaba aún más rompiendo las reglas... Lo estaban dejando ser rebelde para constatar su derrumbe. Cuando se aburriera de portarse mal, lo devolverían escarmentado al redil. Dejarlo tranquilo era una artimaña para desalentar su rebeldía; no lo habían castigado, no le cortaban todo el capital: lo dejarían jugar al rebelde mientras no cometiera una grave imprudencia. Sabía que contaba con la venia del Consejo, pues nadie sobrevivía sin su consentimiento. "Solo los dalits lo logran —pensó—, ellos sobrevivieron a la Cruzada, al Exterminio. Pero... ¿será eso cierto? ¿Es posible que los dalits hayan escapado al control del Consejo? No, también eso estará perfectamente calculado". Pero ¿por qué? Quizá ese misterio encerrara la clave del éxito del Consejo sobre el planeta. ¿O sería posible que la supervivencia de los dalits fuese una negligencia del Consejo?

Si de verdad los dalits conseguían burlar a los gurkhas y seguir viviendo en el subsuelo, él debía averiguar cómo lo hacían. Pero si había algo más, si por alguna secreta razón, que solo los arcontes conocían, el Consejo permitía la existencia de los dalits, el orden mundial estaba sustentado en una mentira.

Para resolver el misterio debía actuar fuera de los cauces institucionales y burlar la vigilancia del Consejo. Pero ¿cómo? No podía remover de su cuerpo el chip de seguimiento. Y si lo hacía, ¿lograría el Consejo encontrarlo y hacerlo desaparecer como solía hacer con los pocos impugnadores del sistema? Cuando un urano se salía de la norma era llevado a la senda de la justicia por las Comisiones Militares, grupo de élite de los gurkhas, que desde la Cruzada Global existían para detener, juzgar y sentenciar con el máximo sigilo a los disidentes. Cuando algún urano desaparecía, sus familiares y amigos no hacían preguntas; asumían que habría hecho algo indebido, y que las Comisiones Militares se encargarían de él. Muy pocos regresaban regenerados. Este procedimiento se realizaba secretamente para no alterar la vida de la comunidad ni marcar con el desprestigio al resto de la familia afectada. Pero se rumoraba que no existían campos de readaptación, sino que los delincuentes sociales y los criminales eran llevados al subsuelo con los dalits, donde, si lograban sobrevivir, pasaban a engrosar la casta de los intocables.

En espera de alguna revelación esclarecedora, Cliff se dirigió al sitio de la ciudad en el que había visto un puñado de dalits saliendo del vertedero de basura. Avanzó cauteloso y se parapetó tras un monumento de piedra mirando por la cámara de visión nocturna de su miniprocesador la probable aparición de algún dalit. Pero lo que vio fue algo bien distinto: un grupo de tres hombres jóvenes, que no eran gurkhas, al que pronto se les unieron otros cuatro. Vestían de una manera inusual: calzaban botas estilo militar, pantalones de pana, camisas negras y abrigos oscuros de piel. No había entre ellos ninguna mujer y se movían con actitud arrogante y confiada, sobrexcitados quizá por efecto de alguna droga. Debido a sus ademanes llenos de aplomo y por la calidad de sus vestimentas, Cliff dedujo que eran patricios. La tensión entre ellos y su manera ordenada de hablar indicaba que no era una reunión puramente social. Cliff se aproximó con cuidado hasta que logró distinguir sus voces. Reconoció a uno de ellos: Ingmar; días atrás había visitado a sus padres y él había salido a saludarle. Debía marcharse, pues estando esos jóvenes ahí ningún dalit se aproximaría. Mas cuando estaba a punto de moverse, escuchó que uno de los jóvenes mencionaba a los intocables.

—Hoy es noche de redada de dalits para los gurkhas. Nosotros sólo cazaremos un par de debiluchos y les cederemos a los demás.

Cliff se quedó petrificado. Nunca había visto a los patricios mezclados con gurkhas y mucho menos con dalits; algo sin precedente estaba sucediendo. Al día siguiente visitaría a Ingmar para sondearlo.

Con el pulso muy acelerado emprendió la retirada. Dio los primeros pasos hacia la avenida y justo cuando estaba por perder de vista al grupo, su pie chocó contra una botella de cristal que a su vez golpeó el bordillo de cemento. Se hizo un silencio espeso, cargado de malos presagios. Un segundo después fue rodeado por tres patricios y uno de ellos le apunto a la cabeza con su revólver.

—¿Qué haces aquí? —preguntó el más rubio con un tono amenazante.

Cliff pensó con la agilidad que despierta el miedo:

—Quiero hablar con Ingmar para entrar en su grupo.

—¿Qué grupo? —dijo con desconfianza el que llevaba el revólver.

—No sé exactamente bien cómo es el asunto, pero quiero cazar dalits con ustedes.

—¿Quién te dijo que nosotros cazamos dalits?

—Los vi el otro día —mintió Cliff con el alma en vilo.

—¡Ingmar! —gritó el del revólver.

Durante los segundos que transcurrieron mientras éste se acercaba, los tres patricios observaron a Cliff de manera displicente y amenazadora.

—¿Qué haces aquí? —preguntó extrañado Ingmar al ver a Cliff.

—Días atrás vi que cazaban a un dalit y pensé que sería muy divertido unirme a ustedes. Me di cuenta enseguida de que eran patricios como yo, así que hoy salí para ver si los encontraba de nuevo.

—En efecto, es un patricio de Nueva York… ¿También eres miembro de los lokis allá en Manhattan?

Cliff dedujo que así llamarían a estos grupos, que para su sorpresa existían también en otras partes.

—Todavía no. Hace tiempo que no vivo allí —respondió.

Se hizo un silencio espeso mientras todos escrutaban a Cliff.

—Podríamos aceptarlo si pasa la prueba de iniciación —propuso Ingmar.

Un frío punzante recorrió el cuerpo de Cliff. Buscando escapar de su indolencia hedonista había caído en una trampa mucho más peligrosa. Ahora dudaba de la autenticidad de aquellos anhelos suyos originados en un mullido sofá al calor del coñac y la poesía. Se sintió ridículo y pedante. De pronto estaba hasta el cuello en una situación arriesgada, pero la curiosidad fue más fuerte que su aprensión y su miedo.

—Me someteré a cualquier prueba —dijo Cliff, fingiendo valor.

—Vamos con los demás —ordenó el patricio que lo encañonaba.

Se reagruparon e Ingmar hizo las presentaciones. No todos eran tan jóvenes como Cliff había creído al verlos de lejos.

—¿Qué calibre traes? —preguntó el mayor.

Cliff ya había notado que todos llevaban algún tipo de arma en el cinto.

—Ninguno. Vengo desarmado —dijo Cliff con inocencia.

Uno de ellos le alargó un revólver semiautomático nueve milímetros, que afortunadamente sabía manejar por los ejercicios de tiro a los que su padre lo llevaba los veranos. Le pareció extraño que le entregaran un arma sin haber superado las dichosas pruebas de iniciación, pero la tomó al vuelo, invadido por la grata sensación de poder que produce poseerlas.

—Somos ocho, así que propongo que nos dividamos en dos grupos —dijo Ingmar.

—Hace media hora que los gurkhas esperan nuestras instrucciones en el lugar convenido. Vámonos ya —dijo el mayor, al que llamaban Hermann.

"Así que estos patricios dictan órdenes a los gurkhas, mientras todos creemos que es atribución exclusiva de los arcontes —pensó Cliff desconcertado—. Yo mismo he creído todo cuanto me decía un arconte: mi padre. Incluso los patricios ignoramos la mitad de lo que sucede en el mundo".

Llegaron a una plazoleta circundada por edificios bajos donde estaban congregadas tres unidades de gurkhas. Los doce individuos se cuadraron ante los patricios, pero observaron con reserva a Cliff, cuyo atuendo desentonaba, por lo que Hermann rápidamente les indicó:

—Es uno de los nuestros.

Las miradas hostiles se tornaron obsequiosas, y Cliff, que casi nunca lo hacía, miró de frente a los miembros de esa casta intermedia entre uranos comunes y patricios. Siempre le había intimidado la presencia de los gurkhas; procuraba mirarlos de soslayo y era muy infrecuente que se dirigiera a ellos.

—Esta noche sólo cazaremos dos dalits, pues sabemos que ustedes están de redada, pero les daremos tiempo a que terminen. Nosotros saldremos al alba por nuestras piezas. Mientras, nos divertiremos un poco, así que no hagan caso de avisos histéricos... ya me entienden—dijo el propio Ingmar en un tono frío y resuelto.

A Cliff le sorprendió el protagonismo que tomaba su amigo. Los gurkhas no replicaron; asintieron con la cabeza y se marcharon a los coches patrulla estacionados al borde de la rotonda central de la plazoleta.

Ingmar se situó a un costado de Cliff y casi al oído le dijo:

—Espero que des la talla en tu iniciación.

Por lo aséptico del acento, Cliff no atinó a distinguir si el comentario de Ingmar era una amenaza o una bienvenida.

Subido al segundo escalón del montículo central, Hermann llamó a los demás y sacó de su bolsillo una antigua moneda.

—A ver. Cruz, los que van al convoy; cara, los que esperan en la mansión. Esta noche le toca lanzar la moneda a tu grupo, Ingmar.

Éste tomó la moneda que le extendía Hermann, la lanzó y recibiéndola sobre el dorso, gritó: ¡cara!

Al parecer todos sabían bien adónde debían dirigirse, pues subieron a sus coches sin aclaración alguna. El silencio se rompió cuando Hermann gritó con una euforia intempestiva.

—¡Los que van a la mansión no se desmadren mientras llegamos! ¡Les llevaremos una sorpresita!

Ingmar le indicó a Cliff en qué vehículo debía montar. Cuando cada grupo partió en dirección opuesta, el ruido de los motores erizó sus nervios. Desde el asiento trasero Cliff miraba las calles casi desiertas. Después de aquel rato de intensa angustia, por fin podía respirar con cierta tranquilidad, y mientras los otros tres ocupantes del coche parloteaban, intentó ahuyentar el miedo que le inspiraba la dichosa prueba de iniciación.

Se detuvieron ante un viejo portón que Ingmar abrió con el mando electrónico y penetraron en lo que parecía ser el centro de operaciones de aquellos patricios: una casona antigua, un poco destartalada, cuyo salón estaba tan ricamente amueblado que resultaba acogedor. Iluminados por el destello de varios hologramas y pantallas que exhibían videos musicales o vertiginosos montajes de películas pornográficas, los patricios abrieron botellas de licor de la mejor calidad, y de un cofre egipcio sacaron varios tipos de drogas sintéticas.

El grupo lo componían, además de Ingmar, Tony y Chris, todos científicos de muy alto rango, que se enzarzaron en una documentada discusión sobre la posibilidad de controlar definitivamente el clima en el planeta. Ingmar esgrimió argumentos irrefutables sobre la inconveniencia de semejante proyecto a nivel científico y sociológico. ¿Sería posible que las actividades de estos patricios fuesen menos violentas de lo que temía? "Acaso la cacería se reduzca a una persecución inocente de dalits por las calles para desfogar energía y tensiones", pensó Cliff, gratamente impresionado por la altura intelectual y científica de la charla. Aunque las armas de fuego presagiaban lo contrario, prefirió relajarse y no pensar en ello.

En medio de la conversación, Tony, el más viejo de los patricios, preguntó:

—¿Qué necesitad tenemos de seguir escondidos entre los uranos?

—Tienes toda la razón —respondió Chris—. Ya somos una sociedad adulta y no tenemos por qué vivir ocultos por más tiempo.

Cliff los escuchó disertar sobre el tema, mientras pensaba si habría estado equivocado todo ese tiempo al huir de la compañía de los patricios. Desde su llegada a la universidad de Mesopotamia había decidido no frecuentar exclusivamente a los de su casta y fue alejándose cada vez más de todos ellos. Ahora se daba cuenta de que no los conocía de verdad. Tantos años encerrado en su entorno académico lo habían privado de conocer a los mejores exponentes de su clase. Ya más tranquilo, se sirvió otro trago y participó en la conversación.

El sonido de unos coches entrando al caserón interrumpió la charla, y todos, excepto Cliff, se dirigieron al cofre egipcio para reforzar su dosis. En pocos segundos los motores se silenciaron y las voces crecieron al otro lado de la puerta. Cliff había perdido toda la serenidad que había ganado y el corazón le galopaba. "Es demasiado temprano —pensó—. Faltan varias horas para el alba. ¿Habrán adelantado la caza?".

Con la mirada fija en la puerta vio entrar atropelladamente a dos de los hombres. Tras ellos venían Hermann y el rubio, cargando por los sobacos un cuerpo cubierto desde la cabeza por una manta.

Todos hicieron un corrillo para apreciar a la presa que trataba de reptar a ciegas, tropezando con una muralla de piernas. Ingmar extendió una mano y tiró de la manta. Cliff sintió un dolor agudo en el estómago: era una joven urana amordazada que imploraba piedad con los ojos.

—¡Enciende las cámaras! —gritó Hermann a Tony, quien obedeció de inmediato.

El ambiente se había vuelto dantesco, sórdido, irrespirable. Los hombres hablaban en susurros, mirando a la pobre infeliz. Entre dos la alzaron en vilo y la recostaron en un sofá ancho y lustroso.

Ingmar accionó el control remoto para cambiar las imágenes de las pantallas, y dirigiéndose a Cliff dijo:

—¡Ahora verás cuál es tu rito de iniciación!

Cliff se quedó petrificado. Las pantallas mostraban, en una edición trepidante, una violación masiva, practicada con lujo de crueldad, que culminaba en una decapitación. Una náusea abrasadora le fue subiendo por la garganta y el mareo que le sobrevino le nubló la vista. Sin reflexionar un instante, Cliff sacó su arma, disparó al aire y apuntando a Hermann que estaba a su lado, lo arrastró con él. Todas las miradas se clavaron en Cliff, que tirando de su presa retrocedía con los ojos desorbitados, hasta que llegó junto a la joven, a quien empujó fuera del sofá. "¡Deprisa, corre!", le indicó con un gritó desaforado. Vio con horror a la joven tropezar frente a la puerta y caer de bruces quedando inconsciente. Hermann se libró de la sujeción de su captor y al intentar alcanzar una pistola que yacía en el suelo, Cliff tensó el brazo y disparó. Vio a Hermann llevarse las manos al estómago y salió corriendo con todas sus fuerzas, sin poder llevarse consigo a la urana. Esquivando los disparos del resto de los patricios que lo perseguían, trepó desgarrándose la piel por el muro de piedra y alcanzó la calle iluminada y limpia que lo recibió con su habitual esplendor.

No podía volver a su apartamento, pues los patricios habrían dado ya la alarma a las Comisiones Militares para que fueran a apresarlo. Le vinieron a la mente los archivos sobre dalits que tenía ocultos en su computadora; estaba perdido si los encontraban. Entonces, lo que era en apariencia una riña entre amigos se convertiría en un atentado político; todo esto agravado por sus antecedentes de rebeldía. Tenía que volver al apartamento y borrar de ahí lo más comprometedor antes de que hicieran el registro.

Corrió como un loco por las calles vacías hasta que vislumbró su edificio. No se apreciaba nada fuera de lo normal. Quizá Randy siguiera de juerga. Podía entrar y echar todo en una maleta para escapar a cualquier sitio, antes de que vinieran a detenerlo. A pesar de saber que toda escapatoria era imposible, Cliff no estaba dispuesto a dejarse capturar.

Cerró la puerta tras de sí con el corazón en la boca y se abalanzó sobre su escritorio. Abrió los archivos más comprometedores y los borró de todos los resquicios de su computadora. No contento con esto, metió el procesador debajo del grifo de la cocina.

Escuchó un ruido tras de sí, y al girarse se topó con la mirada azorada de Randy.

—¡¿Qué haces?!

—No puedo explicártelo —respondió Cliff—. Te lo ruego, vete por unas horas. No debes estar conmigo. ¡Vete!

—No me voy a ir hasta que me digas qué te pasa.

Cliff daba vueltas en círculo con los nervios de punta. Randy lo miró paciente, esperando que se calmara, pero al verlo cada vez más exaltado, fue hasta él, lo tomó por los hombros y exclamó:

—¡Cálmate! Déjame ayudarte.

—No puedes ni debes ayudarme. Ha pasado algo terrible. Están sucediendo cosas que no puedes siquiera imaginar… Van a venir a detenerme. Así que vete antes de que te involucren. ¿Comprendes?

—No quiero saber nada… Sólo dime, ¿necesitas huir, no es cierto?

—Sí.

—Llévate mi avión. Huye a Nueva York, si aún tienes tiempo. Aterriza lejos de la ciudad y escóndete mientras se calman las cosas y habla con tu padre. Él es un arconte y podrá ayudarte.

—¿Tú sabías que yo soy un patricio? —preguntó Cliff, asombrado.

—Me di cuenta hace tiempo… —respondió Randy, levantando los hombros—. Lo importante es que llegues a Nueva York.

—Pero no tengo escapatoria. También nosotros llevamos el mismo microchip que todos los uranos y me seguirán adonde vaya.

—Yo te puedo ayudar con eso.

—No hay modo de desactivarlo —replicó Cliff con una sonrisa, conmovido por las buenas intenciones de su amigo.

—Escúchame. Te diré el secreto del microchip y luego te irás. Pero cuando vengan a buscarte, tendré que decir que me robaste el avión, así que date prisa.

El azul infinito del cielo mitigó el abatimiento de Cliff. A cuarenta mil pies sobre el mar, la tierra resplandecía como una gigantesca colcha moteada de marrones y verdes. ¿Qué había hecho con su vida? Lo había arruinado todo por dos actos impulsivos: la ruptura visceral con su padre y el enfrentamiento con los lokis. "Si Hermann sobrevivió a los disparos —pensaba para consolarse—, mi situación será menos comprometida y quizá mi padre pida clemencia para mí ante el Consejo. De otro modo, será mejor esconderme para siempre en cualquier rincón del planeta"

Al sobrevolar el Atlántico, contempló con arrobo la plata bruñida del mar y sintió que el cansancio le pesaba tanto o más que su desazón. Al amparo del piloto automático, programado para aterrizar en los descampados del viejo barrio de Brooklyn, se quedó profundamente dormido.

TERCERA PARTE

The present is theirs, the future is mine.
NICOLA TESLA

$S=k \log$.
LUDWIG BOLTZMANN

XVII

En el borde de la hondonada Zeit silbó la antigua contraseña de la clica, esperando que siguiera vigente. Tardaron a lo sumo diez minutos en subir a recibirla, y sin cuestionamiento alguno sobre su desaparición durante tantas semanas, la dejaron acceder.

Ahí encontró a los siete thugs acicalándose, como era su costumbre. En lugar de dirigirse al sitio que solía ocupar, Zeit tomó asiento cerca de la fogata. Esta vez no sacó de la alforja sus acostumbrados arpones, sino un libro, uno de los gordos. Lo abrió por el principio y se puso a leer como si fuera la cosa más natural del mundo.

Llevaba días deseando ver la cara de asombro que pondrían los thugs cuando descubrieran que era una dalit lectora. Pero al poco rato notó que los chicos no daban importancia alguna a su actividad. Sólo Ananké se acercó a charlar con ella.

—Hace mucho que no venías. Ya estaba preocupado.

—¡Ah! —musitó con torpeza Zeit, sorprendida por sus palabras de afecto.

Ante la parquedad de la visitante, Ananké se dio la media vuelta.

—¡No vine porque estuve aprendiendo a leer! Me enseñó mi hermano mellizo, al que no conocía.

—Qué raro. ¿Un mellizo? ¿Es igual a ti? —preguntó Ananké extrañado.

—No. Él está tullido…, deforme…, pero sí…, nos parecemos mucho.

Como si meditara algo importante, Ananké permaneció un rato ensimismado. Zeit aprovechó para atisbar sus músculos tensos, su piel oscura y aquellos ojos grises e intrigantes. Sí, seguía siendo el mismo que tantas madrugadas asaltaba sus sueños más íntimos. Era el único hombre por el que había sentido algo cercano al deseo y ahora que lo tenía de nuevo frente a ella le brincaba en el estómago un nerviosismo juguetón.

—¿Así que sabes lo que dice ahí? —preguntó, señalando el libro.

—En este libro y en todas partes. Puedo leer todas las palabras que escriben los uranos. Algunas no las entiendo, pero para eso hay otros libros que las explican.

—A ver, lee —ordenó Ananké, incrédulo.

Con una leve turbación, inició Zeit la lectura del *Hombre de las nieves* de Hans Christian Andersen. Pasados varios minutos, los siete thugs detuvieron sus actividades para formar un círculo a su alrededor. Hipnotizados por la cadencia de las palabras, escucharon el desarrollo de un relato del cual entendían muy poco.

A partir de esa noche, Zeit venció las reticencias que los thugs habían podido albergar contra ella, y durante varias noches la atosigaron trayéndole un montón de papeluchos para que los "descifrara", decían ellos. Pero esta tarea sólo la convertía en intérprete y no en un miembro de la clica, por lo que una noche decidió hablar con Ananké.

—Quiero decirte algo a solas.

Él la miró intrigado y con un brillo inocultable en los ojos, le respondió:

—Cuando se vayan los demás, hablamos.

Zeit esperó el alba con una impaciencia que no se debía sólo a la incertidumbre sobre su futuro, sino al ansia de estar a solas con Ananké.

Cuando los chicos emprendieron la retirada, el líder de la clica le dirigió a Zeit una mirada cómplice.

—Ahora sí te puedo escuchar.

—Verás, llevo un tiempo pensándolo y quiero convertirme en una thug. Dime qué tengo que hacer.

—Nosotros ya somos siete.

—Lo sé.

Ananké la miró directamente a los ojos, como nunca lo había hecho.

—Pero no quiero que te vayas a otra clica.

Ella sintió un vuelco en el corazón y con una mezcla de angustia y excitación sostuvo su mirada, incendiando aún más el ardor entre ellos. La mano fuerte de Ananké prendió su talle bajo el abrigo. La atrajo hacia él y su pulso se desbocó a todo galope. El aliento de Ananké le acarició el cuello haciéndola desfallecer, pero de pronto, al sentir de nuevo el hálito de la lujuria, resurgió del fondo más negro de su memoria el fétido recuerdo del violador al que había matado en los basureros. Había decidido entonces que nadie la tocaría jamás, y el deseo que Ananké le despertaba no era suficiente para vencer su traumático recuerdo.

—¡Perdóname! —dijo Zeit, zafándose del abrazo.

Ananké la miró desconcertado.

Con la voz entrecortada por la vergüenza y la rabia, Zeit confesó:

—Maté a un hombre cuando intentó violarme y todavía… Tú me gustas mucho…, pero no puedo.

—Da igual —dijo Ananké orgulloso, aunque sin poder disimular del todo su desengaño—. ¡Pero no llores!

—No estoy llorando —mintió Zeit, al tiempo que trataba de contener las lágrimas.

Se hizo un silencio pesado entre ellos, hasta que Ananké preguntó:

—¿Así que mataste a un tipo?

—Sí. Hace tiempo.

—Voy a comentarle a la clica del norte que ya estás "iniciada" y también que puedes leer. Pero no sé cuándo los veré, así que mientras tanto, puedes seguir viniendo aquí si quieres.

Zeit sintió un inmenso alivio al ver que Ananké no rechazaba su presencia. Podía volver y seguir asimilando las costumbres de los thugs para cuando la llamaran a formar parte de otra clica.

—Con una condición —le soltó Ananké con un gesto pícaro y triunfal—: Te ayudo a entrar a otra clica si nos enseñas a leer a nosotros.

Zeit era consciente de que con ello perdía la exclusividad de su recién adquirido talento, pero no tenía alternativa.

Los muchachos de la clica se entregaron de lleno al aprendizaje de la lectura. Se ayudaban unos a otros, retándose y jugando con el sonido de las letras —símbolos hasta entonces inescrutables para ellos—, y comenzaron a deletrear palabras, mientras crecía su admiración y respeto por la dalit de ojos negros.

XVIII

Mientras Rudra iba adaptándose a su nueva vida, ni un solo día dejó de buscar alguna evidencia para convencer a Zeit de que otros muchos intocables poblaban el subsuelo del mundo. Una mañana encontró en el periódico *La Voz Urana* una fotografía que le suministró la anhelada prueba: a los pies de una pirámide, en un antiguo centro ceremonial mesoamericano, se apreciaba el dibujo de una cruz latina de gran tamaño. Lo más significativo era que la cruz había sido moldeada con una especie de brea idéntica al belenus. El pie de foto hablaba de una sustancia desconocida que no quemaba, y que había fulgurado con tonos cambiantes del púrpura al verde durante dos días seguidos. La nota decía también que se ignoraba la identidad de los autores de la cruz, pero que en pocos días se develaría el misterio al conocerse el resultado del peritaje.

Si el belenus es desconocido para los uranos, la cruz tiene que haber sido realizada por dalits, dedujo Rudra. Ahora bien, si los topos del sur habían convertido la brea en una seña de identidad, entonces era probable que todos los dalits hubieran transitado por una evolución muy similar. Rudra concluyó que si los topos del norte no compartían la fe de los uranos, era absurdo creer que los del sur profesaran la religión de sus opresores. Pero entonces, ¿para qué arriesgarse a construir una cruz de fuego fatuo?

Después de mucho cavilar sin resultados, fue a los túneles para analizar la situación con sus amigos. Cotto no expresó ningún interés en el asunto, pero Thot sí se entusiasmó. Coincidía con Rudra en que los autores de la cruz eran dalits, aunque tampoco entendía sus motivaciones.

—¿Por qué se han expuesto al peligro para realizar una acción semejante? —preguntó Thot.

—Veamos: usan una sustancia característica de nuestra vida en el subsuelo y forman un símbolo importantísimo para los uranos, ¿por qué? —planteó Rudra en voz alta, a fin de organizar sus ideas.

—No lo entiendo. Únicamente han logrado que los uranos reparen de inmediato en la cruz y la noticia se difunda por todo el mundo —comentó Thot.

Rudra contuvo la respiración como para no perder el hilo de sus pensamientos y exclamó:

—¡Ésa tiene que ser su intención! ¡Que la cruz llegara a los medios de comunicación!

—Pero ¿con qué objeto?

—¡Ahora está claro! ¡La cruz es una señal para los dalits de todo el mundo! ¡¿Cómo no se me ocurrió antes?!

—O sea que ellos utilizaron el único instrumento que existe para propagar información: los propios medios de comunicación urana. ¡Qué listos! —exclamó Thot, admirada.

—Sin embargo, esto no explica cuál es el mensaje que nos quieren dar —reflexionó Rudra—. ¿Por qué una cruz? ¿Qué significado tiene?

Después de elucubrar decenas de teorías durante varias horas, fue la mente libre de prejuicios de Cotto la que encontró la solución más razonable:

—La cruz es para saludarnos.

Rudra y Thot se miraron asombrados ante la aplastante lógica de su amigo.

—¡Por supuesto! Aprovechando la superstición de los uranos, escenificaron una epifanía, confiando en que así la cruz trascendiera a los medios a escala mundial. ¡Eso es! —vociferó Rudra exaltado.

—Pero seguimos casi como al principio. Entonces, ¿qué debemos hacer con esa información? —dijo Thot, confundida.

Permanecieron en un silencio reflexivo por un largo rato, hasta que Rudra se reacomodó en flor de loto y concluyó:

—Quizá lo que los dalits de aquellas latitudes nos están pidiendo es sólo una respuesta para constatar que nos ha llegado su señal y asegurarse así de que hay dalits alerta en otras partes del mundo... Sin duda debemos hacerlo.

—Pero ¿cómo? —replicó Thot.

—Ya lo pensaremos. Ahora tengo que buscar a Zeit.

Rudra no había vuelto a ver a su hermana desde el día que abandonara su guarida con la resuelta intención de unirse a los thugs. Tenía fe en que aún no lo hubiese logrado y siguiera durmiendo durante el día en su árbol.

Exponiéndose a ser capturado, Rudra llegó al parque a plena luz del día, y desde el arco Wintedale, a pocos metros de su avellano, hizo chocar dos tubos de acero con la contraseña que solían utilizar en los túneles. Esperó en vano su respuesta casi cinco minutos. No podía acercarse más porque los gurkhas patrullaban cerca de ahí. Cuando estaba a punto de marcharse, vio asomar de entre los brazos del avellano la agreste cabellera de su hermana, quien le indicó con señas que iría a su guarida esa noche.

En el trayecto de vuelta Rudra encontró un periódico reciente donde se aseguraba que los científicos ya habían dilucidado la composición de la brea, pero no su procedencia. También mencionaban que la cruz había generado una especie de adoración por parte de los uranos, agudizada tras revelarse que la brea provenía de los muertos.

En cuanto vio llegar a Zeit, Rudra le expuso la secuencia de hallazgos sobre la cruz de belenus y sus teorías sobre ello. Le costó mucho persuadirla, pero al final, la lógica de los argumentos y las fotografías de la cruz la convencieron de que en realidad había más dalits en el mundo. Sumando fuego con ellos podían llegar mucho más lejos que si mataban a unos cuantos uranos para desahogar su rebeldía. Zeit sabía que un enfrentamiento organizado contra el Consejo era una utopía, pero esa cruz de fuego fatuo brillando retadoramente a la intemperie la incitaba a intentar lo imposible.

—Te ayudaré a responder. Vamos a ver si pasa algo. Luego seguiré con mis planes para convertirme en thug.

Rudra sintió un gran alivio al oír la resolución de su hermana y sin perder tiempo le explicó la necesidad de bajar al subsuelo con Thot y Cotto para planear la respuesta. Zeit aceptó resignada.

Reunidos en torno a la luz de una exigua fogata, los cuatro amigos analizaron las posibles formas de contestar a los dalits del sur. Estuvieron todos de acuerdo en construir una cruz de belenus idéntica a la aparecida en el centro ceremonial. Cotto se ofreció a salir en ese momento a localizar las escasas fuentes de abastecimiento y a calcular las existencias de brea.

—Debemos hacer la cruz en un sitio clave de la ciudad —opinó Rudra.

¿Pero dónde? Empezaron por estudiar los planos de la isla. Por distintas razones fueron descartando iglesias y catedrales, los monumentos más visibles y las avenidas transitadas. Finalmente apartaron los planos: si querían encontrar un lugar emblemático, era necesario asomarse a la historia de la ciudad. Rudra, que la conocía al dedillo, recordó que en 2001, la ciudad había sido objeto de un atentado, el mayor registrado nunca, que hizo colapsar dos inmensas torres de oficinas comerciales. En represalia por el ataque, a partir de esa fecha empezó formalmente la Cruzada contra el mal y la era de la Neohistoria. Años después habían edificado ahí un complejo ultramoderno que albergaba los negocios más importantes del orbe.

—Un lugar tan significativo puede servir para generar una gran zozobra de nuevo —aseguró Thot.

Al día siguiente Cotto les informó que sólo había belenus para formar una cruz de tamaño mediano. En pocas cosas había un acuerdo tácito entre los topos; una de ellas era que el belenus se respetaba como bien común. Robarlo de los recintos estratégicos era una afrenta, por lo que debían tener mucho cuidado al apropiarse de él.

El paso siguiente fue el reconocimiento del terreno, y para ello Cotto llevó a Zeit por los túneles hasta la rejilla que desembocaba en la explanada del centro internacional de negocios. A las seis de la tarde, hora en la que Zeit emergió del respiradero, la plazoleta estaba relativamente desierta; hacía una hora que los oficinistas habían salido de sus trabajos y sólo algunos rezagados caminaban presurosos hasta sus coches.

Zeit recorrió el área bordeando los edificios. Los limpísimos cristales le permitieron ver los vestíbulos recubiertos con paneles de madera; las cafeterías amuebladas con mullidos sofás; y al fondo, los ascensores abiertos mostrando sus relucientes interiores. Por ningún lado encontró personal de seguridad, lo que indicaba que eran edificios vigilados exclusivamente de forma electrónica. "Es probable que me estén grabando ahora mismo con varias cámaras", pensó.

¡Finalmente dio con el lugar que estaba buscando! Entre los edificios tres y cuatro, los más bajos del conjunto, había una estrecha plazoleta, poco más que un callejón, en cuyo centro se encontraba una especie de escultura en forma de triángulo escaleno. De la cara norte, inclinada unos sesenta grados, brotaba un constante chorro de agua, que desaparecía en el suelo. El lado más amplio, con una pendiente de treinta grados, estaba plagado de inscripciones: cientos de nombres grabados en la piedra con letra menuda, y como remate del epitafio, la fecha del atentado. ¡Era una gran lápida construida ex profeso para llevar como adorno una cruz de belenus!

Volvió enseguida al túnel donde Cotto la esperaba para emprender el camino de vuelta. Esa noche, al escuchar las buenas noticias, Rudra pudo por fin dormir tranquilo.

En pocos días planearon cómo acumular la cantidad necesaria de brea y la manera de llevarla hasta el lugar designado. El gran desafío consistía ahora en burlar las cámaras en el momento de realizar la cruz.

—Yo me encargo de eso —aseguró Cotto categóricamente.

Sin duda sería capaz de lograrlo, pensaron los otros tres, aunque se abstuvieron de preguntarle cómo lo haría, pues para Cotto seguía siendo casi imposible verbalizar sus ideas.

Los pensamientos del gigantón distaban mucho de producirse mediante el método deductivo natural para todos los hombres, ya que su cerebro no procesaba las ideas a partir de palabras, argumentos o hipótesis. Su mente abstraía de golpe el entorno en una síntesis perfecta, a partir de la cual llegaba a conclusiones de manera espontánea, sin pasar por proposición o razonamiento alguno.

En su cabeza sonaba siempre la música de los viejos discos, o las tonadas que los topos solitarios tarareaban por la mera necesidad de escuchar una voz. Con sólo susurrar unas pocas notas o tocarlas en su acordeón, Cotto volvía a escuchar en su mente las trompetas, los violines, los oboes o los timbales de los discos que tocaba en el viejo gramófono. Los sonidos eran su más preciado tesoro, aunque también brincaban a su boca y a su nariz, cuando él lo disponía, sabores y olores. Cotto aprehendía con los sentidos cada elemento que lo rodeaba, y en ellos se quedaban para siempre, como respirando en una siesta ligera, atentos al llamado de su amo. Así, por ejemplo, no necesitaba más que pensar en el clavel para revivir su fragancia como si lo tuviera entre las manos.

El vaivén constante de su cuerpo, con el que mecía los sentidos para no dejarlos nunca dormir, lo mantenía en un estado de hipnosis lúcida. De un sólo vistazo desentrañaba el funcionamiento de cualquier entidad orgánica, inorgánica o abstracta, con tal poder de concentración que parecía un místico en estado de trance.

Haciendo un esfuerzo, Cotto había comprendido el propósito que movía a sus amigos a luchar contra los uranos, pero no abrigaba como ellos ningún deseo de venganza, pues no se sentía miserable en el subsuelo. Para él, la superficie y el inframundo no significaban más que dos partes de una misma unidad. Le intrigaban por igual el olor del estiércol que el de la rosa, y podía concentrarse en el dibujo veteado de una piedra con el mismo interés que en la estructura de un rascacielos.

Al acompañar a Zeit a los grandes edificios había estudiado el emplazamiento de las cámaras. Dedujo que el sistema de puertas y rejas era operado electrónicamente desde una central de cómputo en alguno de los edificios. Debía alterar la actividad de las cámaras para distraer su atención de la escultura el tiempo necesario para formar la cruz. Avisó a sus amigos que estaría fuera hasta que encontrara una solución. En su repertorio de emociones, el entusiasmo estaba excluido, de modo que partió con el ánimo tan sereno como si fuera a buscar un poco de alimento en los basureros.

Al llegar a las grandes torres instaló su punto de observación en la rejilla del desagüe ubicada en el bordillo este de la plazoleta. Constató que la zona no era muy transitada, pues carecía de entradas a los edificios colindantes. La vigilancia se reducía a dos cámaras en cada extremo: una dirigida al acceso norte y la otra al monumento y la entrada sur; era esta última la que debía burlar.

Cuando calculó que todos los oficinistas habían salido, Cotto empezó a caminar por debajo de los edificios. Como la mayoría de los dalits, el gigantón había desarrollado una especie de indiferencia corporal al frío y al calor, y a la vez, una sensibilidad táctil y auditiva muy fina. Escuchó un tenue y monótono rugido, y conforme avanzaba hacia su lugar de origen, sintió un creciente calor. Fue así como descubrió la sala de máquinas, una parte del enjambre del cableado eléctrico y la matriz subterránea de lo que parecía el mecanismo de ascensores. Memorizó la red de cañerías, las tuberías de gas, el cableado, los conductos de ventilación y el material del que estaban hechos. Salió a echar un último vistazo a la plazoleta: iluminaban el monumento dos potentes reflectores, creando con su luz un efecto de grave solemnidad.

Volvió a la cueva con un destello de entusiasmo en los ojos, y al verlo llegar, sus amigos supieron que ya tenía un plan.

Bajo la dirección de Cotto, en el atrio subterráneo de la antigua estación de ferrocarril Penn alzaron un montículo con similares dimensiones e igual declive que el monumento en las torres, donde reprodujeron el recorrido que Cotto había trazado desde la alcantarilla al triángulo, para esquivar el campo visual de la cámara sur.

Los dalits consideraban el sótano de la estación Penn como un santuario, pues al comenzar el Exterminio, meses antes de que nacieran Zeit y Rudra, los uranos, conscientes de la cantidad de dalits que habitaban allí, bloquearon la salida e introdujeron grandes mangueras cargadas con agua y gases letales. En esos días fatídicos, murieron, unos sobre otros, miles de hombres, mujeres y niños. Pasaron muchos años durante los cuales nadie pudo soportar el hedor a muerte de aquel lugar. Pero ahora era un sitio acogedor, en el que parecía imposible que se repitiera la tragedia.

Al fondo, en el declive de un muro inclinado, Rudra y su hermana ensayaron hasta la extenuación la carrera hacia su objetivo. Formaban la cruz con un fango de similar densidad al belenus, y corrían en veloz retirada. Con los dos viejos relojes, cronometraron veinte segundos para llegar a la escultura y setenta para hacer la cruz y volver, tiempo en el cual pondrían sus vidas en manos de Cotto, quien debía anular la cámara dirigida al monumento. Los demás topos los miraban con recelo; ninguno podía imaginar el propósito de tan disparatado ejercicio.

Cuando Cotto aseguró tener controlado el problema de la cámara, empezaron el acopio de la brea mortuoria. A pesar de que los tres salían por las mañanas a recolectar el belenus, tardaron varios días en conseguir apenas el suficiente. El resto del tiempo, Cotto se concentraba en poner a punto los dos relojes de cuerda, pues Rudra y Zeit debían realizar la acción a una hora exacta y los relojes estaban aún desincronizados veintidós segundos.

El día señalado para dar el golpe, Thot no pudo disimular su angustia y se despidió de cada uno con todo tipo de recomendaciones. A primera hora de la mañana salieron con su cargamento en dirección a las torres. Después de un fatigoso recorrido por túneles y cloacas, llegaron bajo el respiradero ubicado en un lateral de la plazoleta.

—Enséñame tu reloj —dijo Cotto a Rudra cuando hubo bajado los sacos negros con belenus, y volvió a sincronizar ambos relojes—. Perfecto. —Una brizna de nerviosismo cruzó su mirada al despedirse—. Recuerda, a las doce en punto. Adiós.

Cotto llegó a su posición en la alcantarilla del ala norte y ordenó sus instrumentos aguardando la hora señalada. La claridad de la noche primaveral y las refulgentes luces de la plazoleta agravaron la ansiedad de los hermanos. La zona estaba libre de gurkhas y sólo el murmullo persistente de la fuente del monumento se escuchaba en la plaza. Zeit ató bien las dos cargas envueltas en el fuerte plástico negro que ocultaba su luminiscencia y Rudra se acercó a la rejilla de la atarjea para mirar el reloj una vez más: las once cincuenta y cinco. En el otro extremo de la plazoleta, Cotto aguardaba sosegado a que dieran las once cincuenta y siete. Cinco, cuatro, tres, dos, uno. Abrió la alcantarilla de un tirón y empujó su inmenso cuerpo por el hueco. Pegado al suelo se arrastró una decena de metros hasta alcanzar la pared del edificio cuatro. En el reloj de Rudra dieron las once y cincuenta y ocho, se lo mostró a Zeit y apretó su brazo en un gesto fraternal.

Del saco que llevaba a la espalda, Cotto sacó, envuelto en varias capas de telas limpias, un espejo convexo de unos veinte centímetros de diámetro con un largo mango en la parte posterior. Miró su reloj: las once cincuenta y nueve. Adelantó unos pasos, sujetó con fuerza el espejo y con la vista clavada en el objetivo de la cámara que enfocaba la escultura, llevó el espejo bajo el haz de luz que el gran reflector proyectaba en el vértice superior del triángulo. Había practicado por toda la ciudad el ángulo exacto en el que debía colocar el espejo para cegar una cámara; el punto rojo que aparecía en el fondo del objetivo era la señal de que el efecto se había logrado. Faltando un segundo para la medianoche, el destello rojo brilló.

Las tres manecillas del reloj se alinearon: eran las doce en punto. Con una voz casi inaudible, que sin embargo Zeit oyó como un toque de diana, Rudra gritó:

—¡Ahora! ¡Sal!

Se lanzaron a toda velocidad al triángulo de mármol, como tantas veces habían ensayado. De un salto, Zeit llegó a la cima, deshizo el envoltorio, derramó su contenido y lo extendió con las manos hacia abajo a toda velocidad, dejando a Rudra la tarea de formar el resto del travesaño mayor de la cruz. A gatas llegó al extremo izquierdo y derramó el segundo envoltorio de brea para moldear el brazo menor. La cruz brillaba con toda su intensidad. Habían tardado en total sesenta y cinco segundos.

Rudra ya se arrastraba detrás de Zeit, que corría de vuelta al respiradero, cuando se detuvo un momento para contemplar con regocijo su primer triunfo en la superficie. Escuchó el silbido de Zeit urgiéndolo a volver, y al girar sobre las palmas de sus manos distinguió una sombra que se movía en la bruma. Forzando la vista percibió el destello de unos ojos que lo miraban con fijeza. De inmediato Rudra calculó el peligro que representaba aquel sujeto, y al dar un paso hacia él para atacarlo, vio cómo los poderosos brazos de Cotto levantaban en vilo al testigo, haciéndolo desaparecer en la atarjea.

Rudra se arrastraba a toda prisa cuando las alarmas comenzaron a sonar con gran estruendo y las luces de emergencia de los edificios inundaron la plazoleta. Entró por la alcantarilla arañándose los brazos y la cara, ensordecido por el ulular de las sirenas. Se detuvo tratando de localizar la posición de sus amigos, mientras escuchaba las voces de los gurkhas que entraban corriendo a la explanada. Sintió la mano de Zeit que le tiraba del brazo para guiarlo.

—¿Qué ha pasado? ¿Quién era ese tipo?

—Espera —respondió Zeit con voz jadeante.

Se internaron unos metros hasta llegar donde los esperaba Cotto con su presa en el suelo. Rudra se quedó perplejo: era un urano desaliñado, sudoroso y exhausto, que los miraba con terror. Cotto lo mantenía sujeto por un pie y el tipo ni siquiera se revolvía, únicamente contemplaba la escena asustado, posando sus ojos azules, los más claros que nunca habían visto, alternativamente sobre uno y otro.

¿Qué hacer con él? Los había visto hacer la cruz, por lo tanto no podían soltarlo. Los gurkhas vendrían a buscarlo en cualquier momento, guiándose por el chip de seguimiento que los uranos llevaban en el cuerpo. Habría que liquidarlo y dejarlo en la superficie.

—¿Quién de nosotros lo va a matar? —dijo Zeit en un tono carente de emoción.

Se miraron indecisos. Cotto y ella habían defendido su vida en el pasado, matando a sus agresores, pero nunca habían ejecutado a un ser indefenso. No era fácil empuñar el cuchillo y dar muerte a un hombre, ni siquiera a un urano. Fue Cotto quien sacó su navaja y mirando a los ojos del urano, levantó el brazo para acabar con él.

—No me maten… —gimió el prisionero, cuya voz casi agónica frenó el viaje del cuchillo—. No diré nada. Lo juro.

—Hablarás —dijo Zeit con frialdad.

—No. Yo estoy huyendo de los gurkhas. Me buscan para matarme.

—Te encontrarán enseguida por el chip.

—No. No tengo chip. Por eso he podido esconderme de ellos varios días.

—¡Es mentira! Hay que matarlo ya. Van a entrar por nosotros si lo mantenemos aquí —exclamó Zeit enfurecida.

—No pueden encontrarme. Te lo juro. Tómenme como prisionero para asegurarse de que no hablaré, pero no me maten—suplicó el urano.

—Es una trampa. En minutos estaremos rodeados por gurkhas —dijo Zeit, al tiempo que sacaba su navaja.

—¡Espera! —exclamó Rudra—. Podemos comprobar si lo que dice este tipo es verdad. Dejémoslo en alguna cueva por unos días, si no dan con él lo llevaremos a mi guarida como prisionero. Imagina lo útil que puede ser un urano para nosotros, para nuestros planes.

Zeit meditó unos instantes mirando de soslayo a aquel urano, el primero al que veía tan de cerca. Qué diferente era de un dalit. Una mezcla de rabia y desasosiego la invadió frente a ese hombre de ojos limpios, piel rosada, manos tersas y cabello brillante. Extinguir esa mirada de reflejos turquesa que imploraba su perdón era un impulso difícil de reprimir, pero saber que lo tenía a su merced, la colocaba en una placentera posición de superioridad.

—De acuerdo. Dejémoslo vivir unos días.

XIX

Caminando por una angosta bifurcación de los túneles, Zeit halló una madriguera de poco más de diez metros cuadrados, que a juzgar por el hedor a orines frescos había sido abandonada recientemente.

Cotto avanzó tirando del prisionero al que llevaba sujeto por un brazo y lo soltó en la cueva. Rudra hizo con su cinto un lazo para atarlo por las muñecas, y lo colgaron de una oxidada viga en el techo, dejando que sus pies se balancearan a pocos centímetros del suelo.

—Cotto, ve a contarle a Thot lo sucedido para que se tranquilice, y de paso trae un poco de comida y agua. Yo haré guardia en la bifurcación, y Zeit, quédate con el urano. Si los gurkhas entran en los túneles te aviso con la contraseña. Tendrás tiempo de matarlo y salir de aquí por este respiradero —dijo Rudra, y se fue con Cotto dejando la tea en manos de su hermana, quien salió con ellos para iluminar el camino.

Cuado Zeit volvió a entrar, la luz espectral se apoderó de la cueva y bañó sus suaves facciones, delatando un temblor nervioso en los labios. Buscó un lugar en las paredes para encajar la antorcha, descargó el zurrón del cual extrajo dos tubos, e internándose un poco en el pasillo, los hizo chocar cuatro veces. Segundos después, se escuchó la respuesta de Rudra.

Zeit volvió a entrar despacio, con la mirada perdida, absorta en sus pensamientos. Se detuvo frente al urano para observarlo de arriba abajo con detenimiento. Se inclinó hasta quedar en cuclillas. Tomó uno de sus pies colgantes y cogiendo el talón, tiró hacia abajo para quitarle el zapato. Desató los cordones y se los calzó encima de sus propias alpargatas, pero ni atándolo con fuerza pudo ajustarlos a sus pies. Se incorporó y con gesto avieso escrutó la vestimenta del urano. Manipuló la hebilla del cinturón y tiró para sacarlo de las trabillas. Lo hizo sonar como un látigo contra el suelo, una, dos, tres veces. El chasquido restalló como una explosión dentro de la madriguera.

El prisionero recibió un latigazo seco en el muslo y cerró los ojos por el dolor. Al abrirlos, Zeit seguía inspeccionando su cuerpo como en el preámbulo de una disección. Abrió la presilla, bajó la cremallera, y con las dos manos lo despojó del pantalón, tras lo cual permaneció mirando con curiosidad su ropa interior. Con un decidido ademán sacó de su cinto el cuchillo y lo acercó al cuerpo semidesnudo.

—¡No! —gritó el urano.

Zeit levantó la vista hasta encontrar los ojos implorantes del prisionero. Se alejó un poco y sin decir palabra le cruzó la cara con el dorso de la mano. El urano comenzó a sangrar por la comisura del labio y contuvo la respiración con la mirada fija en el cuchillo. Suspiró aliviado cuando la dalit hizo un corte en sus calzoncillos para desnudarlo.

Zeit giró el cuerpo colgante y palpó la tersa piel ligeramente bronceada de los muslos y las nalgas. Al volverlo de frente, miró detenidamente el pene al que le faltaba la piel del prepucio, lo agarró con una mano, le pasó los dedos a lo largo y lo estrujó; luego, bajó su mano a los testículos. Un principio de erección la sorprendió y soltó el miembro con asco. Desabotonó la chaqueta y la camisa, e inspeccionó el resto del cuerpo del urano. Con la punta de los dedos tocó su sedoso pelo rubio y revisó su cráneo desde la frente hasta la nuca.

—¿Dónde tienes el dispositivo con el que los siguen? —preguntó Zeit.

—No está en ninguna parte —susurró Cliff.

—Mentira —respondió Zeit sin alterarse.

Del bolsillo del pantalón Zeit sacó la cartera del prisionero y a la luz de la antorcha analizó el contenido. Encontró varias credenciales, papeles y una pequeña agenda, pero ningún aparato electrónico.

—¿Te llamas Clifford Heine?

—¡Sabes leer! —musitó Cliff en tono de sorpresa.

Zeit guardó la cartera en su zurrón, se sentó en el suelo apoyando la espalda en la pared rugosa, cruzó los brazos y clavó la mirada en el urano.

—Así, como mi prisionero, desnudo y muerto de frío, pareces un animalito asustado, no un urano —dijo, sonriendo con sorna—. Eres igual que nosotros, lo único que te falta es piel en el pene, pero ante una mujer reaccionas como cualquier dalit —dijo, pensando en la incipiente erección.

—Zeit miró con desprecio al urano y añadió—: Por última vez, dime dónde tienes el dispositivo.

—Ya no lo tengo.

—¿Todavía esperas salirte con la tuya…? No te van a poder rescatar antes de que te mate.

—Nadie vendrá a buscarme. Estoy huyendo de los gurkhas.

—¿Por qué?

—Maté a un hombre.

Guardaron silencio largo rato. Zeit sacó unos trapos con los que rellenó los zapatos de Cliff, que aun así le quedaban inmensos. Al ver que no había manera de caminar con ellos sin que se le salieran a cada paso, malhumorada, los tiró al fondo de la cueva. Por último, sacó una especie de gorro deshilachado, tan gris como todo en el subsuelo, y después de calárselo hasta las orejas, se acurrucó para dormir hecha un ovillo, usando la alforja como almohada.

La naciente primavera todavía no había atemperado el subsuelo y el frío de la cueva aumentó la sensibilidad de la vejiga de Cliff.

—Necesito orinar. Bájame —dijo con voz implorante.

Sin moverse de su sitio, Zeit soltó una risotada cruel. Cliff no pudo aguantar más y comenzó a sentir el líquido bajar por sus piernas y precipitarse al suelo. Pero lo que había sido un chorro caliente se tornó casi enseguida en un líquido helado adherido a su piel.

Nunca había sentido la asfixia del subsuelo ni la humedad del salitre que suda la piedra. Conforme disminuía el resplandor de la antorcha, un sudor helado bañó su cuerpo, y los escalofríos le hicieron tiritar sin control. Respiraba con dificultad y los bronquios se le congestionaron de flemas. Sumido en ensoñaciones que alternaba con vislumbres de realidad, se abandonó a la fatiga hasta que dejó de distinguir las percepciones reales de las inducidas por el trance febril. La densa penumbra y los angustiosos sonidos del inframundo enardecieron su delirio. A pesar de la inmovilidad y el dolor, Cliff sintió un placer mórbido, casi sensual. La claudicación total de su cuerpo, la fiebre que lo abrasaba, el dolor insoportable en las muñecas y el hormigueo en los brazos que apenas sentía, le infundieron un irresistible y obsceno deseo de morir, al cual se entregó con vehemencia. Dijo adiós a su vida pasada con la melancolía de un exiliado que ve su patria a lo lejos por última vez, y con la mente vacía de recuerdos se fue hundiendo en una tibia placidez.

Cuando Zeit despertó, la exigua luz de la antorcha iluminaba apenas el cuerpo casi exánime del urano. Se aproximó, le tomó el pulso y percibió un débil latido. Escaló la pared hasta alcanzar la viga y desató el nudo que sostenía en vilo el cuerpo, que cayó al suelo como un fardo. Le puso el pantalón y los zapatos de nuevo, y con unos periódicos que guardaba en la alforja le cubrió el pecho.

Mientras el moribundo balbuceaba incoherencias, le inspeccionó los dientes, la lengua, las manos, tan suaves como las de los niños dalits; admiró su tez blanca, pálida como la cera; sus músculos firmes; el vello ensortijado del pecho; y los delicados pies que jamás habían realizado caminatas penosas. El hijo de puta era guapo, tenía que reconocerlo, pero de cualquier modo, su belleza le resultaba odiosa.

Intentó reanimarlo saciando su sed con el agua de la cantimplora. Cliff bebió con ansias, pero cuando por fin parecía reaccionar tuvo un acceso de vómito y expulsó toda el líquido que había ingerido.

Después de meditar un momento, Zeit sacó de su alforja un cuenco, lo limpió lo mejor que pudo con la propia camisa de Cliff, orinó en él y apretando al prisionero contra su pecho como un infante, le dio a beber el líquido caliente.

Poco a poco fueron cediendo los temblores de Cliff, pero ni el sudor frío ni el calor en sus mejillas parecían disminuir. Esperando que su organismo sano superara la crisis, Zeit lo cobijó con todos los trapos que tenía, colocó su talego bajo la cabeza y dejó que la tea se extinguiera para no desperdiciar combustible.

En medio de aquel rugido de bronquios congestionados, el urano emitía frases sueltas sobre el Consejo, los patricios y los arcontes; aunque por el violento castañetear de dientes, Zeit no podía captar nada inteligible. Comprendiendo que la hipotermia lo mataría antes de poder interrogarlo, Zeit se quitó el abrigo de rata, lo echó sobre el enfermo, le frotó la espalda con energía y pegó su cuerpo al pecho del urano. El aroma tibio y delicado de su aliento la desconcertó de tal manera que lo apartó con brusquedad. Pero los estertores cobraron más fuerza y ella se acercó de nuevo para hacerlo entrar en calor. Pasado un largo rato, Cliff dejó de temblar, y balbuceó con angustia una retahíla de insultos contra el Consejo.

—¿El Consejo te hizo daño?

—Sí. Me persigue… Ya no puedo ser un patricio…

—¿Eres un patricio? —preguntó Zeit asombrada.

—Mi padre el arconte —mascullaba Cliff—. Me buscan…, huí…, maté a un patricio.

El pulso de Zeit se aceleró al descubrir que tenía en los brazos a un patricio relacionado por línea directa con un miembro del Consejo.

Conforme la fiebre cedía, Cliff comenzó a llorar con gran desolación. Como un niño extraviado, llamaba entre sollozos a su madre, insultaba con rencor a su hermano, pedía perdón a su padre y presagiaba para sí mismo un terrible escarmiento.

—El Consejo me va a liquidar… Soy la manzana podrida. Los traicioné.

Poco a poco, Cliff dejó de farfullar, vencido por el agotamiento. Tanto él como Zeit, que se mantenía anudada a su prisionero, cayeron en un sueño profundo.

Cliff despertó desorientado por la densa oscuridad de la cueva, pero el nudo en sus muñecas y la respiración que escuchaba junto a su pecho lo devolvieron a la realidad. Palpó el abrigo de rata que lo envolvía y sintió la tibieza del cuerpo menudo de la dalit unido a él. Durante mucho rato permaneció quieto para no despertar a Zeit. Aspiró la fragancia de su piel y el olor a tierra mojada de sus cabellos.

—¿Cómo te llamas? —preguntó con un hilo de voz cuando la sintió removerse en su pecho.

Sobresaltada por la posición en la que se encontraba, Zeit se apartó y fue a sacar de su alforja los instrumentos para encender la tea.

—Mi nombre es Zeit.

—En alemán significa tiempo, ¿lo sabías?

—Sí —respondió—. Cállate y descansa.

—No. Háblame, por favor.

—Déjame tranquila.

—Por favor, háblame de ti. No quiero morir en la oscuridad sin oír siquiera una voz.

—No, no te vas a morir tan pronto.

—¿Siempre has vivido en los túneles?

—Yo no vivo aquí.

Aguijoneada por el orgullo de ser una topo fuera de lo común, le relató a Cliff cómo había construido una guarida en un avellano tras la muerte de su madre.

—Yo también perdí a mi madre. Me ha hecho mucha falta.

—Pero tú no conoces la orfandad. Eres un patricio con un padre arconte.

Cliff guardó silencio.

—¿Crees que mi padre es un miembro del Consejo?

—Dijiste muchas cosas en tu delirio… ¿Por qué no estás con los tuyos?

—Mi padre me expulsó de mi casta cuando me rebelé. Él no tenía otra alternativa, porque la ley lo obliga… Pero dime, ¿aquí en los túneles entienden la diferencia entre un urano común y un patricio?

—Nosotros sí. Pero no todos los dalits.

—¿Quiénes son ustedes? ¿Sólo tú y tu hermano? Porque, ¿es tu mellizo, verdad?

Zeit guardó silencio.

—¿Cómo lograron aprender tantas cosas? —pregunto Cliff.

Zeit percibió un tono despectivo en las palabras del urano y enseguida se puso a la defensiva.

—Tú eres mi prisionero y no debes hacer preguntas. Sólo tienes que contestar… Para empezar, dime cómo te sacaste el chip.

—Me lo extirparon —mintió.

—¿Por dónde y cuándo? —preguntó Zeit suspicaz.

—Por el abdomen —respondió Cliff, señalando su costado derecho.

—Eso es una operación de apéndice —dijo Zeit con aplomo, y desató un cordel de su cintura para atar los pies de Cliff—. Si quieres seguir vivo, vas a tener que mentir mejor.

Cliff se había convertido en el prisionero de unos seres que lo asombraban a cada momento. En el mundo urano los buenos modales y la moral de las apariencias viciaban hasta las relaciones más íntimas, volviéndolas artificiales y premeditadas. Él únicamente sabía moverse entre aquellos que compartían sus valores, en un mundo regido por los signos de estatus y las jerarquías excluyentes. Bajo tierra, junto a estos seres que vivían en la crudeza más despiadada, Cliff se sentía disminuido, no sólo por ser su prisionero, sino por llevar como un lastre su infatuada condición de urano. Aquí de nada valían las credenciales familiares; la huella digital nada compraba y aunque estuviera libre en esos túneles, no sabría valerse por sí mismo: moriría de inanición y de enfermedad en pocos días. Un mundo sin hologramas, sin enlaces cibernéticos, era tan ajeno a él como Saturno. Su abatimiento no era únicamente producto de la fatiga. Inerme frente a aquella pequeña dalit, se sintió ridículo e inútil. Siempre había intuido que los supervivientes del Exterminio habían desarrollado capacidades excepcionales, pero entonces se dio cuenta de que esas capacidades no se limitaban a la fortaleza física, sino también a la destreza intelectual, desarrollada contra todas las adversidades. De todas formas, había algo que no comprendía: ¿por qué estos seres superdotados eran incapaces de salir de las cloacas en las que los tenía confinados el Consejo?

Un tintineo metálico desde el túnel sobrecogió a Cliff.

—¿Me vas a matar? Por favor, hazlo de un solo golpe —rogó con la voz quebrada.

Sin mirar al urano, Zeit respondió a la contraseña con otro repiqueteo en las tuberías, y tras apretar las ataduras del prisionero, salió al estrecho túnel. A lo lejos, se escuchaban voces y ruidos de pisadas. Cliff no hizo ningún esfuerzo por desatarse ni por alcanzar el respiradero.

Zeit entró de nuevo con el rostro impasible.

—Cotto ha traído comida de los túneles —dijo—, pero me imagino que la vomitarás, igual que hiciste con el agua. El boniato no te sentaría bien, así que tendrás que alimentarte con nuestras sobras de comida urana. Es lo único que quizá resistas.

—Hace un momento pensé que volverías para matarme y sentí alivio al pensar que terminaría todo de una vez…

—Estás de suerte: Rudra te quiere vivo.

—Sé que ustedes me matarán muy pronto. Pero, date cuenta de que ningún gurkha viene por mí. No te mentí.

Zeit asintió con la cabeza sin mirarlo.

Habían bastado unas horas de cautiverio para doblegar a Cliff en cuerpo y alma. Al constatar la naturaleza lábil de los uranos, Zeit, que siempre los había considerado indestructibles, comenzó a sentir cómo se atemperaba la rabia que latía en su interior y el nudo perenne de impotencia en su garganta. Había pasado toda su vida amenazada por seres que la miraban con desprecio y ahora descubría que eran gigantes con pies de barro. "Después de todo —pensó—, quizá no sea tan descabellada la idea de liberarnos del yugo urano".

XX

Cliff despertó con un dolor lacerante en el cuerpo, pero la fiebre había cedido; el fantasma de la muerte comenzaba a desvanecerse.

La tenue claridad que se colaba por el respiradero le permitió vislumbrar a Zeit sentada al fondo de la mazmorra.

—Me siento tan pequeño en esta lobreguez... —dijo Cliff, rompiendo el silencio.

Zeit se removió en su sitio, pero nada respondió.

—Noto como si en la oscuridad el espacio se dilatara, volviéndose infinito... ¿Sabes? Durante el rato que te ausentaste, la negrura me devoró haciéndome perder las coordenadas, pero el olfato me salvó de volverme loco... —aspiró profundamente y cerró los ojos—. Volví a la realidad cuando sentí el olor a orines rancios, a hollín impregnado en las paredes, y al percibir en el aire, mi sudor y tu aroma, Zeit. —Ella siguió sin responder, pero aun así Cliff prosiguió—: Más tarde, mi olfato se saturó y mi oído se tornó más y más perceptivo, hasta convertirse en una especie de radar de murciélago que se extendió a un amplio radio. Con los sonidos dibujé un mapa mental del entorno, mucho más extenso al que percibo con la vista o el olfato... Aquí abajo he escuchado con claridad ruidos que antes me hubieran pasado inadvertidos. He sentido el movimiento de personas a los lejos por los túneles…, pero casi no he escuchado voces. ¿Por qué no hablan?

—Los topos hablan lo imprescindible. En el subsuelo no hay mucho que decir… Pero un niño mimado como tú jamás entendería nuestra naturaleza.

—Explícame… Por favor.

—Me han contado que los dalits dejaron casi de hablar hace muchos años, cuando comprendieron que no volverían a la superficie… A pesar de ser un urano entenderás que aquí abajo debemos alertar los sentidos al máximo ante las señales de peligro… Ese miedo nos ha convertido en seres con una destreza sensorial muy superior a la de ustedes.

—En cambio a nosotros el miedo nos ha empequeñecido, ¿sabes? —reflexionó Cliff—. Pero nuestros temores se disfrazan de prudencia. Los uranos actuamos con cautela, premeditando cada acción de nuestras vidas para no destacarnos de los demás, pues cualquier acto de autonomía nos condena al ostracismo, que fue lo que me pasó a mí. Y cuando nos expulsan debemos enfrentarnos a quienes más tememos en el mundo: los dalits.

—Ustedes no nos tienen miedo, nos desprecian. Creen que somos mutantes infrahumanos.

—Ante todo les tememos. Son el enemigo.

—Sí, sé por Rudra que ustedes no pueden mantenerse unidos sin enemigos… Y, ¿cómo los castigan cuando se portan mal?

—Si violas las normas sociales, eres expulsado. El Consejo dice que los transgresores son enviados a instituciones de rehabilitación, pero nadie lo cree, pues casi ninguno ha vuelto. Y como fuera de los protectorados uranos no hay otro sitio adonde ir más que el subsuelo, estamos seguros de que al abandonar el mundo urano los expulsados se convierten en dalits.

—¡¿Estás loco?! Aquí ningún urano ha llegado después del Exterminio. Tú eres el primero.

—¡No es posible! Debe de haber uranos convertidos en dalits que tú no reconoces.

—¡Cómo no los voy a reconocer! De entrada, no tenemos el mismo color de piel; la falta de sol nos ha dado este tono cetrino. Ustedes se operan la cara y el cuerpo desde pequeños; ningún urano se confundiría con un dalit por muy sucio que esté. Además, jamás sobrevivirían sin nuestra ayuda.

—Puede ser que no los hayas visto.

—¡O estás mintiendo o no tienes ni idea de lo que pasa en tu mundo! Al subsuelo no entra ningún urano desterrado…

Cliff quedó muy impactado por la categórica afirmación de Zeit. Entonces, ¿qué suerte corrían los uranos que deportaban de los protectorados? No podía creer que los trasgresores fueran asesinados por el Consejo. Su padre era un arconte y él no permitiría semejante atrocidad.

Zeit encendió la tea, y Cliff pudo admirar de nuevo el brillo azabache de esos ojos que no sólo eran hermosos sino inquietantes. "Ninguna mirada de mujer me ha turbado de esta manera", se dijo mientras caía en un profundo sopor, producto de una angustiosa sensación que nunca antes había experimentado: el hambre.

Zeit, que llevaba dos días sin acicalarse, aprovechó el sueño del prisionero para sacar un trapo, y con el resto del agua que le quedaba comenzó a frotar palmo a palmo su cuerpo.

Pero Cliff no estaba dormido. La imagen de aquella dalit aseándose con esmero lo dejó embelesado. Observó con los ojos entornados cómo Zeit descubría cada porción de su piel, la restregaba y volvía a taparla. Recorrió con deleite sus piernas delgadas; sus brazos fuertes; su abdomen liso. Hasta las desconcertantes cicatrices de ese cuerpo curtido en la violencia tenían un misterioso encanto. Con los retazos de piel desnuda que alcanzó a ver, Cliff formó un entrañable rompecabezas.

El tintineo de la contraseña interrumpió el ritual de limpieza. Zeit se cubrió la espalda, sacó un tubo de su alforja y abandonó la cueva con la tea encendida. Minutos después entraba de nuevo acompañada de Rudra, tan parecido y a la vez tan diametralmente opuesto a su hermana.

Sin perder de vista al prisionero, Rudra reptó hasta el rincón, se acomodó en flor de loto y le comunicó a Zeit:

—Debemos irnos ya. Los dalits están acechando. No podremos hacer el interrogatorio aquí. —Volvió la vista a Cliff—: Tenemos que saber ahora mismo dónde tienes el dispositivo de seguimiento.

—¡Está desactivado! —exclamó Cliff—. Por eso nadie me ha seguido.

—Puede estar mintiendo. No podemos arriesgarnos —dijo Rudra a su hermana—. Es posible que en el subsuelo no se registre con claridad la señal, pero terminarán por encontrarlo... Por última vez, ¿dónde lo tienes?

—No sé dónde está. Simplemente logré desactivarlo con un escáner de última generación.

—Nos quieres engañar con tecnología que no conocemos... —dijo Rudra—. Vamos a ver. Si lo desactivaste, de todos modos dinos dónde lo tienes.

—No lo sé. De verdad.

Rudra se arrastró junto a Zeit, que observaba la discusión desde la entrada de la mazmorra.

—No podemos salir a la superficie con este riesgo... Será mejor sacrificarlo. De ese modo, al menos sabremos dónde está insertado el dispositivo, y veremos cómo es.

Cliff comenzó a respirar profusamente. Zeit sacó su navaja del cinto, se la entregó a Rudra y miró la sinuosa figura de su hermano arrastrándose hacia su presa.

El tullido no parecía movido por ningún odio contra el prisionero. Sus ojos, tan iguales a los de Zeit, despidieron un destello gélido en el momento de alzar el brazo para hundir el puñal.

—¡No hay ningún dispositivo! ¡Es un engaño! ¡Los uranos hace años que ya no tenemos dentro ningún dispositivo! —gritó Cliff.

—Explícate —dijo Rudra, deteniendo el ataque.

—Cuando huí, un buen amigo me explicó que hace años los uranos somos detectados desde los satélites por nuestra huella digital, la cual empleamos como prueba de identidad en las transacciones comerciales; por el auricular de comunicación que nos insertan desde niños en el oído y también por el microprocesador de muñeca que siempre llevamos puesto. Así que me quité el auricular y el procesador y no he vuelto a usar mi huella digital en ningún escáner, por eso no me han encontrado.

Rudra se arrastró hasta su hermana, le devolvió el cuchillo y dijo:

—Es una información muy interesante. Creo que dice la verdad…

—Entonces, podemos trasladarlo a tu guarida, aquí tendremos problemas con los topos.

—Zeit, te necesitaré unos días más para el interrogatorio. ¿Qué dices?

—De acuerdo.

—Bien… Para no toparnos con nadie, tendremos que ir por el camino de las cloacas. Cotto nos guiará hasta el socavón. Después habrá que seguir solos.

—Nunca he pasado por ahí.

—Nosotros hemos cruzado varias veces. No te preocupes… Desátale las manos para que coma —indicó Rudra a Zeit mientras sacaba de su alforja un trozo de pan untado en grasa—. Si no lo vomita podremos irnos de aquí.

Con las manos libres Cliff tomó el pan mohoso y se lo llevó a la boca con ansiedad.

—¡Despacio! —le reprendió Zeit—. Tómate tu tiempo o lo vomitarás enseguida.

Esperaron un rato prudente para ver si Cliff toleraba el alimento. Al comprobar que podía deglutirlo, Zeit soltó un poco las ataduras de los pies para permitirle dar pasos cortos, y reforzó las cuerdas que unían sus muñecas.

Cliff tuvo que hacer un gran esfuerzo para comenzar la marcha; sus articulaciones estaban severamente anquilosadas por la inmovilidad. Veía como una empresa titánica el trayecto por los túneles, pues además, el trozo de pan apenas le había servido para avivarle el hambre, sin quitarle la debilidad y el mareo.

Al ver al prisionero en tan mal estado, Cotto, que los esperaba al final del túnel, lo sujetó por el sobaco y lo ayudó a seguir.

Si Cliff había encontrado desoladores los túneles del antiguo subterráneo, en las cloacas se sintió desfallecer. Para su sorpresa, los ríos subterráneos de aguas negras perdían el mal olor con el movimiento continuo de la corriente. El agua fría vigorizó sus músculos y le permitió andar por su propio pie, aunque custodiado siempre por el gigantón, que ahora llevaba en hombros a Rudra. Delante iba Zeit, manteniendo en alto la tea, que más de una vez estuvo a punto de apagarse por la humedad.

Se cruzaron con varios dalits que los miraron con extrañeza, hasta que una pareja de topos malencarados se acercó al grupo.

—¡Mira! ¡Un urano! —exclamó el más joven.

—¡A ver, aborto! —dijo el otro, dirigiéndose a Rudra—. ¡Quiero al urano para mí! ¡Dámelo! —Y trató de coger a Cliff por el pelo.

Rudra saltó al suelo sin decir palabra para darle libertad de movimiento a su amigo, quien con sólo abrir los brazos golpeó a uno de los agresores dejándolo fuera de combate. El segundo, que logró derribar a Cliff antes de ser reducido por Cotto, alcanzó a herir la pierna del gigante con su navaja.

Con el único trozo de tela medianamente seco que le quedaba, Zeit hizo un torniquete en la gruesa pierna de Cotto.

—Debes volver con Thot ahora mismo para que te cure. Nosotros seguiremos solos —indicó Rudra a su amigo.

—No —musitó Cotto—. Iré con ustedes hasta el final.

—Ya estamos cerca de la salida. Tienes que volver ahora —reafirmó Zeit.

—No discutas, Cotto. Te buscaremos en unos días —concluyó Rudra, sacando algunas cosas del morral del gigantón.

A medida que se alejaba cojeando por el túnel, sus amigos vieron desaparecer poco a poco su descomunal figura en la penumbra del colector. Reemprendieron la marcha en sentido opuesto, avanzando en completo silencio, atentos a cualquier peligro. En algunos trechos Rudra se arrastraba, y en los tramos inundados por las aguas negras nadaba propulsado por sus fuertes brazos. En cambio, Cliff resbalaba a cada momento, y al estar maniatado, tenía grandes problemas para incorporarse.

—¡Así no vamos a llegar nunca! Te voy a desatar —dijo Zeit, desesperada al ver el penoso caminar del prisionero—. Excuso decirte lo que haré si intentas pasarte de listo.

Poder utilizar las manos causó a Cliff un inmenso bienestar.

—Gracias.

—No lo hago por tu comodidad. Tenemos que darnos prisa —respondió Zeit.

Finalmente llegaron al borde de un profundo precipicio, iluminado por el belenus. Cliff reconoció con sorpresa el extraño material de la enigmática cruz que había visto formar a aquellos dalits en las torres de Manhattan.

—¿Conocías el socavón? —preguntó Rudra a su hermana mientras inmovilizaba al prisionero atando sus ligaduras a un saliente en el muro.

—¡No! —respondió Zeit visiblemente molesta—. Si sabías cómo estaba esto, ¿por qué no volvimos por los túneles? ¡Tú no podrás cruzar!

—Lo hice con la ayuda de Cotto hace tiempo. Tranquila… ¿Ves este terraplén? Si me empujas con fuerza, llegaré al otro lado sin problema. Tú saltarás después del prisionero.

—Si es que él logra saltar, mira como está… ¡Pero no creo que tú puedas someterlo si intenta fugarse!

—Tendré la navaja a punto y lo ataré en cuando aterrice.

—De haber sabido las condiciones del socavón, jamás hubiéramos venido.

—No había otra opción —dijo Rudra, e impuso su autoridad con una mirada severa.

Cliff se asomó con terror al insondable abismo, iluminado por la luz espectral del belenus. Miró las salidas a los dos lados del precipicio, tratando de hallar la vía más factible para huir. El camino que acababan de recorrer era sinuoso, pero al menos lo conocía ya. Por la otra orilla era probable que saliera a la superficie, donde sería capturado por los gurkhas, lo cual en este momento era preferible a seguir prisionero de esos dalits con quienes le esperaba una muerte segura al terminar el interrogatorio. Una amarga tristeza le sobrevino de golpe. "Debo sacar fuerzas de donde sea y escapar; éste es el momento", se dijo. Para darse ánimos acarició la idea de un idílico reencuentro con su padre, en el que pediría perdón de rodillas y prometería volver a la senda del bien.

Tras haberse despojado de todas las cargas que llevaba a cuestas, Rudra se acercó al terraplén y se sentó en el borde, dejando colgar sus lánguidas piernas. Zeit a su lado escrutó la orilla opuesta.

—Ya que este terraplén se alza a unos dos metros por encima del borde opuesto, hay algunas posibilidades de lograrlo, pero no sé…

—Sólo tienes que lanzarme con mucha fuerza.

—A ver… La distancia entre una orilla y otra no supera los tres metros, pero en el borde contrario hay una superficie muy desigual, los primeros centímetros pueden no estar firmes.

Rudra tomó posición y esperó a que Zeit terminara de reflexionar.

—¿Sabes lo que me estás pidiendo? ¿Te das cuenta de que puedo matarte?

Rudra asintió y se miraron con un cariño nacido de la complicidad, más que de la hermandad. El tullido extendió los brazos hacia delante con los ojos fijos en la otra orilla.

—Estoy listo.

Zeit, detrás de su hermano, palpó su cintura, su columna deforme, los hombros caídos, y sintió una opresiva angustia al no encontrar un espacio de su frágil cuerpo lo suficientemente firme para resistir el embate.

—Aléjate —dijo Rudra—, toma impulso y de un empujón lánzame sin pensar dónde pones las manos. No temas. —Hizo una pausa, se volvió para mirar a Zeit y dijo con total convicción—: Todo saldrá bien.

Con el ánimo resuelto, Zeit se dispuso a acometer la ingrata tarea que el destino le imponía. Respiró profundamente, se alejó un poco y con todas sus fuerzas lanzó el cuerpo de Rudra por los aires.

Desde donde Cliff se encontraba no podía ver el borde del lado opuesto. Sólo escuchó un golpe seco que retumbó en la bóveda y después, un completo silencio.

El cuerpo de Rudra yacía como un bulto en la otra orilla. Había logrado cruzar, pero había quedado inmóvil.

—¡Rudra! —gritó Zeit, tras unos largos momentos de angustia.

—Estoy bien —respondió Rudra con gran esfuerzo—. Me quedé sin aliento nada más.

Repuesta del susto, Zeit se dirigió hacia Cliff.

—En cuanto Rudra se recupere te desataré para que saltes.

—No sé si pueda.

—Si no tienes fuerzas, tendré que matarte aquí mismo —dijo secamente.

Zeit reunió sus pertenencias y fue lanzándolas una a una para que Rudra las recibiera. Conservó sólo la navaja con la que fue a encararse a su prisionero.

—¿Estás listo?

—Sí. Lo intentaré.

—De acuerdo. Te desataré en el borde del terraplén —dijo, deshaciendo la ligadura en los pies—. Camina.

El resplandor fantasmagórico del benelus, reflejado en el cuchillo de Zeit, guió la mente de Cliff en ese momento crucial. No tenía las fuerzas suficientes para enfrentarse a esa joven, que lo mataría sin vacilar; intentaría huir al llegar al otro lado, cuando el tullido tuviera ocupadas las manos para atarlo.

Desde lo alto del terraplén, el abismo semejaba la garganta del infierno. Cuando se sintió libre de sus ataduras, Cliff ancló la mirada en el punto de aterrizaje, tomó impulso y se lanzó.

El golpe lo dejó confundido unos momentos, pero enseguida pudo comprobar que todos sus huesos estaban intactos y que sólo tenía un tirón muscular en la pierna derecha. Emitió unos gemidos de falso dolor con intención de bajar la guardia de Rudra, mientras escuchaba a Zeit gritar en la otra orilla.

—¡Voy a saltar!

El tullido se arrastraba hacia Cliff, cuchillo en mano. "En algún instante tendrá que soltarlo para inmovilizarme —pensó—, entonces lo atacaré". Atisbó el camino de salida. La oscuridad era total. Se lanzaría hacía allá en cuanto pudiera abatir al reptil humano que lo sujetaba ya del brazo derecho. Cuando Rudra comenzaba a atarlo, escuchó un grito desgarrador a sus espaldas.

La tierra del borde del precipicio se había desmoronado bajo los pies de Zeit en el momento de caer y su cuerpo menudo se balanceaba ahora sostenido sólo por la mano que se aferraba al borde. Rudra, olvidándose del prisionero, se abalanzó a la orilla para tenderle un brazo a su hermana.

Cliff se puso en pie. La oscuridad del camino no era un obstáculo insalvable. Avanzaría como había visto hacer a los dalits. A sus espaldas oía la lucha de Rudra intentando salvar a su hermana. Cliff se volvió para mirar cómo, atenazando con sus dos manos el antebrazo de Zeit, el tullido comenzaba a deslizarse hacia el abismo arrastrado por el peso de ella.

—¡Déjame caer! ¡Sálvate! —dijo Zeit con un hilo de voz.

Con la poca fuerza que le quedaba, Cliff se arrojó al nudo de manos que formaban los hermanos, y aferró la muñeca de Zeit en el momento mismo en que a Rudra se le escapaba. Durante esos segundos de angustia, Zeit clavó su mirada en los ojos zarcos del patricio. Cliff asió con fuerza el brazo de la dalit, y tiró hacia arriba violentamente. Con medio cuerpo arriba, Zeit hizo un último esfuerzo pasando las piernas sobre el borde.

Los tres permanecieron mucho rato sin moverse, exhaustos. Paulatinamente, Zeit fue recobrando el aliento. A su lado Cliff yacía boca arriba, con los ojos cerrados y la respiración agitada.

—Huye —susurró Zeit en su oído.

Cliff abrió los ojos y torció la cabeza para mirar a la dalit que había salvado de la muerte. Vio sus labios carnosos, perfectos como los de una efigie antigua, que se abrieron para dejar escapar de nuevo la misma súplica:

—Vete.

Obedeciendo al mismo impulso irracional que lo había movido a salvarla, Cliff le respondió con un beso en los labios.

XXI

Habrías podido escapar. Ahora ya es tarde —dijo Rudra, atando a Cliff, que permanecía impasible—. Estoy en deuda contigo porque salvaste a mi hermana, pero nos viste poner la cruz y no te puedo dejar ir.

Zeit presenció la escena confundida y no intervino. Aunque Rudra tenía razón, le resultaba difícil aceptar la muerte del prisionero a quien debía la vida, más aún después de haber probado sus labios. Sólo había sido un beso furtivo, pero había generado en ella una vorágine de sentimientos que la impulsaban a protegerlo.

Se pusieron en marcha por los túneles y al ascender una pronunciada pendiente, alcanzaron a escuchar el inconfundible murmullo de la ciudad. Salieron con cautela frente a la guarida de Rudra por uno de los respiraderos bajo la autopista elevada.

En cuanto Cliff sintió el rumor del río y la brisa en el rostro, le asaltó un deseo incontenible de correr a su protectorado; seguía ligado por un poderoso cordón umbilical al mundo que lo había expulsado.

Al subir a la guarida de Rudra y tras ser maniatado al fondo, Cliff apreció con perplejidad la cantidad de libros y el orden escrupuloso de su clasificación. ¡Al fin comprendía por qué los mellizos eran tan sabios! Se estremeció al pensar que esos seres perseguidos y despreciados estudiaran con lupa a los uranos desde las sombras.

—Todo está como lo dejé —comentó Rudra, complacido de volver a su casa—. Ahora debemos averiguar lo que ha pasado con la cruz.

—Saldré por alimento y algún periódico —dijo Zeit, que no había pronunciado más que monosílabos desde que salieron del socavón.

—Ten mucho cuidado al bajar —indicó Rudra, y desde lo alto de la torre vigiló que su hermana entrara a salvo por el colector.

Gracias al resplandor de las luces de la ciudad, el tullido pudo ver con detenimiento al patricio, tan hermoso como una escultura del Renacimiento, cuyas bellas manos, sin embargo, comenzaban a engarrotarse por la falta de sodio. Se apresuró a sacar una pequeña piedra salitre y la metió en la boca de Cliff.

—Chupa la sal.

Al revisar los documentos del patricio, Rudra encontró algo interesante:

—Aquí dice que eres doctor. ¿En qué?

—En historia.

No pudo disimular su satisfacción al conocer la profesión del prisionero:

—¡Qué bien…! —Rudra comprobó que las ataduras estuvieran bien firmes, y se sentó en flor de loto con su cuchillo en la mano—. Vamos al grano. Ya hemos perdido mucho tiempo. El hecho de que estés aquí es un riesgo para nosotros. Si no respondes con la verdad, tendré que liquidarte y tirarte al río. ¿Entiendes?

Cliff empezó a responder las preguntas del tullido, procurando no revelar demasiada información y falseando algunos datos, pero Rudra se arrastró hacia él con los ojos inyectados de rabia y con un movimiento certero le hizo un corte superficial en el torso.

—¡Deja de tomarme el pelo, imbécil!

Cliff miró con horror la sangre traspasando sus ropas al manar de la herida.

—Vamos a empezar de nuevo. Dime cómo nació el Consejo —ordenó Rudra.

Cliff tomó aliento y trató de organizar sus ideas. Era tan poco lo que sabía del Consejo, que revelarlo no pondría en peligro ni a su padre ni a la sociedad urana.

—Al inicio de la Neohistoria, que arranca con la Cruzada Global y el florecimiento de la era cibernética y nanotecnológica, el Consejo actuaba aún detrás de los gobiernos nacionales.

—¡No, no! —exclamó molesto Rudra—. Háblame de antes. Dime cómo nació el Consejo en el siglo pasado.

—Fue al finalizar la Segunda Guerra Mundial cuando los grandes capitales involucrados en la reconstrucción de las zonas afectadas multiplicaron sus inversiones de manera extraordinaria, acordando desde ese momento trabajar secretamente en un mismo sentido… Las bases para lograrlo habían sido fundadas en 1913, con la creación del Banco Central Federal, garantizando así el control monetario para financiar el desarrollo y contrarrestar las crisis de sobreproducción que empezaban ya a ser recurrentes.

—Pero ¿cómo lograron extenderse por todo el planeta?

—Con el mundo dividido en dos grandes bloques antagónicos, la expansión en el polo de influencia del incipiente Consejo desde el comienzo de la posguerra se desarrolló bajo un modelo distinto al que se había empleado hasta entonces: el capital cumplió la función que antes habían desempeñado los ejércitos. La única salida a la sobreproducción era la conquista de nuevos mercados. El Consejo, mediante sus organismos supranacionales financieros, dominaba regiones enteras del mundo sin necesidad de ocupar ningún territorio; le bastaba cooptar a gobernantes, hombres de empresa e intelectuales para controlar las ramas de interés de cada país, explotar sus riquezas y abrir nuevos mercados. Cuando algún país se resistía, el Consejo provocaba o atizaba guerras intestinas, para las cuales él mismo vendía armas y asesoría militar, obteniendo importantes réditos, tanto del fruto final, como del proceso mismo. —Cliff hizo una pausa, pero Rudra le ordenó que continuara—. En las zonas aliadas el Consejo extendió su influencia inoculando nuevas necesidades de bienes y servicios. Mediante los organismos financieros, pilar y potestad exclusiva del Consejo, éste trepó hasta el centro neurálgico de las naciones, que se hipotecaron a perpetuidad con voluminosos préstamos supranacionales, gracias a los cuales se consolidaron los mercados. Aunque en sus albores el Consejo carecía de un proyecto a largo plazo, las ganancias por guerras, reconstrucciones y expansión económica fungieron como aglutinante para mantenerlo cohesionado. No fue hasta haber obtenido la hegemonía mundial, tras caer el bloque comunista, que el Consejo concibió el advenimiento de la Neohistoria, a partir de la cual la sociedad —vigilada y protegida por el último de los imperios, el imperio del Consejo— alcanzaría los máximos estándares de la excelencia humana...

Rudra detuvo el interrogatorio y con un carbón se puso a escribir en una especie de cuaderno hecho de hojas de todos los tamaños.

El resplandor de la aurora entró por las rendijas de la guarida, dibujando una luz espectral que embellecía la guarida de Rudra.

—¿Me matarás cuando termine el interrogatorio? —preguntó, sin rastro de miedo en su voz.

—Creo que sí… —respondió Rudra, y levantó la mirada para preguntar con curiosidad—: ¿Qué harías si te dejara libre?

—Esconderme en los túneles. Los gurkhas me están buscando.

—Tu padre te ayudaría si vuelves, es un arconte.

—No puede. La lealtad al Consejo es el valor más importante en la sociedad urana, aún más que el amor a la familia.

—Pero te llevarían a juicio y quizá te absuelvan.

—Ya no existen los juicios como en el pasado —dijo, mirando los libros en las paredes de la guarida—. Desde hace mucho tiempo el Consejo se encarga de impartir justicia, y ni siquiera un arconte puede apelar sus sentencias.

—Con razón los periódicos nunca hablan de esas cosas. Pero ¿desde cuándo no existe el hábeas corpus?

—Para nuestra seguridad, por los atentados en Manhattan, el Consejo, que en esa época operaba tras el gobierno nacional, empezó a detener, sin necesidad de notificación o proceso judicial ni aporte de prueba alguna, a personas consideradas sospechosas de ser enemigas de la sociedad. Las mantenía incomunicadas por tiempo indefinido, y en casos extremos aplicaban la pena de muerte. Con el tiempo, esta práctica se extendió por todo el mundo, y se hizo cada vez más habitual transportar presos de un país a otro sin autorización del poder judicial. Desde el Exterminio, con la desaparición de los estados y sus gobiernos, la sociedad dio su total consentimiento al Consejo para hacerse cargo de los problemas de seguridad y delincuencia.

—¿Y cómo funciona ese estado policial? —preguntó Rudra.

Cliff chupó con avidez la piedra salitre y continuó:

—Cualquier urano afectado por las acciones delictivas de un semejante, o que sospeche de la existencia de un posible apóstata, envía de manera electrónica su denuncia, y una dependencia del Consejo, las Comisiones Militares, actúa en consecuencia. Cuando algún urano desaparece, todos comprendemos que ha entrado en los canales de la justicia global y casi con toda seguridad permanecerá ahí para siempre. Creemos que muchos son lanzados al subsuelo.

—Así que nadie busca a los detenidos. Qué interesante —dijo Rudra casi para sí mismo—. Pero en una cosa estás equivocado. No hay uranos entre nosotros.

—Ya lo sé. Me lo ha explicado Zeit.

—Quizá a los más fuertes los envíen junto a los dalits que capturan por las calles —conjeturó Rudra.

—Pero a los dalits los capturan para matarlos.

—Sólo asesinan a los débiles, y no a todos, pues me parece que les conviene tener a la vista de los uranos a los más lastimosos para inspirarles asco y temor. —Rudra esbozó una sonrisa sarcástica—. Quizá por eso he sobrevivido.

—¿Entonces, adónde llevan a los dalits capturados? —preguntó Cliff, ansioso por encontrar respuesta a parte del misterio que llevaba años intentando desentrañar.

—¿No sabes lo que hacen con ellos? Tú, un historiador, hijo de arconte —indagó Rudra con suspicacia, tras notar el vivo interés del urano.

—No —confesó Cliff.

—Tampoco lo sabemos nosotros, pero mientras a los débiles los matan donde los encuentran, a los más fuertes se los llevan. Es obvio que los quieren en buenas condiciones.

Inmersos cada uno en sus cavilaciones, los dos hombres guardaron silencio hasta que oyeron ruidos en el exterior de la guarida. Rudra se arrastró a toda prisa para comprobar quién subía por la torre.

Un vértigo turbó a Cliff al ver entrar a Zeit, quien esquivó su mirada.

—Encontré varios periódicos y un poco de comida —dijo la chica, tendiéndole a su hermano el bulto con papeles.

Rudra se abalanzó a mirar las fotografías de *La Voz Urana* que captaban la cruz de brea desde todos los ángulos y le alegró saber que, igual que en el hemisferio sur, había logrado exaltar el fervor religioso en la sociedad. Las excursiones para presenciar el "milagro", como le llamaban, se habían repetido desde el primer día, y jerarcas de todos los cultos, si bien eran cautelosos en sus declaraciones, visitaban el lugar de la aparición. Había otro dato impactante: la aparición de dos nuevas cruces en Asia y Europa.

—Acércate un momento —dijo Zeit a su hermano en tono grave, sentada en la entrada de la guarida.

—He descubierto cosas muy interesantes con el urano —dijo Rudra al llegar junto a su hermana—. Fíjate, desde hace unos años…

—Espera… Tengo que decirte algo… Bajé para ver cómo estaba Cotto. Él se recupera bien, pero Thot cayó enferma. No sabemos lo que tiene, pero no parece que vaya a mejorar… Te están esperando.

Angustiado por no llegar a tiempo, Rudra corrió como un loco por los túneles. Llevaba mucho tiempo esperando ese desenlace. Infinidad de noches, mirando a Thot recostada sobre su jergón, había pensado que a ese cuerpo débil sólo lo mantenía en pie un férreo espíritu de lucha. Sin sus enseñanzas jamás hubiera conocido los misterios del mundo. Ella le había mostrado el camino y le había dado el calor de la madre que no tuvo. Lamentó no haber podido hacer más por ella, no haberla cuidado lo suficiente, no haber tolerado sus manías…, ni haber podido encontrar a su hijo.

Cuando entró a la cueva, Cotto cantaba una tonadilla meciendo a Thot suavemente en sus brazos.

—¿Cómo te encuentras? —preguntó Rudra, mirando el rostro agonizante de su amiga.

—Es curioso…, nunca me he sentido mejor —dijo con la voz más cristalina que le habían escuchado.

—Te traje los terrones de azúcar que tanto te gustan.

—No tengo ganas —dijo Thot con una leve sonrisa—. Qué bueno que viniste, tenemos mucho de que hablar.

—Descansa. Te pondrás bien.

—No tengo miedo, la muerte es mi compañera. La espero hace muchos años. —Tomando las manos de Rudra, Thot lo miró muy fijamente a los ojos—. ¿Recuerdas cuando eras un animalito inquieto exigiéndome que te enseñara a leer? Nunca te confesé que tu inteligencia me reconcilió con la vida… Cuando me encontraron Cotto y tú, yo estaba a punto de dejarme matar por los gurkhas. Había perdido la esperanza de encontrar a mi pequeño. Al encontrarlos, reviví en ustedes a mis hijos. Yo velaba sus sueños en secreto y nada me maravillaba más que verlos crecer. Cotto era mi niño mimado; tú, mi proyecto, mi orgullo.

—¿Tu proyecto? —preguntó Rudra intrigado.

—Sí. Me di cuenta de que eras un ser especial, predestinado a la gloria. Nunca te lo he dicho, pero tú lo sabes. ¿No es así?

—Sí, lo sé —afirmó Rudra.

—Fui viendo tu transformación…, y puse mi granito de arena. Te he enseñado todo lo que sé. Ahora ya no te hago falta; de hecho, soy un estorbo.

—Te equivocas. Jamás dejarás de hacerme falta.

—No es así. Cotto sí me necesita y sufrirá con mi ausencia, pero ya no puedo resistir más tiempo. En cuanto a ti, estoy tranquila, pues has encontrado a tu hermana; los dos emprenderán la batalla que tanto has idealizado.

—¿Crees que seré capaz de librarla, Thot?

—Sí, lo creo. Aunque todavía te hace falta conocer el alma de los dalits. Sabes mucho de ciencia, historia, arte, pero no conoces a tus congéneres, y sin su ayuda no podrás avanzar. Acércate a ellos. —La anciana volvió la vista hacia Cotto, que tenía el rostro desencajado—: Y tú no dejes de hacer música. Piensa que yo te escucharé siempre.

Al sentir las convulsiones finales de Thot, Cotto la abrazó con fuerza, pero su cuerpo languidecía desmadejado, como si fuese una muñeca de trapo. El gigantón aulló de dolor por no poder devolver a su amiga la vida que se le escapaba. Rudra lo separó del cuerpo exánime de Thot para tenderla sobre una estera mientras los estertores fueron espaciándose hasta su último aliento.

Horas después, los topos contemplaron sobrecogidos la procesión fúnebre encabezada por el gigante que gemía penosamente cargando el cadáver de Thot, seguido por el tullido que se arrastraba como un ser mítico castigado por una maldición.

Rudra se detuvo consternado.

—Estamos caminando sin rumbo fijo, Cotto. ¡Para! —Y a voz en cuello preguntó—: ¡¿Alguien sabe dónde hay una cripta abierta?!

Un hombre salió de un hueco en la piedra y se acercó a ellos.

—Sígueme.

Llegaron a una cripta en la que varios dalits esperaban turno para depositar a sus muertos. Estaba a punto de llenarse de cadáveres y pronto la sellarían para volver en unos meses por el belenus.

Thot fue la última de la pira mortuoria. Cotto la puso sobre los otros muertos, acomodó sus cabellos blancos a los lados, despejó su frente, alisó sus ropas y tras unir sus manos en el pecho la cubrió con su propia saya. Todos los presentes acercaron piedras y escombros para tapiar la entrada. Cotto puso la última roca en lo alto de la gruta.

Rudra quiso llevarse a su amigo lejos de la sepultura de Thot, pero Cotto se negó a separarse de ella. Los demás topos despejaron los linderos de la gruta y al poco rato, Cotto empezó a golpear con dos varas el raíl del metropolitano, produciendo con sus percusiones un ritmo hipnótico.

—Ella se dormía con mi música —le dijo a Rudra en susurros, como si temiera interrumpir el sueño eterno de Thot.

Su lamento acompañaba la música que subía por las tuberías, que con un ritmo cadencioso iba cobrando fuerza en los túneles. Enardecido, Cotto creaba una armonía cada vez más febril que reverberaba en todos los rincones del subsuelo. De pronto, alguien a lo lejos respondió con un nuevo acorde. Cotto respondió de nuevo y enseguida vino otra respuesta. Como si obedecieran a un invisible director de orquesta, cada uno de los dalits ejecutó su parte en el concierto, formando una murga electrizante que parecía venir del centro de la tierra. Se sumaron cientos de ejecutantes a la inexorable avalancha de golpeteo metálico que cimbraba la oscuridad de las catacumbas. La música hipnótica y ensordecedora crecía, invadiéndolo todo, llenando los túneles de vida. El contrapunto telúrico que generó la música y el baile ritual que desencadenó, mantuvieron en vigilia con una euforia narcótica a todos los seres del subsuelo.

XXII

A Cliff le sobrevinieron unos terribles retortijones, pero no vomitó. Cuando hubo pasado lo peor de la digestión, le pidió a Zeit permiso para lavarse.

Ella conocía mejor que nadie la importancia del aseo. Cada mañana enaltecía su dignidad al restregar todo su cuerpo como un escrupuloso felino, y no pudo negarle a Cliff ese consuelo.

Para hacer sus abluciones, Zeit le dio dos cuencos con agua del río y unos trapos casi limpios. Después de meditarlo un momento, tomó su navaja y cortó las ataduras del prisionero.

Al verse libre, Cliff suspiró invadido por un melancólico desamparo. Podía huir, Zeit no amenazaba con detenerlo, pero la sola idea de alejarse de su prisión le resultó desoladora. El beso que le había robado al salvarla había sellado su destino. Se dio cuenta de que no era simplemente la soledad de su vida de fugitivo lo que le atemorizaba, sino alejarse de esta dalit de ojos negros. ¿Adónde ir? ¿Para qué escapar, si prefería ser su prisionero?

Pausadamente, Cliff se despojó de cada prenda hasta quedar desnudo. Suspiró con tristeza al ver su cuerpo enjuto, la barba crecida, la piel cuarteada, y de sus ojos comenzó a fluir un llanto tibio y suave que no quiso contener. Dejó de luchar contra la adversidad y se entregó a su nueva realidad, como un animal que cambia de piel para convertirse en un nuevo ser.

Con extrema calma, comenzó a imitar el ritual de aseo de Zeit: tomó un trapo, lo humedeció en el agua fresca y trató de frotarse todo el cuerpo, pero sus brazos adoloridos le dificultaban la tarea. Zeit siguió las maniobras de Cliff con mirada sosegada, admirando su hermoso cuerpo y aquel rostro de dios helénico por el cual corrían dulces lágrimas. Al ver sus penurias para asearse, un impostergable arrebato de piedad la atrajo hacia él, tomó uno de los trapos y con celo infinito frotó su espalda.

Como un niño desvalido, Cliff se dejó mimar, y el alivio secó su llanto. Sintió en el rostro la respiración de Zeit y un fuego corrosivo le nubló la razón. Electrizado por su aliento, asió con vehemencia su mano para devorarla a besos. Confundida, Zeit le lanzó un puñetazo que Cliff atajó en el aire, y estrechándola contra su cuerpo la besó con desesperación. Zeit se resistió; pataleó y gritó, pero esa misma rabia fue convirtiéndose en ardor, y terminó respondiendo a cada beso de Cliff con igual impaciencia. Nunca antes había besado a un hombre y aprendía la lección guiándose sólo por el instinto y el deseo. Cliff percibió la impericia de sus besos y las caricias ansiosas, y besó su rostro con ternura. El alma de Zeit dejó de luchar, su cuerpo de resistirse, y toda ella se abandonó a Cliff que la desnudaba poco a poco sin dejar de besarla.

Con la yema de los dedos, Cliff reconoció su elástico y fino cuerpo. Tenía la piel áspera, caliente como un tizón, y olía a humo, a tierra y a miel. Quiso beberla toda con su lengua. En cada beso, en cada caricia, Cliff recobraba el gusto por la vida, y sus fuerzas renovadas le permitieron llevar a Zeit en brazos hasta un rincón abarrotado de telas que los esperaba como lecho de amor. Hasta ese momento había sido su prisionero, ahora sería su esclavo y su maestro.

Abandonada al placer, Zeit cerró los ojos con la piel erizada por esas sabias caricias que a cada instante se anticipaban a sus deseos. Los labios de Cliff recorrieron sus cicatrices borrando con cada beso el recuerdo amargo de la rabia que la había empujado a mutilarse. En sus pezones casi infantiles la lengua de Cliff dibujó círculos incandescentes. Casi como jugando, Cliff lamió sus nalgas, las mordió, las volvió a lamer; y en el umbral de su sexo se detuvo una eternidad mirando aquel botón que sus caricias habían encendido. Y muy despacio, como si temiera lastimarlo, lo fue cubriendo de mimos. Primero suavemente con la lengua, luego con sus dedos que reconocieron el palpitar acelerado invitándolo a seguir. Volvió a su boca y la besó recreando cada impulso de su complicidad.

El miembro erecto de Cliff abolió de golpe su niñez y lo recibió sorprendida de su indómito frenesí. Tuvo la certeza de haber venido a la tierra para que aquel hombre la penetrara y la llevara hasta la cima del placer.

Zeit nunca había experimentado ese agotamiento alegre que le sobrevino tras el orgasmo. Era como si su mundo entero hubiera cambiado de color, y las formas que la rodeaban hubieran suavizado sus contornos. Se sentía extranjera en su propio cuerpo, como si éste se prolongara en Cliff. Levantó un poco el rostro para mirarlo, y le asaltó un raudal de emociones. Tanta pasión la cohibió y al mismo tiempo le infundía una gloriosa desfachatez. Comprendió de golpe la grandeza de ser mujer y sintió aflorar sin recato toda su feminidad escondida para hechizar a Cliff con los hilos invisibles que emanaban de una hembra en celo, de una mujer enamorada.

Jamás había alcanzado Cliff con ninguna mujer ese grado de entrega mutua. La pasión por Zeit lo había redimido de los mezquinos egoísmos de su pasado hasta dejarlo en un estado de pureza total, inerme y desnudo como el primer habitante del paraíso. Con las mujeres de su casta nunca logró aquella epifanía. Siempre había actuado bajo la sombra de un impalpable, pero omnipresente policía que aplacaba y mediatizaba la intensidad de sus sentimientos. ¿Cómo había permitido que lo dominara ese interno gendarme que proscribía las pasiones en el mundo urano?

Unos cuantos días entre los dalits le habían bastado para experimentar más emociones que en toda su vida, y admitió con estupor que esa explosión de zozobras, humillaciones y excitación lo hacían sentir más libre y más pleno que nunca antes. No quería aceptar que la pasión lo había hecho libre; sin embargo, era una verdad incuestionable.

¿En qué preciso momento se había enamorado de Zeit? Cerró los ojos y dejó que su corazón respondiera por él. Tal vez al sentir aquel abrazo suyo que lo salvó de morir, o al contemplarla aseándose; o quizá después, al descubrir su inteligencia, su valor, el temple de su carácter, su ternura infinita, su pureza, su sensualidad animal. Ahora comprendía por qué en su mundo nunca había podido enamorarse: las pasiones uranas estaban adormecidas, casi muertas. Comparado con ese amor telúrico, su sentimiento por Rita había sido un frívolo devaneo. ¿Cómo podría haber imaginado que la mujer de su vida estaba en los grises túneles del viejo metropolitano? El amor verdadero era un dictamen implacable; por más que buscaba en su interior un resquicio de vacilación en sus sentimientos hacia ella, no lo encontraba. Su destino estaba junto a Zeit, aunque le fuera preciso renunciar a todo cuanto había conocido, incluyendo la luz del sol.

Ella recorría con sus yemas el rostro limpio y armónico de Cliff.

—¿Hay algo artificial en ti? —preguntó Zeit divertida.

Cliff se tiñó de rubor. Le daba una vergüenza terrible confesar a Zeit el desliz de su vanidad. De niño le molestaba tanto el tamaño de sus orejas, que incordió a su padre hasta lograr que se las recortaran. Aquello le parecía ridículo ahora.

—Las orejas. Antes eran más grandes y los niños se burlaban de mí —confesó acongojado.

Zeit no pudo contener una carcajada y tiró de las ahora perfectas orejas de Cliff.

En venganza, Cliff le hizo una llave de judo y la doblegó besándole el cuello. Zeit no estaba habituada al contacto físico, y Cliff no cesaba de acariciar su cuerpo.

—¿Por qué me tocas tanto? —dijo, riéndose cuando Cliff rozó su axila.

—Porque no quiero que desaparezcas —respondió, convencido de su temor a perderla—. ¿Por qué te cortas el cuerpo, Zeit? —preguntó Cliff, acariciando las cicatrices en su abdomen.

—Hay cosas de mi pasado que no podrías comprender.

—No quise incomodarte... Pero eres mi mujer y debo saber todo lo que te angustia.

Al escuchar estas palabras, le sobrevino una conmoción muy profunda. Por primera vez en su vida Zeit sintió que pertenecía al mundo, y un incomprensible deseo de vivir le golpeó como un rayo en mitad de la noche.

—Me cortaba porque no te había encontrado.

El calor que emanaba de Cliff la hizo restregarse como una gata mimosa saciando un hambre añeja de cariño. Esta vez fue ella la que dirigió el placer de ambos, en tanto Cliff recibía embrujado el brío de Zeit poseyéndolo.

Recuperaron el aliento unidos en un largo abrazo, tras el cual Zeit se incorporó para mirar por el ventanal la inmensidad del río.

—¿Qué es lo que más echas de menos de tu mundo? —preguntó Zeit.

—Una ducha con agua muy caliente y una cama mullida.

—Debe de ser la gloria.

—La gloria eres tú. —Cliff se acercó para besarla.

—Nunca pensé que los uranos realmente dijeran las palabras de amor de los libros —dijo Zeit divertida.

—Yo nunca las había dicho, te lo confieso. —Y señalando a lo lejos la ciudad, añadió—: Ya verás el día en que podamos vivir en la superficie... lo que más te va a gustar será meterte en una bañera caliente.

—¿Qué estás diciendo? —preguntó atónita Zeit—. ¡Jamás voy a vivir en el mundo urano!

—Lo he pensado mientras dormías. Tengo que encontrarme con mi padre y arreglar mi situación. Debo hacer algo para que salgamos de aquí.

Zeit se apartó y mirando a Cliff con total desconcierto, dijo:

—¡Te has vuelto loco! Los uranos son mis enemigos y pienso luchar a muerte contra ellos..., contra ustedes.

—La situación de los dalits no puede seguir así. Quiero pelear para que cambie desde donde yo puedo hacerlo, desde dentro.

—No puedes dejar de ser quien eres, Cliff —dijo Zeit, y se alejó de él, consternada.

"Qué poco duró mi fantasía de amor", pensó. La realidad siempre es más fuerte que los sueños. Había cedido a sus pasiones entregándole el corazón a un hermoso enemigo que se creía enamorado de ella, pero que en realidad sólo buscaba consuelo en su desesperada situación.

—Zeit, no soy un imbécil. Entiendo la situación de los dalits, y creo que algo se puede hacer. Si mi padre supiera quiénes son ustedes en verdad, haría algo por mejorar las cosas. Ahora mi hermano es el arconte de la familia, pero mi padre sigue teniendo influencia sobre él.

—¡¿Qué necedades estás diciendo?! Fue el Consejo el que nos hizo descender al inframundo.

—Es verdad, pero el peligro que representaban los dalits ha pasado: se pueden reintegrar a la sociedad, si les hacemos ver a los uranos lo que pasa aquí abajo.

—¡El cautiverio te ha trastornado! Ustedes lo llamaban el síndrome de Estocolmo, ¿no? —Y mirándolo a los ojos muy fijamente, le dijo—: ¿Sabes? Deberías huir antes de que regrese Rudra. Vuelve a tu mundo. Quizá logres que te perdonen.

—¡No volveré sin ti, Zeit! —Cliff la abrazó muy fuerte, a pesar de que ella, indignada, trataba de zafarse a toda costa de su abrazo—. La vida no me interesa si no estoy contigo, en cualquiera de los mundos…

Venciendo su resistencia, Cliff la besó con angustia.

—Perdóname. Tienes razón, estoy delirando.

Se besaron largamente hasta que se escuchó la contraseña de Rudra desde la base de la torre anunciando su llegada, e instintivamente se separaron para vestirse a toda prisa.

—No digas nada. Déjame hablar a mí —pidió Zeit.

Rudra entró a la guarida, se arrastró hasta su rincón, dejó el zurrón y se acomodó en flor de loto.

—¿Cómo está Thot? —preguntó Zeit.

—Murió.

—Me lo temía. —Zeit recibió con dolor la noticia.

Se hizo un tenso silencio en la guarida y Rudra fijó la mirada en las manos libres del prisionero.

—Cliff y yo… —comenzó a explicar Zeit.

—Temí que esto iba a pasar… —interrumpió Rudra—. ¡Él se irá con los suyos en cuanto pueda y contará todo lo que sabe…! ¿No te das cuenta? —Cliff intentó defenderse, pero Rudra no se lo permitió—. ¡Hablemos abajo, Zeit! —dijo, y comenzó a bajar por la torre con el ritmo cardiaco acelerado por la tensión.

El corazón de Zeit latía aceleradamente.

—Rudra está equivocado —aseguró Cliff con la voz crispada—. No te voy a traicionar. ¡Créeme!

—Tengo muy pocos argumentos para defenderte. Eres un urano y tú mismo, hace un momento, planeabas vivir conmigo en la superficie, como si el antagonismo entre nuestras castas no existiera.

—Lo único que tengo claro es que eres lo más importante en mi vida. Pero no sólo eso. Creo de verdad que los uranos están engañados y que debemos despertarlos.

—Nosotros somos los intocables del mundo. Seres infra-humanos, mutantes, ¿no? Eso creen los uranos. No tenemos tiempo para despertarlos, Cliff. Esto es una guerra y tú no te das cuenta.

—Sí, me doy cuenta.

—Antes de que sea demasiado tarde decide de qué lado estás... —Mirando fijamente aquellos ojos que amaba, Zeit preguntó—: ¿Matarías a uno de tu especie por defender a un dalit?

—Ya lo hice. Por defender a una urana de casta inferior asesiné a un patricio. No será diferente por un dalit, te lo aseguro. Mataría y moriría por ti.

Zeit se encaminó a la salida, dejándolo con un fuerte sentimiento de culpa. Le había creado un dilema con su hermano y aunque hubiera querido ayudarla en este trance, no debía intervenir entre ellos.

Con gesto apesadumbrado de pecadora contrita, Zeit se aproximó a su hermano, que con una larga vara dibujaba rayas en el agua sulfurosa, produciendo destellos fantasmales.

—Perdóname. Es algo más fuerte que yo..., que mi odio por los uranos... Quise evitarlo, pero no pude.

—Entiendo que te encandiles con un urano hermoso y fuerte. Pero tarde o temprano te mirará con desprecio. El orgullo de casta es más poderoso que el amor, Zeit. No olvides lo que te digo.

—Sé que debí refrenar mis impulsos, pero siento que este amor es más grande que el odio entre nuestras castas.

—¡No seas ilusa! Él te necesita para sobrevivir mientras encuentra el modo de reintegrarse a su mundo. ¡Pero cuando se sienta seguro, volverá a ser lo que es, un urano... o todavía peor, un patricio!

—Es el riesgo que corro, pero no puedo dar la espalda a esta felicidad. Si estuvieras enamorado, me entenderías.

Callaron y el rumor del río cubrió sus pensamientos.

—Hoy es un día terrible para mí, Zeit... —dijo Rudra, desconsolado—. ¡He perdido a mi vieja amiga, y ahora a mi hermana!

—No me pierdes.

—Tú y yo teníamos una lucha que emprender. Ahora te unes al enemigo... ¡Qué pronto has claudicado!

—¡Te equivocas, seguiré luchando! —dijo Zeit irritada—. Tú me has convencido de que podemos vencer a los uranos y, figúrate qué ironía, la llegada de Cliff me ha hecho comprender que tenemos posibilidades, al menos de intentarlo.

—¿Por qué lo dices?

—Porque sus debilidades son nuestra fortaleza, Rudra —respondió Zeit.

El tullido recordó las últimas palabras de Thot: "Necesitas conocer el alma de los dalits". Ahora su hermana le hablaba de las flaquezas de los uranos.

—Sé que te hago falta para llevar a cabo tus planes, Rudra. Cuentas conmigo para lo que venga.

—Contéstame a una pregunta, Zeit. ¿Qué hará Cliff cuando te vea matar a un urano?

—No lo sé. Él asegura que volvería a matar a uno de los suyos.

—Si de verdad lo hizo, fue en un momento de exaltación. La nuestra es una guerra premeditada, no un arrebato justiciero, Zeit.

—Sólo te repito que jamás te traicionaré.

—El único deseo del enamorado es vivir su pasión. Si te hago elegir, te decidirás por tu hombre, no por tu hermano… y mucho menos por una lucha utópica.

—Ahora no puedo convencerte, pero si me necesitas, búscame.

XXIII

El tibio despuntar de la primavera sorprendió a Rudra al clarear el día. Una mezcla de rabia y pesimismo nublaba su ánimo. "Los uranos ganan de nuevo la partida —pensó. No recordaba un día más triste—. Justo cuando muere mi vieja amiga, un patricio me arrebata a mi hermana, con armas con las que yo no puedo competir".

Necesitaba más que nunca sentir a plomo el sol sobre su rostro ceniciento; oler las flores; recibir la brisa del río en el cuerpo; y ser dueño de sus pasos al menos una vez en la vida, como esos uranos que paseaban por los parques y los muelles, despreocupados, arrogantes, dueños del universo. El ideal de liberar a su casta lo había hecho mantenerse con vida durante años, pero su desconsuelo le hacía ahora preguntarse si de veras la libertad era un bien tan precioso como para luchar contra los titanes por alcanzarla. Él, que tanto la ansiaba, nunca había experimentado un momento de total libertad. Le hacía falta comprobar la valía de sus anhelos y pensó en un proyecto descabellado: vagaría por la ciudad hasta la Estatua de la Libertad. Si lograba sobrevivir y llegaba a la conclusión de que la libertad era tan preciada como siempre había creído, lucharía por ella hasta la muerte. De lo contrario, seguiría su camino hasta que una bala gurkha lo derribara.

Al salir de su guarida se giró sólo un instante para mirar al urano y a Zeit aún dormidos. Soplaba una brisa cálida y la luz de la mañana era tan diáfana que sus ojos acusaron el fogonazo de claridad. Bajó al río, nadó hasta la orilla y comenzó a arrastrase por el centro de la vereda hacia el sur de la isla. El sol calentó sus poros que traspiraron un sudor limpio como el rocío, y al sentir la brisa del Hudson se dejó poseer por su sedante bienestar.

No quería pensar en nada; se abandonó al goce de sus sentidos y su mente vagó sin freno. Al reemprender la marcha y semioculto por la ligera neblina que veía evaporarse ante sus ojos, bordeó el río hasta el túnel Lincoln. La claridad brillaba con verdes destellos en la fugaz espuma, y Rudra se dejó invadir por el aroma embriagador del salitre.

Ningún urano se había cruzado con él y decidió tentar su suerte internándose por las calles desiertas del lado oeste, donde sólo deambulaban gatos aventureros, alguna que otra patrulla gurkha y unos pocos automovilistas madrugadores. Siguió adelante por la Décima Avenida y para no abusar de su suerte metiéndose en la concurrida zona de bares y restaurantes de la isla, regresó a la zona de muelles por la calle 14.

Se arrastró con brío durante la larga caminata hasta el parque Battery. Ocultándose de los gurkhas, trepó a las patas de la gran águila de bronce custodiada por los monolitos de piedra, desde donde divisó en todo su esplendor el fino horizonte zarco enmarcado de plata, y sobre éste, la lejana estatua con la antorcha encendida. ¡Por fin la veía de nuevo! Durante mucho rato admiró su imagen, con el inmenso deseo de poseer ese mundo prohibido, aunque fuese por unos instantes más.

La libertad que había disfrutado durante esas horas lo tenía subyugado. Mirando a la mujer de cobre y acero que representaba sus ideales, una bocanada de aire fresco desvaneció los residuos de su miedo. Quería seguir disfrutando de su libertad hasta que su suerte lo permitiera. Le dio la espalda a la bella efigie y continuó la marcha. Avanzaba sin mirar a su alrededor, sin buscar a lo lejos el perfil de los gurkhas, ni esquivar la mirada de los uranos horrorizados por su presencia. ¡Parecía imposible que hubiese llegado tan lejos sin que ningún gurkha le hubiese disparado ya!

Siempre le había cautivado el nuevo puerto automatizado. Atraído por el ruido ensordecedor de los astilleros, e hipnotizado por el ajetreo de aquel sitio donde inmensos contenedores, como si tuvieran vida propia, entraban y salían de los barcos luminosos, en cuyos cascos se reflejaba el rojo de la grava, el gris de las grúas y la sombra misteriosa de las descomunales poleas, Rudra reptó hasta lo alto de la pendiente que formaba la calle adyacente al puerto.

Movimientos inusuales en la escena que observaba lo sacaron de su marasmo. Se quedó estupefacto al ver que a la altura de la calle Maiden, una cuadrilla de gurkhas conectaba una gruesa manguera a los respiraderos del metro de la abandonada línea azul. ¡¿Qué estaba sucediendo?!

Con un aterrador recuerdo en mente, entró al subsuelo y se arrastró por las entrañas de la isla hasta Central Park. Salió a la superficie en la calle 72 y bordeó el parque parapetándose en el muro de piedra.

El corazón le hirvió en el cuerpo al comprobar sus sospechas sobre algo que había visto un rato antes, pero de lo cual no podía suponer en ese momento ningún peligro: a la altura de la calle 90, a pocos metros de la gran reserva de agua del parque, un puñado de gurkhas realizaba otro operativo idéntico al del río, esta vez en los respiraderos de la línea amarilla.

¡El Consejo iba a inundar los túneles!

La desconfianza hacia Cliff, y su orgullo herido por la discusión con Zeit le habrían impedido, en otras circunstancias, pedir ayuda a su hermana. "Pero ésta es una emergencia —pensó Rudra—, y ella misma insistió en que la llamase en cuanto hiciera falta". Así que, pasando por alto su disgusto, enfiló hacia su guarida en busca de Zeit. Al ver el muelle suspiró aliviado: su hermana seguía ahí. Entró agitado, y sin preámbulos la puso al corriente de su descubrimiento.

—El ataque es inminente. He detectado dos operativos. ¿Participarás con nosotros?

—Por supuesto —respondió Zeit con decisión.

—Bien —respondió Rudra, aliviado—. Debemos ir por Cotto para organizar un plan de resistencia…

—No sé cuánto tardaremos, pero aquí estarás seguro —dijo Zeit, dirigiéndose a Cliff.

—No. Iré con ustedes.

—¡De ninguna manera! —afirmó Rudra.

—Puedo serles útil… —insistió Cliff—. Haré lo que me ordenen.

Rudra meditó unos momentos. No confiaba en Cliff; temía que avisara a los uranos que el operativo había sido detectado por los dalits. Era mejor tenerlo cerca, y vigilar que no saboteara sus esfuerzos.

—Está bien. Pero tendrás que subordinarte por completo. No tenemos tiempo para discusiones con un patricio acostumbrado a hacer su voluntad.

Quizá no volverían en muchos días al muelle, por lo que Zeit guardó en su alforja varias lanzas y restos de comida urana para Cliff, que no toleraba la dieta de los dalits.

Bajaron al atardecer y se internaron por las cloacas hasta los túneles de la línea roja. Mientras avanzaban por las vías, Rudra le comentó preocupado a su hermana:

—Me temía una reacción del Consejo por la cruz de brea. Pero no creí que fueran a ahogarnos.

—Sería terrible que la cruz provocara una masacre… —se lamentó Zeit—. Quizá fuimos demasiado ingenuos al creer que no habría represalias.

Encontraron a Cotto agazapado al fondo de la cripta, como el minotauro en su laberinto.

Rudra habló sin peder de vista las reacciones de Cliff:

—Por lo visto, el ataque será brutal —dijo Rudra—. Tenemos que bloquear o desviar las entradas de agua, pero para lograrlo hay que convencer a los topos del peligro y ponerlos a trabajar a marchas forzadas.

—Más fácil desviar la corriente. No bloquearla —dijo Cotto—. Voy a pensar.

—Aunque ahora estamos a la defensiva, debemos aprovechar para contraatacar de alguna manera —intervino Zeit—. No podemos seguir resistiendo sin dar un solo golpe.

—No te comprendo —dijo Rudra.

—Cotto, ¿qué podríamos hacer para devolverles el agua con la que piensan ahogarnos? —preguntó Zeit—. ¿No crees que podríamos mezclarla con las aguas negras de las cloacas para inundar las calles?

Rudra sonrió al imaginarse a los inmaculados uranos nadando en su propia mierda. Cotto, por su parte, escuchó el plan de Zeit con mucha seriedad y tras unos momentos de reflexión comenzó a dibujar ecuaciones en las paredes y esquemas de los túneles. En su metódico cerebro organizaba los posibles escenarios y las condiciones del subsuelo: las entradas, las salidas, la profundidad, el número de personas que lo habitaban. De las matemáticas había aprendido que cualquier problema tenía al menos una solución y se concentraba con toda sus fuerzas para encontrar aquella que pudiera salvarlos.

Cliff, que sabía algo de álgebra y de hidráulica, al mirar las paredes garabateadas, quedó impactado por los conocimientos de Cotto. "Estos dalits no son iguales, sino superiores a los uranos —pensó—. Nosotros no seríamos capaces de vencer la adversidad con tal sabiduría. Tienen derecho a vivir como seres humanos y en cambio el Consejo piensa exterminarlos como ratas." Pero ¿por qué el Consejo actuaba de pronto con esa violencia? ¿Sería sólo por la cruz o había otro motivo?

—Es imprescindible verificar los puntos desde donde inundarán los túneles —comentó Cliff preocupado—. Quizá haya más de los que viste.

Rudra meditó en las palabras del urano.

—Es muy posible —respondió contrariado.

—¿Y si le pido a los thugs que lo investiguen? —dijo Zeit, esperando la aprobación de su hermano—. Puedo ir esta noche, no creo que se nieguen.

—Está bien. Ve con tus amigos y regresa aquí antes del amanecer. —Hizo una pausa en medio de su excitación y se dirigió a Cotto—: Tú conoces mejor que nadie a los topos, convócalos a una reunión.

—Está bien —dijo Cotto, que dejó sus anotaciones y salió de la cueva, seguido por Zeit y Cliff.

El gigantón continuó su camino y los enamorados se resguardaron en un pasadizo para despedirse.

—La luna de miel nos ha durado muy poco —dijo Zeit, sonriendo con tristeza.

—Eso no importa… —respondió Cliff, besando sus labios—. Me parece terrible lo que piensa hacer el Consejo, Zeit… No dejo de preguntarme si los arcontes, si mi padre, saben quiénes son ustedes en realidad.

—Te aseguro que lo saben. Recuerda que tienen a muchos de nosotros en cautiverio.

—No dejo de pensar en ello —dijo Cliff con gravedad.

—Debo irme —dijo Zeit.

—Pero los thugs son muy peligrosos.

—Son mis amigos… Estuve a punto de entrar en su clan —confesó Zeit.

Cliff no pudo contener una llamarada de angustia al considerar el riesgo que Zeit corría en la superficie fuertemente vigilada por gurkhas a causa del operativo.

—No tardes. —La abrazó muy fuerte—. No podría soportar que algo te pasara.

—Cliff, ¿lo nuestro no es sólo un sueño?

—Mi amor es tan real como la penumbra que nos rodea, Zeit...

Cliff recostó el rostro de Zeit en su pecho y la atrajo fuertemente hacia él. Ella miró abismada los ojos azules de Cliff, y al besarlo sintió que sellaban un pacto secreto y sagrado.

Zeit había prometido tomar precauciones para ir al sitio de reunión de los thugs, pero obnubilada por su felicidad, evocó los entrañables momentos que había vivido junto a Cliff sin poner toda su atención a la posible presencia de los gurkhas en el parque. Cuando se topó con una patrulla, corrió a esconderse aterrada detrás de los arbustos. "¡Cuidado, imbécil! Quiero llegar a los cien años para disfrutar de este amor", pensó afligida, y descubrió con inquietud que por primera vez en su vida tenía miedo de morir. Hasta ese día sólo había experimentado temor ante los peligros inminentes. Pero lo que ahora sentía era un atroz desasosiego por poner en riesgo su futuro con Cliff. Esta suave ansiedad la volvía un poco egoísta y cobarde. Por primera vez sentía que el mundo le pertenecía y que ella podía pertenecer al mundo. "Ese miedo a morir, ese deseo de vivir, ¿es lo que llaman felicidad? —se preguntó—. Qué ironía, hace una semana pugnaba por una existencia muy corta junto a los thugs y ahora quisiera vivir cien años."

Al llegar cerca del refugio de la clica percibió la presencia sigilosa de los thugs que la observaban desde sus cambiantes puestos de vigilancia y se sintió segura en su descenso hasta el fondo de la hondonada. Todos le dieron la bienvenida con alegría, excepto Ananké, quien le tendió la mano con un mohín de disgusto, lo que suscitó en Zeit un desagradable sentimiento de culpa.

Los puso al tanto del ataque que se avecinaba y enseguida la clica se ofreció a realizar un despliegue de violencia ejemplar contra los uranos. Para refrenarlos, Zeit les explicó que sólo necesitaba su ayuda en detectar los lugares precisos del ataque. Tuvo que ser muy persuasiva para disuadirlos de no atacar, pero en cuanto accedieron a su petición, los thugs se pusieron en marcha y convinieron en que Zeit los esperara ahí hasta la madrugada.

Ananké se rezagó del grupo para estar un momento a solas con ella.

—¿Tú crees que los topos podrán salvarse de la inundación? —preguntó.

—Posiblemente no —admitió Zeit—, pero debemos intentarlo.

Olvidando el desaire que había sufrido por el desamor de Zeit, Ananké refrendó con una sonrisa la complicidad que había existido entre ambos.

Faltaban muchas horas para el amanecer, y Zeit, sola ya en la hondonada, se amodorró tratando de revivir en su piel las caricias de Cliff. Sumida en un sueño profundo, se transformó en guerrera, librando al lado de los topos una épica batalla contra los uranos. A lo lejos, estaba Cliff, protegido por una trinchera de colores pastel, que la lluvia de primavera comenzaba a deslavar. Espoleada por su deseo de acariciarlo, Zeit trataba de avanzar, pero Cliff se diluía ante sus ojos, desdibujado por el aguacero que le arrancaba jirones de piel.

XXIV

olesto por la incómoda compañía del urano, Rudra se distrajo repasando las anotaciones de Cotto en la pared. Escaló por las piedras salientes en el muro, pero aun así no pudo ver bien los trazos que su amigo había dibujado más arriba.

Cliff se contuvo para no ayudarlo, pues adivinaba el orgullo irreductible de Rudra; en cambio, decidió compartir con él sus deducciones.

—No creo que metan agua con bombas muy potentes... El agua a presión dentro de los túneles terminaría por hacer vacío y volver a la superficie.

Rudra lo miró intrigado.

—Para inundar los túneles deben hacerlo poco a poco. Eso nos da cierta ventaja.

—Es verdad —aceptó Rudra—. Nos daría tiempo a salir.

—Por eso el ataque me parece extraño... —dijo Cliff—. ¿No será una trampa?

—¿Crees que lo que buscan es cazarnos en la superficie?

—No a todos. Sólo a los más fuertes. Los débiles, rezagados, se ahogarían —dijo Cliff—. De ese modo, los someterían a una selección natural.

Aunque Rudra desconfiaba del urano, la idea no le pareció descabellada. Si estaba en lo cierto, la estrategia defensiva tendría que ser muy diferente a la que habían planeado.

Cliff decidió sincerarse del todo con Rudra:

—¿Sabes? Siempre me he preguntado por qué el Consejo no ha terminado ya con todos los dalits. Interrogué a mi padre muchas veces al respecto y siempre me respondió con evasivas —confesó Cliff—. Ahora veo con claridad que su interés por mantenerlos con vida es capturar a los dalits más fuertes.

—Pero eso no puede ser, porque ustedes podrían clonar a todos los dalits que quisieran en un laboratorio —concluyó Rudra.

—¡No es cierto! —afirmó categórico Cliff—. Hace muchos años fue interrumpida la clonación de seres vivos. Únicamente se clonan órganos.

—¿Por qué?

—Después de muchos experimentos, se llegó a la conclusión de que era más cara y complicada la clonación que la reproducción natural —explicó Cliff—. Las técnicas de fertilidad habían avanzado mucho, y de nada servía emplear tantos recursos para imitar el trabajo de la naturaleza. Además, junto a los científicos que consideraban onerosa la clonación de seres vivos, estaba la oposición de las iglesias, y hace muchos años que ganaron esa batalla.

—¿De modo que tú crees que no nos han exterminado sólo porque necesitan a los dalits fuertes que capturan periódicamente?

—Es la única explicación que encuentro. Pero esto no lo deduje hasta que tú me hablaste de las capturas, pues los uranos creemos que por las noches los gurkhas salen a eliminar a todos los dalits asomados a la superficie, sin hacer distinción alguna.

Rudra meditó sobre las palabras de Cliff.

—Quizá nos necesitan para clonar órganos. Y por eso se llevan a los más sanos.

—Imposible —respondió Cliff—. Con el desarrollo tecnológico que han alcanzado no necesitan donantes. A mí madre le transplantaron varios de sus propios órganos clonados para reemplazar los que iba invadiendo el cáncer, y no imagino para qué necesitarían a los dalits. Además, los órganos dalits no tiene una salud compatible con el organismo urano.

Guardaron silencio durante un largo rato, sumidos en sus reflexiones, atentos a cualquier ruido que pudiera anunciar la llegada de Zeit y Cotto.

De pronto, como si lo hubiesen aguijoneado, Cliff se puso de pie con la mirada perdida.

—¡Eso es! ¡Por fin!

—¿De qué hablas? —preguntó Rudra.

—El Consejo necesita a los dalits fuertes... ¡como esclavos! ¡Para trabajar!

—¡Pero eso no tiene sentido! —objetó Rudra—. En el mundo urano no se utiliza mano de obra. Las máquinas, la electrónica y la nanotecnología producen todas las mercancías. ¿No es cierto?

—Sí, de acuerdo, pero... —Hizo una pausa sopesando los pros y los contras de su teoría.

—¡Por lo tanto, no nos necesitan como esclavos! —rebatió impaciente Rudra.

—Debe de haber una parte de la cadena productiva en la que sí requieren trabajo humano —dedujo Cliff.

—Pero ¿en cuál? —inquirió Rudra.

—A ver. Vayamos descartando —propuso Cliff—. El vestido, los electrodomésticos, los automóviles, todas las mercancías que me vienen a la cabeza son producidas a partir de nanotubos de carbono 60, por máquinas o los nanorobots, controlados por programas de computación operados desde las lujosas oficinas en las urbes de todo el mundo. El Consejo concentra la producción de alimentos en plantaciones genéticamente desarrolladas y manejadas por robots. Sólo los artistas y artesanos que producen piezas exclusivas y altamente valoradas se dedican al trabajo manual —explicó Cliff—. Pero debe haber una rama, que escapa a mis conocimientos, donde necesitan mano de obra.

—El Consejo lleva décadas repitiendo que el trabajo manual ha muerto. La revolución tecnológica y genética le dio la justificación económica para el Exterminio. ¿O no es así? —preguntó Rudra.

—Sí —replicó Cliff—. Pero he estudiado que en los albores de la Neohistoria, para incrementar las ganancias, algunas ramas de mediana tecnificación abandonaron tangencialmente las máquinas para utilizar intensivamente mano de obra en países muy pobres que permitían el trabajo en condiciones casi de esclavitud, pues eso regeneraba las ganancias que la tecnificación había mermado. Era más redituable montar fábricas casi artesanales en el Tercer Mundo, que concentrar en los países ricos una producción altamente tecnificada.

—Pero no duró demasiado tiempo, ¿por qué? —preguntó Rudra.

—Se presentaron dos problemas: el primero fue que se iban quedando sin zonas vírgenes de reivindicaciones y conflictos laborales, pues cuando aumentaba la inconformidad de estos esclavos modernos, las fábricas tenían que cambiar de ubicación; y el segundo problema fue que muchos de estos países aprendieron a producir a bajos costos e inundaron de mercancías baratas a los países ricos, bajando por consiguiente la ganancia de los grandes oligopolios. Hasta donde sé la actividad industrial volvió concentrarse en los países ricos, lo que provocó la gran revolución nanotecnológica que impera hasta hoy —explicó Cliff.

—Entonces, me das la razón, no puede haber trabajo esclavo.

—Quizá no todos renunciaron a la tasa de ganancia que generaba el trabajo casi esclavo. Quizá el Consejo sí lo utiliza y aprovechó esa ventaja a espaldas de los empresarios uranos... Posiblemente en esto radica su hegemonía —dijo Cliff, deslumbrado por el hallazgo.

—No estoy convencido de que nos permitan sobrevivir por eso —objetó Rudra—, pero volviendo al ataque, quizá sea verdad que tal vez quieran hacernos salir para cazarnos fuera.

Escucharon que alguien se acercaba y Cliff, sin medir el riesgo, salió corriendo con la esperanza de encontrar a Zeit. Quien apareció fue Cotto. Al ver la luminosa expresión en su rostro, habitualmente inexpresivo, Rudra comprendió que traía buenas noticias.

—Les hablé del ataque y aceptaron pelear —dijo Cotto, y explicó que además les había anticipado a los topos algunas claves para, golpeando las tuberías, llamarlos a una reunión de emergencia.

La repuesta de los dalits entusiasmó a Rudra: después de tantos años de abulia, por fin habían ganado un poco de confianza en sí mismos. Ahora estaban dispuestos a enfrentarse a los uranos, o al menos a defenderse de sus ataques. Lo difícil sería coordinarlos.

—Las pandillas organizadas que pululan por el subsuelo... —dijo Rudra—, ésos que se visten tan raro, con las cabezas rapadas o con el pelo trenzado, pueden hacer el trabajo de agitación y reclutamiento...

—Pero seguimos sin definir un plan para repeler el ataque —insistió Cliff, al sentirse parte de toda aquella aventura.

Rudra, pensando en la utilidad del urano para definir la estrategia, decidió integrarlo al grupo:

—Explícale a Cotto por qué hay que evitar que los topos salgan a la superficie durante la inundación —ordenó a Cliff—. Ustedes dos háganse cargo del plan de las aguas, mientras yo pienso en cómo organizar a los topos.

Tras la explicación de Cliff, el gigante, trazando líneas en la tierra húmeda, empezó a describir su idea para desviar las aguas hacia el Gran Túnel número tres, el GT3, una grandiosa construcción de más de doscientos metros de profundidad, a la cual se llegaba por conductos imponentes.

—¿Es el famoso desagüe profundo? —preguntó Cliff.

Cotto asintió.

—¡Pensé que era una leyenda! —exclamó Cliff.

La idea de Cotto era recibir el agua en los puntos de origen del ataque y desviarla, en la medida de lo posible, hacia los conductos del GT3. Pero quedaba por definir algo no menos complicado: la forma de impulsar las aguas negras a la superficie. Rudra le había comentado a Cotto que en el siglo XX un desperfecto eléctrico provocó que una parte importante de la ciudad nadara en aguas negras, y el gigantón se aferró a este suceso para idear una estrategia.

—Si logramos que salgan las aguas negras poco después de empezar el ataque, quizá se desalienten y paren —señaló Cliff.

Ésa era la esperanza de Rudra. Si la salida de las aguas negras frenaba el ofensiva, el Consejo, para no asustar a la población, tendría que atribuir el incidente a algún grave desperfecto del drenaje central, y se vería obligado a dar marcha atrás.

De regreso a la cueva, Zeit encontró a los tres hombres enfrascados en el estudio de un pergamino plagado de anotaciones y dibujos. Le alegró mucho ver a Cliff hombro a hombro con su hermano.

—Los thugs detectaron cuatro puntos más donde los gurkhas están introduciendo las mangueras —informó, uniéndose al grupo y lanzándole una mirada cómplice a Cliff.

Con la información proporcionada por los thugs, Rudra pronosticó que el ataque se realizaría en dos o tres días, a más tardar. Había que darse prisa en recorrer las galerías y organizar a los topos.

El mayor enemigo ahora era el tiempo.

En un rincón de la cueva, Cliff se acercó a Zeit y le susurró al oído:

—No sabes cuánto me gustaría hacerte el amor antes de lanzarnos a esta aventura.

—Esto no es una aventura, sino una batalla. ¿Lo entiendes? —dijo Zeit con seriedad—. Me esperarás aquí mismo mientras pasa el ataque. Es un lugar seguro.

—De ninguna manera. Yo iré con ustedes—dijo Cliff, categórico.

—No puedes. Todavía estás débil.

—Eso no tiene discusión. Iré contigo —respondió Cliff.

Viendo que no había manera de convencer a Cliff, Zeit sacó de su alforja una navaja y se la entregó.

—Tendrás que raparte el pelo. Así disimularemos un poco tu aspecto de urano. Traje algunas ropas que te pueden servir.

—No te preocupes, me convertiré en todo un dalit —dijo Cliff con una dulce sonrisa.

XXV

Cliff y Cotto estaban enfrascados en la planeación del sabotaje y el desvío de aguas: el gigantón completamente absorto en sus cálculos, y el patricio, que se había rapado el pelo y ahora llevaba andrajos de dalit, lo ayudaba comprobando los resultados.

Contagiado por la gran excitación que bullía a su alrededor, Rudra se hinchó de orgullo. Un chispeante regocijo le asaltó al pensar que había dejado de ser un miserable tullido para convertirse en el líder de un comando revolucionario.

Cliff explicó a los mellizos el plan que había fraguado con Cotto para evitar la inundación utilizando la infraestructura del GT3. Para su construcción, los legendarios sandhogs —obreros del drenaje de gran profundidad— habían introducido material y maquinaria por anchos conductos distribuidos a lo largo del primer nivel del subsuelo. Poco antes del Exterminio, el acceso a esos canales había sido clausurado por los uranos, y los topos no abrían nunca esas trampillas, pues caer en ellas representaba una muerte segura. La idea era destapar las compuertas del GT3 y al mismo tiempo construir diques para encauzar las aguas de la inundación hacia el gran drenaje. Los dalits que no participaran en los trabajos serían evacuados lo más lejos posible de las entradas de agua. En su camino a dichos refugios, los topos ayudarían a despejar de obstrucciones como escaleras, tuberías y huecos de ascensor, cualquier posible caída de agua. Simultáneamente, Cotto se internaría en las redes de cableado para manipular el fluido de energía eléctrica. Si tenía éxito, la antigua tubería de vapor y el drenaje reaccionarían al unísono por la manipulación de los cables de electricidad, impulsando el agua de las cloacas hacia las calles.

—Suena fácil —opinó Rudra—, pero requerirá de un esfuerzo titánico. Ahora nos toca a Zeit y a mí diseñar la organización de los topos. Ustedes descansen. Mañana será un día muy agitado.

Zeit miró a Cliff con una sonrisa de complicidad y levantó los hombros en señal de resignación por no poder acompañarlo en su reposo.

Los hermanos tardaron varias horas en definir las características de los comandos y la ubicación de los refugios. Les preocupaba contar con voluntarios suficientes para todos los grupos de trabajo y que los refugios no fueran demasiado pequeños para todos los dalits. Cuando terminaron, Rudra se echó a dormir en un rincón y Zeit se acurrucó junto a Cliff tratando de no despertarlo, pero él, que aguardaba despierto su llegada, la rodeó con los brazos.

—Tengo miedo —confesó Zeit.

—Todo va a salir bien —respondió Cliff, tratando de proyectar una convicción que no sentía.

En el poco tiempo que les quedaba antes del amanecer, se besaron con la ternura que antes les había robado la pasión. A Zeit la venció pronto la fatiga, pero Cliff se mantuvo largo rato en vigilia, exaltado por la inminencia del combate.

Cotto, Rudra y Zeit empezaron el recorrido al sur de la isla, donde la intrincada maraña de líneas de metro que cruza del

East River hacia Brooklyn albergaba un gran número de dalits. Llegaron a la antiquísima estación construida bajo el obsoleto ayuntamiento, que aún conservaba destellos de su belleza original. A pesar de que no había ya travesaños por haber sido utilizados como combustible durante años, las vías estaban en buen estado, y la señal que Cotto percutió llamando a reunirse pudo escucharse con nitidez hasta los confines del túnel.

La primera en llegar fue una delgadísima mujer, con el cuello marcado por una gran cicatriz. Cabizbaja, tomó asiento muy cerca de ellos, y sin decir palabra frotaba pausada pero incesantemente las manos.

Para sorpresa de Zeit, que había tenido serias dudas sobre el poder de convocatoria de las percusiones, una multitud de dalits comenzó a llegar. Al poco rato, montones de teas iluminaban la estación, revelando su majestuosidad a pesar del hollín de las hogueras y la suciedad acumulados durante décadas.

Eufórico por el éxito de la convocatoria, Rudra se encaramó sobre los hombros de Cotto.

—¿Me oyen bien? —preguntó a voz en cuello.

Estalló un griterío respondiéndole afirmativamente.

—¡Los uranos van a atacar en cualquier momento inundando los túneles! —anunció sin preámbulo con gesto grave y les refirió el descubrimiento de las mangueras lo más claramente que pudo. Vio complacido que nadie ponía en duda la veracidad del ataque, pero al mismo tiempo advirtió el desconcierto por la noticia—. ¡Debemos desviar el ataque y ponernos a resguardo…!

Cuando algunos comenzaban a irse, la delgada mujer se levantó y dijo:

—¿Saben ustedes cómo podemos desviar el agua?

—Sí —respondió Rudra, y expuso la estrategia al grupo de dalits que lo miraban con total atención—: Es imposible evitar la entrada de agua, pero sí podemos salvarnos de morir ahogados. Nadie debe salir a la superficie, pues los gurkhas están esperando para capturarnos. —Rudra hizo una pausa, esperando alguna pregunta, pero los topos permanecieron en silencio, atentos a sus instrucciones—. La mayoría debe refugiarse en las estaciones más alejadas de los puntos de entrada del agua, en las líneas verde y naranja del metro, y algunas otras del ferrocarril. Formaremos grupos que se distribuirán por los refugios, con un responsable cada uno, al que le indicaré a qué estación dirigirse. Pero, además, necesitamos voluntarios para formar los equipos de trabajo que desviarán las aguas.

Se hizo un silencio angustioso. Muchos dalits bajaron la vista, otros miraban expectantes, aguardando que alguien se pronunciase primero. Finalmente, una muchacha del grupo de los cabezas rapadas levantó la voz:

—Yo quiero estar en un comando.

Y enseguida otro gritó desde el fondo:

—Yo quiero ser responsable de grupo para los refugios.

Como una avalancha se alzaron nuevas voces, hasta que se completó el número de responsables y voluntarios.

Cuando los tres amigos dieron por terminada la reunión y comenzaban a marcharse, la mujer de la cicatriz los interpeló:

—Escuché que quieren manipular la electricidad para desquiciar el drenaje. ¿Es verdad?

Rudra asintió.

—Yo sé cómo hacerlo —aseguró la mujer—. Llevo años estudiando el cableado eléctrico.

Cotto miró asombrado a aquella dalit con mirada de lince y mueca rabiosa, que, a pesar de su juventud, le recordaba mucho a Thot.

—¿Están seguros de los puntos de inundación? —preguntó la desconocida.

—Sí, los thugs los confirmaron todos —respondió Zeit, lo que provocó en la mujer un gesto de alerta y disgusto.

—¿Te asustan los thugs? —preguntó Rudra.

—Ellos intentaron degollarme hace unos años —dijo, mostrando su gran cicatriz en el cuello—. He asesinado ya a cinco de ellos, en venganza. Si ustedes son amigos de los thugs, yo no puedo ayudarlos.

Zeit pensó con agilidad y dijo:

—No tendrás trato con ningún thug. Nos están ayudando en esto, pero a ellos no les afectará la inundación, ya sabes que todos viven fuera.

Tras meditarlo unos segundos, la mujer advirtió:

—Está bien, pero si veo a alguno, aunque esté contigo, lo mataré.

—De acuerdo —respondió Zeit.

—Podrías trabajar con Cotto —señaló Rudra—. ¿Cómo te llamas?

—Reem.

—Creo que lo mejor será dividirnos —dijo Rudra—. Cotto y Reem, regresen a la cueva y encárguense de la electricidad. Zeit y yo nos separaremos para alertar al resto de los dalits.

Los hermanos convinieron los puntos a los que iría cada uno, aunque a Zeit no le gustaba la idea de enfrentarse a solas con los topos.

—No voy a ser tan convincente como tú, Rudra.

—Tranquila. A mí no me será fácil captar su atención sin estar sobre los hombros de Cotto, pero me parece que la noticia se va a esparcir como reguero de pólvora. Cuando lleguemos a las reuniones, estarán casi convencidos de que es imprescindible organizar la defensa.

—Está bien —dijo ella resignada—. Nos vemos de vuelta en la mazmorra.

Antes de separarse de Zeit, Rudra tomó su mano con cariño y le dijo:

—Cuídate mucho, hermana.

Al llegar a la estación Astor, Zeit tocó la contraseña y montó guardia con la antorcha encendida. Viendo los restos pringosos de la antigua publicidad pegada por todo el andén, trató de imaginar la época en que los vagones se llenaban día y noche de personas con prisa por llegar a su destino. Ya desde aquella época había topos escondidos en los túneles, que se salvaron del Exterminio por haber pasado inadvertidos. Recordó las leyendas que se contaban sobre aquellos topos que se desplazaban constantemente del mundo subterráneo al exterior, brotando por los respiraderos y las bocas de alcantarilla en cualquier zona de la ciudad para mendigar o robar algo de comer, atemorizando a la población que los llamaba los "sin techo". Conocían a la perfección las alcantarillas, los túneles, la red de conexiones entre las vías férreas y las líneas de metro, y fueron ellos quienes guiaron por el subsuelo a los desterrados de la superficie durante el genocidio. Aquellas hazañas convirtieron a los pioneros topos en héroes legendarios, y Zeit sintió que su espíritu la animaba a encender la mecha de la insumisión dalit.

Por fin, después de dos llamadas más en las vías, Zeit vio llegar a un grupo de topos: eran cinco ciegos, que, con las manos entrelazadas, formaban una cadena humana. El guía avanzaba a tientas, explorando el terreno con un palo. Zeit saludó a los ciegos en voz alta y clara para que pudieran localizarla. Minutos después, llegaron decenas de dalits. Zeit repitió la explicación tal como la había dado Rudra en el puesto anterior, pero esta vez hubo un montón de preguntas. Comenzó a angustiarse al no poder contestarlas todas, pero los topos la trataron con benevolencia y para tranquilizarla le ofrecieron un pedazo de boniato que la reanimó enseguida.

Después de efectuar seis encuentros más con los dalits, Zeit empezó a confiar en el éxito de la resistencia.

XXVI

En las horas siguientes hubo una actividad frenética. Por túneles, pasadizos y cloacas, se oían golpeteos metálicos llamando a los voluntarios, y en todas direcciones, una multitud de dalits acudía cargando sus pertenencias.

Se habían constituido once comandos de defensa, y para aligerar su trabajo, cada grupo de desplazados, de camino a los refugios, fue librando de obstrucciones las pendientes y los huecos por donde podía precipitarse el agua. De esa forma, el líquido inyectado se colaría por todos los orificios del gran queso gruyére en que se había convertido el subsuelo de la isla.

Una metamorfosis sorprendente estaba ocurriendo: gracias al trabajo colectivo, la desconfianza y el recelo habitual entre los dalits comenzaba a trocarse en una fraternal complicidad.

Con el ajetreo de los preparativos para la defensa, los dalits recobraron la percepción del valor del tiempo, y con ella, la memoria de una vida más humana. El paso monótono de los días y los años en ese estado semisalvaje había terminado por convencerles de que eran hijos del subsuelo por una fatalidad genética, y casi se había borrado de sus mentes la figura del tirano que los había sepultado vivos. Pero este ataque exhibía de nuevo la faz del enemigo, lo que les infundía un renovado coraje.

Los comandos comenzaron a formar diques y a abrir las compuertas del GT3 partiendo de los respiraderos donde habían detectado las mangueras, para quedar lo más lejos posible de las entradas de agua cuando empezara el ataque.

Cotto y Reem se dirigieron hacia la zona de oficinas, donde la mujer había localizado la central subterránea del cableado eléctrico. Mientras tanto, Rudra, desde el andén dos de la Estación Central, dirigía los once comandos, ayudado por sus responsables que actuaban como correos. Zeit y Cliff recorrían sin descanso los perímetros de las áreas de ataque para que Rudra mandara refuerzos donde se necesitaba despejar nuevas salidas de agua o construir otro dique. Zeit y Cliff marcaban con una gran cruz los puntos donde había que construirlos, pero algunos comandos discutían la conveniencia de su ubicación, perdiendo un tiempo precioso; otros se dividieron tras pelearse; algunos miembros desertaban, al tiempo que otros se unían espontáneamente. A pesar de la confusión y el nerviosismo, el trabajo se realizaba con celeridad.

A las pocas horas de comenzar el gran operativo, los túneles del primer nivel del metro semejaban una coladera donde cada vez era más difícil caminar sin tropezar con los diques o caer en los múltiples boquetes abiertos en el suelo.

La tarea más extenuante fue abrir las compuertas oxidadas del GT3 que llevaban décadas en desuso. Mientras Zeit y Cliff luchaban por abrir una de aquellas trampas, vieron por el respiradero el fulgor púrpura del crepúsculo.

—¡Debes convencer a Rudra de que ordene a los comandos refugiarse cuanto antes! —dijo Cliff sobresaltado.

—No hemos terminado —replicó Zeit—. Hay que aprovechar hasta el último minuto.

—¡Si nos atacan ahora, muchos comandos se ahogarán! —dijo Cliff cada vez más abrumado.

—Se ofrecieron como voluntarios sabiendo que podían morir.

—¡Pero nadie debe perder la vida!

—¡Muchos van a morir esta noche, Cliff!

—Si se refugian todos ahora, quizá puedan salvarse —insistió Cliff.

—No. Para que algunos se salven, los voluntarios, a pesar del riesgo, tienen que hacer su trabajo.

—¡Eso es terrible!

Zeit hizo una pausa y con un tono de reproche, dijo:

—Lo terrible es que los uranos traten de ahogarnos como ratas.

—Sí, lo que han hecho es una atrocidad —respondió Cliff, desencajado por el remordimiento y en un arrebato de rabia arrancó de cuajo el tirador de la compuerta del GT3.

—¡Tienes que aprender a dosificar tus fuerzas! —le reprendió Zeit.

Con los nervios crispados, Cliff corrió a buscar otras posibles salidas de agua en el suelo del andén. Hasta ese momento, el ataque urano parecía únicamente una amenaza abstracta, pero al comprender que muchas personas morirían lo invadió un inmenso desasosiego que abatió su alma. Los dalits ya no eran para él un colectivo anónimo; desde las primeras horas de esa mañana había compartido el trabajo con decenas de topos, y ahora, esos seres mugrientos y mancillados, se habían convertido en sus compañeros de lucha. Empezaba a entender el significado de sus monosílabos; a mirar sin horror sus escuálidos cuerpos marcados por las huellas de toda una vida de avatares y enfermedad; y sobre todo, a respetar la mirada penetrante y grave de los dalits, en la que no cabía veleidad alguna.

Encaramado sobre un viejo vagón, Rudra se estaba poniendo ronco de tanto vociferar instrucciones. Temiendo quedarse sin voz para el momento del ataque, pidió ayuda a una muchachita llamada Friga, que se negaba a ir al refugio. Sentado en flor de loto con varios planos improvisados del subsuelo a su alrededor, el tullido hacía anotaciones y recibía a los responsables de los comandos que Zeit enviaba desde los puntos que necesitaban refuerzos. En segundos, Rudra hacía una rápida inspección de sus planos para detectar qué comandos estaban más próximos a la zona, y Friga gritaba las indicaciones a los responsables que entraban y salían sin descanso del andén.

Rudra había guardado una docena de terrones de azúcar para resistir la jornada, pero había tenido que sobornar a la niña con ellos. Cuando la vista comenzaba a nublársele por la fatiga y el hambre, uno de los responsables se encaramó al vagón y le tendió disimuladamente, para que Friga no lo viera, media barra de chocolate rancio. Rudra sonrió con gratitud y lo tragó de un bocado.

Era la hora en que comenzaba a mitigarse el clamor de la ciudad. Pronto las calles estarían desiertas. La eterna noche del inframundo se hacía más densa sin los rayos de sol que se colaban por los respiraderos; la temperatura bajaba y los ruidos se tornaban más nítidos. Instintivamente, como ratones en el ático al caer la noche, los dalits bajaron la voz y mantuvieron una quietud expectante. En breve los únicos que circularían por la superficie serían los vehículos con salvoconducto y los escuadrones de gurkhas, quienes aguardaban por toda la ciudad a que los topos emergieran despavoridos a la superficie para capturarlos.

"Esta noche no es como las demás —pensó Zeit—. Hoy comienza la resistencia dalit". A su lado, Cliff luchaba por abrir un boquete para destrabar una puerta de ascensor. Hacía rato que actuaba como un autómata, cavando y acarreando objetos de aquí para allá. Era como si quisiera abarcarlo todo con su esfuerzo. Zeit estaba tan conmovida que se acercó a él sin pensar en la premura del ataque.

—Suelta eso.

Cliff, pensando que la ofensiva había empezado, soltó el pico que tenía en las manos.

—¿Ya es la hora?

—No. Abrázame —dijo Zeit, besándolo en los labios.

—¡Tenemos que seguir, Zeit! —protestó Cliff.

—Presiento que pronto empezará... —dijo Zeit—. Ya no podemos hacer nada más.

Cliff suspiró angustiado y la abrazó.

A las diez de la noche en punto, los golpeteos de alarma que todos temían estremecieron el subsuelo. Al ver que las mangueras comenzaban a soltar un débil chorro de agua, los once vigilantes apostados cerca de ellas hicieron sonar la consigna convenida. Ocho de ellos iniciaron la retirada a tiempo y lograron salvarse, pero los otros tres se ahogaron al crecer el caudal.

Cuando Rudra escuchó la alarma, sintió un escalofrío que le recorrió el cuerpo. Había quedado en verse con Zeit y Cotto en el refugio del sótano de la Estación Central, a pocos metros del andén donde se encontraba, pero decidió esperar por si volvía algún responsable rezagado de su comando. Friga no entendía muy bien lo que pasaba, pero el peligro podía olerse en el aire, y el fragor de los túneles presagiaba lo peor. Rudra le explicó que debía correr enseguida al refugio.

—No me voy sin ti —dijo categórica la niña.

—¡Obedece! —ordenó el tullido con rudeza.

Asustada por el destello azabache de los ojos de Rudra, Friga descendió con dificultad del viejo vagón desvencijado y se giró para mirarlo con un mohín de reproche. Rudra le sonrió.

—Iré en un rato. Organiza a los niños allí, ¿eh?

—¡Sí! Eso voy a hacer —respondió Friga, feliz con su cometido, y se fue chapoteando por las vías que ya empezaban a encharcarse.

"Ojalá logre llegar al refugio", pensó Rudra descorazonado al ver su frágil complexión.

El ataque había dado inicio con todas las mangueras a la vez, y tal como Cliff había previsto, no se utilizó toda la potencia para introducir el agua al subsuelo.

Al cesar las llamadas de aviso, el subsuelo vibró como un avispero por el tránsito incesante de dalits hacia los refugios. Uno de los comandos, sin hacer caso a la alarma, siguió intentando abrir un acceso al GT3 y murieron todos sus integrantes. La falta de declives en la zona de la estación Penn provocó que el líquido se expandiera por un largo perímetro, sembrando el caos entre los dalits que se aproximaban al refugio; muchos perecieron, pero la afluencia de vías en ese lugar hizo que se dividiera el torrente minimizando el peligro.

Los topos que aún no estaban en lugar seguro huían silenciosamente sin atropellarse, aunque ninguno se detenía a ayudar a los caídos. Como si el lastre los diferenciara de las ratas que nadaban junto a ellos, no se desprendieron de las pertenencias que cargaban a sus espaldas ni cuando su peso aumentó al mojarse. Solo las madres abandonaron los bultos para poner a salvo a sus hijos pequeños del agua que fluía ya por todos los confines del subsuelo. La humedad cegó todas las antorchas, y concentrados en la lucha contra la muerte, sus ojos fotosensibles, fijos por el pánico y adoloridos por el esfuerzo, fueron su única guía en la oscuridad. Avanzaban con extremo cuidado, apartando los cadáveres y los escombros flotantes. Cada paso era un desafío a la muerte y aunque tropezaban sin cesar con los diques o caían en el cúmulo de trampas abiertas, nadie gritaba pidiendo dirección o auxilio, simplemente continuaban su camino, formando grupos espontáneos que seguían a los improvisados líderes.

Al escuchar el inicio del ataque, Cotto y Reem, que se encontraban desde hacía horas sumergidos en el amasijo del suministro eléctrico, comenzaron a manipular los cables como habían ensayado durante todo el día. Reem admiró la calma con que Cotto realizaba el trabajo en el momento de mayor urgencia. De no haber ejecutado a la perfección sus indicaciones, hubiera pensado que el gigantón no la oía al unir los cables que despedían chispas y humos intoxicantes.

Cotto invirtió la polaridad de varios generadores y alteró el orden de muchas terminales. Estaba convencido de que al menos en alguna estación eléctrica lograrían provocar una explosión en la turbina de bombeo de aguas negras, para hacerlas emerger hacia la superficie.

Detuvieron la maniobra, y guardaron absoluto silencio con la esperanza de oír una detonación… Nada.

—Vete —ordenó Reem, con una mirada inusitadamente apacible.

Cotto vio a la mujer sosteniendo un cable de alta tensión en cada mano y comprendió que haría explotar la central eléctrica. Sólo podía volarla manteniendo unidos manualmente los polos, pues de otro modo se separarían por el impulso que vendría del chispazo. Pero eso significaba su muerte. Reem lo sabía, pero aun así ató los dos cables de alta tensión a su cuerpo y acercó las puntas para detonar la explosión.

—¡Suelta eso! —exclamó Cotto—. ¡Vámonos!

—Déjame. Quiero que mi vida tenga algún sentido. ¡Vete ahora! —dijo Reem, y al observar que Cotto no se movía, lo amenazó—: Lo haré aunque no te hayas ido.

Cotto la miró con profunda tristeza.

XXVII

Una gran detonación cimbró a los dalits. Como una caja de resonancia, los túneles propagaron el estruendo de la explosión por todo el subsuelo. Temiendo una nueva embestida de los uranos, los topos mantuvieron un silencio angustioso. Sólo el llanto desconsolado de los niños se escuchaba en los refugios, donde la humedad del aire dificultaba la respiración y la oscuridad ocultaba la expresión de conmoción y cansancio en los rostros.

Minutos después, el nivel del agua empezó a descender; aún se colaba a borbotones por las grietas, mas su avance impetuoso había cesado. Fue entonces cuando los dalits empezaron a moverse, desentumeciendo los miembros rígidos por el frío y la fatiga. Sin embargo, la angustia reinaba todavía entre los desplazados que ignoraban la suerte de los grupos de trabajo.

Zeit y Cliff avanzaron penosamente entre escombros y cadáveres, con la mente fija en Cotto y Reem. Habían escuchado la detonación del lado este y temían que no hubiesen podido escapar a tiempo. Al entrar al sótano de la antigua Estación Central, dieron voces buscando a Rudra, quien al oírlos gritó aliviado:

—¡Aquí estoy…! ¡Por aquí!

Zeit y Cliff se abrieron paso hasta el montón de generadores y bobinas destripadas, donde Rudra se había puesto a salvo de la inundación.

—¿Han vuelto Cotto y Reem? —preguntó Zeit, esperanzada.

—Aún no —respondió Rudra, visiblemente preocupado.

Con los ojos puestos en la entrada del refugio, los gemelos y Cliff aguardaban en silencio el regreso del titán y su amiga.

La ausencia de claridad por los respiraderos indicaba que un apagón general se había producido en la superficie. Sólo el resplandor intermitente de los faros de las patrullas gurkhas se filtraba al subsuelo, creando una atmósfera apocalíptica.

Rudra atisbaba la oscuridad ansiando ver la inmensa silueta de Cotto. Ellos dos, unidos por ataduras indisolubles, conformaban una sola entidad, dividida en dos cuerpos tan distintos como el día y la noche. Ahora su compañero de toda la vida podía estar muerto, y con él desaparecería la mitad de su ser.

—¡Mira! —gritó Zeit, señalando a lo lejos.

Al fondo del túnel, iluminada por la luz estroboscópica de aquella noche dantesca, se vislumbraba la ingente figura de Cotto, cargando un cuerpo sobre cada hombro. ¡Por fin! La chica corrió hacia él para ayudarlo a depositar en el suelo a una mujer y a un joven malheridos, apenas vivos, que enseguida fueron auxiliados por otros topos.

—¡Ya estábamos alarmados! —exclamó furibundo el tullido, desfogando la ansiedad de tantas horas de espera.

—Estos topos estaban atrapados en una alcantarilla… —dijo Cotto con el semblante descompuesto por el esfuerzo.

—¿Dónde está Reem? —preguntó Zeit.

—Ella sola hizo estallar la central. No pude salvarla.

Cliff recibió la noticia como una cuchillada en el corazón, y aunque la penumbra ocultaba sus lágrimas, Zeit percibió su desconsuelo.

—Olvídalo, Cliff.

Pero él no podía borrar de un plumazo la muerte de Reem ni de todas las víctimas de aquel artero ataque urano. Su euforia de la noche anterior se había desvanecido por entero ante la descarnada presencia de la muerte. Hasta ese día nunca había sentido el olor ácido de los cuerpos sin vida ni había visto la nube blanquecina en sus ojos yertos. Haber detenido el ataque no lo consolaba. A partir de ese momento, tendría que presenciar la devastación en los túneles, y dudaba de su entereza. De pronto, sólo pensó en huir a la superficie y esperar a que lo bañara el primer rayo de sol. El subsuelo le oprimía el alma y se sintió cobarde y mezquino por ello. Tomó de la mano a Zeit, buscando en su amor fuerzas para no flaquear.

—Yo no puedo seguir en estas catacumbas más tiempo… Necesito respirar… —dijo Zeit, como si adivinara el pensamiento de Cliff, y añadió volviéndose a Rudra—: Sospecho que ningún periódico dará la noticia de la explosión. Saldré a investigar lo que está sucediendo.

—No debes exponerte —afirmó Rudra—. Por otro lado, los túneles tardarán al menos dos días en drenarse por completo, ahora no podemos transitar por ellos.

—En mi niñez existía un angosto pasadizo que salía al montículo Summit en Central Park. Posiblemente siga abierto. Desde ahí puedo llegar a la guarida de los thugs. Ellos prometieron vigilar a los gurkhas durante el ataque y podrán informarme.

—Puedo salir yo a ver qué ha pasado —dijo Cliff resuelto—. En tu talego siguen mis ropas de urano.

—Imposible. Te capturarían enseguida —afirmó Zeit—. En el estado en que te encuentras, no pasarías por un urano común. Y además, te buscan los gurkhas.

—Al menos iré contigo hasta la entrada y esperaré a que vuelvas —dijo Cliff.

Con los ojos inyectados de ira, Rudra se abalanzó contra el urano.

—¡Quieres huir para alertar a tu gente, ¿verdad?!

Zeit se levantó de un salto, y contuvo a Rudra.

—¡Entiendo que desconfíes…! —exclamó Cliff, en el momento en que un chispazo de luz hizo que sus miradas se encontraran. De golpe recordó la primera vez que había visto aquellos ojos coléricos. ¡Rudra era el niño tullido que años atrás había visto salir de una alcantarilla! ¡Cómo no lo había recordado antes!

—¡Rudra…, ¿te acuerdas de mí?!

El lisiado lo miró con la misma intensidad que aquel día, tantos años atrás.

—Sí, nos habíamos visto antes… Hace mucho tiempo.

—Somos viejos conocidos, Rudra —murmuró Cliff, consciente de que la fugaz mirada de esos ojos negros lo había marcado desde la adolescencia, desencadenando su antagonismo de clase y presagiando su vida junto a Zeit.

—No, Cliff. Somos viejos adversarios —afirmó Rudra, con mucha calma.

Zeit observó intrigada a uno y a otro.

—¿De qué hablan?

Ambos eludieron la respuesta. Zeit prefirió no insistir y se recostó junto a Cotto que yacía agotado.

—Necesitamos descansar un rato antes de irnos. Debo encontrar a los thugs y volver cuanto antes.

Después de unas pocas horas de mal sueño, Zeit y Cliff partieron rumbo al pasadizo que los llevaría a la superficie. Al llegar, Cliff vio con preocupación el minúsculo orificio de entrada.

—Cabrás. Más adelante se hace un poco más ancho… —aseguró Zeit.

—No te preocupes, ya estoy aprendiendo a reptar —dijo, atrayéndola hacia sí para besarla.

—¿Sabes, Cliff? No pensé que resistieras el combate. Has sido muy valiente.

—Yo nunca soñé que existiera una mujer tan fuerte como tú… y tan pequeña, al mismo tiempo —remató Cliff, mirándola con ternura, y la besó.

Zeit respondió con pasión a sus besos.

—¡Vámonos ya! —interrumpió a Cliff, que no paraba de acariciarla.

Gracias a su delgadez, la joven entró fácilmente por el boquete de la pared y, tanteando el terreno con las manos que previamente había vendado con trapos para reptar con más seguridad, se internó en una sobrecogedora oscuridad. Cliff trataba de seguirla, pero el conducto era tan estrecho que después de avanzar unos metros, sufrió un acceso de claustrofobia. Como si una mano invisible lo estrangulara, el aire dejó de fluir por su traquea. A pesar de que la oscuridad era total, cerró los ojos, y buscando engañar a su mente, imaginó con todas sus fuerzas que se arrastraba por un espacio abierto, hasta que logró vencer la parálisis.

Aparte de las tres ratas que Zeit tuvo que matar, el trayecto por el conducto no fue demasiado penoso y avanzaron sin contratiempos hasta que un tímido y cálido vientecillo les anunció la cercanía de la salida. Llegados a la boca de la alcantarilla, comprobaron sus temores: estaba atascada. Intentaron forzarla, pero sólo consiguieron agotarse. Cotto les había provisto de varias herramientas rudimentarias, con las que, a base de paciencia, fueron desprendiendo la inmundicia que había sellado los bordes. No muy lejos se escuchaban voces de mando, cuyas palabras no podían distinguir. Cuando lograron destrabar la tapa de la alcantarilla, Zeit atisbó y descubrió en la periferia a unos hombres imponentes, vestidos de paisano, que daban órdenes a los gurkhas.

—¡¿Quiénes son estos?!

Desde donde estaba, Cliff no podía verlos.

—Tendré tiempo de observarlos mientras tú vuelves.

—Ten cuidado. No se te ocurra salir —dijo Zeit.

Cliff la atrajo contra su pecho y se enlazaron en un largo beso.

Lo primero que Zeit notó al asomar la cabeza fue un fuerte olor a heces fecales. ¡La explosión había sido un éxito! Avanzó con cautela y desapareció en la maleza.

Después de un largo rato conteniendo las ansias de salir, y atraído por las voces que escuchaba a lo lejos, Cliff abandonó el hueco de la alcantarilla. "Será solo un momento —pensó—. Desde otro ángulo del Summit podré observar mejor." A pesar de la pestilencia, el aire de la madrugada le ofreció un inmenso consuelo. Viendo que no merodeaba ninguna patrulla gurkha, se arrastró cauteloso a la calle 83 y se acurrucó debajo de un coche estacionado en el bordillo. ¡Cómo se parecía al que su padre le había regalado a los diecisiete años! Qué épocas aquellas cuando se creía merecedor de todos los privilegios. "¡Vaya ironía! —pensó—. Apenas ayer aspiraba a ser un arconte, y heme aquí, convertido en un guerrillero dalit".

El apagón continuaba, el suelo seguía empapado por el reflujo de las aguas negras, y los gurkhas circulaban enardecidos. Cliff creía estar mirando una postal de guerra y no el lado occidental de una gran metrópoli urana. En ese instante pudo ver a los hombres que Zeit había detectado al salir. Su atuendo, compuesto de pantalones ceñidos y chaquetas de piel, botas oscuras y pistola al cinto, los diferenciaba notoriamente de los gurkhas. Pero lo que en definitiva distinguía a ese cuerpo de élite era un comportamiento altivo que dejaba traslucir, sin lugar a dudas, una superioridad de rango y más concretamente un orgullo de clase. Cliff reconoció a sus congéneres patricios que, por lo visto, aquí también formaban patrullas lokis como en Dresde, para dar órdenes a los gurkhas y cometer sangrientos atropellos.

Ciertas voces lo sacaron de sus reflexiones. Avanzando en dirección al coche bajo el cual se escondía, uno de los patricios, desprendiéndose del grupo, vociferaba maldiciones. Cliff se arrastró hacia atrás para salir de su campo visual, pero al hacerlo golpeó con los pies el chasis del coche produciendo un ruido seco. Contuvo la respiración, ansiando no haber delatado su presencia, y escuchó cómo se detenían los pasos del patricio. Mala señal. Reculó un poco más, intentando sacar todo el cuerpo por detrás del vehículo, pero antes de poder librar la cabeza, unas poderosas manos tiraron de sus piernas. Se revolvió como un felino, pero no pudo escapar.

—¿Quieres huir, asqueroso dalit?

Estaba perdido. No había tenido la malicia de empuñar la navaja que llevaba en el bolsillo, y el patricio lo encañonaba ya con su pistola.

—¡Quieto! —ordenó el loki, mientras con la otra mano lo deslumbraba usando una potente linterna.

La luz permaneció fija en su rostro durante segundos angustiosos. "¿Qué espera este patricio para matarme?", pensó Cliff.

—¡No puedo creerlo…! ¡Clifford Heine!

Cliff reconoció la voz de su atacante: era Robert Richardson, el menor de la dinastía patricia del protectorado vecino al suyo.

—¿Cómo? —balbuceó Cliff, ganando tiempo mientras pensaba cómo salir del aprieto.

—Eres el hijo perdido de Henry Heine, ¿no es cierto?

Cliff miró a Robert con fingido desconcierto.

—¿No recuerdas quién eres?

Cliff solo meneó la cabeza con vaguedad, y se puso de pie.

—Todos creímos que habías muerto cuando tu avión se estrelló en las montañas…, excepto Henry, que ha seguido investigando como un loco. ¡¿Dónde has estado?!

Cliff se quedó sin habla. Su padre lo seguía buscando.

—No recuerdo bien. Tuve un accidente…

—¡Mira qué aspecto tienes…! En cuanto termine lo que tengo que hacer, te llevaré a tu casa.

—Pero ¿qué haces aquí?

—Estoy en una misión —respondió Robert—. Claro, los ratones de biblioteca como tú no participan en estas actividades. Dentro de unos días, cuando te recuperes, podrás venir con nosotros.

"Por lo visto, Robert, a pesar de ser un loki, no está al tanto de lo sucedido en Dresde —pensó Cliff—, eso significa que el Consejo no me persigue por el asesinato de Hermann."

—¿Qué pasó en la ciudad? —preguntó Cliff, señalando las calles.

—Intentamos sacar a los dalits de sus agujeros, pero algo sucedió con el drenaje. Los gurkhas son unos inútiles —refunfuñó Robert—. Vamos. Me esperarás en mi coche…, aunque apestas a demonio.

No había nada que le impidiera irse a casa. Si hubiera una alerta contra él, todos los patricios lo sabrían —más aún los lokis—, y Robert estaría dando la voz de alarma en ese momento. Deseaba tranquilizar a su padre, pero no podía irse sin Zeit. Debía escapar del patricio; más tarde pensaría qué hacer con su padre.

Robert lo tomó del brazo y echaron a andar rumbo al grupo de gurkhas y lokis en la calle contigua.

—Espera —interrumpió Cliff—. Te alcanzo en un momento. He dejado algo allá atrás.

—De ninguna manera. Estás muy desorientado. Te acompaño.

Sus posibilidades de huida eran nulas. Además, aunque escapara, si un patricio sabía que él estaba vivo, lo buscarían hasta encontrarlo. No tenía otra salida que irse con Robert al protectorado. "Más tarde volveré por Zeit, aunque mientras tanto me tomará por un traidor", pensó lleno de ansiedad.

—Estos infectos dalits ni siquiera salieron —decía Robert mientras caminaban por la avenida junto a Central Park—. Seguro que se han muerto todos ahogados como ratas. ¡Yo que tenía tantas ganas de cazarlos por las calles! Tampoco los ineptos gurkhas pudieron capturar a nadie —y casi para sí, afirmó—: Habrá que cazar mañana a algunos uranos para divertirnos.

Cliff recordó la terrible escena de los lokis en Dresde: ¡lo mismo estaba sucediendo en esta parte del mundo! ¡Ahora la casta superior también oprimía y asesinaba a los uranos comunes!

—¡Ahí, en el parque! ¡Un dalit! —gritó Robert, y desenfundando su pistola se internó en la arboleda.

El destello de la linterna de Robert dejó ver una delgada figura que escapaba a toda velocidad de su perseguidor. ¡Era Zeit! Cliff corrió con desesperación para alcanzar al patricio.

Se oyó un golpe entre los setos. Robert alumbró un recodo por donde Zeit, intentando huir, reptaba con el tobillo lesionado, y le cerró el paso dándole un puntapié en las costillas.

—¡Quieta! —gritó al tiempo que se le escapaba la linterna, que rebotó sobre una piedra, iluminando la escena.

Con la mano libre, el patricio agarró del cuello a Zeit y la arrastró por la hierba. Con el pelo revuelto sobre los ojos apenas pudo ver la cara de aquel hombre escrupulosamente acicalado, de labios delgados y nariz afilada, que la encañonaba.

—¿Dónde están los otros?

Zeit intentó incorporarse, pero el dolor en el costado se lo impedía. Balbuceó palabras sin sentido, tratando de ganar tiempo. Al apartarse el pelo de la cara para ver con claridad al atacante, se topó con su gélida mirada en el instante en que el cuchillo de Cliff le cercenaba el cuello de un tajo. La sangre que brotó de la carótida empapó su abrigo de rata. El cuerpo se desplomó en cámara lenta y la cabeza casi desgajada hizo un ruido seco contra el suelo.

Cliff iluminó el rostro de la víctima congelado en un rictus de sorpresa, y se quedó mirándolo horrorizado.

—Lo maté —susurró—. Era su vida o la tuya, Zeit.

—¡Cliff! ¡Vámonos!

Saliendo de su marasmo, Cliff levantó en vilo a Zeit y corrió buscando refugio. En medio de una espesa floresta se detuvieron para recobrar el aliento. Jadeantes por el esfuerzo y el terror, se abrazaron mucho rato.

—¿Quién era ese hombre? —preguntó Zeit, ya más sosegada—. Te vi hablando con él.

—Era un patricio, amigo de mi familia… Se llamaba Robert Richardson. Me reconoció… ¡Tuve que matarlo, Zeit…! Era él o tú…

—Tranquilízate.

—Tienes razón… —respiró profundamente, tratando de ahuyentar el horror de la muerte—. ¿Sabes? Descubrí que no me persiguen por el incidente con el patricio en Europa.

—¿Cómo puede ser?

—De lo contrario, Robert me hubiera detenido inmediatamente… Todos me creen muerto, excepto mi padre que sigue buscándome.

—¡Debes avisarle que estás vivo!

—No puedo regresar.

—Si nadie te asocia con la muerte del patricio, puedes volver con los tuyos —dijo Zeit, con serenidad—. No puedes seguir aquí por más tiempo. Has sobrevivido de milagro. Pero estás muy débil y además lo que viene será muy duro.

—No voy a dejarte. Además ya no podría vivir entre los uranos sabiendo lo que pasa aquí abajo. —Hizo una larga pausa y suspiró con tristeza—. No puedo borrar de mi mente el inmenso odio que me invadió al creer que el patricio podía matarte.

—Entonces, debemos volver a los túneles —dijo Zeit.

Se encontraban lejos del conducto que los había sacado a la superficie y en el horizonte asomaban ya los primeros destellos de claridad. La vereda de arcilla que corría a un costado revivió en Cliff el alegre recuerdo de una excursión infantil que solía hacer con su madre. ¿Existiría todavía aquel lugar maravilloso de su infancia, escondido en lo más recóndito de Central Park? Estaba seguro de que nadie vigilaba ese sitio. Tomando a Zeit de la mano, se internó en el parque.

—¿Adónde vamos? —preguntó Zeit desorientada.

—Es muy tarde para volver a los túneles. ¿Tu tobillo está bien? ¿Crees que podrás nadar un poco?

Zeit asintió, y sin hacer preguntas se dejó conducir por Cliff. En un recodo del lago encontraron una densa enramada que los condujo a varias cavernas pedregosas. Cliff titubeó unos segundos y luego siguió por la más angosta, hasta dar con un estanque oculto por las ramas de los grandes árboles.

—Sólo hay que bucear dos o tres metros. Súbete a mi espalda y sujétate al cuello.

La aurora se reflejaba ya en la tersa superficie rojiza del pequeño estanque y el agua tibia los llenó de vitalidad. Bucearon hasta un pasillo acuático por el cual salieron a una laguna cristalina en el centro de un invernadero natural que los envolvió con la humedad más cálida y limpia que Zeit había sentido nunca. Vieron despertar el día en el verdor de los árboles tropicales, en el ímpetu de las enredaderas y en el color de las flores silvestres. El calorcillo agradable que se respiraba comenzó a curar sus heridas. En medio de esa majestuosidad vegetal, el recuerdo de la inmundicia del subsuelo era abominable. Al pisar la hierba suave, los envolvió una alegría exultante y sensual; un gozo primitivo fue creciendo en ellos mientras Cliff desnudaba a Zeit hasta dejarla expuesta a los olores y a la brisa que despedían el follaje y el agua. Ella se sumergió de nuevo en el estanque, permitiendo que entrara en su piel la humedad buena y el perfume de los nenúfares. Jugó como de niña no lo había hecho nunca y esperó a que Cliff se uniera a esa tregua de dicha infinita. Tras desnudarse, Cliff tomó la cintura de Zeit y subió los brazos por su espalda menuda para apretarla muy fuerte contra su pecho.

Se amaron sin prisa, como si el universo se hubiese detenido para entregarles la llave del tiempo.

Zeit se vestía mientras Cliff miraba con embeleso su cuerpo de amazona.

—Cómo me gustaría quedarme aquí contigo para siempre... Pero ¿qué le vamos a hacer? Es hora de volver al subsuelo.

—Sí, Cliff. —Zeit lo miró con firmeza—. Pero yo volveré sola.

A Cliff se le congeló la sonrisa y la escrutó desconcertado.

—La vida del subsuelo no es para ti —aseguró Zeit—. Ya nadie te persigue. Tienes que avisar a tu padre que estás vivo.

—Después de lo que he vivido, ya no soy un patricio, ni siquiera un urano —dijo, incorporándose sobresaltado—. No podría vivir en ese mundo donde el falso bienestar anestesia las conciencias, mientras que en el mundo subterráneo la única certeza es la muerte. No puedo aceptarlo, Zeit, tengo que quedarme y luchar contigo.

—Hace un rato me explicaste que no es anormal la existencia de estos patricios organizados en escuadrones para matar uranos y dalits; que nunca antes se había permitido que los patricios abusaran de los uranos comunes cuyo bienestar y reproducción eran sagrados para la sociedad, ¿no es cierto?

—Sí. Creo que algo está descomponiéndose dentro de la élite del poder.

—Ésa es la información que necesitamos para planear nuestra estrategia, y tú, Cliff, eres el único que puede conseguirla…

—Nada garantiza que pueda averiguar lo que pasa dentro del Consejo. El arconte de la familia ahora es mi hermano y mi padre jamás hablaría conmigo de esos asuntos.

—Eres nuestra única oportunidad. Investiga todo lo que puedas y vuelve a mí cuando sepas lo que pasa.

—No puedo dejarte aquí —replicó Cliff.

—Yo estaré esperándote —aseguró Zeit con una melancólica sonrisa—. Además, ¿imaginas la desesperación de tu padre al no saber si estás vivo o muerto?

—Debe de ser una tortura espantosa para él no encontrar siquiera mi cadáver… En nuestro último encuentro nos peleamos y me quitó su protección… Se estará culpando por mi accidente.

—No lo pienses más. Si de verdad quieres ser útil para nosotros, investiga todo lo que puedas… Quieren liquidarnos. Recuerda el ataque que acabamos de sufrir. No podremos resistir mucho tiempo más, pero para luchar ya estamos preparados.

—Me doy cuenta de que la vida que hierve en las entrañas de la ciudad es un volcán incontrolable, que sólo necesitaba una grieta por donde brotar… Cómo quisiera poder abrir un poco esa grieta.

—Quizá puedas hacerlo… Entiende, Cliff, que no podemos desperdiciarte en las mazmorras.

—Tienes razón, Zeit, pero ¿y nosotros? Yo no quiero separarme de ti. Te he buscado toda mi vida y ahora no quiero dejarte.

—Nada me duele más que pedirte esto —dijo Zeit con gravedad—. ¿Imaginas lo que es para mí volver a una vida de dalit sin ti? Sólo sé que no tenemos futuro viviendo juntos en el subsuelo o escondidos en el hueco de un árbol. Terminaríamos odiándonos en poco tiempo…

Cliff guardó silencio.

—Me moriría si algo te pasara mientras yo disfruto de mi vida de patricio.

—Ayúdanos a ganar nuestra libertad, y tranquiliza a tu padre. No sé por qué te lo pido con esta serenidad, pero cuando seamos libres podremos pensar en una vida juntos.

Se besaron con un dolor muy hondo en el pecho. La realidad les jugaba una mala pasada, pero debían encararla de frente.

Zeit aspiró el olor de Cliff con desesperación. Quería grabarlo en su mente. Nadie en su sano juicio dejaría una cama mullida y una mesa servida por ir tras un amor desesperado al mundo de los intocables. Presentía que Cliff jamás volvería a su lado y se resignó a vivir de su recuerdo.

XXVIII

Cliff acariciaba en sueños los pechos diminutos y espigados de Zeit en la penumbra de una caverna, cuando lo despertó una persistente punzada en el brazo, producida por la obstrucción del catéter. ¡Qué desconcertante había sido volver a su mundo! El olor a antiséptico y la intensa luz entrando por el ventanal contrastaban abrumadoramente con el hedor y la oscuridad de su sueño. Al tiempo que admiraba la inmaculada habitación de hospital adonde su padre lo había llevado, pensó con angustia que a sólo unos metros bajo sus pies estaba aquel mundo inhóspito y sucio donde vivían la mujer que amaba y los hombres que había aprendido a respetar.

Dos jóvenes médicos, con impolutas batas y miniprocesadores en mano, entraron a la revisión matinal, seguidos por una enfermera tan almidonada como su uniforme. La amplia pantalla que colgaba del techo se encendió, mostrando al adusto doctor Hershel.

—Buenos días, señor Heine —dijo con voz condescendiente—. ¿Cómo se encuentra hoy?

—Perfectamente... Ya no necesito seguir aquí, doctor.

—Un momento, señor Heine.... ¡Doctor James, ¿qué espera?! Por el amor de Dios, envíeme los datos —profirió Hershel, impaciente.

—Enseguida, doctor —respondió el subalterno, pálido de vergüenza—. Disculpe, doctor.

Colocó su miniprocesador cerca del aparato que registraba los signos vitales de Cliff, mientras el haz de luz roja del láser recorría su cuerpo. Hershel recibió inmediatamente el resultado en su procesador y lo estudió con ojo inquisidor.

—A ver… Usted…, como se llame —señaló al otro residente.

—Collins, doctor. A sus órdenes —dijo en tono obsequioso.

—Vigile al paciente toda la mañana… A las trece horas, comuníquese conmigo.

—Muy bien, doctor —respondió Collins mientras su compañero lo fulminaba con una mirada de envidia.

—Señor Heine, si Dios quiere, podré darle el alta esta misma tarde. Buenos días —dijo Hershel, dando por terminada la visita virtual.

El monitor se apagó. Los médicos y la enfermera, tras despedirse con profesional cortesía, abandonaron la habitación.

Desde su ingreso al hospital no había dejado de hacerle gracia el denodado esfuerzo de todos los empleados por demostrar ser los mejores en su trabajo y ganar la aprobación de los superiores. La competencia entre médicos, enfermeras y técnicos era tan despiadada que viciaba la atmósfera del hospital, volviéndola tirante. Rememoró los tiempos en los que él mismo se afanaba endemoniadamente por ser el mejor. ¡Cómo pudo haber sucumbido a ese ambiente competitivo! En aquella época le causaba un terrible desasosiego la idea de que alguien pudiera vencerlo en una contienda intelectual. Estaba tan amaestrado como todos los uranos, a pesar de ser un patricio. ¡Cuánta energía desperdiciada! Reflexionando en las rígidas jerarquías establecidas por el Consejo y las iglesias, recordó la letanía que había oído mil veces a su padre: "Lo mejor para que la gente no piense en tonterías es tenerla ocupada. Cada urano tiene un lugar preciso en el delicado engranaje que sostienen el progreso urano y la armonía social, y debe luchar por conservarlo".

Era un martirio para Cliff no poder compartir con nadie sus impresiones ni la gran transformación que se había operado en él. Ahora disfrutaba de una cama caliente, de excelente comida y de higiene, pero se sentía extranjero en ese mundo donde todo le parecía artificial, distante y afectado. Encontraba pedante la circunspección de los médicos; desabrida, la radiante sonrisa de las enfermeras; y hasta el despliegue tecnológico y la superabundancia de medicamentos le parecía una ostentación ridícula. Durante días se las había arreglado con los medios de subsistencia más primitivos: unos cuantos sorbos de la orina de Zeit le habían salvado la vida, y unas sobras en descomposición le habían servido para alimentarse y hacer frente a una inundación en los túneles. Hubiera renunciado con gusto a tanta comodidad por gozar una noche más la tibieza de Zeit; aquella voz dulce que impostaba para aparentar rudeza, su voluptuosidad sin pudores ni treguas, su afilada inteligencia y su entrega a la lucha libertaria de los dalits.

A pesar de todo, había valido la pena volver a la superficie para dar a su padre la alegría de recuperarlo con vida. El pobre había envejecido de angustia, y Cliff pudo constatar la debilidad de su cuerpo cuando lo abrazó entre sollozos al ver que no estaba muerto.

"Bendito sea Dios —le había dicho—, todos menos yo habían perdido la esperanza de encontrarte con vida, hijo".

Sin embargo, resultaba insoportable fingir ante su padre el comportamiento del hijo pródigo. Se sentía desleal;

hubiera preferido abrirle su corazón, pero demasiado bien sabía que eso era una insensatez. Debía concentrarse en su objetivo: recabar toda la información posible sobre el Consejo y volver cuanto antes junto a Zeit.

Henry entró en la habitación cargando un nuevo procesador cuántico.

—Toma. Tu regalo de bienvenida. A ver si así actualizas tu blog. ¡No sabes la cantidad de gente que lo ha visitado! Será desagradable para ti leer condolencias por tu propia muerte…, pero hay cartas muy cariñosas, hijo… El reverendo Thomas quiere venir a saludarte, ¿te parece bien mañana?

—Prefiero verlo la próxima semana —respondió Cliff, renuente a simular delante de su pastor el papel de urano intachable.

Hubiera preferido ser católico y no protestante para sacarse del pecho sus pecados bajo secreto de confesión, pues seguían torturándole sus dos crímenes y el destino de la urana que no pudo salvar. Había evitado buscar en la red información sobre Hermann y Robert, por temor a que al registrar su indagatoria, las Comisiones Militares lo relacionaran con los hechos, pero había repasado la prensa sin encontrar nada sobre el primero, y de Robert sólo se mencionaba que había muerto en un accidente automovilístico, aunque estaba seguro de que entre los lokis culpaban a los dalits de su muerte.

Su padre y él habían hablado poco durante esos dos días. Henry rehuía la conversación argumentando que Cliff necesitaba descanso, pero él temía que se hubiese enterado de su crimen en Dresde.

—Papá, ¿te pasa algo?

—No es nada, hijo —respondió Henry—. Tenerte aquí es la mayor de las alegrías. Tú no te preocupes por mí. Has pasado por un trauma terrible… Tantos días perdido, desorientado. Sabe Dios lo que has padecido.

—Yo estoy perfectamente... Nadie me hizo daño... Como te dije, recuerdo vagamente que alguien me cuidó, y cuando recobré la conciencia del todo, me acerqué a los gurkhas para que te localizaran. Pero no sufrí... Así que dime qué te preocupa.

Henry dudó unos segundos, pero finalmente dijo con voz trémula:

—Ay, hijo. Si supieras lo que he sufrido... Tu hermano no está de viaje, como te dije.

—¿Dónde está?

—En su casa. Pero no quiere verte todavía. Está muy avergonzado.

—¿De qué? —preguntó Cliff alarmado.

—Verás... Después de nuestro disgusto en Bagdad, regresamos y en pocos días dispuse todo para que Sam arrancara su entrenamiento como postulante a arconte. Comenzaron las evaluaciones con la junta del Consejo, y tan confiado estaba yo de obtener un dictamen favorable, que aproveché para tomar unas vacaciones en la casa de la playa... Luego me enteré de tu accidente; me volví loco, y pocos días después todas las desgracias se me vinieron encima, pues el Consejo no se tentó el corazón en darme la puntilla... —Un nudo le cerró la garganta—. Tan avergonzado estaba Sam que ni siquiera se atrevió a llamarme, fue Rita quien me avisó que tu hermano...

—Pero ¿qué pasó?

—Rechazaron su candidatura, hijo. Nunca pensé que eso pudiera sucederle a un Heine. Las cosas han cambiado tanto al interior del Consejo, que a veces me siento un extraño.

—¿Por eso querías retirarte antes de tiempo? ¿Por qué hay problemas dentro del Consejo? —preguntó Cliff, tratando de disimular su verdadero interés.

—Llevo mucho tiempo deprimido..., desde la muerte de tu madre, pero también es verdad que quiero retirarme porque hay reacomodos internos que me superan… Pensé que tu hermano entendería la nueva mentalidad que impera dentro del Consejo, pero ya ves…

—¿Y tú qué hiciste?

—Nada. Volví a mi puesto. Pero me siento humillado…

—Es absurdo que lo hayan rechazado como arconte.

—Tenías razón cuando dijiste que debía haberte elegido a ti como mi sucesor… En cuanto te repongas, tendrás que contender por mi puesto, Cliff.

La noticia le dejó aturdido durante horas. ¿Cómo podía haber ocurrido a su familia tal indignidad? Sam poseía méritos suficientes para ser un buen arconte. ¿Cuál era la verdadera razón del rechazo?

Sonrió con amargura al pensar en lo irónico de aquella situación. Ahora que despreciaba al Consejo y que había vuelto a la superficie sólo para espiarlo y ayudar a los dalits a salir del subsuelo, se le presentaba la oportunidad de pertenecer a él. Por nada del mundo quería decepcionar a su padre, pero ya no era el mismo que había partido a Oriente Medio en busca de un prestigioso doctorado que lo encumbrara en la cúpula del poder. Desde luego, la entrada en el Consejo le daría una inmejorable oportunidad para ayudar a los dalits, pero ¿por cuánto tiempo podría vivir una doble existencia? Aparte de correr riesgos inimaginables y aplazar su vida con Zeit, tendría que infligir a su padre, cuando volviera al subsuelo, el demoledor golpe de tener un hijo culpable de alta traición.

Espiar, buscar información, eran actos que podían pasar inadvertidos, pero infiltrarse aparentando ser un arconte significaba poner la cabeza en la guillotina.

XXIX

Habían pasado ya tres días sin que los uranos tomaran ninguna represalia. Al parecer, había terminado la pesadilla; sin embargo, la gélida humedad que enfermaba a los supervivientes y los muertos que comenzaban a hincharse disipaban esa ilusión.

La resistencia había despertado tal hermandad entre los dalits que ahora estaban deseosos de permanecer juntos. Tras la batalla se oyeron más voces que en varias décadas de diáspora por el subsuelo. Sin embargo, Rudra tuvo que darles la orden de dispersarse, pues los detectores de calor de los uranos podían delatar su aglomeración y hacerlos blanco fácil de un nuevo ataque.

Antes de volver a sus madrigueras, los dalits se comprometieron a responder a cualquier llamado de emergencia; a salir en grupos a los basureros; y, para prevenir la contaminación, a lanzar por las compuertas del GT3 los cadáveres que no cupieran en las cuevas de belenus.

A pesar del entusiasmo por el éxito del operativo, una sombra se había levantado entre los mellizos. Días atrás, cuando Zeit expuso sus razones para dejar marchar a Cliff, Rudra había estallado con violencia, augurando una traición del patricio. Su ira no se aplacó ni siquiera al saber que Cliff había matado a uno de su casta para salvar a Zeit. "De no haber sido por Cliff, el loki no te hubiera detectado", vociferó a su hermana, y sólo se aplacó después de que Cotto zanjara la discusión, al gritar que él confiaba en el patricio. Rudra hizo de tripas corazón, pues de nada le servía disgustarse con su hermana si la partida de Cliff era ya un hecho consumado. Además, percibía en ella una honda melancolía que lo tenía muy preocupado. ¿Qué iba a ser de Zeit si el patricio nunca regresaba?

Hacía horas que Zeit no aparecía, y Rudra, temiendo que hubiese vuelto al árbol, trepó por la pared hasta alcanzar una tea y comenzó a buscarla por los túneles. Tras mucho andar, la descubrió acurrucada en el rincón de una cueva, lejos del fulgor de la hoguera central. Comenzó a arrastrarse hacia ella, y antes de llegar, sintió el tufo inconfundible de la sangre.

—¡¿Qué haces?! —gritó Rudra, abalanzándose para levantar el brazo sangrante de Zeit.

—Ya no me consuela. No siento ningún alivio, Rudra —musitó, con una inconsolable tristeza.

—¡Cliff volverá! —exclamó, tratando de frenar la hemorragia con sus dedos—. A pesar de mi desconfianza, sé que él volverá.

—Es mejor que no lo haga —dijo Zeit casi en un susurro—. Aquí abajo nuestro amor hubiera muerto…, él hubiera muerto. Yo misma lo mandé de vuelta con los suyos, pero siento un vacío muy grande.

Rudra se quitó varias de las telas que vendaban su mano izquierda y con la más limpia hizo un torniquete alrededor de la herida.

—Yo sé que Cliff te quiere. Volverá… Además, tampoco podrá olvidar lo que vio en los túneles… Y si no vuelve, lucharemos solos. ¡Tranquila!

—¿Qué sentido tiene seguir sin él…? Debo regresar con los thugs…

—Cliff irá a mi guarida como prometió… Mientras tanto debes resistir. ¿Entiendes?

Con la mirada sombría, Zeit se dejó curar por su hermano.

—¿Sabes, Rudra…? —dijo, observando la mancha granate sobre el improvisado vendaje—. No sentí ningún alivio al cortarme. ¿Qué me pasa?

Rudra, enternecido, esbozó una sonrisa.

—El amor es mucho más fuerte que la rabia, hermana.

Cuando se disponían a marcharse de aquel lúgubre rincón, escucharon el ruido de la contraseña en la red de tuberías.

—¿Qué mierda pasa ahora? —maldijo Rudra.

Se acercó a la tubería, respondió al mensaje con cuatro golpes secos para descartar una celada y recibió respuesta en pocos segundos.

—Ven conmigo, Zeit.

Extremando las precauciones, llegaron al punto de encuentro. Ahí encontraron a dos brigadistas acompañando a una mujer de piel aceitunada, amplias faldas y larga trenza, quien, al verlos, dijo con un acento peculiar:

—He venido de muy lejos para encontrarlos… ¿Fueron ustedes los que respondieron a nuestra cruz de brea?

Zeit y Rudra observaron con desconcierto a la extranjera, quien extrajo de su talego un hatillo con recortes de periódico en un idioma que no conocían, donde se veían fotos de ambas cruces de belenus: la del sur y la que ellos habían realizado en Manhattan.

Rudra examinó los diarios con una mezcla de curiosidad y orgullo. Había previsto la publicación del suceso en todos los periódicos del mundo, pero tenerlos en sus manos era la confirmación fehaciente de su éxito.

—¿Tú...?

—Soy Kali. Vengo del sur.

Rudra dibujó una amplia sonrisa, entre feliz y desconcertado.

—Ella es mi hermana Zeit, y yo soy Rudra... —se apresuró a decir—. Nosotros colocamos la cruz en respuesta a la tuya.

—¿Por qué lo hicieron? —preguntó con severidad la mujer.

Rudra, sin saber si la pregunta encerraba una recriminación, contestó con cautela:

—Dedujimos que intentaban alertar de su existencia a todos los dalits del mundo, esperando que hiciéramos lo mismo.

—Eso queríamos, en efecto... —sonrió Kali, complacida—. Me dijeron que ustedes fueron los líderes contra un ataque de uranos hace pocos días, por eso pensé que podían ser los autores de la cruz.

—Sí, intentaron inundar el subsuelo, pero nos defendimos a tiempo —respondió Rudra.

—¿Solo se defendieron? —Kali hizo un mohín de disgusto—. ¿Y no han pensado luchar contra los uranos para salir del subsuelo?

—¡Por supuesto! —intervino Zeit, irritada con la mujer.

—Para eso nos estamos preparando desde hace muchos años —añadió Rudra altivo, pero al fijar su negra mirada en el fondo de los ojos pardos de Kali, un nerviosismo chispeante lo dejó sin habla.

La extranjera escrutó el entorno con parsimonia.

—Necesito descansar. Vamos a un lugar tranquilo —dictaminó, aunque la orden no resultaba impositiva sino razonable.

En un rincón del sótano de la Estación Central, Kali se desembarazó de su manto. Con los pies barrió el suelo y se sentó en cuclillas. Extrajo de su morral de yute una patata que tenía encajados una vieja moneda y un clavo donde conectó unos cables que se unieron a una especie de botella redonda, de la cual comenzaron a brotar desde un núcleo incandescente filamentos de luz púrpura. Zeit se abalanzó a admirar el dispositivo, cuya luz, al tocar el cristal, se concentraba en un solo rayo hacia sus yemas, provocándole un cosquilleo. ¡Nunca habían visto algo tan formidable!

—Alúmbrame aquí —pidió Kali mientras sacaba un recipiente pequeño con un líquido rosado. Hizo con él unos buches y frotó sus dientes con un paño pequeño. Se enjuagó las manos con el mismo líquido y lo guardó de nuevo en su morral, del cual extrajo un trozo de panal.

Rudra siguió deslumbrado por aquellas delicadas rutinas.

—¿Quieren un poco?

Sorprendido por un acto de generosidad que no era común en los túneles, Rudra agradeció el ofrecimiento, y Zeit lo rechazó tímidamente. La mujer comió sin apremio.

—¿En el sur hablan nuestro idioma? —preguntó Zeit.

—No. Lo aprendí en los diccionarios que conservamos, y de los dalits que recuerdan las enseñanzas de sus abuelos.

Hubo un incómodo silencio, durante el cual Kali los observó sin pudor, con una mirada penetrante y suave a la vez.

—Nos entusiasmó mucho que respondieran a nuestra cruz —dijo, sonriente—. Hace tiempo que tenemos comunicación con el resto del continente, y hasta con otros continentes, pero no sabíamos nada de ustedes…

Los hermanos se quedaron atónitos por la información.

—Veo que les sorprende... ¿No están en contacto con otros dalits?

Rudra negó con la cabeza, avergonzado.

—Ustedes viven muy cómodos aquí. Quizá sea en parte por eso que están tan atrasados —sentenció Kali.

—¡¿Cómodos?! —respondió Zeit ofendida.

—Sí. Me han contado que los uranos les echan comida en los basureros sin cesar —apuntó serenamente Kali—. Allá los basureros apenas nos proporcionan unas pocas cosas. Tampoco contamos con un subterráneo tan amplio y conectado como ustedes. La mayoría vivimos en las cloacas de las ciudades, y otros, en las cuevas de los montes o en las minas agotadas. Cada grupo se muda cuando hace falta.

—¿En grupos? —preguntó Zeit, intrigada.

—Claro. Vivimos en tribus. De otro modo no hubiéramos sobrevivido. Tenemos redes de vigilancia, de abasto, de muchas especialidades... Cuando iba cada uno por su lado, los gurkhas nos mataban como cucarachas.

Rudra clavó su mirada en la extraña mujer y preguntó a bocajarro:

—¿Por qué viniste a buscarnos?

Kali se incorporó a medias y respondió con tono grave:

—Vine a proponerles algo... Pero antes de revelarles de qué se trata, necesito conocerlos para saber si puedo delegar en ustedes un asunto de tanta importancia. —Matizó aquellas palabras de desconfianza con su curioso acento.

Zeit la miró furiosa al sentir que la extranjera los trataba como inferiores.

—No te ofendas, muchacha. No puedo arriesgar la suerte de mis compañeros, sin estar segura de su capacidad —dijo, mirando fijamente a los hermanos, y suavizando súbitamente su tono, continuó—: Les ruego que por unos días sean mis guías en el subsuelo y en la superficie.

Rudra se giró hacia Zeit, quien, mirando con recelo a la extranjera, guardaba silencio.

—Yo estoy dispuesto a ser tu guía y a esperar tu propuesta, pero todo depende de lo que decida mi hermana...

Kali, con un tono tan dulce que parecía borrar su dura arrogancia de hacía sólo un momento, dijo:

—Te pido que me enseñes la ciudad, Zeit. Es muy importante para mí.

La joven asintió con la cabeza, tragándose su orgullo.

XXX

Esa tarde al salir del hospital, Cliff viajaba junto a su padre en el coche, mirando en las calles impolutas de la ciudad a los pocos transeúntes que ejercitaban las piernas. Los vehículos corrían de forma ordenada y con prudencia; y el verdor de los árboles era tan intenso que le pareció irreal.

—Tendrás ganas de llegar a tu bungalow —comentó su padre.

—¡Ni te imaginas…! El viejo plátano estará precioso —dijo Cliff, pensando en lo agradable que sería tenderse bajo su sombra.

Entraron en el protectorado. "La jaula de oro donde los uranos se distienden en su plácida vida familiar", pensó Cliff. Los habitantes de estos confortables y perfectamente equipados hogares disfrutan las mieles del bienestar a cambio de reprimir todas sus pasiones. "Pero ¿tienen todavía los uranos verdaderas pasiones? —se preguntó Cliff—. ¿O están tan apagadas que ya ni siquiera necesitan reprimirlas?".

Al vislumbrar de lejos el hogar que albergaba gran parte de sus recuerdos, le sobrevino una nostálgica alegría. Bajó del coche dejando atrás a Henry y fue directamente a contemplar la foto de su madre en el recibidor. Empujado por un impulso, abrazó a su padre en el momento en que éste cerraba la puerta principal.

—Gracias por perdonar mis impertinencias en Bagdad, papá... Tuve celos, envidia, sentí que me tratabas injustamente, pero tú hacías lo correcto.

—Ya ves que no... Sam fue incapaz de sustituirme.

—No soy mejor que él... Dejemos eso por ahora, ¿está bien?

—De acuerdo, pero pronto debes iniciar tu instrucción y...

—Por favor, dame unos días —interrumpió a su padre.

Al cruzar la mampara del vestíbulo, una algarabía estalló en el salón. Todos sus amigos lo aguardaban para recibirlo con una fiesta sorpresa como bienvenida al mundo de los vivos.

—¡Eres un desgraciado! Mira el susto que nos diste —dijo Freddy, abrazando a Cliff.

—Estás flaquísimo, pero muy guapo... —comentó Susan, dándole un fuerte beso.

—Dios no podía abandonarte.

—¿De verdad estás bien?

—No dejes de visitar a mi cuñado para una terapia. Te ayudará muchísimo.

—¡Sólo a ti podían pasarte esas cosas, querido! Eres una calamidad. ¡Cómo me hiciste llorar!

—Te prometemos no hablar más que de cosas bonitas...

Cliff sintió como si una burbuja comenzara a engullirlo, desde la cual observaba una escena completamente ajena a él. Después de tantos días en el inframundo, todo aquel alarde de elegancia, belleza, elocuencia y alegría le resultaba abrumador y le aturdía. Tenía ganas de gritarles a todos que le dieran un respiro. Pero, por el contrario, agradeció las muestras de cariño con una sonrisa tonta, y respondió a todas sus preguntas con la mentira que había pergeñado para justificar su ausencia después del accidente.

Comió y bebió junto a sus amigos de toda la vida, quienes sin embargo lo miraban con un ligero resquemor. "Quizá perciban que ya no soy el mismo —pensó—. Quizá huelan en mi piel la hedentina de las cloacas, o quizá lean en mis ojos el desinterés que me provocan. Parecen tan felices…; sus hijos se ven tan sanos y mimados… Son educados, hermosos y capaces; ¿quién podría dudar de que esto sea realmente la felicidad? La rebeldía es inútil en una sociedad perfecta, me dirían todos si les reprochara su conformismo apoltronado. Pero yo podría rebatirles que nunca me he sentido tan pleno ni tan libre como al luchar hombro a hombro junto a los dalits; o al debatir violentamente mis ideas con Rudra; o cuando Zeit me monta con el frenesí de quien sabe que cada instante es precioso, porque puede ser el último".

Sin embargo, aquéllos eran sus amigos de toda la vida, y sus buenos deseos y los recuerdos que los unían fueron mitigando poco a poco sus recelos. Aunque nunca pudo apartar de su mente la misión que lo había devuelto a la superficie, disfrutó el bienestar del cariño añejo y la distensión que le ofrecía la animada charla.

Envuelta en un delicado chal de seda, Rita entró al salón y se aproximó a Cliff con su linda sonrisa y los ojos enrojecidos. Llevaba un provocador escote y un vestido entallado que realzaba las curvas de su talle juncal. Mientras lo abrazaba, murmuró a su oído:

—¡Qué horrible fue creer que habías muerto, Cliff!

—Estoy bien —dijo él, sintiendo el aliento suave de Rita.

—Perdona que no haya podido ir al hospital. Estábamos de viaje.

—Sí, querida. No te preocupes —respondió Cliff, admirando el hermoso rostro de su cuñada. Sin duda el amor repentino y fulminante que había sentido por ella estaba bien justificado, aunque ahora solo podía admirarla como una insuperable pieza decorativa: bella y perfecta, pero ajena e insustancial.

—¡Pobrecito! ¡Qué riesgo corriste! Podías haber caído en manos de los dalits —susurró para no asustar a los niños.

—¿Quién te dice que no fue uno de esos dalits quien me salvó la vida?

—¡No digas eso! Ahora estarías…

—¿Muerto?

—Nadie se salva de esos malditos. Nunca los he visto, pero me cuenta Sam que cada vez se vuelven más peligrosos… Pero no hablemos de cosas terribles. Lo importante es que estás aquí, sano y salvo, y… más guapo que nunca.

Rita hablaba con tal candidez que Cliff no podía sentir rencor por su animadversión hacia los dalits, a quienes temía con un terror arraigado por años de adoctrinamiento.

—¿Sam vino contigo?

—No. Me pidió que te preguntara si puedes recibirlo más tarde en tu bungalow.

—Por supuesto. Dile que lo espero —dijo, sintiendo al tiempo un fuerte desasosiego por la entrevista con su hermano.

Cliff despidió a sus invitados y dio las buenas noches a su padre. De camino al bungalow, accionó el auricular que le habían puesto en el canal auditivo al ingresar al hospital.

—Sam… Ya se han ido todos. Te espero en el bungalow.

El olor a encierro saturó su olfato al entrar. Todo permanecía tal como lo había dejado meses atrás y sin embargo era como si hubiesen pasado siglos. Poco a poco fue reapropiándose de aquel bello lugar, de sus pertenencias y sus recuerdos. El plátano parecía darle la bienvenida, y esperó a su hermano sentado bajo la sombra que proyectaba el follaje iluminado por el claro de luna.

Al poco rato vio la figura recia de Sam atravesar el jardín. Caminaba deprisa, a grandes zancadas.

Se abrazaron un breve instante. Sam le dio un golpe cariñoso y juguetón en el hombro y exclamó:

—¡Qué susto de mierda nos diste! ¿Qué carajo te pasó?

—Nada… perdí el control del avión que Randy me prestó. Antes de estrellarme logré saltar con el paracaídas, pero debo de haberme dado un golpazo, porque perdí el conocimiento varios días.

—¿Dónde estuviste?

—Me desperté bajo un puente. No sé quién me llevó ahí, pero le agradezco su auxilio, porque tenía mantas y una botella de agua. Cuando cobré conciencia de dónde estaba, unos gurkhas me rescataron y llamaron a papá.

—¿Pero qué pasó con el auricular y el chip de seguimiento?

—No sé por qué no funcionaron. Ya le pedí a papá que lo denuncie en el Consejo. Es un fallo terrible. ¿Para qué ponen el chip si no sirve cuando más lo necesitas? —dijo Cliff, fingiendo indignación.

—Seguro que algún dalit te arrancó el auricular del oído y todo lo que llevabas. Tienes suerte de seguir vivo.

Se hizo un denso silencio. Debían hablar de lo sucedido en el Consejo, pero Cliff sabía lo brutal que era para su hermano aceptar ante él su derrota como candidato a arconte. Cuántas ganas tenía de abrirle su corazón y decirle que ya no eran rivales.

—Es injusto lo que te hicieron en el Consejo, Sam.

—¿Injusto? Simplemente, no di la talla —respondió, rabioso consigo mismo—. Es bastante fácil de entender.

—Eso no es posible. Tú estás mejor preparado que muchos arcontes veteranos.

—¡Sólo porque esos miserables dalits no salieron con la estúpida inundación! —profirió Sam, con los ojos cargados de odio.

—¿Cómo? —preguntó Cliff, sintiendo una punzada en las sienes.

—¡Hasta nos mataron a un patricio!

—No entiendo, ¿de qué hablas?

Sam hizo una pausa, indeciso, y continuó:

—Superé las evaluaciones con mucho éxito... Pensé que había terminado todas las pruebas, pero, justo después de enterarme de tu accidente, sin siquiera dejarme hacer tu duelo, me encargaron dirigir el operativo contra los dalits. Yo estaba muy consternado por ti, y no pude concentrarme en la misión..., aunque realmente, no sé lo que hice mal.

—¿Qué operativo?

Sam titubeó un momento antes de responder.

—Me olvidaba que tú no sabes nada todavía... —Aspiró aire con impaciencia y siguió—: Por alguna razón, el Consejo puso en marcha un operativo mediante el cual buscaba hacer salir a los dalits del subsuelo por medio de una inundación.

—¿Para qué los quiere fuera?

—Te enterarás de todos modos en cuanto seas el nuevo arconte de la familia, así que mejor te lo explico de una vez.

—Sí, cuéntame.

—Para alimentar los campos de trabajo esclavo del Consejo: los gulags.

—¿Los gulags? ¿Y qué hacen ahí? —preguntó Cliff con el corazón en la boca, sintiendo que estaba cerca de resolver el misterio que le había atormentado durante años.

—De eso no llegué a enterarme... ¡Pero, carajo, te estoy contando lo que pasó! ¡Concéntrate...!

—Perdona... Sigue —dijo, tratando de disimular su desilusión.

—Me pidieron que dirigiera la dichosa inundación.

—¿Y qué pasó?

—Algo hicimos mal, porque explotó una estación eléctrica y se llenó la ciudad con la mierda de las cloacas. ¡Fue un desastre!

—Lo siento... Me imagino que te culparon a ti.

—Sí. Yo solamente hice lo que me pidieron. ¿Quién iba a pensar que la inyección de agua reventaría el drenaje? Para colmo, ni siquiera salió ningún maldito dalit.

—Pero no pueden culparte de algo así.

—Pues lo hicieron.

—¿Por qué no lo volvieron a intentar?

—Tienen que dejar pasar un tiempo para que la gente no sospeche que hubo un operativo fallido… Pero esto no ha terminado para mí —dijo Sam, resentido—. Me he convertido en jefe de los lokis. Me las van a pagar esos mutantes de mierda.

—Sólo estás enojado con el Consejo —dijo Cliff, horrorizado por lo que acababa de escuchar—. No gastes tus energías en matar dalits… Disfruta tu vida con Rita y tu trabajo en los laboratorios.

—Tú podrás quedarte con la posición de arconte, hermanito. Pero yo voy a terminar lo que empecé. Se van a acordar de mí en el Consejo cuando vean las montañas de dalits que voy a capturar.

Cliff sintió que se hundía el suelo bajo sus pies. ¿Qué podía hacer él para contener la ira de su hermano?

¡Sam se había convertido en un despiadado esbirro del Consejo! Si quería salvar de la muerte a los dalits, el enfrentamiento con él era inevitable. La voz de la conciencia le ordenaba traicionar a la voz de la sangre.

XXXI

A sólo dos días de haber recibido a Kali, Rudra ya se encontraba sometido por completo a su influjo y subyugado por el encanto que emanaba de ella. Seguía con atención el movimiento suave de sus manos enfundadas en unos largos guantes sin dedos y observaba intrigado su mirada de águila, embelesado con cada uno de sus gestos, cada palabra suelta, cada reacción.

Sin embargo, Kali mantenía un trato distante con sus anfitriones. Ocupada de lleno en tareas de observación y análisis, no desaprovechaba ni un minuto de la jornada. Acostumbrado a leer despacio y a pensar con detenimiento, Rudra se asombraba de la rapidez mental y la capacidad de concentración de Kali.

Con Cotto sirviendo de guía, en poco más de cuarenta y ocho horas la extranjera había recorrido todo el subsuelo de la isla, haciendo anotaciones sobre las costumbres de los dalits y la topografía del subsuelo.

Desde su llegada, Rudra estaba hecho un manojo de nervios. Quería interrogar a Kali para saberlo todo sobre los dalits que ella conocía, los parajes por los que había transitado y los adelantos tecnológicos alcanzados en el otro hemisferio, pero la extranjera, encerrada en un mutismo de piedra, no sólo se negaba a revelar lo que había venido a proponerles, sino que asimismo, por su incansable trabajo, ni siquiera se dignaba a conversar con ellos. Al volver de sus recorridos, pasaba horas haciendo diminutas anotaciones, y en cuanto terminaba, se iba a un rincón a dormir.

A pesar de la actitud indiferente de Kali, los gemelos se sentían constantemente a prueba, observados y juzgados como posibles depositarios de su confianza. A Rudra, ansioso por conocer el misterio que la había traído allí, la actitud de Kali lo inquietaba, mientras que Zeit lo tomaba como un desaire. A pesar de la fuerte antipatía, le asombraban los artefactos que la extranjera poseía, la tranquilidad y el aplomo de su enigmática personalidad, y el embrujo que ejercía en quienes la rodeaban.

Por otra parte, la relación con Cotto fluía sin ningún tipo de aprensión. El gigantón se entendía de maravilla con Kali, sin necesidad de intercambiar palabra alguna.

Esa noche la extranjera los acompañó al basurero, donde Cotto encontró dos imanes. Uniéndolos con un tubo de metal y unos cables fabricó delante de Kali una especie de parrilla eléctrica.

Kali siguió sus movimientos, asombrada, y le preguntó si comprendía él lo que era el magnetismo.

Rudra se apresuró a responder por su amigo.

—Cotto conoce las matemáticas y resuelve ecuaciones por diversión desde adolescente. También sabe manejar la electricidad…

—Ahora entiendo por qué desde que llegué no ha dejado de manipular mis dispositivos.

Al descubrir el talento de Cotto para las matemáticas, Kali sacó del fondo del morral su manoseado cuaderno, y le pidió que despejara un sinfín de ecuaciones que tenía ahí anotadas.

Mientras Cotto trabajaba, Rudra y Zeit asaban unos boniatos moviendo los imanes para producir electricidad y hacer funionar la hornilla. Kali, en cambio, degustaba su propia comida sin calentar.

—Tú comes cosas muy raras —le dijo Zeit con desagrado al verla estirar y meterse en la boca un trozo pegajoso de algo desconocido para ella.

—Es el hongo de la miel, el organismo vivo más grande y extendido en el mundo. —Kali se acercó a los mellizos y por primera vez compartió la hoguera con ellos—. Para los uranos es una plaga; para nosotros es el alimento principal. El Consejo cree que dosificando la basura mantienen controlado el número de dalits. Como desconocen este hallazgo, no saben que hemos triplicado nuestra población en los últimos años.

Aprovechando la distensión de Kali, Rudra preguntó:

—¿Hasta cuando seguiremos a prueba? ¿Cuándo nos dirás a qué has venido?

Kali dejó su comida a un lado y posó una mirada endurecida sobre los hermanos.

—Primero tendrán que hablarme sobre el urano que vivió aquí con ustedes.

Los gemelos la miraron atónitos.

—¿No pensaban decirme nada de ese urano que logró sobrevivir en el subsuelo y que luchó con ustedes en la inundación? ¿Creen que nadie notó su presencia?

Rudra, con el rostro ruborizado, dijo:

—No lo mencioné porque temí que nos juzgaras mal.

Zeit se levantó enardecida.

—¡A ti no te importa lo que hacía Cliff aquí! ¿Quién eres tú para cuestionarnos?

—Sólo soy una emisaria… —respondió Kali, con una serenidad inquietante.

—¡¿Qué quieres de nosotros?! —preguntó airada Zeit—. ¡Dilo de una vez!

Kali se irguió y dijo en tono muy sosegado.

—Sin ustedes no podremos llevar a cabo nuestros planes contra los uranos. Pero si me equivoco y valoro su carácter equivocadamente, perderemos nuestra gran oportunidad.

—¿Qué oportunidad? —exclamó Zeit.

—Primero tendrán que decirme todo lo relacionado con el urano —dijo la extranjera sin mover un músculo facial.

Rudra hizo un gesto a su hermana para que se tranquilizara y comenzó a relatar lo sucedido con Cliff, sin omitir su condición de patricio ni el romance con Zeit.

Cuando Rudra hubo terminado de hablar, Kali se reacomodó en su sitio.

—Debo pedirles que bajo ningún concepto revelen al patricio que una dalit del sur ha venido a verlos … Si están de acuerdo podemos seguir con lo que teníamos previsto; de otro modo, tendré que irme —dijo Kali, mirando con fijeza a Zeit.

La tensión entre ambas mujeres cortaba el aire.

—Entiendo. Por mí no hay problema —respondió Rudra—. Cliff no tiene por qué saber de la existencia de Kali, Zeit. ¿Estás de acuerdo?

Zeit, que no había desviado su mirada de la extranjera, guardó un frío silencio.

Sin esperar respuesta, Kali se retiró a su rincón, donde se puso a hacer nuevas anotaciones.

A pesar de haber aceptado a regañadientes la prohibición de Kali, a la primera oportunidad Zeit se enfrentó a su hermano.

—No entiendo por qué nosotros debemos confiar en esta mujer. Me quedé escuchándote sólo para que nada de la historia se tergiversara, y acepté sus condiciones para no llevarte la contraria. Pero no confío en ella y creo que fue un error aceptarla entre nosotros.

—Zeit, hablas impulsada por la rabia… Kali tiene algo demasiado importante que contarnos, no puede hacerlo a la ligera. Entiendo sus prevenciones… Además, ¿qué peligro puede representar para nosotros?

—No lo sé… Percibo en ella una violencia soterrada muy grande, contenida no por un acto de voluntad, sino por una especie de prudencia legendaria. ¿No lo ves?

—Quizá tengas razón, Zeit —respondió Rudra en tono reflexivo—. Es una mujer impenetrable y llena de misterios. Tal vez lleve dentro una bomba, pero estoy seguro de que su poder destructivo encierra, al mismo tiempo, una gran energía creadora.

En contra de la voluntad de su hermano, al día siguiente Zeit se negó a ser la guía de Kali y volvió sola a la superficie. Se reencontraría con Rudra en su guarida en la fecha de su cita con Cliff.

Kali recibió la noticia de la partida de Zeit sin mostrar ninguna emoción. A pesar de la acostumbrada indiferencia de la extranjera, algo había cambiado en ella hacia Rudra desde su confesión sobre el patricio.

Durante las horas que siguieron, la comunicación entre ellos comenzó a fluir y, por primera vez, el tullido pudo averiguar un sinfín de detalles sobre la vida de los dalits del sur.

Al atardecer, tras un último recorrido por el subsuelo, Kali suspiró como quien finaliza una pesada tarea.

—Ya no tengo nada más que estudiar en los túneles… ¡Necesito ver el cielo!

—¿El cielo? —preguntó Rudra, intrigado.

—Cada noche procuro asomarme al firmamento. Así, siento como si estuviera en mi tierra; como si nunca me hubiera ido... El cielo es el mismo para todos —dijo Kali, con destellos en la mirada.

Rudra se sintió acariciado por esa enigmática sonrisa, que sólo había visto antes en reproducciones de pinturas renacentistas.

—¿Sabes? Había pensado que fuéramos a mi guarida en la superficie, desde ahí podemos ver el cielo.

—Sí. Quiero ver la ciudad. Estoy harta de la grisura subterránea y de esta humedad pegajosa.

Kali quedó muy impresionada al salir del subsuelo. Desde los respiraderos había admirado parcialmente aquellas calles, que en la superficie adquirían proporciones imponentes. La colosal arquitectura de la ciudad era una ostentación de poderío. Sus rascacielos reflejaban el espíritu de una metrópoli destinada desde su gestación a dominar el mundo; a verlo desde arriba.

—No en vano la Neohistoria comenzó cuando el suelo de esta ciudad tembló al desplomarse las torres gemelas —comentó Kali, atisbando la majestuosidad del hotel Waldorf Astoria, donde habían llegado siguiendo la subterránea vía 61 que secretamente transportaba al presidente Roosevelt a la estación Central—. Los escombros y la sangre derramada en la estrepitosa caída se convirtieron en los estandartes universales del bien contra el mal, en la justificación para un ajuste de cuentas definitivo contra los herejes y miserables de la tierra... Por todo lo que simboliza esta opulenta y miserable ciudad, aquí reside la sede del Consejo.

—¡¿De verdad?! —preguntó Rudra impactado—. Yo creía que para evitar la detección de sus miembros, el Consejo tenía sedes itinerantes.

—No. Aquí, escondidos en estos magníficos rascacielos y en los protectorados que circundan la isla, se concentran las familias patricias más influyentes —afirmó Kali.

Dieron un rodeo por el lado este para que Kali apreciara en todo su esplendor la magnificencia de Manhattan. La zona de oficinas y comercios bullía de luz, y en el área de restaurantes, los grandes escaparates dejaban ver a los uranos que esa noche salían a divertirse.

—Demasiadas luces —dijo Kali, mirando las calles desde un escondite que Rudra había protegido de las miradas uranas con unas ramas—. La luz eléctrica encandila el cielo. No puedo ver las estrellas…

—Hablas como toda una astrónoma —sonrió Rudra.

—Lo soy… ¿Sabes que ahí arriba está la clave para derrotar al Consejo?

—No te entiendo.

—En ese espacio infinito —dijo, señalando el cielo estrellado— se encuentra el elemento de nuestra liberación, Rudra. Está en todas partes, aunque no lo comprendimos durante muchos años. El Consejo sí lo sabe. Por eso es tan poderoso.

—¡Explícamelo!

—Aún no. Confía en mí. Piensa que deberás abrir la mente a leyes y conceptos nuevos. Sé lo mucho que has estudiado sobre ciencia, pero no es suficiente: hay muchos conocimientos que siguen monopolizando los arcontes, pues contradicen las teorías cosmogónica y evolutiva de los libros oficiales, y que rompen con el orden del cosmos y de la vida según está explicado en los libros oficiales… Para comprenderlo, para aceptar y cambiar los paradigmas, necesitas de una gran apertura mental.

A pesar del reflejo de las luces citadinas, Kali pudo encontrar lo que buscaba en el cielo.

—¡Mira! Pegaso y Acuario. Allí —dijo, y recostó su pecho en la espalda de Rudra, para señalar las estrellas.

El tullido sufrió un dulce sobresalto al sentir en la espalda el roce de sus senos.

Esquivando las patrullas gurkhas, tardaron más de una hora en llegar hasta la guarida.

—Bienvenida a mi hogar.

Con la escasa claridad que entraba por los huecos de las paredes y el techo, Kali vislumbró extasiada el orden escrupuloso de los libros y los papeles.

—¡Cómo es posible que tengas aquí este tesoro! —exclamó Kali, acercándose golosa a investigar.

Pasó largo rato escudriñando la biblioteca, mientras Rudra la observaba, orgulloso.

—Aquí guardas conocimientos que los propios uranos ignoran. Pensé que sólo nosotros habíamos dado con los cementerios de libros antiguos… ¡Eres un hombre excepcional! —dijo Kali con un tono cargado de respeto y admiración.

Algo se revolvió dentro del maltrecho cuerpo de Rudra: una excitación que venía desde lo más hondo de sus entrañas. Sentirse admirado y respetado por Kali desencadenó impulsos que lo habían estremecido desde su primer encuentro con ella. Su miembro erguido le ordenó vencer de una vez por todas su timidez. Sin embargo, jamás se atrevería a tocarla por temor a causarle repulsión. "¡Si yo no fuera un tullido —pensó—, le diría que me he enamorado de ella con un amor que rebasa todo lo imaginable!".

Mientras la extranjera se recostaba a hojear un libro, Rudra admiró en silencio la sensualidad y la elegancia de ese cuerpo dolorosamente ajeno.

Súbitamente, Kali apoyó el libro sobre su pecho y sin dejar de mirar las estrellas que se asomaban por el techo incompleto de la guarida, le dijo:

—Me doy cuenta de tu deseo, Rudra… Siento tu erección al mirarme. Sé lo que te provoco. Y eso mismo me excita a mí… Pero ¿sabes?, todavía no me amas. Alguna vez yo amé y es un sentimiento mucho más fuerte que esa erección que sientes. —Se giró, quedando frente a Rudra—. Si yo llegara a amarte, te haría lamerme, morderme, penetrarme y fecundarme, no te quepa la menor duda. Nada importan tus piernas vencidas y tu columna deforme. Nada. Ese deseo que te trastorna puede ser la semilla del mío. Día a día he observado tu esfuerzo por aplacar lo que sientes por mí, y día a día me he descubierto intentando alevosamente encender tu fuego. Una parte de mí quiere entregarse, pero otra teme que puedas defraudarme, que te desinfles ante tan impetuosa hazaña. Todavía no sé hasta dónde serías capaz de amar. Has vivido encerrado en tu mundo abstracto, duro, plagado de árido estudio, y quizá no seas ya capaz de un acto tan vertiginoso como el amor… Pero quizá algo me haga adivinar que tienes no sólo el heroísmo, sino la humildad y abnegación que requiere la pasión, y entonces…

Con la mirada fija en los ojos de Rudra, dejó la frase inconclusa y se recostó de nuevo, dejando al lisiado inmerso en pensamientos frenéticos y convulsos.

Haría todo lo humano y sobrehumano que ella le exigiera para convencerla de su total entrega. Estaba dispuesto a luchar y hasta a morir por transportarla a su ración de paraíso. El momento preciso llegaría, él sabría cuándo. Después de haber oído sus palabras ya no tenía prisa.

—Descansa. Regresaré más tarde.

XXXII

Relajado por la suave brisa estival, la comodidad de su tumbona y la dulzura del néctar de cerezas que bebía a sorbos, Cliff era incapaz de concentrarse en el libro electrónico que su padre le había regalado la víspera. Su mente no dejaba de viajar al subsuelo en busca de Zeit, y aunque su recuerdo se diluía por momentos, llevaba las caricias de la delgada dalit tatuadas en la piel; y su perfume salvaje y embriagador, adosado al olfato.

El día anterior, sentado a la sombra del viejo plátano, había dejado pasar las horas muertas sin decidirse a emprender la tarea que Zeit y Rudra le habían encomendado. Lo único que ocupaba su mente era cómo detener los impulsos de violencia de Sam contra los dalits.

La indolencia no era uno de sus defectos, pero las disyuntivas a las que se enfrentaba lo tenían paralizado como nunca antes y su conciencia le atormentaba. Aunque ardía de deseos por ver a Zeit, le angustiaba regresar sin haber recabado ningún dato sobre el Consejo. No podía volver al subsuelo sin información ni podía quedarse en la superficie por más tiempo sin que su padre lo presionara a iniciar su entrenamiento como candidato a arconte.

Armándose de voluntad, abandonó el libro y entró con paso firme en el bungalow.

Al encender la computadora, se dibujó en el escritorio un teclado luminoso y apareció el holograma de inicio. ¿Por dónde empezar? Navegó sin rumbo fijo largo rato por el ciberespacio. Abrumado ante el infinito universo de la red, se paró a escudriñar sus libros impresos. "Ahí tampoco encontraré nada", se dijo, desistiendo a los pocos minutos.

Lleno de frustración, se tiró en su mullida cama, cubierta por un edredón inmaculadamente blanco, que jamás se ensuciaba a menos que se rompiera y con ello se degradara su material nanotecnológico. Miró los hermosos muebles a prueba de polvo y suciedad, y los aparatos electrónicos de última generación que tanto le simplificaban la vida. Qué agradable era vivir como un patricio, con la mejor tecnología universal a su disposición.

Súbitamente, lo asaltó una pregunta perturbadora: ¿cuáles de esos objetos eran fabricados con trabajo dalit?

El ataque a los túneles y los comentarios de su hermano sobre la tentativa de acabar con los dalits del subsuelo podían deberse a dos razones. O bien el Consejo había logrado el desarrollo tecnológico suficiente para prescindir del trabajo dalit y pretendía exterminarlos lejos de las ciudades, o bien había desplegado nuevas áreas de producción y requería de más mano de obra en nuevos gulags. Si la primera hipótesis era acertada, le convenía convertirse en arconte para advertir al Consejo que los dalits podían ser reintegrados a la sociedad. Pero si el Consejo había abierto nuevas zonas de desarrollo, era mejor volver con los dalits y emprender la lucha desde el subsuelo, pues nada podría hacer contra la ambición y los intereses económicos de los patricios.

En cualquier caso, para tratar de dilucidar los planes de los arcontes, necesitaba descubrir qué parte de la producción realizaban los dalits.

De un salto se levantó de la cama. A pesar de que en Manhattan sólo se hacía investigación de punta y algunos de los medicamentos emblemáticos de los laboratorios Heine —el gran emporio trasnacional de la familia—, quizá el funcionamiento de la empresa pudiera darle alguna pista.

En cuanto llegó al edificio Heine, ubicado en la Sexta Avenida y la calle 48, subió a la presidencia. Llevaba dos días sin encontrarse con su hermano. Al verlo tras el gran escritorio de director general, recordó sus terribles palabras: "Se van a acordar de mí en el Consejo cuando vean las montañas de dalits que voy a capturar".

—¿Qué haces aquí? —preguntó Sam, extrañado.

—Me aburro en casa. Quiero darme una vuelta por la planta, si no te importa.

—Pues si eso te entretiene… Aunque para divertirte, puedes venir conmigo mañana por la noche. Voy de cacería… —dijo Sam, enfatizando la última palabra.

Un arrebato de calor le subió a Cliff por todo el cuerpo. Temió que su expresión delatara la rabia que sentía, y caminó al ventanal desde donde se dominaba toda la isla. Como un espejismo lejano, vio brillar a orillas del Hudson la guarida de Rudra.

A diferencia de los empleados, Cliff no necesitaba ningún tipo de identificación para circular por el laboratorio; con sólo posar su pulgar en los visores fotosensibles, las puertas se abrían a su paso automáticamente. Había un área prohibida para todos: el laboratorio privado de Henry, al que sólo él y unos pocos químicos tenían acceso.

Sin tener un plan de búsqueda, estudió en un organigrama los diferentes departamentos del laboratorio y las empresas subcontratistas ubicadas en el edificio Heine.

Empezaría por lo más simple: la planta de envasados, que si bien era una compañía subsidiaria, propiedad de Salomon Steinberg, operaba en el primer piso del edificio.

Bajó por el ascensor y no tardó ni cinco minutos en llegar a la factoría completamente robotizada de donde salían los envases para ingredientes activos y componentes básicos de nanorobots médicos, que se transportaban a las diferentes plantas Heine diseminadas por el mundo para su procesamiento y ensamblaje.

El rítmico ruido de las máquinas se levantaba como una música repetitiva y machacona. Cliff se situó en el comienzo de la cadena de producción, por donde se inyectaba a las máquinas los nanotubos en forma de arcilla negra.

No habían pasado ni tres minutos, cuando Isaac, el hijo mayor de Steinberg, entró para ver qué necesitaba Cliff Heine.

—Nada. Me limitaba a observar —respondió Cliff.

—Ayer justamente hablamos con tu hermano para saber cómo te encontrabas después del accidente… No te llamé personalmente para no molestarte.

Cliff pudo apreciar un ligero gesto de aprensión en Isaac. "Este infeliz cree que la desgracia es como una enfermedad contagiosa", se dijo, y esbozó una sonrisa burlona que puso aún más tenso al urano.

—Es probable que pronto me incorpore al negocio familiar —mintió Cliff—. Me interesa mucho saber cómo procesan los nanotubos para los envases.

Presa del nerviosismo, Isaac dejó caer su microprocesador al tratar de encenderlo.

—Perdón… Un momento —se agachó a recoger el artefacto—. Déjame proyectar el holograma para enseñarte. ¿Prefieres que vayamos a mi oficina?

—No. Aquí estamos bien —respondió Cliff, divertido por el atolondramiento del heredero Steinberg.

Isaac puso el microprocesador en una repisa. Escribía en el teclado proyectado por el microprocesador con asombrosa destreza y las imágenes se sucedían en el holograma.

—¡Aquí está! Verás, ésta es la imagen del tipo de nanotubos que nosotros usamos. De tres capas. Precioso, ¿verdad? —dijo orgulloso.

Cliff asintió, divertido.

—Como sabes, los nanotubos son nanoestructuras tubulares de fulerenos cilíndricos de carbono y de grafito, con los que se construye desde un palillo de dientes, hasta un avión. Son mil veces más fuertes que el acero, y tan maleables como la arcilla.

—Eso lo sé perfectamente, Isaac —dijo Cliff, burlándose de la lección de primaria que le estaba asestando Steinberg.

—Sí, claro… Perdona —agregó Isaac, atribulado por su imprudencia—. Verás, nosotros utilizamos solamente las propiedades físicas de los nanotubos para conservar los medicamentos en óptimas condiciones.

—¿Qué tipo de propiedades?

—Por ejemplo, les imprimimos información para que los envases contrarresten los cambios de temperatura y de luminosidad; cambien de tamaño automáticamente según la cantidad de medicamentos o nanorobots con los que se llenen; y lleven código de seguridad para que nadie más que el destinatario pueda abrirlos… ¡Nunca había existido un material así de versátil!

—Es verdad, aunque en el siglo pasado se inventó el plástico a partir del petróleo —dijo Cliff aleccionador—. Un material que en su momento revolucionó el mundo, aunque ahora nos parezca tan pueril.

—Me imagino que así fue… —dijo Isaac, tratando de disimular su desprecio por tan prosaico descubrimiento.

—Dime una cosa, Isaac… ¿Alguna vez ha habido escasez de nanotubos?

—Jamás. Estaríamos perdidos. El Consejo nos garantiza el abastecimiento, pues han logrado su autorreplicación.

—Ya veo, qué interesante —dijo Cliff, dudando si eso no sería mentira y los dalits intervenían en la fabricación de nanotubos, o si acaso, el Consejo los hacía trabajar en las minas de carbón como los antiguos mineros.

—En nuestra planta de envases sólo utilizamos las propiedades físicas de los nanotubos, pero te sorprenderás aún más en otros departamentos del laboratorio donde aplican los usos biológicos y electrónicos de la nanotecnología.

Cliff se irguió y con estudiada condescendencia terminó la entrevista.

—Te agradezco mucho tus explicaciones, Isaac.

—Faltaba más, estoy a tus órdenes.

Al entrar en la cafetería de la empresa, Cliff se sintió blanco de todas las miradas. No era costumbre de los Heine rebajarse a comer con los empleados, ni siquiera con los ejecutivos.

Se dirigió a una mesa junto al gran ventanal. Colocó su pulgar en el sensor para marcar su pedido y sacó el plano de los laboratorios. ¿Por dónde continuar?

En pocos segundos la banda a su derecha transportó un expreso con leche y un cruasán crujiente. Dio un bocado al bollo y se dio cuenta de que nunca se preguntaba de dónde venía esa harina, el azúcar, la leche… Acabó su tentempié y se dirigió a la cocina, si podía llamársele así, pues ahí únicamente había procesadores industriales de alimentos, iguales a los domésticos, pero de mayores dimensiones, en los que se reordenaban las partículas del Final Blend para obtener platillos terminados. Por la ventanita del procesador, Cliff miró cómo los recipientes llenos de aquella sustancia, que a simple vista no era más que una masa grisácea, iban tornándose en apetitosos platos de lasaña, cordero asado o verduras gratinadas.

El Consejo monopolizaba la producción de Prime Blend, materia prima a partir de la cual las fábricas computarizadas, propiedad de empresarios uranos, programaban los sabores y las texturas de platos procesados, conocidos como Final Blend. Como resultado de la revolución tecnológica alimentaria, la transformación de las sustancias alimenticias se realizaba de adentro hacia fuera, y no al revés, como antes de la Neohistoria. Así, un conjunto de proteínas básicas, granos, agua y condimentos podía convertirse dentro del procesador, en un pollo a la cacerola.

Él había visitado en la adolescencia una fábrica de Final Blend, pero como sucedía con todas la empresas de bienes primarios del Consejo, nadie, ni siquiera un patricio, tenía acceso a las factorías de Prime Blend. ¿Sería este componente básico de la alimentación urana lo que producían los dalits?

En aquella cocina, Cliff no pudo encontrar ningún alimento natural: ni una fruta, ni una verdura, ni un trozo de carne, nada; ésos eran productos para el consumo doméstico de los patricios o los restaurantes de postín, dirigidos por famosos y arrogantes chefs.

Escuchó en su oído el suave tono de llamada del auricular. Era su padre.

—Me dice Sam que estás en la empresa.

—Sí, quise darme una vuelta. En algún momento tendré que incorporarme —dijo para justificar su presencia en los laboratorios.

—Tenemos que hablar. He recibido una petición inaplazable del Consejo. Voy para allá. Nos vemos a la una en el comedor.

—¿De qué se trata? —preguntó Cliff, alarmado.

—Hablaremos cuando llegue. —Henry cortó la comunicación.

¿Qué quería el Consejo con tanta premura? Si su padre le pedía que fuera inmediatamente a los Claustros del Consejo para iniciar su entrenamiento, faltaría a la cita que tenía programada esa noche con Zeit.

Cliff sintió un gran desasosiego. Su doble vida empezaba a revelar su agobiante fisonomía.

XXXIII

Rudra volvió a la guarida cuando el sol brillaba en todo su esplendor. Entró sin hacer ruido. Ahí estaba Kali dormida, echa un ovillo, respirando acompasadamente. La deseó más que nunca, pero esta vez su erección no le crispó los nervios.

Deshizo los vendajes de sus manos, se acercó a ella con un frasco de aceite que durante meses había guardado como un tesoro para aliviar las grietas en su cuerpo, tomó el pie izquierdo de Kali y comenzó a descubrirlo. La extranjera se revolvió, desconcertada.

—Shhh… —susurró Rudra—. Cierra los ojos.

Vertió en sus manos unas gotas del bálsamo y el ambiente se impregnó de un olor a eucalipto y menta. Untó el pie áspero, nervudo. Aquel contacto infundió en Rudra una calma inesperada, pero su erección no disminuyó al frotar los pequeños dedos callosos, que fueron distendiéndose lentamente.

Cuando los pies languidecieron calientes y reconfortados, los cubrió con unos trapos limpios. Sólo entonces levantó la amplia falda hasta la cintura, descubriendo las corvas, los muslos, las nalgas, las caderas…, y todas sus heridas. Recorrió con las yemas cada centímetro de piel para procurarle alivio. Como si el tiempo no existiera, frotó sin prisa los músculos tensos de las piernas. Al llegar a los muslos, sintió un aroma dulce y penetrante de fruta madura, y se embriagó con tal fuerza al oler el sexo de Kali, que tuvo que parar un momento para no sucumbir a su deseo. Cerró lo ojos y continuó con la tarea. Ella comenzó a contonearse al ritmo de esas manos sabias que suavizaban no sólo sus músculos, sino también sus dudas.

Rudra conquistó palmo a palmo aquel cuerpo que iba desembarazándose de la tensión para dar paso al bienestar y a la confianza. Subió a sus nalgas firmes, voluminosas, que se le ofrecían ya sin resistencias y las estrujó con suavidad, las acarició después mimosamente y terminó cubriéndolas con la falda que había quedado arremolinada más arriba de la cintura. Kali contuvo la respiración un momento, quizá por el desconcierto de una entrega no aceptada, pero, dueño de la situación, Rudra la puso boca arriba. Rozó su vulva sin profanarla, para subir al vientre donde se entretuvo, palpando cada milímetro de piel con ternura infinita, hasta que, vencida por sus caricias, Kali rompió en un llanto catártico y bienhechor.

Rudra la cubrió de nuevo cuidadosamente con su amplia falda y desabotonó la camisa raída. Kali exhaló un hondo suspiro. Sus pechos grandes, de pezones oscuros y erectos, se acoplaron a las manos de Rudra que los envolvía como queriendo despertarlos suavemente de un sueño profundo. Los manipuló sin lubricidad, como si no fueran objeto de su deseo, pero lo eran, tanto, que a duras penas logró contenerse para no besarlos.

Después de arroparla, puso la cabeza de Kali en su regazo. Soltó su linda trenza y le acarició los cabellos.

Había transcurrido toda la mañana. Pronto el sol comenzaría su viaje hacia el oeste.

—Descansa un rato más —dijo Rudra con suavidad.

El dolor de su feroz erección le latigueó el cuerpo al sentir el olor penetrante y turbador que emanaba de la extranjera. La respiración de Kali se fue volviendo acompasada, como quien entra en el momento meloso de la duermevela. Pero cuando Rudra quiso apartarse para dejarla dormir, Kali acarició su miembro erecto.

Rudra, con sus largos dedos, desabotonó de un chasquido su falda y palpó con una suavidad rayana en lo imperceptible la punta del clítoris, que se irguió al primer roce. Exploró cada milímetro de su vulva con malicia, con premeditación. Fue recibiendo en sus yemas el fluido hirviente y los latidos cada vez más acelerados de Kali. Reconoció sus orificios con determinación, haciéndolos suyos, y asumió su dominio con ritmos cambiantes.

Cientos de noches había soñado el momento en el que penetraría a la mujer de su vida. Todo se había concatenado para que Kali llegara a él. Sólo un envión lo separaba de ese delirante abismo, en el que su cuerpo contrahecho dejaría de serlo al hundirse en Kali. Su vértigo era ya incontenible y, sin embargo, detuvo ese momento para saborearlo y grabarlo en su memoria, pues sabía que al pasar el umbral, abandonaría el timón de su vida para entregárselo a ella.

Su cuerpo deforme se acopló sobre la pelvis de Kali y la penetró de un impulso. Con embestidas suaves y violentas, la sostenía un rato en los cielos, para dejarla caer, y volvía a empezar. Finalmente la liberó y sintió cómo se convulsionaba con espasmos intermitentes.

Permanecieron unidos, sin moverse, durante mucho rato.

Hasta aquel instante nunca había sido feliz, ahora lo sabía. Todo lo vivido era insignificante e inútil frente al milagro de amar a Kali. Ningún sueño se había acercado a lo que ahora sentía. Hasta ese momento había sido un hombre incompleto, amorfo; un hombre en potencia que quería existir, pero que no sabía cómo. Cerró los ojos y aprisionó con ternura a la mujer que lo había hecho eclosionar del capullo en el que hibernaba.

Arrebujada en brazos de Rudra, Kali dibujó una sonrisa de beatitud.

—Han pasado horas y me ha parecido un instante... —dijo con la mirada perdida en la infinitud del firmamento—. ¿Te das cuenta, Rudra, de que el presente es el único tiempo que los dalits conocemos? Nuestro pasado no llega a un segundo, y el futuro ni siquiera es ya un concepto para nosotros.

"Los dalits hacemos real el tiempo en el momento en que nace, y lo dejamos pasar sin intentar atraparlo. Porque el tiempo es el medio por el que transitamos, como el agua para la ola, el aire para el sonido, o el éter para la energía en el universo. Los dalits vivimos en un tiempo infinito que nunca es viejo ni nuevo, y por eso comprendemos que no morimos con nuestra muerte, sino que nos perpetuamos en nuestra especie.

"Los uranos viven solamente como individuos; viven una única vida, la suya, individual, divisible, fragmentada del resto. Como clones reproducen sus rutinas y tradiciones, a las que vuelven una y otra vez, sin poseer, sin siquiera percibir el presente: la vida misma. Mirándose en el espejo del pasado, se lanzan detrás de su sombra para replicarlo en un futuro siempre lejano e incorpóreo: esperanza eternamente inalcanzada; perpetua idea inasible.

"En cambio, para los dalits, sólo existe el presente, pues nada hemos atesorado ni nada tenemos que conservar; eso nos llevó a perder el miedo. Y junto al tiempo sin tiempo, hemos hecho nuestro el silencio, su compañero inseparable.

"El único tiempo real, el no tiempo, el que al no existir, existe, es nuestro. Ellos lo perdieron. Nuestra labor ahora, por ser la única posibilidad de triunfar sobre los uranos, es extraviarlos en el laberinto solitario de su tiempo sin presente.

Kali se puso en pie muy lentamente para mirar la sosegada corriente del Hudson.

—Debemos salir del inframundo, Rudra, pues sólo al recobrar nuestro lugar en la naturaleza podremos alcanzar la comunión imprescindible para la vida.

A lo lejos, la autopista elevada corría como una línea fantasmal.

—Cuando veo a los uranos circular en sus coches por las carreteras, me parece mentira que sean hombres y mujeres como nosotros.

—¿Crees que seguimos siendo iguales?

—Quizá ya sólo biológicamente —respondió Kali—. Ellos han perdido la capacidad de valerse por sí mismos y de la naturaleza, desde que el Consejo decretó el fin del trabajo manual.

—Es cierto… Como si fuera un lastre inservible, se desprendieron del libre albedrío, suplantándolo por la voluntad del Consejo…

—Pero, no te fíes, algún día pueden despertar de su letargo.

—No creo que los uranos puedan sobrevivir sin el Consejo —afirmó Rudra—. Los alimentos y el agua que consumen los han vuelto quebradizos. Serían incapaces de sobrevivir en un medio como el nuestro. Nosotros, a pesar de alimentarnos de sus sobras, hemos creado defensas que nos protegen.

—¿Cómo pudo Cliff sobrevivir?

—Porque los patricios tienen una alimentación diferente a los uranos. Ellos sí comen productos de la naturaleza.

—No lo sabía —dijo Kali sorprendida—. Es muy interesante. ¿Te das cuenta de que cada vez se diferencian más patricios y uranos comunes? Antes, los arcontes camuflaban bien a sus familias entre los uranos; ahora, estos lokis que salen por las noches, exhibiéndose, me hacen pensar que los patricios están hartos de permanecer escondidos. No creo que tarden mucho en descararse y salir del anonimato para aprovechar abiertamente sus privilegios.

—Han dejado de respetar a los uranos comunes —confirmó Rudra—. Nunca antes los habían torturado y asesinado. Se conformaban con descargar su rabia en nosotros… ¿Te imaginas lo que pasaría si los uranos conocieran las torturas de los lokis? —cuestionó Rudra.

—Posiblemente su mundo se desmoronaría, pues el Consejo se ha ufanado desde siempre en garantizar la protección y la seguridad de los uranos… —Tras meditar un momento, dijo—: Pero el Consejo nunca permitirá que se sepa.

Súbitamente, los ojos negros de Rudra brillaron con un intenso destello.

—¡Ya sé cómo podemos hacer que los uranos sepan lo que están haciendo con ellos!

—¿Cómo?

Antes de que Rudra pudiera contestar, se escuchó la señal de Zeit y se acercó a la escalera de la torre respondiendo a su hermana con el silbido acordado.

Zeit entró a la guarida cuando el sol aún no había desaparecido del horizonte. Se le veía demacrada y un rictus de pena le marcaba el semblante. Al ver a Kali su gesto se tornó hostil.

—Pensé que ya se había ido —dijo a Rudra.

—Nos iremos en un momento para dejar que recibas a Cliff —explicó su hermano.

—Dudo que venga, pero aun así lo esperaré hasta el amanecer.

—Estoy seguro de que vendrá. Cuando lo creas conveniente, quiero que me hagas una señal para que yo suba a hablar con él, tengo algo que pedirle.

De reojo, Zeit miraba cómo su hermano y la extranjera se preparaban para marcharse. Kali, sin decir una palabra, se dejaba ayudar por Rudra a cargar sus cosas, mientras que ella cubría la espalda deforme del tullido con uno de sus trapos, revelando la nueva complicidad que había nacido entre ellos.

—¡¿Así que ya lo engatusaste?! —exclamó Zeit, viendo a Kali con los ojos inyectados de rabia.

La mujer se giró y sostuvo la mirada amenazadora de Zeit.

—Déjala en paz, Zeit —medió el hermano con firmeza.

—Rudra, no te metas entre nosotras —intervino Kali—. Que diga lo que tenga que decir.

Zeit se dirigió hacia la extranjera.

—¡¿Qué quieres de nosotros?! Llegaste con tus misterios a espiarnos y ahora embaucas a mi hermano para cumplir unos propósitos oscuros que te niegas a revelar. Pero a mí no me has seducido, así que ahora mismo me vas a decir para qué estás aquí.

Kali suspiró profundamente, se acercó un poco a Zeit y con mucha parsimonia se arremangó sus largas faldas.

—Tú y yo no somos tan diferentes… ¿Reconoces estas marcas? —Señaló sus piernas—. Son las mismas que tú tienes.

Con la brillante luz que entraba por los huecos del techo de la guarida, Zeit pudo apreciar las piernas desnudas de Kali. Ahí estaban las marcas de la ira, las cicatrices inconfundibles del castigo autoinfligido que ella tan bien conocía. Las más antiguas eran blancas y de rebordes queloides; las recientes, rosadas y lisas; pero todas largas, rectas, precisas. Sin meditarlo, caminó hacia la mujer.

Durante unos segundos se miraron, se midieron, se reconocieron. Finalmente Kali se sentó y recogiendo sus rodillas entre las manos dijo en tono de réquiem:

—Este primer corte es de hace siete años… —Señaló una marca en el muslo—. Todo empezó el día que me escabullí del refugio con mi hijo… Tenía un año. ¿Sabes?, yo crecí en las cuevas de las montañas, por eso me ha sido siempre tan difícil tolerar el subsuelo. Las costras de mugre y el hastío me irritaban. La palidez de mi hijo y sus ojos siempre entrecerrados tratando de captar las imágenes a través de la penumbra me torturaban el alma. Yo quería que él respirara aire limpio y bebiera el agua del río, aunque fuese una sola vez. Los días invernales de alerta máxima habían pasado y el peligro de una redada había disminuido, por eso violé las reglas de seguridad de mi pueblo y salí a la superficie pensando regresar una hora más tarde. Logré llegar a la orilla del río, junto al puente viejo y abandonado, donde casi nunca se asomaban los gurkhas. Mojé las manitas de mi niño con el agua tibia y noté que si bien al principio se sobresaltaba, enseguida comenzó a disfrutar de esa transparente bendición que le hacía cosquillas en la piel. Sin darme cuenta, estábamos ya sumergidos en el agua. La risa inocente y tierna de mi hijo, sus chapoteos juguetones, su respiración sin ahogos: por fin la vida le daba unas migajas de alegría. Sus ojos almendrados fulguraban de gozo, pero ese brillo se apagó en el mismo instante en el que oí el disparo y percibí el golpe de una bala entrando en su cuerpo. Intenté cerrar con las manos la herida de su pecho, y vi su sonrisa congelarse para siempre. Por fortuna, otra bala atravesó mi cuerpo y sentí un mareo, los brazos se me aflojaron a pesar del esfuerzo por no soltar el cuerpo inerte de mi hijo, y me desvanecí inconsciente en el agua. Desgraciadamente, un dalit me rescató cuando más deseaba la muerte y mi pueblo cuidó de mí… ¿Ves estas marcas? —Kali hizo una pausa para descubrir de nuevo sus piernas surcadas de cicatrices.

Con curiosidad de cómplice, Zeit estiró los dedos y siguió los trazos multiformes, los rebordes carnosos, las hendiduras sutiles y enrojecidas.

—Con la muerte de mi hijo nació mi odio, como el tuyo al morir tu madre —dijo Kali, mirando a su compañera de infortunios—. Desde entonces, cada vez que la rabia me abrasa, asesino un urano, y a cada uno le dedico un corte en mi cuerpo.

XXXIV

Faltaba una hora para el almuerzo con su padre. Para aprovechar el tiempo, continuó sus pesquisas en el piso veinticinco, donde se concentraba el trabajo de investigación más especializado de los laboratorios. Antes de entrar, Cliff tuvo que someterse al riguroso protocolo sanitario. El acceso a esta área estaba altamente restringido, no sólo por el peligro de contaminación, sino también por razones de seguridad industrial; ahí se habían desarrollado algunas de las innovaciones científicas más revolucionarias de la medicina moderna.

Caminó a través de los inmaculados pasillos flanqueados por instrumental de última generación, que manipulaban hombres con mascarillas vestidos de blanco, y reparó en las mejoras que había experimentado ese lugar desde su última visita. Ante el imponente laboratorio, paradigma del poderío patricio, se preguntó qué posibilidades tenían los dalits de vencer a tan descomunal enemigo.

El doctor en química Ramón Rozas, genio bonachón y simpático encargado del laboratorio, salió a darle la bienvenida.

—¡Qué milagro verte por aquí!

—Hola, Ramón. Sólo pasé a visitarlos.

—¿Cómo te encuentras después del accidente?

—Perfectamente, gracias.

—¿En qué podemos ayudarte?

—Únicamente quiero tener una idea general de lo que hacemos en el laboratorio.

Rozas le presentó a los experimentados químicos, ingenieros y físicos que colaboraban con él.

—Ellos son los alquimistas del BANG.

—Encantado. —Cliff sonrió a los afanosos científicos—. Lástima que sea un neófito en ciencia.

—Para eso estamos nosotros aquí —replicó el más veterano, con una sonrisa—, para explicarte lo que hacemos.

Ramón le mostró a Cliff los últimos adelantos del laboratorio: las nuevas sustancias y las cápsulas que contenían los más modernos nanorobots médicos.

—Ésta es nuestra más reciente innovación. La inyección de nanoneuronas sustitutivas, que reemplazan o reparan en pocas horas las neuronas afectadas por una lesión cerebral.

—Increíble —dijo Cliff, sinceramente asombrado.

Para terminar, Rozas lo llevó a una bóveda de cristal al final del pasillo que resguardaba la herramienta más valiosa del laboratorio: el potente microscopio de túnel para usos médicos.

—El sueño de los alquimistas se hizo realidad con este invento, que ha marcado un hito en la Neohistoria… ¡Nuestra piedra filosofal! —exclamó Rozas, mirando con arrobo el aparato electrónico—. Un invento que no se ha modificado esencialmente desde principios de siglo. ¡Imagínate!

—¿Y cómo se usa?

—Con él reacomodamos los átomos de cualquier elemento. Constituimos moléculas y compuestos químicos para combatir todo tipo de enfermedades, y creamos nanorobots médicos que funcionan como cirujanos microscópicos dentro del cuerpo humano, como el que te acabo de enseñar. Eso, entre muchas otras aplicaciones.

—¿Qué empresa fabrica el microscopio?

—Como todas las máquinas industriales básicas, el Consejo se encarga de proveerla, por supuesto. Lo más maravilloso de todo es que el Consejo logró hace décadas que el propio microscopio, al igual que los nanotubos, se autorreplique, se clone a sí mismo, y así su producción está garantizada para todas las empresas. Pero para que la economía no se salga de control, el Consejo sólo permite su reproducción en lugares controlados, y entrega a las empresas máquinas y nanotubos estériles.

—Sí, he estudiado todo esto en las clases de física y química, pero no dejo de preguntarme cómo es posible la autoclonación de las máquinas.

—Gracias al BANG, justamente —respondió Ramón, entusiasmado con el tema.

—Siempre ha sido muy confuso para mí. Soy historiador.

—Es muy fácil —sonrió Ramón—. La conjugación de la tecnología, la física cuántica y el genoma humano dieron un salto fenomenal al desarrollo. El BANG procede de la unión de las tecnologías de cada campo. La B nos habla de las propiedades del bit, o sea el desarrollo cibernético; la A, del átomo, manipulado por el microscopio atómico de túnel; y para finalizar: la N de neuronas y la G de genes, ambos desarrollados por manipulación genética. El BANG no hace otra cosa que potenciar las bondades de cada tecnología. El Consejo utiliza el principio del BANG en la clonación de máquinas, lo mismo que nosotros lo empleamos para fabricar biomedicamentos.

—¿Y las materias primas? ¿También las obtenemos en el laboratorio?

—No. Verás, Cliff, hace varias décadas el Consejo decidió poner a la disposición de todos los empresarios uranos las materias primas y la maquinaria fundamental para el desarrollo de todo tipo de mercancías, así como el suministro de energía eléctrica por medio de plantas nucleares. A nosotros, el Consejo nos provee de microscopios de túnel, ingredientes activos básicos y otras materias primas.

—Sigo preguntándome por qué las materias primas orgánicas, las plantas y los animales, no se autorreplican igual que las máquinas.

—El Consejo pasó mucho tiempo intentando clonar los productos de la naturaleza, lo mismo que las máquinas del BANG, pero al cabo de un tiempo se dieron cuenta de que Dios no les permite intervenir en los procesos de la vida y la naturaleza, sólo mejorarla con un grado controlado de manipulación genética. El Consejo, subsidiando, en gran parte, los costos de producción, ha desarrollado tecnología de punta para obtener las materias primas de la manera más eficiente, sin trabajo humano. Cultiva la flora, y cría la fauna que es fuente de proteínas para los uranos, aunque nos vende alimentos y animales estériles para que nadie se sienta tentado a reproducirlos para su beneficio individual.

—Pero ¿dónde se encuentran las plantaciones y los criaderos de animales? Yo jamás he visto ningún lugar así.

—Por cuestiones de seguridad, nadie sabe dónde están esas instalaciones —respondió Rozas—. El Consejo distribuye a las empresas uranas las materias primas, la maquinaria básica y la energía eléctrica para incentivar la libre empresa, la producción y el comercio… —Rozas continuó en voz baja—: ¿Sabes? Me ha llegado el rumor de que el Consejo nos reserva sorpresas muy interesantes. Parece que están desarrollando adelantos insospechados.

Cliff se despidió de Ramón Rozas con el corazón acelerado. ¿En qué consistían esas novedades? ¿Necesitaba el Consejo para ello más trabajo dalit o habría llegado a prescindir por completo de la mano de obra?

Mientras se desplazaba por las cintas mecánicas hacia el comedor, trataba de dilucidar si los dalits eran modernos esclavos en plantas tecnificadas o burros de carga en los campos y en los criaderos. Esta última, si bien era una respuesta plausible, no terminaba de satisfacerlo. No habría suficientes dalits para encargarse del trabajo de campo ni tampoco podría el Consejo esconder plantaciones y criaderos de la vista de todos los uranos. Por otro lado, ¿qué papel podían desempeñar los dalits en una fábrica altamente tecnificada?

Cliff se sentía cada vez más confundido. ¡Si su padre le revelara la verdad, cuántos quebraderos de cabeza le ahorraría! Subió al último piso del edificio Heine, donde estaba situada el área de descanso de la familia. El comedor, justo debajo del helipuerto, estaba orientado hacia el East River.

Se sorprendió al encontrar a Rita sola admirando la vista panorámica.

—Hola. —Al besar a su cuñada, Cliff percibió en ella una melancólica sonrisa.

—Te veo muy bien. —Rita acarició con ternura la mejilla de Cliff, que se ruborizó al contacto suave de sus dedos.

—Ya estoy del todo repuesto.

—Tu padre me llamó para que almorzáramos juntos. Parece que nos quiere comunicar algo… Me imagino que será tu nombramiento como candidato —dijo Rita, casi en susurro.

—No lo creo… —respondió Cliff, incómodo con el tema.

Rita volvió a posar su mirada en el infinito azul del cielo veraniego.

—¿Estás bien…? —preguntó Cliff—. Tienes los ojos tristes.

Rita apoyó una mano en el pecho de su cuñado.

—La vida puede ser tan cruel, Cliff… Dios me está castigando. —Con la voz quebrada se abrazó a Cliff.

—Tú eres un ángel… —respondió él, rodeando con su brazo a Rita—. ¿Es por la exclusión de Sam?

Rita negó con la cabeza.

—¿Porque no has podido concebir aún? ¿Es eso?

—Ay, Cliff. Si tú supieras…

El sonido de pasos que se acercaban al comedor hizo que Rita se separara bruscamente de Cliff. Segundos después, Sam entraba con expresión de fastidio.

—¿No ha llegado papá?

—Estará a punto de aterrizar —respondió Cliff, alterado aún por el quebranto de Rita.

—¿A ti qué te pasa? —preguntó Sam a su mujer.

—Nada —respondió ella con voz casi inaudible.

—¡Por amor de Dios, contrólate!

El aleteo de las aspas del helicóptero hizo temblar ligeramente el ventanal del comedor. Segundos después Henry bajaba por la escalera exterior.

—¡Qué alegría ver a mi familia reunida! —exclamó, muy animado—. Me muero de hambre.

Cliff sirvió el vino y accionó un comando en el panel de la mesa presidida por su padre. Momentos después, el primer plato entraba por la banda móvil.

—Hijos, tengo que informales que esta mañana recibí una comunicación del Consejo…

Cliff sintió que una gran tensión se apoderaba de todos sus músculos.

—Pasado mañana nos convocan a toda la familia, incluida tú, querida Rita, a pasar el fin de semana en los Claustros con varios de los arcontes más destacados de América.

Cliff pudo respirar de nuevo. Tenía el tiempo justo para llegar a la cita esa noche. Le diría a su padre que aceptaba asistir a la invitación del día siguiente, y durante la noche decidiría junto a Zeit si continuaba con esa estratagema o huía al subsuelo.

—Eso quiere decir que aceptan de buen grado la candidatura de Cliff y que no albergan suspicacias contra ti, Sam.

—¡Qué hijos de puta! Quieren restregarme en la cara mi fracaso —dijo Sam, con las carótidas hinchadas.

—No es así. Sólo quieren que te sometas a la disciplina del Consejo.

—Papá, si esto va a traer tantos problemas a la familia, prefiero declinar la candidatura —dijo Cliff.

—¡Déjate de payasadas! —exclamó Sam, fuera de sí—. ¡Ahora quieres que te roguemos que aceptes!

—¡Basta ya! —explotó Henry—. Está en juego mucho más que tu orgullo, Sam… Y tú, Cliff, ya está bien de veleidades. Mañana se presentarán los dos en los Claustros con la mejor disposición.

La comida prosiguió con gran tirantez. Ni siquiera Rita hizo esfuerzo alguno por relajar el ambiente.

Al llegar los postres, Henry se dirigió con cariño a sus dos hijos.

—Se los pido por favor. Hay demasiadas fricciones dentro del Consejo como para que lleguemos con este ánimo mañana. Calculo que se hablará de la candidatura de Cliff, pero también puede tratarse de alguna otra cosa. Les pido su apoyo.

Sam asintió, rechinando los dientes.

—No te preocupes, papá —dijo Cliff.

Henry salió del comedor. Instantes después se escucharon el rugido del motor y las aspas que revoloteaban en el aire caliente del verano.

—Me voy a casa. —Rita se dirigió a la salida y al llegar a la puerta se volvió hacia Cliff con una dulce sonrisa—. Hasta mañana.

Un incómodo silencio se levantó entre los hermanos. Sam hizo un expreso en la antigua cafetera y del bar sacó una botella de coñac.

—¡Qué cabrones! No contentos con echarme como un perro sarnoso, ahora montan un numerito frente a mi familia para rebajarme.

—¡Carajo, no lo tomes así! No sabemos de qué se trata.

—¿Qué van a querer? ¿Por qué invitarían a mi mujer sino para burlarse de mí? Además, me arruinaron la salida con los lokis. Mañana pensaba dar un golpe maestro para demostrarles de lo que soy capaz.

—¿Qué ibas a hacer? —preguntó Cliff, sin poder disimular su inquietud.

—Había pensado salir con varias furgonetas, capturar en los basureros a unas cuantas docenas de topos y llevárselos a las puertas del Claustro para que dispusieran de ellos como les viniera en gana.

—¿Para qué ibas a hacer tal cosa? Eso lo pueden hacer los gurkhas.

Sam quedó pensativo un momento.

—Tienes razón. Estoy cada vez más idiota… —dijo en tono lastimoso.

—¿No sería más fácil eliminarlos en los túneles? —comentó Cliff, tratando de hacer hablar a su hermano.

—Como es lógico, no querrán que la peste de los cadáveres suba por toda la isla desde el subsuelo.

—¿O quizá no los quieren matar, sino que los necesitarán para nuevos trabajos? ¿Tú sabes lo que hacen en los gulags?

—No lo sé, ni me interesa… Ya me lo dirás tú cuando seas arconte.

—Seguramente mañana en los Claustros nos informarán que yo tampoco puedo sustituir a papá. Me parece muy raro que nos citen a todos para pasar el fin de semana.

—Es cierto… Jamás había oído de una invitación semejante.

Cliff suspiró y puso una mano en el hombro de su hermano.

—Sam, me duele verte así. Entiendo que te sientas mal, pero debemos estar unidos.

Sam lo miró y sonrió sin ironía.

—¿Ya no recuerdas cómo reaccionaste a mi nominación como arconte?

—No lo olvido… Por mi estupidez estuve a punto de morir. —La evocación de su exilio voluntario y del accidente le golpeó en la conciencia—. Pero tú puedes formar una familia y ser feliz.

—Te juro que he intentado conformarme, Cliff —dijo Sam, abatido y sincero—, pero el escarnio no deja de perseguirme. Lo percibo hasta en los ojos de mi mujer —confesó avergonzado.

—Ella te quiere. Está asustada por tu agresividad. No dejes que tu matrimonio sufra por lo que el Consejo te hizo.

Sam miró a su hermano con serenidad.

—Quizá tengas razón… Prometo no hacerte la vida imposible.

—Gracias… Pero, por favor, olvida tu venganza —suplicó Cliff.

—Lo pensaré. —Sam dejó el comedor con una mueca de trágica burla.

Ver a su hermano herido le provocaba un gran pesar. Sin embargo, la conversación con él lo había tranquilizado, pues su plan de matar dalits era sólo una rabieta.

Debía aprovechar las pocas horas que tenía antes de encontrarse con Zeit para tratar de descubrir qué diablos se fabricaba en los gulags, pues de otro modo, la única opción sería volver a separarse de ella e iniciar su entrenamiento como arconte enseguida.

No había tiempo para hundirse en cavilaciones, así que sacó sus apuntes y el organigrama de la empresa. Aparte del laboratorio secreto de Henry, lo único que le faltaba por inspeccionar era el almacén de materias primas. El resto de la fabricación de medicamentos era un proceso industrial

sin intervención de trabajo humano y nada podía esclare-
cerle.

Bajó al gran almacén en el sótano del edificio Heine.
Aquel espacio subterráneo sin ventanas, aprovisionado de
aire por conductos de ventilación, le recordó la atmósfera
opresiva de los túneles, aunque a diferencia del subsuelo dalit, el almacén iba iluminándose a medida que pasaba junto
a los sensores de movimiento.

En aquel sitio atiborrado de materias primas y maquinaria, pudo distinguir una gran diversidad de ingredientes
activos, incluidas manzanas para el desayuno de los ejecutivos. "Manzanas", se dijo. Tomó una, un paquete con nanotubos en arcilla, y los posó sobre un microscopio de túnel
que se encontraba celosamente resguardado tras unas rejas
al final del almacén. ¿Cuál de los tres productos requería
de trabajo humano para su fabricación? ¿El más simple o el
más complejo?

Recordó las explicaciones de Rozas y Steinberg. Con la
nueva tecnología se produce de dentro hacia fuera, no como
anteriormente, de fuera hacia dentro. Los átomos se pueden
reordenar, las moléculas modificar y dividir, las células reproducir. ¿O es que los microscopios de túnel del Consejo
podían ya reordenar no sólo los átomos, sino las partículas
del núcleo para crear átomos diferentes a partir de otros ele-
mentos?

¿El carbón, la manzana, las máquinas? ¿En cuál de estos
procesos el Consejo necesitaba ahora emplear más cantidad
de trabajo humano? ¿O había logrado ya su gran sueño de
prescindir por completo de él?

Cliff se sintió desbordado por tantas incógnitas. El tiempo apremiaba y sabía que los dalits corrían peligro. ¿Debía
aceptar la candidatura de arconte para incidir sobre la suerte de los dalits en el Consejo o volver con Zeit para dar la
batalla desde el subsuelo?

Un escalofrío de gozo lo invadió al pensar que en pocas horas volvería a ver a la dalit de ojos negros que lo había hechizado.

"Cómo quisiera ponerte a salvo, Zeit —pensó, tratando de revivirla en su mente—. Escapar contigo a algún lugar escondido donde el ojo escrutador del Consejo no pudiera alcanzarnos".

Pero ese lugar no existía. Necesitaban crearlo desafiando al poder.

XXXV

Sigo creyendo que lo prudente es que los tres esperemos la llegada de Cliff escondidos fuera de la guarida —insistió Rudra.

—Te repito que lo más probable es que no venga, pero estoy convencida de que jamás nos traicionaría trayendo aquí a los gurkhas —replicó Zeit—. Y si viene, no podrán seguirlo. Sabe esquivar las patrullas perfectamente.

Kali acarició el hombro de Rudra.

—Si ella está segura, déjala esperar aquí.

—Si hay algún movimiento extraño, te avisaremos enseguida para que puedas huir —dijo Rudra resignado, y salió con Kali, dejando sola a su hermana.

Zeit había pasado días tormentosos por la ausencia de Cliff. Paralizada por el temor de no volver a verlo, había permanecido en el tronco del viejo avellano pensando en las posibles represalias del Consejo hacia él, pero sobre todo, luchando contra el fantasma del desamor. Temía que una vez rodeado del confort patricio y de bellas mujeres, la empatía con los dalits y su amor por ella se esfumaran en el aire. Carcomida de incertidumbre, para escapar de un desengaño había tratado de alejar toda esperanza, pero anhelaba con desesperación que Cliff asistiera a la cita.

Desde lo alto de la guarida podía apreciar cómo la oscuridad se cernía sobre el muelle y la humedad de la noche esparcía el frescor estival. Los minutos parecían horas, y las horas, una eternidad. "Es obvio que no vendrá", se dijo, pesimista y resignada a lo peor. Entonces, perdida toda esperanza, pudo encontrar un poco de sosiego y se preparaba a descansar sobre unos viejos trapos dispuestos al fondo de la guarida, cuando el silbido entrecortado de Rudra le arrebató la serenidad que había ganado. ¡Era la señal convenida para anunciarle que Cliff se acercaba!

La silueta que se dibujó en la entrada de la guarida, se detuvo unos segundos y el olor de Cliff invadió el aire.

—¡Zeit! —exclamó el patricio en la penumbra, extendiendo los brazos.

Ella corrió hacia él y al abrazarlo, dejó que la cubriera de besos.

—¡Ha sido tan difícil no venir antes a buscarte!

—¡Creí que no vendrías! ¡Me estaba volviendo loca! —se lamentó mientras le golpeaba el pecho con los puños.

—Jamás dudes de mí —dijo Cliff, intentando calmarla, entre risas y besos.

—¡Te odio! —profirió sin sosegarse.

—Yo no —dijo él, buscando la piel de su espalda con vehemencia—. Me parece mentira poder tocarte de nuevo. ¡Eres tan real! ¡Tan hermosa!

—Sentí unos celos terribles de todas las uranas.

—Y yo pensaba que si tardaba un día más, te irías con ese thug, Ananké.

—¡Qué increíblemente tonto eres para ser un patricio! —dijo Zeit, y lo tiró al suelo para montarse encima.

Olfateó todo su cuerpo como un sabueso en celo; se rio de su ropa interior y de su ligero olor a desodorante, mientras Cliff la besaba con una mezcla de ternura y lascivia. Prisionera de las fuertes manos que le acariciaban la cintura y las nalgas, se dejó arrancar la ropa, y sin darle tregua, se encaramó en el falo erguido de Cliff.

Se acoplaron en un vaivén sincopado que disipó sus angustias, haciendo breves treguas para susurrarse palabras dulcemente obscenas y volver enseguida al frenesí del reencuentro. Cliff se dejaba hacer por esa mujer que ahora sabía buscar el placer, y que lo encontraba en un movimiento, luego en una pausa, después en una exigencia…

Zeit sintió un incendio que convulsionó sus entrañas, y después…, un dulce rocío sofocó suavemente aquel fuego.

Los rayos de luna iluminaban el rostro melancólico de Cliff.

—¿Qué te pasa? —preguntó Zeit, desconcertada.

—¿Sabes, Zeit? Cada una de estas noches soñé que nuestro amor había sido sólo eso: un sueño —explicó Cliff—. Al despertarme, pasaba minutos de angustia hasta que lograba dibujar tu cara en mi imaginación… Tenía miedo de que me odiaras por haberme ido.

Zeit acarició su rostro con una sonrisa de felicidad.

—Cliff…, ¿cómo puedes estar enamorado de una dalit como yo?

Él cerró los ojos.

—¿Recuerdas cuando recorriste con tus dedos mi cuerpo en busca del dispositivo de seguimiento?

Zeit asintió.

—Fue como si una poderosa corriente eléctrica me fundiera a ti para siempre… No puedo vivir sin esa descarga que electriza mi cuerpo cuando te toco, cuando te penetro…

Sus ojos se encontraron en una mirada larga y profunda.

—¿Pero por qué estás triste? —preguntó ella.

—Han pasado tantas cosas…

Escucharon ruidos en el exterior. Zeit sacó su cuchillo y ambos contuvieron la respiración. Un golpeteo armónico reveló la contraseña de Rudra.

—Tranquilo, es mi hermano —afirmó Zeit.

El tullido subió por el entramado de la torre y su esmirriada figura se abrió paso hasta Cliff.

—¿Nadie te siguió? —preguntó abruptamente Rudra.

—Nadie. Di muchos rodeos y me deshice de todos los artefactos. Tranquilo.

—Bueno, cuéntanos qué has averiguado —inquirió, ansioso.

Cliff les contó que Sam había sido rechazado como arconte y que él seguía en línea para sustituir a su padre. Les relató sus pesquisas y las opciones que se le presentaban.

—Tenemos que decidir lo que debo hacer. Puedo huir para siempre de mi mundo o volver para tratar de influir en el Consejo a favor de los dalits.

Zeit paseaba inquieta por la guarida en tinieblas.

—Si en estos momentos vuelves a desaparecer, resultaría muy sospechoso —dijo, negando con la cabeza.

—He pensado arrojar mi coche a un profundo barranco, con todos los detectores. Conozco el sitio ideal. No hay manera de encontrar ahí un cadáver.

—Esta vez buscarán tu cuerpo por todas partes —valoró Rudra—. Darán con nosotros, o al menos con esta guarida.

—Por otro lado, iniciar el entrenamiento tiene riesgos muy serios —explicó Cliff—. Además, no será tan fácil espiar al Consejo antes de ser arconte… Y si me descubren, mi padre sufrirá las consecuencias de mi traición… Lo mejor para mi familia es creer que he muerto.

—Y para nosotros, ¿qué es lo mejor? —preguntó Rudra molesto.

—Eso es lo que debemos decidir juntos —respondió Cliff.

—El ataque que sufrimos hace poco demuestra que el Consejo quiere exterminarnos —recapituló Rudra—. Nuestro futuro depende en gran medida de tu misión.

—Como explicaba, es posible que el Consejo quiera hacer esclavos en los gulags a todos los dalits.

—Debes volver e investigar qué es lo que tienen programado para nosotros. Necesitamos saber cuánto tiempo nos queda —dijo Rudra.

—De todos modos, no me convertiré en arconte de la noche a la mañana. Hay que pasar una etapa de dos o tres meses de instrucción para ser admitido.

—Hemos vivido durante décadas como murciélagos —dijo Rudra—. Podemos esperar unos meses más.

—Si me quedo, puedo informales de la identidad de todos los arcontes. No necesito volver allí. Además, sé cómo viven los uranos, cómo piensan y qué podríamos hacer para que ellos acepten la salida de los dalits.

—¡Los uranos nunca nos aceptarán! —exclamó Zeit—. Tú mejor que nadie lo sabes.

—¿Crees que vamos a llevar a referéndum nuestra salida? —ironizó Rudra—. Debes aceptar que esto es una guerra, Cliff.

—Claro que lo entiendo. Pero es al Consejo a quien hay que golpear, no a los uranos. Ellos son unas víctimas, como ustedes.

—¡No! Como nosotros, no —dijo Zeit con un nudo en la garganta—. Ni siquiera te atrevas a decirlo.

—Tienes razón, perdona. No quise ofenderte. Pero estoy convencido de que si el Consejo se fractura, los uranos no harían nada para impedir el regreso de los dalits. Son como niños que no saben defenderse.

—No te confíes —señaló Rudra—. El miedo que les han inculcado puede hacerlos reaccionar con violencia, recuerda el Exterminio.

—¡Pero podríamos neutralizarlos! —respondió Cliff alterado.

—¿Sí? ¿Cómo? —insistió Rudra.

—¡No lo sé ahora! —contestó, acorralado.

—¿No será que rehúsas iniciarte como arconte por miedo a traicionarnos? —preguntó Rudra, clavando la mirada en Cliff—. Temes que el poder te guste demasiado, ¿no es cierto?

Cliff comenzó a respirar agitadamente y contrajo el ceño con dureza.

—No voy a traicionarlos. Creo en la causa de los dalits y quiero seguir luchando por ella.

Zeit comprendió que Cliff no estaba preparado para los acontecimientos que vendrían. La lucha iba a ser despiadada y no resistiría ver morir a los uranos que él creía inocentes. Quizá ni siquiera a los arcontes. Su padre era uno de ellos.

—Cliff, si volviste al protectorado fue para ayudarnos… y con más razón ahora que puedes acceder al Consejo… Me duele, pero es lo mejor para todos.

El patricio la miró con tristeza.

—De acuerdo. Iniciaré el entrenamiento. Trataré de venir a informarles cada noche de luna llena.

—Una cosa más. Necesito que nos traigas una cámara libre de detectores —pidió Rudra y se arrastró a la salida—. Ten mucho cuidado y no bajes la guardia. Desconfía siempre del Consejo.

Cuando vieron a Rudra descolgarse por el entramado de la torre norte, Cliff tomó a Zeit por la cintura y la atrajo hacia él en un abrazo angustioso.

—Esto significa que volvemos a separarnos…

—Sólo por un tiempo —dijo resignada, pues el miedo de perderlo un poco todos los días, por la insoportable vida en el subsuelo si él se quedaba, era más fuerte que esperar su regreso.

—Intentaré salir del Claustro cada noche de luna llena para venir a verte.

—Tranquilo. Haz tu trabajo por nosotros. Yo estaré esperando —respondió, con una entereza que sus lágrimas traicionaron.

Zeit se enredó como una hiedra en el cuello de Cliff para aprisionar el olor de su piel, la tibieza de su aliento y la transparencia de sus ojos claros.

Cuando Kali subió, hacía rato que el aroma de Cliff se había disipado.

—Rudra volverá más tarde. ¿Cómo te sientes?

—No lo sé. Es como si hubiera sido un sueño. Fue todo tan rápido...

—Estarán juntos de nuevo. Tranquila.

—Hablas siempre con tanta convicción... Nunca tienes miedo, ¿verdad?

Kali sonrió con melancolía.

—Perder a mi hijo me mató por dentro, pero me hizo invencible. Cuando ya no temes morir, desaparecen todos los miedos... Recuerda una cosa: siempre triunfa el que menos miedo tiene a morir.

—Sólo una vez tuve miedo a morir. Fue el día más feliz de mi vida. Quería seguir viva para disfrutar de mi amor con Cliff, y... en ese momento me sucedió algo que nunca me había pasado: pensé en Dios; le pedí que me ayudara a no morir... Pero ahora ya no pienso en ningún dios...

Zeit guardó silencio y miró al firmamento.

—Kali, ¿ustedes en el Sur creen en un dios?

La extranjera suspiró muy hondo y sonrió.

—Algunos sí, otros no.

—Yo creía que los pueblos pensaban todos igual.

—Pasamos años negando a Dios, después regresó la esperanza y nos hizo dudar. Entonces buscamos una prueba en los cielos y en la tierra.

—¿Y la encontraron?

—Algunos sí y otros no.

—No entiendo. ¿Qué les hizo creer a unos y a otros no?

—El conocimiento del universo, las estrellas, las piedras; todo lo que vemos, pero también lo que no podemos ver.

—¿Qué tiene eso que ver con Dios?

—El universo es todo lo que conocemos. Pensamos que si la obra de Dios existía, la descubriríamos en el universo: en la materia, la energía y el tiempo que lo componen. Por eso nos propusimos entender cómo se comportaba el universo.

—¿Lo lograron?

—Sí, pero nos topamos con dos universos. El de la materia que podemos ver y comprobar, y el otro, el universo subatómico y de la energía. El primero es constante, predecible y finito, mientras que el segundo es inconstante, impredecible e infinito.

"Pero la cosa no se detuvo ahí. Nos encontramos además con que el tiempo también resulta distinto en los dos planos del universo. Si a cada causa le corresponde un efecto, es necesario que suceda en un tiempo determinado; como si el tiempo fuera el raíl, en una sola dirección, por el cual viaja la materia. Pero en el mundo subatómico y para la energía, el tiempo va en todas direcciones, no sigue una progresión lineal, una trayectoria definida, como en el mundo material. Los sucesos en el mundo subatómico pueden ser reversibles, mientras que en el mundo material son irreversibles.

"El hombre es materia y energía, por lo tanto en nosotros cohabitan el tiempo lineal y el tiempo discontinuo. Entonces comprendimos que nosotros, los hombres, somos los hijos del tiempo.

"Hablar de Dios es hablar de un universo finito y predecible creado por una entidad superior que dicta las leyes inalterables que lo gobiernan, donde el azar no existe, donde el tiempo es lineal. En cambio, el universo infinito e impredecible, donde la existencia de Dios parece esfumarse, es un universo sin principio ni fin, que no parte de un momento de creación ni se rige por leyes predecibles, sino por la incertidumbre y la menor entropía.

—¡Pero eso es aún más confuso! —dijo Zeit, como pensando en voz alta—. ¿Debo o no creer en Dios?

—Al final no es una decisión del intelecto, sino del alma de cada ser humano. La metafísica rebasa la comprensión científica del universo y de la vida, pero su conocimiento nos ayuda a inferir, ya sea la existencia de un ente supremo, creador y rector del universo; o la existencia de un universo infinito y eterno.

Kali se acercó a Zeit y la miró con ternura.

—La fe es un misterio insondable que no puede ser explicado, pero es el hombre con libre albedrío quien decide con más certeza sus creencias. Nosotros, los parias en varias partes del mundo, hemos logrado ese albedrío gracias al conocimiento. A los uranos, en cambio, les han negado partes imprescindibles de la información, por ello tienen una fe frágil, sostenida únicamente por dogmas.

—Pero, Kali, no me has contestado aún. ¿Tú crees en Dios?

—Creo que cada átomo, elemento, célula y organismo lleva en su esencia el principio creador y rector del universo. No creo en un dios omnipotente y omnipresente, pues estoy convencida de que cada partícula en el universo forma parte de un todo indivisible. No creo que una por encima de las otras gobierne a las demás. Nada está a la deriva ni supeditado a un ser superior. Creo que la unión de cada átomo, de cada partícula, de cada cuerpo, forma el todo que rige el universo.

En ese momento escucharon el silbido de Rudra anunciando su llegada. Kali se asomó por una de las rendijas de la guarida y respondió al llamado de Rudra.

—Zeit, ven con nosotros a los túneles para encontrarnos con Cotto —dijo Kali—. Ha llegado la hora de revelarles el

plan que los dalits de varias partes del mundo venimos fraguando, y para el que solamente faltaban los topos de esta
ciudad, sin los cuales no podemos continuar.

XXXVI

Recostado en el sofá de la habitación que el Consejo le había asignado en los Claustros, Cliff apenas pudo delinear en la mente el rostro de Zeit, y cuando al fin logró esbozarlo con nitidez, su adorable sonrisa se desvanecía como un espejismo.

Se incorporó con fastidio para continuar con la preparación de los exámenes, en los cuales llevaba trabajando dos largos días. Por la ventana contempló la imponente arboleda que rodea los Claustros medievales, al tiempo que trataba de poner en orden sus ideas y de esclarecer los acontecimientos de los últimos días. Sin explicación alguna, el Consejo había cancelado la invitación de la familia Heine a los Claustros, para, en su lugar, ordenar que Cliff iniciara de inmediato la instrucción como arconte. ¿Habría sido su padre quien apremió al Consejo para que él empezara su entrenamiento?

Tan absorto estaba en sus pensamientos que cuando llamaron a la puerta, se volvió asustado dando un respingo. Era George, otro de los candidatos al puesto de arconte, que junto a él y Nair, un joven oriental, formaban el trío de aspirantes que el señor X evaluaba en ese periodo. Aunque tenía buena relación con ambos, en George había encontrado a un interlocutor excepcional, con el cual pasaba horas charlando sobre un sinfín de temas. Habían intimado tanto que George, en un arranque de sinceridad, le había confiado su temor de fracasar en el proceso de selección. El candor de George le producía a Cliff un efecto sedante, pues aunque no se atrevía a revelarle sus más secretas preocupaciones, al menos ante él no debía comportarse como un genio infalible.

—¿Te apetece dar un paseo? —preguntó su amigo—. Todavía no refresca.

George era un poco mayor que Cliff, pero tenía una fisonomía aniñada que lo hacía parecer diez años más joven. Su incesante actividad, la brillantez con la que discurría sobre cualquier tema y su sorprendente capacidad de síntesis, dejaban traslucir una notable agudeza intelectual. Si el proceso de selección era justo, Cliff daba por sentado que su amigo sería aprobado con magna cum laude y obtendría la dignidad de arconte.

Por la vereda que conducía al patio central se respiraba ya el aroma de los hueledenoches.

—Me siento como un monje dominico —comentó George—. Llevamos tres días confinados en este claustro medieval, entre patricios y arcontes. ¡Extraño a los uranos! —dijo en tono de broma.

—Para mí los exámenes han sido agotadores —confesó Cliff—. Espero haberlos aprobado.

—Eso seguro… Lo que a mí me perturba es sentir que todos mis pasos y hasta mis gestos están siendo escrutados como si fuera un ratón de laboratorio. ¿No te pasa lo mismo?

—Es natural, estamos aquí para ser evaluados —dijo Cliff, rehuyendo la crítica al proceso de selección.

Guardaron silencio mientras avanzaban al centro del patio, donde se escuchaban los últimos gorjeos de los pájaros y la música líquida de la fuente.

—Siendo doctor en historia, ¿qué piensas hacer en el negocio de tu padre? —preguntó George—. No te veo detrás de un holograma de cálculo o una probeta.

—Le pediré a mi hermano que dirija el laboratorio. En realidad, era él quien debía sustituir a mi padre.

—Sí, supe que lo rechazaron. Debió de ser muy traumático. No es lo habitual.

—Sigo sin entenderlo.

—Cuando supe lo que había pasado con tu hermano, puse mis barbas a remojar —dijo George casi en susurros—. Me pasé tres días enteros sin salir de Oniria para no torturarme.

—Tú no tienes por qué temer. Eres brillante.

—No es por eso. Modestia aparte, sé que aprobaré, pero me preocupan… mis ideas. Nada es más importante para mí que convertirme en arconte y emprender la gran revolución del mundo urano… —dijo George, bajando la voz—. No te rías. Sé que suena ambicioso y pedante, pero me parece que es momento de dar un paso adelante en la Neohistoria.

—¿Qué tipo de revolución? —preguntó Cliff, intrigado.

—Yo soy un científico, Cliff, y creo que los uranos están ya suficientemente maduros para recibir mayor conocimiento. Por ejemplo, podríamos empezar a explicarles la evolución de las especies, sin que esto ocasione un detrimento en su fe. Necesitan conocer a Darwin y también parte de lo que nosotros los patricios sabemos sobre el universo. Eso renovaría en ellos el interés por la biología y la astrofísica, por ejemplo.

—Pero ¿cómo vamos a decirles ahora que llevamos años ocultándoles información? —dijo Cliff, tratando de argumentar como un conservador—. Los uranos necesitan seguridad, certeza en los paradigmas de la ciencia, la fe, la filosofía. ¿Te imaginas lo que sería para ellos desechar de sus mentes todos los conceptos aprendidos por décadas? Se harían demasiadas preguntas.

—Pero si no ampliamos su espectro de conocimientos, los uranos se convertirán en seres cada vez más limitados, aferrados solamente a la tecnología, que es la única expresión de la ciencia con la que tienen contacto, aunque pocos comprendan sus fundamentos reales. La ausencia de curiosidad científica puede ser a la larga el inicio de una peligrosa involución, ¿no crees? Además, yo hablo de una aproximación paulatina, no brutal.

—Creo que la tecnología es suficiente para ellos, por el momento —mintió Cliff, reprimiendo sus más hondas convicciones—. Y recuerda que se les ha permitido el estudio del genoma humano. Los uranos se sienten en sintonía con Dios al estudiar en la célula la grandiosidad de la Creación. El ADN es el lenguaje de Dios, decía alguien. Sin mencionar que los uranos dominan la cibernética; son los creadores del espacio virtual y sus sistemas operativos.

—Quizá tengas razón… No es el momento aún —concluyó George, zanjando su desacuerdo.

Cliff percibió en George una mezcla de temor y desilusión; había reculado para no comprometerse. "Si tú supieras, amigo mío, lo que realmente pienso… —dijo para sí—. Cómo me gustaría poder hablar libremente contigo. No debo olvidar que vine a cumplir la peligrosa misión de espiar al Consejo y para eso tengo que hacerme pasar por un retrógrado".

—Esta noche cenaremos los tres candidatos con el señor X —comentó Cliff, cambiando de tema—. Posiblemente tenga algo importante que decirnos.

—Quizá. —George se puso de pie y se despidió con tono apagado—. Te dejo. Voy a cambiarme para la cena.

—Nos vemos más tarde —respondió Cliff.

"¿Habrá mucho patricios que piensen como George? —se preguntó Cliff—. ¿Serán estas nuevas ideas lo que mi padre temía?".

Sentado en el bordillo de la fuente, Cliff pensó en la mascarada que venía representando: al principio, lo más agotador había sido extremar las precauciones para no delatarse con un gesto o un comentario, pero reiteradamente se sorprendía a sí mismo olvidando la misión que lo había llevado ahí. Nunca imaginó que su experiencia durante la instrucción fuese tan placentera: de no ser por el fatigoso cúmulo de exámenes, el trato del señor X y el de todos los patricios que trabajaban allí era amable y hospitalario. Los tres candidatos habían sido acogidos con deferencia y hasta con cariño, como si se tratara de parientes respetables a los que se recibe por primera vez en casa. Encontraba a todos aquellos patricios tan inteligentes y ponderados que hasta había llegado a pensar que no era descabellada la idea de emprender una labor de convencimiento para que el Consejo liberara a los dalits.

Al llegar a la terraza que servía de comedor hasta el final del verano, encontró presidiendo la mesa al señor X, un hombre bajito, de barba muy tupida y frente amplia. Ocultaba su férrea voluntad de poder tras un tono condescendiente que no dejaba lugar a duda sobre su alto rango en el Consejo. No daba trato preferente a ninguno de los tres candidatos, pero Cliff notaba que se dirigía a él con más frecuencia que a los demás, y tenía siempre un gesto de aprobación para sus comentarios.

George llegó a la terraza poco después que Cliff, y Nair lo hizo con cinco minutos de retraso.

—Disculpen. Olvidé que esta noche cenábamos en la terraza y me fui al comedor.

—No te preocupes —dijo el señor X, combinando sus palabras con un sutil gesto de reprobación.

Sin duda se trataba de una cena especial, pues los platos que llegaron por la banda transportadora eran de alta gastronomía. El señor X permaneció atento a la conversación de los jóvenes, aunque casi no participó. La charla fue animada, pero ellos sabían que aún durante los momentos de esparcimiento el señor X no dejaba de evaluarlos, así que ninguno de los tres conversó con verdadera soltura. Una fuente llena de exquisitos postres llegó por la banda, junto a una botella de champán. El señor X hizo saltar el corcho por el aire y con una sonrisa plácida indicó a Nair que sirviera las copas.

—Vamos a brindar por el final de la primera etapa del entrenamiento. Salud —dijo, levantando la copa—. En cuanto terminemos el postre quiero verte en mi despacho, Heine.

Cliff brindó con una tensa alegría queriendo disimular la angustia que esta petición le producía.

Al llegar al despacho del señor X, el temor de haber sido descubierto le bañaba la nuca de un sudor frío. Había repasado una y otra vez sus movimientos en los últimos días y no encontró nada impropio, pero sabía que el Consejo contaba con métodos muy sutiles para analizar el fondo del comportamiento humano.

—¿Cómo te has sentido en estos días, Cliff? —preguntó el señor X con expresión hierática.

—Muy bien, señor. Poco a poco he vencido los nervios.

—Soy un buen amigo de Henry. Me alegra que estés aquí.

—En realidad, la primera opción de mi padre para sustituirlo fue mi hermano Sam, señor. Usted lo sabe.

—Sí, lo sé —dijo secamente el señor X—. Pero ahora eres tú quien está con nosotros y quiero decirte que has aprobado con la máxima puntuación. Estoy muy complacido, Cliff.

—Gracias, señor, haré todo lo posible por merecer el honor del puesto que se me encomendará, si soy beneficiado con un dictamen positivo —dijo Cliff, sintiendo un gran alivio al ver que la conversación tomaba ese derrotero.

—Comienza ahora la segunda parte de la evaluación. Les asignaremos tareas prácticas, indispensables para el desenvolvimiento de un arconte… —Fijó su mirada de águila en Cliff—. A ti voy a pedirte algo muy especial, pero antes tenemos que aclarar algunos asuntos espinosos.

—Usted dirá, señor —dijo Cliff, tratando de disimular su inquietud.

—Debes saber que tu padre no llegó a enterarse de lo que hiciste en Dresde, pues cuando íbamos a comunicárselo, nos enteramos de tu accidente y pensamos que era mejor no mortificarlo más, aunque después tuvimos que darle la mala noticia de la expulsión de tu hermano.

Cliff sintió un súbito mareo y comenzó a transpirar. Trató de sosegarse, pero sentía como si hubiera entrado en un oscuro túnel donde sus pensamientos giraban sin orden ni concierto. "¡Así que lo sabían! —se dijo—. Entonces, ¿qué hago yo aquí?".

—Me vas a contar todo lo que pasó —ordenó el señor X—. Quiero escuchar tu versión de los hechos.

"Si me interroga es porque el Consejo tiene una versión detallada de lo sucedido —dedujo—. Es inútil mentir. Me enfrentaré al castigo que me impongan y trataré de salvar el honor de mi padre". Se recompuso en el asiento ante aquel hombre sinuoso y enigmático y le refirió cómo había herido a Hermann por defender a la urana que estaba siendo torturada por aquellos lokis. El señor X lo escuchó sin mover un solo músculo facial; era imposible adivinar sus pensamientos, se limitaba a asentir con el ceño levemente fruncido como ratificando mentalmente cada parte del relato.

—Cuando herí a Hermann, me sentí acorralado, se me nubló la razón y salí huyendo, sin poder salvar a la urana. Robé el avión de mi amigo Randy, pero era tal mi desasosiego que no pude aterrizar. Cuando vi que estaba a punto de caer en picada, me lancé con el paracaídas. —Cliff concluyó así su relato; lo que seguía no estaba dispuesto a contarlo ni siquiera bajo tortura.

—¿Y luego qué pasó? —pregunto el señor X con la mirada clavada en los ojos de Cliff.

—El golpe que me di al caer debió ser muy fuerte. Días después volví en mí bajo un puente, y eché a andar como un loco hasta que encontré a unos gurkhas.

—¿No recuerdas nada de lo que sucedió tras tu accidente? —preguntó incisivo el señor X.

—No, señor.

"Así que por eso estoy aquí, para que les diga lo que vi en los túneles —pensó Cliff—. Moriré antes de hablar de Zeit y de los dalias".

El señor X se levantó de su asiento y dio unos pasos hasta una pequeña barra empotrada en la pared. Llenó un par de vasos con agua mineral y le ofreció uno a Cliff.

—Debió de haber sido muy traumático recobrar la conciencia después de tantos días. Pobre, Cliff. ¿Estás ya repuesto del todo, verdad? —preguntó con tono amable.

Cliff ni siquiera pudo responder a la pregunta. Permaneció largo rato desconcertado, mirando con estupor al señor X.

—¿Pensabas que no sabíamos lo de Dresde? —dijo el arconte.

—Tenía que haberlo hablado con mi padre, pero me faltó el valor —atinó Cliff a responder.

—El Consejo lo sabe todo. Debiste haber tenido confianza en nosotros. Fue un grave error de tu parte creer que te castigaríamos por lo sucedido. No está bien que sobrevengan actos violentos, pero lo que hiciste fue un acto de justicia. Nosotros estamos para proteger a los uranos, no para hacerles daño.

Cliff no podía creer lo que estaba oyendo. ¿Cómo era posible que todo su sufrimiento hubiera sido en vano? ¿Así que el Consejo sólo estaba enterado de lo sucedido en Dresde, pero no sabía nada de su estancia con los dalits?

—Pero yo pensé que el Consejo aprobaba lo que hacían los lokis. Por eso temí hablar —dijo Cliff intrigado.

—Te lo voy a explicar. Puedo sincerarme contigo porque pronto serás un arconte… Las familias patricias, como es lógico, han crecido exponencialmente a lo largo de los años. La gran cantidad de jóvenes protegidos por el Consejo que no llegan a ser arcontes nos ha traído muchos problemas, de lo cual hablaremos cuando seas uno de nosotros. Recordarás, como historiador que eres, a las rémoras familiares de la antigua aristocracia, ¿no? Pues algo así está pasando ahora. Estos jóvenes se ofrecieron hace tiempo a vigilar el desempeño de los gurkhas y encabezar la guerra contra los thugs. El Consejo aceptó gustoso, pensando que así lograría involucrarlos en una actividad beneficiosa para la sociedad. En términos generales funcionan bien, pero hemos encontrado focos rojos en algunos de estos grupos, como tú pudiste comprobar. —El señor X tomó un sorbo de agua y con mucha firmeza concluyó—: Tú presenciaste un acto vandálico inaceptable.

—¿Qué sucedió con Hermann, señor? —preguntó Cliff con un nudo en la garganta.

—Sólo sufrió una herida sin consecuencias. La versión oficial de los hechos es que se le disparó accidentalmente el arma en un entrenamiento de tiro…, pero el Consejo lo ha sentenciado a vigilancia estricta. Y la urana a la que intentaste defender, gracias al lío que ocasionaste, salvó la vida.

Por fin podía borrar de su mente ese terrible remordimiento. Lo invadió una grata sensación de tranquilidad, aunque todavía se sentía desbordado por esa cantidad de noticias.

—Pero no estuvo nada bien que no acudieras a nosotros en Dresde —le reprendió X—. Ahora quiero que te concentres en lo que voy a pedirte.

—Usted dirá —respondió Cliff, tratando de recomponerse.

—Tengo un problema que resolver antes de dar mi veredicto sobre los candidatos a arcontes de este periodo. Mi problema es con George… Veo que te sorprende. Pues bien, sé que es un biólogo muy competente, pero también, demasiado inquieto. Hemos averiguado que tiene una manera de ver las cosas que quizá pueda ser arriesgada para el buen desarrollo de la Neohistoria. ¿Te ha contado algo de sus teorías?

Cliff pensó que era inútil ocultar sus conversaciones con George.

—Sí, me ha comentado alguna cosa, pero no me pareció que fuese algo preocupante.

—Sabemos que se está comunicando con los uranos por medio de Oniria, en un sitio que él mismo construyó llamado Ápeiron. Tu tarea será infiltrarte ahí como un urano común, por medio de un álter ego. Para evadir nuestra vigilancia, George alecciona a sus discípulos en salas privadas, y como ha creado varios álter ego, solemos perderle la pista.

—Pero ¿qué puedo averiguar yo que ustedes no sepan ya?

—Mucho. Como te digo, George sabe cómo burlar la vigilancia del Consejo en el ciberespacio. No entendemos a ciencia cierta lo que habla con los uranos dentro de esas salas clandestinas. Tu misión es valorar la potencial peligrosidad de George como arconte. Sus ideas no son descabelladas, pero sí prematuras, y no sabemos hasta dónde podría llegar si se convirtiera en arconte. No podemos permitirnos el lujo de tener a un agitador en nuestras filas. ¿Entiendes?

—Sí, señor —respondió Cliff un tanto aturdido.

—George es muy inteligente, pero tú lo eres más. Tenemos plena confianza en ti. Ésta será la segunda y última parte de tu evaluación. Permanecerás aislado en un apartamento dentro de los Claustros, con todo lo necesario. Tienes una semana para terminar tu misión. Sólo entonces volveremos a vernos.

XXXVII

Los mellizos estaban impacientes por conocer la propuesta de la extranjera, quien no hablaría hasta que estuvieran todos reunidos. Tardaron dos días en encontrar a Cotto, pues se había internado en el drenaje huyendo de los últimos golpes de calor del verano. La soledad en la que había vivido el titán durante esos días se reflejaba en su pálido semblante y en el recrudecimiento de su hermetismo, por lo que Kali dedicó varias horas a estimular su intelecto. Primero le pidió que despejara algunas ecuaciones en su cuaderno, lo cual realizó casi como un autómata; luego, atrayendo su interés con todos sus artefactos, fue haciéndole preguntas hasta que logró romper su introversión al enfrascarlo en una discusión sobre electromagnetismo. Cuando finalmente sintió que Cotto reestablecía la comunicación con sus semejantes, los reunió a todos para por fin revelarles la razón que la había traído hasta el norte del continente.

Los hermanos aguardaban impacientes alimentando la hoguera con los durmientes arrancados de las vías del tren. Como si no hubieran esperado bastante, Kali se tomó su tiempo para ordenar un montón de papeluchos revueltos en su mochila. Cuando hubo concluido su minuciosa tarea, se sentó cómodamente en flor de loto junto a Rudra.

—Antes que nada, Zeit, necesito tu promesa de que Cliff no sabrá nada de esto. Es una información demasiado importante y la única oportunidad de liberar a los dalits.

—Te lo prometo —respondió Zeit, un tanto irritada por la espera—. Explícanos de una vez de qué se trata.

Kali entornó los ojos, tratando de meditar sus palabras.

—Bien… Cuando nuestros pueblos comprendieron que la única manera de salir de las catacumbas era encontrando el talón de Aquiles de los uranos, comenzamos a investigar la vida en la superficie. Descubrimos que la columna vertebral de la Neohistoria está en las comunicaciones y la informática. Pero, ¿cómo podíamos alterar el funcionamiento de un sistema de comunicaciones cuyo centro neurálgico se encuentra en el ciberespacio, el cual es para los dalits una dimensión intangible?

—Nunca he podido comprender adónde van todos esos datos —comentó Zeit.

—La red fluye por todo el mundo gracias a los satélites que orbitan en la estratosfera, y los datos se guardan en gigantescos receptáculos; si faltaran, la información desaparecería casi por completo… Destruir los satélites era nuestro gran sueño, y ya que éstos devuelven señales a los repetidores por medio de microondas, estudiamos cada onda del espectro electromagnético y los principios de la electricidad.

—¿Todo ese trabajo lo han hecho los dalits? —preguntó Rudra sorprendido.

—Así es. —Kali respiró profundamente y prosiguió—: Sin embargo, nos dimos cuenta de que era imposible alterar el funcionamiento de los satélites y nos concentramos en los repetidores. Al poco tiempo descartamos la posibilidad de atacarlos; hay demasiados por todo el planeta.

—¿Y qué quieres de nosotros? —preguntó Zeit con desánimo.

—Espera… Estábamos a punto de claudicar, cuando, por un golpe de suerte, nos topamos con algo sorprendente. —Los ojos de Kali brillaron con intensidad—. Un día mientras recorríamos los pasadizos del subsuelo de la ciudad, uno de los compañeros vio que su brújula se comportaba de una manera extraña. Pronto localizamos el lugar de interferencia con el polo magnético. Aunque por los riesgos de un accidente con el material radioactivo, era improbable que una central nuclear se encontrara bajo la ciudad, intuimos que se trataba de una planta de energía eléctrica, en la cual debía alojarse un inmenso magneto.

—Siempre he leído que las centrales nucleares están perfectamente reguladas y en lugares inaccesibles, para prevenir un accidente —intervino Rudra.

Con una amplia y orgullosa sonrisa, Kali irguió la cabeza y dijo:

—A raíz de este hallazgo, los dalits descubrimos uno de los grandes secretos del Consejo: no existe ninguna central nuclear.

—¡¿Cómo?! —exclamó Rudra, incrédulo.

—Nos llevó meses desentrañar el misterio. Después de hallar algunos documentos en los basureros del edificio, justo encima de la central, desde donde creíamos que era manejada, y tras haber sometido a tortura a uno de los ejecutivos, supimos, sin lugar a dudas, que no se trataba de una central de fisión nuclear, sino de un toroide de fusión atómica, que es muy distinto.

—¡No entiendo! —exclamó Zeit.

Kali sacó su botella luminiscente e hizo brillar sus filamentos.

—Dentro de la botella hay un gas ionizado que al ser activado por los electrodos crea una descarga electromagnética que produce estos filamentos luminosos… ¿Los ves?

—Sí, claro —respondió Zeit.

—Es un ejemplo de la energía del plasma, el cuarto estado de la materia, que constituye el noventa y nueve por ciento de la materia en el universo. Este fuego —dijo, señalando la hoguera— también es un plasma.

—Y el sol. Y los relámpagos —añadió Cotto, que por fin parecía interesado en lo que la extranjera relataba.

—Exacto… Conocíamos de tiempo atrás las propiedades del plasma y los fallidos intentos reportados en las primeras décadas del siglo para generar electricidad a partir de éste de manera controlada. Por eso fue una gran sorpresa para nosotros averiguar que la electricidad del planeta, cuya producción es monopolizada por el Consejo, se genera en cuatro centrales de fusión atómica, ubicadas dos en cada hemisferio, y no por plantas nucleares como les hacen creer a los uranos.

—¿Sólo cuatro centrales en todo el mundo? —preguntó Zeit.

—Así es… Eso nos alentó y en poco tiempo obtuvimos la información de la estructura interna del toroide: una especie de dona de cristal recubierta por un potente magneto que evita que el plasma a inmensas temperaturas rompa la dona y escape…

—¿Dónde está el toroide de este hemisferio? —preguntó Rudra.

—Conocemos la ubicación de tres de ellos, pero aún falta encontrar el toroide que alimenta esta cuarta parte del planeta. Pero todo indica que está aquí mismo, en el subsuelo de Manhattan.

—¡¿De verdad?! —exclamó Rudra.

—¿Quieres que lo busquemos? —preguntó Cotto.

—Sí. —El rostro de Kali adquirió un aire grave—. Cuando lo encuentren, sabotearemos simultáneamente los cuatro toroides y declararemos la guerra al Consejo.

—¡Increíble! —exclamó Rudra entusiasmado—. ¡Sin electricidad toda actividad urana quedará paralizada y los satélites, inutilizados! ¡La incomunicación y el caos serán absolutos!

—En poco tiempo podrán arreglarlo —dijo Zeit, pesimista.

—Sí, pero durante ese tiempo los uranos, obligados a vivir en las tinieblas por las noches, y sin artefactos eléctricos ni vehículos durante el día, estarán inermes —explicó Kali—. En ese momento los dalits saldremos del subsuelo para pelear por nuestra libertad, y nuestros compañeros esclavos destrozarán los gulags.

—Pero ¿cómo vamos a sabotear la central eléctrica? —replicó Zeit.

—Hace unos meses dimos con el punto vulnerable del toroide.

Cotto abrió los ojos cuando Kali le mostró los diseños en los que se veía cada una de las partes del sistema de refrigeración del helio utilizado para enfriar el gran magneto gracias al cual se lograba contener el plasma dentro del toroide. El sabotaje era bien sencillo. Cada comando dalit debía cortar los cables eléctricos conectados al condensador del sistema de refrigeración y el helio se calentaría en cuestión de horas, por lo cual, el gigantesco imán perdería su magnetismo y el plasma se expandiría por todo el toroide fracturado por las elevadas temperaturas del plasma. Al liberarse de su confinamiento, el plasma perdería sus propiedades convirtiéndose en un simple gas y la electricidad dejaría de fluir en el globo terráqueo.

—Cotto debe dirigir el operativo —indicó Kali—. Es el más capacitado para ello. Aunque implica riesgos que no hemos podido calcular.

—No importa —respondió Cotto, con un inusual brillo en los ojos.

Rudra guardó silencio en actitud reflexiva.

—Todo ese gran operativo sería inútil y suicida si antes no hacemos algo para herir a la sociedad urana. El Consejo lograría reorganizarla en semanas para combatirnos.

—Es verdad, pero ¿qué podemos hacer? —preguntó Kali.

Rudra hizo una larga pausa antes de responder.

—Si los uranos comunes llegan a saber cómo los torturan y asesinan los patricios, su sociedad se descompondría por completo.

—¡Sería un golpe mortal a la fe que le profesan al Consejo! —exclamó Kali.

—Tengo un plan. Llevo días madurándolo. —Rudra miró con intensidad a Kali—. Me has dicho varias veces que necesitamos vencer nuestro complejo de inferioridad y recuperar el orgullo… Pues bien, he pensado que si los dalits fuesen testigos de la debilidad de los uranos, derrotarían de golpe gran parte del miedo que éstos les inspiran.

—Pero ¿qué podemos hacer para conseguirlo?

—Desde que supe que los uranos carecen del chip de seguimiento que ellos creen llevar desde el nacimiento, se me ocurrió que es enteramente posible secuestrarlos y traerlos al subsuelo —respondió Rudra—. Sus familias creerán que el Consejo los ha hecho desaparecer y dejarán de buscarlos en pocos días. Por otro lado, el Consejo no puede confesar que es incapaz de localizarlos.

—Quieres que los dalits vean morir a los uranos en el subsuelo por falta de defensas. Ya veo… —concluyó Zeit—. Pero la ausencia de unos cuantos no desmoralizaría a la sociedad urana.

—Lo importante es llevar las cosas más lejos… Si los cadáveres de esos uranos presentan las mismas señales de tortura que los lokis les inflingen, podríamos desenmascarar a los patricios como asesinos de uranos.

—Eso es imposible.

—No. Sólo habría que filmar las torturas lokis.

—¿Por eso le pediste la cámara a Cliff? —preguntó Zeit.

—Sí. El paso siguiente será hacer aparecer una pira de cadáveres uranos, mejor aún, de gurkhas, con las mismas señales de tortura. Cuando la noticia se haya diseminado y comiencen a llorar a sus muertos, que nos atribuirán seguramente a nosotros, haremos aparecer una filmación de los lokis en la red…

—Es una idea muy interesante. Habrá que afinarla con mucho cuidado —valoró Kali en tono reflexivo.

Eran tantas las novedades y las tareas que tenían en mente, que los cuatro amigos permanecieron largo rato absortos en sus pensamientos.

Finalmente, Kali levantó el rostro y dijo:

—Me llevo de estas tierras enseñanzas muy importantes, más de lo que hubiera imaginado.

El rostro de Rudra se desencajó al escuchar esas palabras. La partida de Kali se acercaba y él no entendía ya la vida sin ella.

Cotto y Rudra partieron en expedición al lugar donde sospechaban que podía estar el toroide y en busca de un poco de luz para que Cotto resolviera los últimos cálculos que la extranjera le había pedido.

Dos días después, el rostro de Kali se iluminó cuando vio que Rudra volvía al andén donde ella y Zeit habían permanecido analizando todos los aspectos del operativo.

—Ya detectamos dónde puede estar el toroide —informó Rudra—. Sólo es cuestión de encontrar el sistema de refrigeración.

—¿Terminó Cotto los cálculos?

—Sí… —Rudra sacó una bolsa de plástico llena de bocetos y planos.

Ambos miraron sobrecogidos aquella bolsa, cuyo contenido podía representar un paso adelante en la guerra de los dalits, pero también el fin de la estancia de Kali en la isla. Nada dijeron, pero Zeit comprendió, por la tristeza en sus miradas, que la separación era inminente y se encaminó a la salida para dejarlos solos.

—Espera, Zeit —la detuvo Kali—. Ha llegado la hora de irme.

—Lo sé —respondió Zeit con la voz quebrada.

—Aunque miles de kilómetros nos separen, tú y yo estamos conectadas para siempre. ¿Lo sientes, verdad?

—Sí —respondió Zeit con tristeza.

Kali acarició su cabello.

—Siempre pensaré en ti. Recuerda que el manto de la noche, como la diosa Nut de los egipcios, nos cobija siempre a las dos. Cuando me necesites, búscame en las estrellas.

Al salir Zeit, los amantes sintieron que el corazón se les desgarraba. Era su último encuentro. Ambos sabían que solo un milagro podía reunirlos de nuevo y ninguno de los dos creía en los milagros.

Todas las etapas de preparación para la rebelión dalit que habían mantenido vivo a Rudra parecían haberse engarzado para encontrar a Kali. Ahora que un nuevo ramillete de esperanzas en la lucha se abría ante él, todo le resultaba nimio al lado del dolor de perderla. El vacío de su ausencia lo atemorizaba aún más que la muerte.

—No me resigno a que te vayas —dijo Rudra.

—Mis compañeros me esperan antes para comienzo del otoño. Debo partir cuanto antes. Tardaré casi todo el verano en llegar.

Rudra la besó con el ímpetu de un huracán.

—Siempre creí que nada opacaría mi determinación de luchar contra los uranos. Pero ahora, lo único que realmente me importa eres tú, Kali… Daría la espalda a todo por estar contigo una noche más, un minuto más.

—Si no hubiera tantas vidas en juego, no lo pensaría. —Kali acariciaba el rostro de Rudra—. Me quedaría junto a ti en esta guarida, hasta que nuestras fuerzas nos vencieran.

—Te confieso que esta guerra la iniciaré sólo por la esperanza de que estemos juntos de nuevo. Poco me importa morir si no voy a volver a verte… —Rudra la miró de frente—. Si sobrevivo, iré a buscarte.

—Te estaré esperando. —Kali lo besó con el alma en vilo.

Rudra contempló a su amada sin prisa, como si de esa manera el tiempo pudiera detenerse. Claudicante, ante la falta de ilusión en otra cosa que no fuera compartir su vida con ella, tuvo por primera vez en la vida un amargo acceso de llanto.

Kali besó sus lágrimas, tratando de beberse su tristeza.

Rudra quería atesorar cada poro de su mujer. La desnudó con paciencia infinita y cuando ya nada cubría su piel morena, cerró los ojos. Capturó su sabor besando cada centímetro del cuerpo de Kali, y aprisionó en la memoria el amado olor de su piel.

Se dejó acariciar y besar por ella. Sincronizando el vigor y la languidez, Kali sometió el indómito miembro de Rudra. Lo poseía buscando llevarse con ella cada milímetro de su ser.

Los cuerpos fusionados se negaban a dejar ir ese momento. Casi no se movían ya, no hacía falta. Sentirlo dentro, sentirse dentro, era tan impetuoso y desgarrador que con el solo vaivén de la respiración sentían sucederse los orgasmos, formando un rosario de recuerdos, de tristezas y plenitudes infinitas.

Rudra la arrulló sin desunirse. Logró hacerla dormir unas horas, mientras iba guardando en su memoria cada partícula, cada segundo, cada suspiro.

El ocaso anunció su infortunio y Kali se marchó al cerrarse la oscuridad sobre la ciudad.

XXXVIII

Un abismal contraste separaba la atmósfera medieval de su aposento en los Claustros, de la ultramodernidad del ciberespacio.

Sobre el robusto escritorio del siglo XVI, Cliff había encontrado una potente computadora cuántica, un proyector de hologramas y el visor más moderno. Al colocárselo se transportó al puerto de inicio de Oniria, y desde la entrada de ese paraíso virtual, sintió con total realismo la brisa de los árboles, el olor de las flores y escuchó el murmullo de una conversación entre dos álter ego en ciernes que esperaban turno para diseñar su identidad.

Segundos después, los tres fueron teletransportados a la sala de autodiseño. Estaba muy cambiada desde el lejano día en que Cliff construyó Cid, su primer álter ego.

Estuvo toda la mañana diseñando el personaje ideal con rasgos de la fisonomía de Randy y otros más de su viejo amigo Tom. Retocó el perfil del engendro virtual hasta convertirlo en un dechado de perfecciones. Sólo quedaba pensar en un nombre que pudiera atraer a George.

El único dato que tenía para iniciar su misión era el nombre del sitio: Ápeiron. Recordó que para los griegos el arjé era el principio de todas las cosas. Para Tales de Mileto, el arjé era el agua; para Anaxímenes, el aire; para Heráclito, el fuego y; para Anaximandro, el Ápeiron, lo indeterminado e infinito. Así que imaginándose a sí mismo como un diamante en bruto, como el elemento básico aún por definir, se autonombró simplemente Arjé. Era factible que el seudónimo despertara el interés de George.

Salió a la plataforma de despegue y, como era de esperar, el Ápeiron no estaba en la lista abierta de sitios a visitar. Navegó por varios espacios de temática filosófica ensayando su personaje y tratando de zambullirse en la psique de los uranos comunes. Durante dos días vivió casi por entero en el ciberespacio; charló con decenas de álter ego y estudió en la biblioteca de Oniria los temas que había oído discutir a George.

Después de múltiples sondeos, una chica de facciones asiáticas le proporcionó la contraseña para teletransportarse a Ápeiron. En cuanto entró pudo constatar que se trataba de toda una polis griega. A la entrada del ágora, dos hermosas musas le dieron la bienvenida y le entregaron la tradicional túnica blanca. Vestido como todo un milesio empezó a merodear. Esperaba encontrar alguna asamblea, pero sólo vio un corrillo de jóvenes que le recordaron su no tan lejana época de estudiante. Tímidamente se incorporó al grupo, donde, al poco rato, los escuchó hacer referencia a su maestro, un tal Anaximandro.

Durante horas esperó a que alguien reparara en él. Finalmente uno de los tertulianos, un joven pelirrojo y pecoso llamado Mantú, lo invitó a participar en el coloquio.

—No te había visto antes. ¿Es tu primera visita a Ápeiron?

—Sí, acabo de llegar.

—Qué curioso. Ápeiron no aparece en el listado abierto. Alguien tuvo que teletransportarte.

—Sí. Una amiga de Aristotelia me dijo que aquí tenían discusiones muy interesantes.

—¿Y cuál es tu especialidad?

—Todavía ninguna, tengo diecisiete años, pero me apasiona estudiar los orígenes del cosmos, de la vida…

Mantú se puso a la defensiva.

—Eso está en las escrituras.

—¡Ah! —exclamó Cliff con desilusión—. Yo esperaba un debate más animado. Pensé que discutían sobre ideas filosóficas y temas… heterodoxos.

—¿Como cuáles? —preguntó suspicaz Mantú.

—No, ninguno, perdona que te haya molestado. —Cliff comenzó a alejarse del corrillo, esperando que Mantú picara el anzuelo.

—Espera… Quizá te interese venir con nosotros a escuchar a Anaximandro mañana por la tarde.

—¡Me encantaría!

—Te busco aquí mismo dos minutos antes de las cinco —concluyó Mantú.

Había logrado acercarse al grupo. Era un buen comienzo. Se arrancó el visor y reconoció con agrado su entorno. Después de una larga inmersión en Oniria le costaba trabajo adaptarse al mundo real. Miró su imagen en el espejo del lavabo y se mojó la cara para espabilarse.

Entre su aposento medieval y el ágora virtual, Cliff tenía extraviado el sentido del tiempo, por lo que no pensaba volver a Oniria en las doce horas que faltaban para su encuentro con Anaximandro. Buscó en la estantería algún texto interesante, sólo encontró lomos que semejaban volúmenes antiguos, pero con las hojas en blanco. A falta de otra diversión, se echó en la cama a repasar mentalmente las investigaciones que había realizado durante esos dos días y a perfilar con el máximo detalle a Arjé, su nueva personalidad cibernética. Debía tener especial cuidado en no ser detectado como patricio por George, que muy probablemente fuese el Anaximandro del que hablaba Mantú.

Tenía setenta y dos horas para cumplir su misión, y el cansancio comenzaba a pesarle. "Esto no es nada", se dijo, recordando el agotamiento letal en los primeros días de cautiverio en el subsuelo. Qué lejos parecía ahora todo aquello. Una y otra vez descubría una parte de su ser patricio luchando por olvidar la mirada de los dalits. Pero el recuerdo de Zeit lo acompañaba siempre. Evocando su voz ronca y sensual, se arrulló hasta quedar profundamente dormido.

Despertó pocos minutos antes de las cinco y corrió a ponerse el antifaz para volver a Ápeiron.

Mantú lo esperaba con impaciencia.

—Pensé que te habías olvidado.

—De ninguna manera.

—Tienes que desconectar tu radar, pues te voy a teletransportar a un sitio clandestino. ¿Entiendes?

—Sí… Ya está —obedeció Cliff.

—Ponte esta venda en los ojos.

De golpe sintió calor y un intenso olor a laurel y comino. Había entrando en un espacio cerrado y asfixiante. Una mano lo agarró del hombro para hacerlo avanzar unos pasos.

—Siéntate. —Era la voz de Mantú—. Ya puedes quitarte la venda. Mantú se había ido. Estaba solo en una cueva iluminada por una lámpara de queroseno. Las paredes estaban repletas de cachivaches, libros y armas antiguas. ¡Cómo le recordaba a la guarida de Rudra!

Transcurrieron los minutos y empezó a impacientarse. Vagó por el lugar, hojeó los libros, desplegó los mapas y comió unos cuantos dátiles frescos. Hasta las frutas más humildes en Oniria tenían un sabor exquisito, muy superior a las naturales.

Se dio cuenta de que su radar había sido desactivado y sin él le era imposible volver a Ápeiron. Podía desconectarse si se quitaba el visor, pero quizá no volvería a tener otra oportunidad de encontrarse con Anaximandro. Decidió tranquilizarse y aguardar.

A los pocos minutos, en medio de la estancia, comenzó a aparecer un álter ego. Cuando terminó de teletransportarse, un hombre de la edad de su padre, con el pelo entrecano y las facciones muy finas, lo saludó.

—Perdona que te haya hecho esperar... Soy Anaximandro.

—Hola. Soy Arjé.

—Lo sé. Siéntate cómodamente, tenemos mucho de qué hablar.

Ambos se sentaron sobre los cojines esparcidos por el suelo.

—¿Desde cuándo te interesas por las teorías del origen de la vida, Arjé? —preguntó a bocajarro el maestro.

—Desde que era niño... Pero sobre todo desde hace un año, cuando me encontré las notas de Stanley Miller por ahí perdidas en un sitio de biología en la red. ¿Lo conoce usted? —dijo Cliff, que había estudiado esos días aquel controvertido experimento del siglo pasado.

—Sí, lo conozco... ¿Y qué pensaste de las conclusiones de Miller?

—No sé si puedo confiar en usted, pero... —Cliff podía apreciar el vivo interés de su interlocutor por lo que estaba a punto de comentarle.

—Confía en mí —respondió el maestro—. Conozco bien el experimento, y más aún..., creo que el resultado es correcto... No me digas que intentaste reproducirlo —dijo, sonriendo con gesto de complicidad.

—Sí. Lo hice —afirmó Arjé, insuflando valentía y orgullo.

—¡¿En serio?! ¿Qué sucedió?

—¡Funcionó! —dijo Arjé, contundente—. Apliqué una descarga eléctrica a la mezcla de gases de agua, metano, hidrógeno y amoniaco, tal como hizo Miller simulando las condiciones de la tierra en sus orígenes, y obtuve aminoácidos, grasas, azúcares y nucleótidos, o sea, los componentes orgánicos básicos para la vida... ¡Fue increíble!

—¡Por supuesto que su teoría es correcta! —comentó feliz Anaximandro—. ¡La sopa prebiótica es una realidad!

Cliff hizo una larga pausa fingiendo asombro.

—Pero eso significaría que las teorías de Darwin son correctas y que la evolución existió y existe. —Arjé esperó de nuevo unos segundos y preguntó al maestro, casi en un susurro—: Entonces, ¿dónde queda Dios?

—Dejemos fuera de esto a Dios por ahora y sigamos…

Pero Arjé interrumpió a Anaximandro.

—Según el libro primero del Génesis, Dios creó los cielos… y la tierra… —Hizo una pausa y comentó con suspicacia—: ¡Ya veo…! Usted tomó el nombre de Anaximandro, que definió como principio de todo al Ápeiron, lo infinito e indeterminado… Pero si el universo es infinito, significa que no tuvo comienzo ni tendrá fin… ¿Y cómo pudo ser Dios el creador del universo?

Anaximandro suspiró y con tono resuelto, le dijo:

—¿Qué pensarías si te dijera que, en efecto, el universo es infinito?

—¡Eso es ridículo! —saltó Arjé—. Está perfectamente comprobado que el universo tuvo su origen cuando Dios provocó la explosión inicial: el Big Bang. Y el universo se expande desde entonces, gracias a que Dios creó la gravedad para cohesionar el universo y mantenernos unidos a la tierra.

Anaximandro miró fijamente al muchacho.

—¿Crees que podrías enfrentarte a una verdad incómoda, pero fascinante?

—¡Sí, por supuesto! —respondió Arjé, sin vacilar un segundo.

—Veamos. Para hacer el experimento de Miller, usaste electricidad, creaste un rayo, ¿verdad?

Arjé asintió.

—¿Conoces la naturaleza del rayo?

—Sí —respondió Arjé—. Es una poderosa descarga electrostática.

—Es más que eso. Es un plasma por el que fluyen corrientes eléctricas que crean campos electromagnéticos.

—¿Pero qué tiene esto que ver con el universo? —dijo Arjé.

—El electromagnetismo es una fuerza mucho más poderosa que la gravedad, aunque ésta sea acumulativa. Diez a la treinta y nueve potencia más poderosa. ¡Imagínate!

—¿Eso cómo prueba que el universo es infinito? —preguntó escéptico Arjé.

—¿Qué pensarías si te contara que no es la gravedad, como siempre nos han dicho, la fuerza que rige y cohesiona el universo?

—Le diría que está loco…

—Aun cuando la gravedad es la fuerza de atracción entre dos objetos con masa, el electromagnetismo es la fuerza que mantiene unidos los átomos y las moléculas, y la que explica, entre otras cosas, la falta de materia en el universo para justificar la gravedad existente. El electromagnetismo rige el comportamiento de la materia en estado de plasma. Si consideramos que ésta comprende el noventa y nueve por ciento del total de materia en el universo, es lógico concluir que es el electromagnetismo y no la gravedad el que rige el universo.

—Pero daría al traste con la teoría del Big Bang.

—En efecto. Además sabemos que las formaciones filamentarias del plasma por todo el universo sólo pudieron haber sido creadas hace más de setenta mil millones de años, mientras que la teoría del Big Bang preconiza que el universo se creó hace únicamente quince mil millones de años.

—Pues deben haberse formado en la expansión del universo después del Big Bang. Los astrónomos se han equivocado en sus cálculos. Eso es todo.

Anaximandro hizo una pausa y dijo con gravedad:

—El universo no está en expansión porque ha existido siempre.

—¡Eso no es posible! —replicó Arjé.

El maestro miró a su discípulo fijamente y tomándolo de los hombros dijo:

—Arjé, responde lo siguiente...

El joven miró al maestro con desconcierto.

—¿Estás de acuerdo en que la energía no se crea ni se destruye?

—Sí. Estoy de acuerdo —respondió Arjé.

Anaximandro remató su argumento con una estocada:

—Por tanto, si la energía no se crea ni se destruye, el universo no tuvo principio ni tendrá final. El universo ha existido siempre.

Cliff miró el fondo de los ojos de Anaximandro.

—¿Es por eso que usted escogió el Ápeiron, o sea, lo infinito e indeterminado, como nombre de su escuela? —Hizo una larga pausa y al no obtener respuesta, concluyó—: Así que usted cree en un universo sin principio ni fin... ¡Sin Dios!

Anaximandro guardó silencio, pero le devolvió una sugestiva mirada en la cual Cliff pudo adivinar a George oculto bajo el disfraz del maestro.

Cliff no volvió a entrar en Oniria. Faltaban unas horas para encontrarse de nuevo con el señor X y sus descubrimientos lo tenían completamente aturdido. Necesitaba valorar con frialdad las consecuencias que podría traer al mundo urano el conocimiento de los avances científicos celosamente guardados por el Consejo.

Empezaba a comprender los motivos de los arcontes para tener a los uranos sumidos en la ignorancia. ¿Cómo decirles que Dios podía no ser el creador del universo sin desatar una peligrosa oleada de nihilismo? "Si las ideas de Anaximandro se difunden —pensó—, muy probablemente volveríamos a las épocas de la Preneohistoria, cuando los hombres, convencidos de ser una parte insignificante de la evolución, perdieron la fe religiosa, y junto con ella, la esperanza en una vida eterna. Es muy probable que por esta razón la natalidad bajara de manera tan alarmante en los países más desarrollados a principio de este siglo. ¿De qué sirve vivir sin trascender? Dejaríamos de ser hijos de un padre divino que nos crea a su imagen y semejanza, para convertirnos en una insignificante mota de polvo en el cosmos, y en la Tierra, en un eslabón más de la cadena evolutiva. El hombre no puede enfrentarse a su pequeñez en un mundo infinito y caótico. El hombre común carece de la humildad necesaria para aceptar que no somos más que el resultado azaroso de la evolución de un universo, sin orden supremo. Nosotros, los patricios, fuimos humildes al aceptar los misterios del universo y encarar la soledad y la incertidumbre que esto significa, pero pagamos caro el conocimiento, pues perdimos el miedo al castigo divino y dejó de interesarnos la recompensa de una vida mejor después de la muerte como premio a una vida ejemplar. Como resultado, los patricios nos volvimos arrogantes y díscolos. Pero ¿puede la sociedad entera sobrevivir a las consecuencias de la falta de fe?".

Inmerso en sus reflexiones, Cliff caminaba de arriba abajo por su apartamento de los Claustros. Podía imaginar el veredicto que el señor X esperaba de él. Antes de rendir su informe, debía responderse honestamente a sí mismo una simple pregunta: ¿tienen los uranos el derecho a conocer la verdad, o es preferible, por el bien de los propios uranos, mantenerlos en las tinieblas?

Horas después, un joven patricio acompañó a Cliff al despacho del señor X.

—Pasa. Siéntate… Te veo demacrado, Cliff. ¿Te encuentras bien? —preguntó X.

—No he dormido mucho. Pero estoy bien, gracias.

Se sentaron en el confortable sofá desde donde se podía admirar el patio central de los Claustros.

—Ésta es la última etapa de tu evaluación, Cliff. Si todo sale bien, en poco tiempo comenzarás tu entrenamiento. ¿Tienes alguna pregunta?

—No.

—Bien. —El señor X se acomodó en su asiento y miró fijamente a Cliff—. ¿Pudiste entrar en contacto con George?

—Sí. Tardé varios días, pero al final logré que me tomara como discípulo.

—¿Cuál es tu valoración sobre la peligrosidad de sus ideas?

Cliff respiró profundamente.

—Conllevan un peligro importante para el Consejo, señor… —Muy a su pesar sentenció—: Creo que George no debería convertirse en arconte.

El señor X tomó asiento detrás de su escritorio y extravió la mirada en la lejanía.

—Muy bien —dijo el señor X, pensativo.

—¿Hemos terminado, señor? —preguntó Cliff, que sintió como si le cayera el cansancio de todos esos días de desasosiego.

—No —respondió el señor X—. Te falta cumplir con el trámite que refrenda tu decisión.

El señor X sacó un sobre lacrado, lo abrió y extendió a Cliff el folio que contenía.

—Léelo y firma al pie.

Cliff tomó el papel y antes de terminar de leerlo, un mareo lo hizo tambalear.

—Tranquilo… —dijo el señor X—. Debes comenzar a hacerte responsable de tus decisiones y defender tu opinión hasta las últimas consecuencias.

—¡Pero no puedo hacer esto! —exclamó Cliff desencajado—. ¡No puedo firmar la ejecución de George!

—Eso es lo que debe hacerse con los enemigos del Consejo.

—Pero George no es un enemigo. Sólo pienso que podría ser potencialmente peligroso para la sociedad si llegara a convertirse en arconte.

—Sabes bien, Cliff, que eso no es verdad —dijo con firmeza el señor X—. Si tú lo has reprobado, es porque ves en él un verdadero peligro.

—Lo siento. Pase lo que pase, no voy a firmar. —Cliff habló con la garganta cerrada por la angustia, pero sin rastro de duda.

El señor X se dirigió a la puerta, intempestivamente.

Cliff se sentía traicionado, vejado. Había bajado tanto la guardia que olvidó quiénes eran los arcontes: ¡los hombres que llevaron al mundo a un estado de ignorancia y opresión inaudito! Cuánta razón tenía Rudra al decir que la Neohistoria era la moderna Edad Media. La Inquisición se repetía con modernos oropeles. ¿Por qué había llegado él a esa conclusión sobre George? No sólo para convertirse en arconte y seguir su misión como espía de los dalits; ¡había creído en la peligrosidad de George! Había llegado a la conclusión de que, por su propio bien, los uranos debían permanecer en la ignorancia. Ahora comprendía que eso era una falacia, que los hombres debían saber la verdad a cualquier precio.

"Me arrestarán —pensó—. El señor X debe de estar firmando ahora mismo mi sentencia de muerte. Y lo que es peor, también la de George, por mi culpa".

Escuchó que la puerta se abría y vio entrar al señor X precedido por George.

—¡Has estado genial, compañero! —dijo George risueño, dándole una palmada en la espalda a Cliff.

—¡¿Cómo…?! ¿Qué está pasando? —preguntó Cliff desorientado.

El señor X se acercó a Cliff, sonriente.

—Te felicito. Has pasado la última prueba con sobresaliente.

—No entiendo —dijo Cliff, molesto y confundido.

—Verás, desde tu llegada a los Claustros, George desempeñó el papel de disidente que le asignamos —explicó el señor X—. Era importante para nosotros conocer tu verdadera opinión sobre asuntos tan delicados como el control de la divulgación científica. Al decidir que alguien como George era peligroso, tomaste la decisión correcta. Pero rechazaste firmar su sentencia de muerte; nuevamente hiciste lo adecuado. Un arconte debe ser firme y justo a la vez.

—Cliff, perdona el engaño, pero era necesario —sonrió George—. Soy arconte desde hace un año. Y en efecto, creo que es necesario abrir cierta información, pero los uranos deben ir asimilando el conocimiento poco a poco. Enfrentar a un joven urano, como Arjé, a la verdad descarnada, es muy cruel. Todo requiere un proceso, como sucede, por ejemplo, con la liberación de los dalits, a los que comenzaremos a liberar paulatinamente.

—¿Es eso cierto? —preguntó Cliff, tratando de disimular su alegría.

—Así es, Cliff —respondió el señor X—. Pronto no habrá necesidad de utilizar su fuerza de trabajo en los gulags y podrán vivir en la superficie.

George descorchó una botella de champán.

—¡Brindemos por tu carrera como arconte!

—Te felicito, Cliff —dijo el señor X con una sonrisa de satisfacción—. Al negarte tan categóricamente a firmar la sentencia de muerte de un compañero, sabiendo los riesgos que implicaba para ti, demostraste una gran valentía y un impecable sentido de justicia. Estoy seguro de que serás un gran arconte.

XXXIX

Al separarse, Cliff le había prometido que intentaría burlar la vigilancia del Consejo la siguiente noche de luna llena para venir a verla.

Se había cumplido el plazo y Zeit esperaba impaciente su llegada en la guarida de Rudra mirando el espejo de plata creado por el resplandor de la luna en el río.

En estos días no había sentido la mordedura de los celos, como en su primera separación: sólo una profunda oquedad en mitad del pecho. Su mejor terapia contra el abatimiento había sido investigar con Cotto el entorno del reactor de plasma. Al anochecer se reunían en la entrada al socavón de la calle 86 y desde ahí se internaban por las galerías del drenaje, hasta los alrededores del toroide. Después de peinar durante varios días el área, dieron por fin con el sistema de refrigeración anexo. Esa noche festejaron por todo lo alto, y tentando al destino como dos inconscientes, subieron al parque para tumbarse en la hierba húmeda y beber agua fresca del lago. Tras el hallazgo vinieron días de ocio en los que Zeit sufrió amargamente su mal de ausencia.

Ahora, sola en la guarida, se sobresaltaba con cada ruido que parecía anunciar la llegada del patricio. Al filo del amanecer, su cuerpo se erizó al escuchar el inconfundible silbido de Cliff. En ese instante su sangre se incendió de alegría y deseo.

¡Qué guapo estaba! Su belleza era para Zeit fuente de placer, pero también de angustia y temor, pues no entendía cómo un hombre como él se había enamorado de una desaliñada dalit.

Cliff la tomó en sus brazos y le susurró al oído:

—¡Cuánta falta me has hecho…! ¡Qué hermosa eres!

—Estás loco —dijo más feliz de lo que recordaba haber sido nunca.

Hicieron el amor con desesperación, tratando de llenar el vacío de aquellas noches de lejanía. Se redescubrieron en cada caricia, en cada beso, en cada envite. Abrazados como dos náufragos que llegan a la playa tras la tormenta, fueron recobrando el aliento. Al poco rato, Cliff se incorporó y sacó un montón de cosas de la bolsa con la que había llegado. Maldijo en voz baja al no encontrar lo que buscaba, mientras Zeit lo miraba divertida.

—Toma. —Cliff le entregó un paquete y siguió revolviendo dentro del bolso—. Es uno de mis regalos para ti. ¡Pero no encuentro el más importante!

Zeit abrió el paquete. Eran unos zapatos mucho más bonitos que aquellos por los que casi había perdido la vida en el basurero cuando Cotto la salvó. Nunca había tenido entre sus manos algo sin estrenar. El olor asfixiante del nanocuero le saturó el olfato. Para qué necesitaba unos zapatos nuevos si tendría que desgastarlos enseguida para ahuyentar a los ladrones. ¿Es que, después de todo lo que había vivido junto a ellos, Cliff no entendía cómo era la vida de un dalit? A punto estaba de recriminárselo, cuando él le entregó un primoroso estuche de seda.

Zeit lo abrió con mucho cuidado, como quien teme romper algo sagrado. En su interior descubrió una fina cadena de oro de la cual pendía un dije.

—Es la cadena que mi madre llevó en el cuello durante sus últimos meses de vida. Quiero que la lleves siempre contigo.

Zeit se enterneció al ver los ojos de Cliff humedecidos por la nostalgia.

—Mi padre guardó celosamente el colgante tras la muerte de mi madre. Cuando a los quince años me reveló que éramos patricios, yo me sentí confundido, pues sabía que a partir de ese momento mi vida daría un vuelco tremendo. Entonces le pedí que me entregara el dije, que llevé durante varios años. El día de la boda de Sam, pensando que mi etapa de estudiante había terminado, decidí guardarlo hasta encontrar a la mujer de mi vida... Ahora es tuyo.

—¿Qué significa este símbolo? —preguntó Zeit.

—A simple vista sólo parece una aro, pero si te fijas, verás a una serpiente devorándose la cola. Es un uróboros, la representación del tiempo para muchas culturas antiguas, entre ellas la azteca, la egipcia y la griega. Mi madre lo llevaba escondido bajo sus ropas, para no ser acusada de hereje. Ella me decía que cuando estuviera triste pensara en la infinitud del tiempo y todo lo demás parecería insignificante... ¿Te das cuenta? Tú, Zeit, eres el tiempo y yo te encontré... Has puesto en su justa perspectiva todas las cosas y a tu lado todo lo demás parece pequeño y trivial.

—Es muy hermoso... El único regalo que recibí en toda mi vida me lo dio mi hermano... Y ahora tú, un patricio —dijo sonriente.

Cliff se irguió frente a ella, suspiró hondo y en tono jactancioso y divertido, dijo:

—Zeit, acabas de hacer el amor con un casi arconte.

—¡¿En serio...?!

—Fue bastante duro, pero al fin pasé todas las pruebas y acabo de terminar el periodo de evaluación. Sólo es cuestión de días para que me nombren formalmente arconte de la familia Heine y empiece mi entrenamiento.

—Pareces complacido —afirmó Zeit desconcertada.

—Bueno…, no es eso —titubeó Cliff—. A partir de ahora los dalits tienen un aliado en el Consejo.

—¿Un aliado? —preguntó suspicaz.

—Sí. Tengo excelentes noticias. —Cliff se sentó en cuclillas para mirarla de frente—. El Consejo ha cambiado radicalmente su postura sobre los dalits… Sí, no pongas esa cara. Escucha. Está planeando dejarlos salir en poco tiempo para reintegrarlos a la sociedad… ¿No es maravilloso?

Zeit se puso de pie y comenzó a vestirse a toda prisa. Intentaba respirar hondo para controlar su irritación. "¿Qué está diciendo? ¿Me está tomando el pelo para que desistamos del ataque o acaso le han lavado el cerebro?".

—¿Por qué te vistes? —dijo Cliff—. No me prives de tu belleza.

Zeit no quería estallar ante tan absurda afirmación sin antes escuchar sus argumentos; necesitaba calmarse. Mirar el dije de la madre de Cliff posado en su pecho atenuó su irritación y le hizo recobrar su presencia de ánimo para escucharlo.

—Cliff, explícame bien qué planes tiene el Consejo para los dalits.

—Es sorprendente. He descubierto que los arcontes, en un cónclave de hace pocos meses, decidieron reincorporar a los dalits al mundo urano. Como habíamos pensado, durante años los dalits fueron explotados en campos de trabajo, pero ya no los necesitan como esclavos.

—¿Eso te contaron…? ¿No te parece extraño que sigan haciendo redadas? —dijo con sorna.

—Me han asegurado que están suspendidas.

—Te mintieron —dijo Zeit con voz suave, intentando conservar la serenidad—. ¿Por qué van a permitir que unos seres infrahumanos como nosotros tengan contacto con los impolutos uranos…? Contéstame.

—Porque saben que ya no tiene sentido mantenerlos aquí.

—Convivir con nosotros les repugna… ¿No sería más fácil exterminarnos?

—No es la intención del Consejo.

—¿Has olvidado ya lo que nos han hecho desde el comienzo de la Neohistoria?

—Eran otras épocas, Zeit.

—¿No te das cuenta de que te están mintiendo? ¿O me estás queriendo engañar tú a mí?

—Ni una cosa ni la otra. Me han explicado que ya no tienen necesidad de esclavos, pues han logrado producir todo mediante nanotecnología, aun las materias primas. Así que es sólo cuestión de meses para que su vía crucis termine. Estoy tan contento, Zeit…

—¿Tampoco recuerdas el ataque que sufrimos juntos en los túneles?

—Me explicaron que con la inundación buscaban sacar a los dalits del subsuelo, pero las cosas se les fueron de las manos. Mi hermano participó en el operativo, pero se excedió y arruinó el plan del Consejo que era solamente hacerlos salir. Eso le costó el puesto de arconte.

—¡Cliff, ¿te parece lógico lo que estás diciendo?!

—Confía en mí. Si tenemos un poco de paciencia, no va a ser necesario más derramamiento de sangre.

—Ahora que has logrado ser arconte, no quieres perder el puesto, ¿verdad? Pero, entonces, ¿a qué has venido aquí? ¿A burlarte de mí, o a averiguar si seguimos con nuestros planes de atacar?

—¡¿Piensas que te voy a traicionar?! Entiende que puedo hacer que el Consejo acelere el proceso de liberación de los dalits. Estoy convencido. —Cliff se acercó suavemente a Zeit—. Tú eres lo más importante en mi vida. Recuerda que yo no quería volver a mi mundo. ¡Tú me empujaste a ello!

—¡En aquel momento creía en ti! —le soltó Zeit sin miramientos—. Nunca imaginé que te marearías con el vértigo del poder. Me equivoqué y eso va a costarle la vida a muchos dalits.

—¡No los voy a traicionar!

—Es sólo cuestión de tiempo…

—Si eso es lo que temes, me quedo contigo. No volveré más.

—No, Cliff. Te han convencido de sus buenas intenciones. En el Consejo son expertos en esas artes; la manipulación es su arma más poderosa. Tu arrogancia te llevó a creer que podías engañarlos, pero saliste trasquilado.

—¿Piensas que soy un idiota?

—¡Te pido que dudes de cuanto te han dicho! Piensa, Cliff, no te dejes encandilar por el Consejo.

—No me están encandilando. Me ha costado mucho lograr ser un arconte. Sabían que yo había herido a un loki en Dresde y no me reprendieron. Al contrario, aprobaron mi conducta. Si hubieran querido castigarme o matarme, lo habrían hecho cuando volví.

—Hablas del Consejo con veneración, y pareces muy orgulloso de haber conseguido lo que no pudo lograr tu hermano. Ahora te sientes un hombre prominente y quieres usar tu autoridad en nobles causas. Mañana serás como cualquier arconte. El poder corrompe a todos por igual, sean idealistas o cínicos. Eres competitivo y arrogante, eso te hace más propenso a caer en la seducción opiácea del poder. Te preparaste toda la vida para ser un arconte y te volviste loco cuando tu padre eligió a Sam. Ahora que lo has desbancado no vas a sacrificar tu éxito por unos miserables mutantes.

—Soy tu aliado y te lo voy a probar. —Hizo una pausa y dijo con firmeza—. Me quedaré aquí, hasta que los dalits sean libres.

—No, Cliff. No podrías vivir y luchar como un dalit. Además, Rudra se daría cuenta de tus nuevas convicciones y te mataría sin pensarlo.

—Rudra no sabrá nada… No voy a perderte. Aquí me voy a quedar. No discutamos más.

Zeit lo miró fijamente, y respirando con dificultad, dijo:

—Vete de una vez…

—Olvídalo.

—Cliff, ya no te amo.

Él la miró consternado.

—No digas eso… ¡Estás mintiendo!

—Vete. Me has desilusionado. No puedo amar a un cobarde… Ahora eres mi enemigo, un urano como otro cualquiera, peor todavía, un arconte.

—No puedes echarme de tu vida de esta manera. Juntos comprobaremos si el Consejo miente. A mí también tendrán que sacarme del subsuelo junto a los dalits.

—Yo no estaré contigo. Te quedarás solo, exponiendo al peligro a los dalits por tus caprichos, como haces siempre. Desde nuestro primer combate me di cuenta de que no tenías madera de guerrero. Sólo eres un patricio veleidoso, con ínfulas de redentor… Pero no te necesitamos. Ya viviste tu aventura en el subsuelo. Vuelve con los tuyos.

—¿Cómo puedes tratarme así, Zeit? —dijo, con un profundo dolor—. Tú eres lo único que me importa…

—Y tú has dejado de importarme —dijo implacable—. Ve a disfrutar de tu investidura de arconte.

—Ahora veo claramente que nunca me amaste —estalló Cliff—. Por eso quisiste deshacerte de mí la última vez que estuve aquí, y nuevamente ahora, al ver que no traigo ninguna información útil. Tu soberbia no te permite amar a un patricio al que te sientes obligada a odiar aun cuando te demuestre que moriría por ti.

—En un principio, te amé. Pero fui notando día a día tu falta de valor, tu sobrada frivolidad, y dejé de quererte.

Cliff se acercó a la entrada y se giró.

—Yo te amaré siempre, Zeit… Por favor, reconsidera…

—Lo siento, Cliff. Vete.

—Está bien, me iré. Pero te advierto que a pesar de tu rechazo haré todo lo posible para liberar a los dalits.

Al verlo marchar bajo el resplandor de la luna llena, Zeit se sintió mutilada y vacía. Sólo la convicción de haber hecho lo correcto para salvar su vida atenuó el punzante dolor de haberlo tratado con tanta crueldad. Él jamás podría enfrentarse a la guerra que se avecinaba. Y conociendo la inflexible moral de su hermano, estaba segura de que terminaría ejecutándolo en cuanto conociera su ingenua tentativa de reconciliación social.

Tendría que encararse con Rudra por haberlo dejado partir. Acababa de proteger a Cliff de la ira de su hermano y del horror de la guerra, y ahora debía proteger a los suyos. Aunque confiaba en que la inteligencia y el instinto de Cliff terminarían por quitarle la venda de los ojos, no podía descartar que sucumbiera definitivamente al poder y revelara al Consejo todo lo que sabía de los dalits. No tenía más remedio que tomar providencias contra una posible traición.

Necesitaba abandonar la guarida enseguida y localizar a su hermano en los túneles para prevenirlo. Aún trémula por el llanto, guardó en su talego las cosas que Rudra podía necesitar. Vio la bolsa que Cliff había dejado al irse y vació su contenido. Ahí estaba la cámara que Rudra le había pedido, varios libros, cuadernos, bolígrafos, lámparas de baterías. Temió que alguno de esos objetos pudiera contener un dispositivo de seguimiento y decidió tirarlo todo al río, excepto la cámara, que enterraría en el parque.

Palpó el uróboros en su pecho y una amarga oleada de tristeza la invadió al recordar la expresión de Cliff al oírla decir que ya no lo amaba. "Qué tonto es. ¿Cómo pudo creerlo? No se da cuenta que para salvar su vida estoy dispuesta a perderlo a él, aunque eso signifique mi muerte".

CUARTA PARTE

CUARTA PARTE

*During times of universal deceit, telling the
truth become a revolutionary act.*
GEORGE ORWELL

XL

Un crudo otoño se avecinaba y la pegajosa humedad
que semanas atrás había mantenido calientes a los
dalits en los túneles empezó a transformarse en el
helado relente septembrino.

Ovillada en medio del atrio de la Estación Central junto
a varios topos que habían encendido un fuego, Zeit aguardaba ansiosa la llegada de Rudra a quien había enviado
mensajes en clave por varias tuberías del subsuelo. Estaba
a punto de salir a buscarlo, cuando lo vio llegar sobre los
hombros de Cotto.

Mientras le refería su discusión con Cliff, vio cómo se
congestionaba de rabia el semblante de su hermano que la
escuchaba en silencio, con la mirada fija en el fuego de la
hoguera.

—Debí matar a Cliff en su momento… Él no pudo vencer a su destino; seguirá siendo un patricio, y nosotros los
enemigos naturales de su casta.

En lugar del estallido que Zeit esperaba, Rudra había hablado sin alterarse. Aquella actitud le hizo sentir que no era
merecedora ni siquiera de su ira. Había perdido el amor de
Cliff y ahora el respeto de su hermano.

Al verla tan consternada, Rudra se arrastró hacia ella.

—Zeit, una vez la vida nos separó, pero nada volverá a distanciarnos. Ni siquiera Cliff.

Conmovida, Zeit rompió en un llanto desconsolado. Cotto se acercó en dos zancadas y le acarició mecánicamente la cabeza, como a una niña pequeña.

—No llores… No llores…

—Tranquila —dijo Rudra—. Cliff desconoce nuestros planes… Ahora debes tratar de olvidar.

Desesperada por segar al patricio de su alma, Zeit recordó la estrategia de Kali para sobreponerse al infortunio. En lugar de hundirse, ella había convertido su tristeza en combustible para enfrentarse a los uranos. "Eso mismo haré yo", se dijo resuelta.

—Se acabó el llanto. Esta tiranía de la rabia que sube por mis venas, será ahora mi motor, nunca más mi verdugo… —aseveró Zeit, con un ardiente fulgor en la mirada—. Debemos seguir con nuestros planes.

—¡Me alegra que pienses así! —exclamó Rudra.

—¿Dónde empezamos? —preguntó Zeit, ansiosa por emprender la lucha.

—Cotto y yo tendremos que trabajar a marchas forzadas aquí abajo para organizar a los topos.

—Pero no tiene sentido empezar con el secuestro de gurkhas si no podemos exhibir ante los uranos exactamente las torturas que inflingen los lokis a sus víctimas —se lamentó Zeit.

—¿Cliff trajo la cámara que le pedí? —preguntó Rudra.

—Sí, la enterré en el parque.

—¿Crees que podrás aliarte con los thugs para espiar a los lokis y filmar las torturas? —preguntó Rudra a su hermana.

Zeit, que se había ido cargando de coraje a medida que discutían, aceptó la misión con entusiasmo.

—Sí. Por supuesto.

Ansiaba volver a las calles con sus iguales. La fortaleza de los thugs le infundiría valor para recobrar la entereza que le había quitado el amor contra natura que profesaba a Cliff.

En cuanto Zeit partió a la superficie, Rudra y Cotto se pusieron manos a la obra para instalar formalmente la comandancia insurgente. Después de una larga búsqueda, encontraron el lugar idóneo: la vieja sala de operaciones subterránea del sistema ferroviario en la Estación Central.

A pesar del respeto que los dalits sentían hacia Cotto y Rudra por ser los héroes del reciente intento de inundación, los doce topos que ocupaban el sitio se resistían férreamente a desalojarlo. Terminaron cediendo cuando Rudra nombró alguaciles a los tres más viejos y tenientes al resto. Sin más tardanza, los comisionó para recorrer el subsuelo invitando a los dalits a una reunión que se realizaría dos días más tarde.

El aire denso y ácido de las cloacas y los andenes estaba ahora cargado de electricidad. Había corrido la voz de que un ejército de dalits comenzaba a gestarse y la gran mayoría de los topos quería integrarse a él. Las pandillas rivales suspendieron sus eternas disputas. Se cruzaban por los túneles sin agredirse, buscando el camino más corto para llegar al lugar de reunión.

El gran momento había llegado. De ese concilio dependía la suerte de los dalits y Rudra se arrastraba ansioso de arriba abajo en su improvisada comandancia, repasando los puntos esenciales de su discurso, en tanto Cotto se contentaba con hacer sonar el acordeón, sumido en su inexpugnable mundo interior.

—Estás muy tranquilo… ¡En pocas horas llegarán los dalits y tenemos que estar listos! —reclamó Rudra a su compañero de toda la vida.

—Cálmate —dijo Cotto sin inmutarse.

—¡Qué indolencia! Sí, claro. Tú nunca te alteras… Siempre tranquilo… Muy tranquilo —refunfuñó Rudra.

—No, yo no me altero. Yo estoy tranquilo —respondió muy circunspecto Cotto, que no entendía de ironías.

—¡Eres imposible! —exclamó Rudra con los nervios destrozados—. ¡Cómo echo de menos a Kali!

Comenzaron a llegar hombres y mujeres de todos los túneles a la estación Central, y sus voces resonaban en las paredes de granito deslucido por el abandono y los estragos del tiempo.

Cuando ya no cabía ni un dalit más, Rudra se montó en los hombros de su amigo, tomó una bocanada de aire y al intentar dar comienzo a su esperado discurso, la gran algarabía se lo impidió. Entonces, sacó de su alforja la botella luminiscente que le había dejado Kali. Los brillantes filamentos purpúreos que bailaban en el interior causaron en los asistentes un efecto hipnótico, que como una ola expansiva fue invadiendo el recinto. Cuando todos miraban arrobados y en silencio el prodigio de aquella luz, Rudra exclamó con la voz enardecida por el coraje y la exaltación:

—¡Los dalits del sur fueron capaces de dominar el prodigio de la electricidad! Si nuestra inteligencia puede llegar tan lejos, podemos salir para siempre del subsuelo…! ¡Pero únicamente si estamos dispuestos a todo, incluso a morir…! Tenemos sólo esta oportunidad para ganar la guerra… Las tareas serán difíciles, pero si logramos cumplirlas, saldremos de aquí para pelear contra los uranos… —Hizo una pausa intentando medir la atención de los congregados. Únicamente se escuchaba la respiración inquieta y expectante de la multitud—. Los que quieran luchar en el ejército insurgente, permanezcan en la explanada, los que no; márchense ahora.

Hubo cruce de miradas, murmullos, toses nerviosas. Se palpaba en el ambiente la exaltación que hervía en el alma de todos. Tras el último ataque a los túneles, las huestes dalits comprendieron que los uranos habían cerrado el cerco casi por completo y no parecían ya dispuestos a cederles ni siquiera el inmundo espacio subterráneo. Esa tarde, muy pocos abandonaron el recinto de la estación Central. La epopeya tantas veces soñada por Rudra finalmente cristalizaba en el ánimo de los dalits. Se había constituido el ejército insurgente.

Después de dos días estudiando el funcionamiento de la cámara de video, y moviéndola de un lugar a otro para cerciorarse de que los gurkhas no recibieran ninguna señal de ésta en su radar, Zeit se dirigió a la guarida de los thugs en el parque. Para alertar de su presencia silbó la contraseña. Nadie respondió. Descendió con cautela y comprobó que la guarida estaba desierta. Estimando que habrían salido a algún operativo, se acomodó para esperarlos, y pronto se quedó dormida.

Al despertar con el sol en la cara, descubrió alarmada que los thugs no habían regresado. Era demasiado tarde para volver a su árbol, así que permaneció escondida entre los matorrales todo el día con la esperanza de que sus amigos aparecieran más tarde. Al caer la noche, el eco fantasmagórico producido por los ruidos del parque al reverberar en la desierta hondonada le crispó los nervios. Le parecía muy extraño que durante dos días seguidos nadie hubiera dado señales de vida. Poco después de la medianoche perdió toda esperanza de que alguien se presentara.

Corriendo un riesgo enorme, se aventuró a adentrarse en el territorio de la clica del norte. Para eludir el patrullaje de los gurkhas, tardó más de una hora en recorrer cuatro calles para llegar al parque Riverside, donde siguió por los raíles del antiguo ferrocarril la larga travesía hasta el cementerio de la Trinidad.

Al llegar tuvo la ingenua idea de repetir el silbido que utilizaban como contraseña Ananké y su clica . No obtuvo respuesta. Las tinieblas y el viento entre las tumbas agudizaron su turbación. "Este lugar es estremecedor", pensó, sintiendo la carne de gallina por el frío y el desasosiego, será mejor que me vaya. A punto estaba de marcharse, cuando una mano la agarró por el cuello.

—Cállate —ordenó un thug imponente con los ojos encendidos de rabia, que la arrastraba sin soltarle el cuello.

Entraron a un socavón oculto por la maleza y sólo ahí relajó la presión con que la sujetaba.

—¿Quién eres? —gritó el thug—. ¡Habla o te mato!

Zeit no podía apreciar el rostro del tipo a causa de la oscuridad del lugar, pero olía su penetrante sudor y su ácido aliento.

—Soy Zeit. Amiga de Ananké y su clica. Estoy preocupada por ellos. No han ido a su guarida.

El thug no respondió enseguida, pero aflojó un poco la fuerza de sus dedos alrededor del cuello de Zeit.

—¿No sabes nada? —preguntó el thug.

—¿Saber qué? ¿Les pasó algo?

—Cállate —volvió a ordenar—. No sé si eres quien yo creo, pero ahora lo vamos a averiguar. Si estás mintiendo, te mato.

La aferró del brazo con violencia para hacerla descender por una escalinata y siguieron un largo trecho por los pasadizos que conectaban las criptas con el escondite de la clica. Los thugs allí reunidos tenían un aspecto mucho más temible que sus amigos del parque; o al menos eso le pareció a Zeit, pues la miraban con patente desconfianza.

—Déjala ahí, Mictlan —dijo una joven tuerta, de siniestra catadura, cuyo único ojo brillaba como puñal ardiente.

—¿Quieres que la mate, Nanshé?

—Espera aquí sin moverte —indicó la tuerta.

Al oír estas palabras, Mictlan permaneció tenso, vigilando a la intrusa.

Nanshé desapareció y Zeit aguardó aterrada en medio de los thugs que la observaban con recelo.

Al poco rato, Nanshé volvió, y agarrándola del hombro con brusquedad, la hizo bajar por un declive que conducía a una amplia cripta. La cálida luz ambarina generada por los destellos de la fogata se filtraba por toda la galería. Al fondo, vislumbró a un hombre herido que respiraba con dificultad. Emitía quedos lamentos y su cuerpo brillaba por el copioso sudor. Zeit tuvo un mal presentimiento y zafándose de la tuerta, se acercó corriendo. No pudo reprimir un grito ahogado al ver el rostro tumefacto de Ananké.

—¡¿Quién te hizo esto?!

—Zeit… Qué bueno que estás aquí —dijo con dificultad Ananké, e hizo una señal a Nanshé, que los dejó solos con un mohín de disgusto.

—Pero ¿qué pasó? —preguntó Zeit mientras observaba consternada una herida purulenta en el brazo de Ananké.

—Zeit… —El herido exhaló un quedo suspiro—. Hace dos días estaba haciendo guardia en lo alto de la hondonada como siempre, cuando sentí un golpe seco en la nuca y me derrumbé. Al tratar de incorporarme pude ver que mis atacantes eran lokis… En aquel momento, uno de ellos se acercó a mí sosteniendo una cabeza entre las manos. —Hizo una pausa para controlar la emoción del recuerdo, y prosiguió—: Agucé la vista y pude distinguir el rostro ensangrentado de Rani…

—¡No puede ser! —exclamó Zeit, horrorizada.

—Pero ¿sabes?, sus ojos abiertos conservaban el brillo de siempre, no parecían los de un muerto —explicó Ananké, con la voz quebrada—. Pensé que estaba soñando… Sin embargo, las náuseas me hicieron vomitar violentamente y supe que no era una pesadilla… Quise huir, pero me noquearon antes de poder dar un paso… No me agarrarán vivo, me dije, y saqué la navaja, pero antes de alcanzar mi cuello, un disparo en el brazo me aflojó los dedos y el cuchillo rodó por el suelo. Esperé un segundo disparo, pero no se produjo… Entonces supe que me esperaba la tortura y no una muerte fría… Me levantaron en vilo mientras yo soltaba patadas, pero terminé atado a un árbol, de cara a la vereda, por donde aparecieron otros lokis arrastrando los cuerpos malheridos de Cameo, Vanir y Addu… Los forzaron a inclinarse para ultrajarlos con palos… ¡Yo estaba ahí sin poder hacer nada, Zeit, mientras mis compañeros agonizantes eran convertidos en carne de festín para los lokis…! —Ananké suspiró, ahogando un sollozo—. Cuando ya casi no podían emitir un lamento más, los acuchillaron una y otra vez…

—¡No es posible! —se lamentó Zeit, llorando.

—¿Sabes? Durante todo ese tiempo, un par de lokis, dando alaridos de euforia, filmaban el espectáculo casi con más morbo que los propios verdugos. ¡Aquellos tipos aullaban y reían a carcajadas, Zeit! —Ananké suspiró y mascando la rabia dijo—: Nosotros somos sanguinarios, Zeit, pero no nos mueve la diversión, sino el odio…

—Lo sé, Ananké… —dijo Zeit, que no podía dejar de llorar al pensar en sus amigos sacrificados.

—El dolor del cuerpo es un aliado para los thugs. Somos conscientes de los peligros, y por eso cultivamos el sufrimiento físico, igual que se ejercita un músculo; pero no estamos preparados para la vejación…

—Claro que no. Su dignidad es el pilar más fuerte que poseen… Pero dime una cosa. —Aterrada por la posible respuesta, preguntó—: ¿Se salvó alguien más?

—Todos están muertos. —Ananké dejó ir la mirada al infinito, conteniendo las lágrimas.

Zeit tomó la mano de su amigo y la acarició suavemente, mientras en su interior bullía el rencor y la impotencia.

—Pero ¿cómo te salvaste?

—Durante la tortura, cerré los ojos, pero seguía escuchando los gritos, así que bajé la cabeza y me golpeé una y otra vez contra el árbol. Para mi desgracia eso no me mató. Cuando desperté todo había terminado y delante de mí estaban los cuerpos decapitados de mis seis compañeros. Las cabezas habían desaparecido, como si esos troncos humanos no hubieran pertenecido a nadie… Los lokis ataron los cuerpos mutilados con sus propios cinturones, firmando así su declaración de guerra contra mi raza.

Zeit miraba con dolor y ternura el rostro amoratado de su amigo.

—Me dejaron vivo para que contara su rito de iniciación en el averno nocturno de la ciudad, pero lo que no saben es que yo no seré su testigo, sino su verdugo —sentenció Ananké con la mirada fija en el vacío.

Durante dos días, Zeit cuidó con abnegación al herido. La clica del norte, si bien la ignoraba, había dejado de mirarla con recelo.

—No te he preguntado en todos estos días, por qué viniste a buscarnos —comentó Ananké.

Zeit guardó silencio.

—Dime —insistió Ananké—. Te has ganado mi adoración con todos tus cuidados. Puedes pedirme lo que quieras —dijo, intentando recuperar su habitual talante seductor.

—No sé si debería contarte la razón de mi visita… Tu prioridad ahora es asesinar a todos los lokis y yo necesito algo de ellos antes de matarlos.

—¿Qué cosa?

—Filmar las torturas que les inflingen a los uranos. Te sonará extraño, pero los uranos también son víctimas de los patricios.

—Explícame lo que quieren hacer.

Al terminar de escuchar la estrategia que tenían ideada Zeit y sus compañeros, Ananké se quedó pensativo.

—Me gusta el plan —dijo finalmente—. Creo que vale la pena esperar a que ustedes tengan las filmaciones para vengarme… Pero no podré acompañarte; si los tengo cerca, no podría responder de mis actos… Le pediré a un thug de esta clica que vaya contigo.

—De acuerdo.

—Por ti haría cualquier cosa, ya lo sabes… —dijo Ananké con una pícara sonrisa.

Reconfortada por la mirada juguetona y lasciva del indómito guerrero, Zeit pensó que muy pronto su amigo volvería a ser el mismo joven arrojado y cáustico de siempre.

XLI

Faltaban pocas horas para que Sam y Rita volvieran de su segunda luna de miel, planeada pocos días después de que Cliff apareciera tras su accidente, por consejo del médico como terapia para la concepción. La angelical Rita no había podido quedarse embarazada todavía, lo que sumado al bochornoso rechazo de Sam como arconte, significaba para ellos un doble fracaso social.

Al terminar de disponer el bufé en la mesa del salón, Henry comentó:

—Era importante que tu hermano estuviera tranquilo durante su viaje, por eso no le dije que te aceptaron como arconte.

Ya que su padre hacía una mención velada a la deshonra de su hermano, Cliff aprovechó para hacerle una sugerencia.

—Papá, yo preferiría que Sam tomara el control del consorcio. Él conoce mejor que yo el funcionamiento de los laboratorios.

—No es habitual que un arconte delegue su empresa ni siquiera en su hermano.

—Los dos sabemos que para Sam fue un golpe muy duro no poder convertirse en miembro del Consejo. Quizá esto lo anime un poco, y me quitaría un peso de encima.

—Es poco inteligente dar poder a un contrincante venci- do —dijo Henry—. Está mal que yo lo diga, porque ambos son mis hijos, pero tú estás pecando de ingenuo, y cono- ciendo a Sam, es muy posible que al ponerlo en una posi- ción ventajosa se sienta tentado a tomar revancha contra ti.

—Si llega con buenas noticias de su viaje y está espe- rando un hijo, quizá ponga en segundo plano el asunto del Consejo.

—¡Qué mal conoces la ambición de los hombres! —Hen- ry se rio cariñosamente de su hijo—. Parece mentira que seas todo un doctor en historia... —Cambiando de tono, preguntó—: ¿O será que pretendes darle una bofetada con guante blanco?

—¿Me crees capaz de querer humillarlo, papá?

—Hijo, todos albergamos los sentimientos más aviesos. Nuestro reto es dominarlos... Yo no puedo aconsejarte. En pocas semanas, cuando seas el líder de la familia, tomarás tú mismo esa decisión.

Cliff pensó que era el momento de tratar de aclarar sus dudas con Henry.

—Papá, quiero preguntarte algo sobre el Consejo..., es- toy un poco confundido —confesó Cliff.

—Hasta que hayas tomado el relevo yo no puedo aseso- rarte...

—Solo respóndeme una cosa. ¿Tu proceso de selección fue tan complicado como el mío? Verás, cuando entré en los Claustros...

—¡Cliff, hasta que seas formalmente arconte no puedo hablar contigo sobre el proceder del Consejo! Ya lo sabes —interrumpió Henry a su hijo—. Mientras tanto deja de torturarte, disfruta de esta etapa de tu vida y... comienza a buscar a una buena patricia para formar una familia.

Aquellas palabras fueron como un aguijón en el alma de Cliff. Él no podría amar a nadie, pues seguía obsesionado por un amor imposible. Muy pronto debía decidirse por alguna elegante patricia para contraer matrimonio, pero temía no poder arrancarse del corazón el recuerdo de su dulce guerrera.

Al escuchar un coche detenerse frente a la casa, la faz de Henry se iluminó.

—¡Ya están aquí!

Cliff no pudo evitar sentir un vuelco en el estómago. Sam había eludido visitarlo en su convalecencia hospitalaria, después de la cual sólo lo había visto dos veces antes de su apresurado viaje con Rita.

—¿Cómo estás? —preguntó Sam a su hermano, con fingida cortesía.

—Bien. ¿Cómo les fue? —replicó Cliff, tenso.

La bella Rita, abrazando a su cuñado, respondió por Sam.

—Muy bien. Visitamos lugares fascinantes en los confines más remotos del globo… Pero no hay nada como estar de vuelta en casa.

Henry llevó a los invitados al salón donde él mismo había dispuesto un bufé frío, encargado al mejor chef de la ciudad. Cliff constató de nuevo el envolvente encanto de Rita: su discreción, su mesurada sonrisa, la delicadeza de su atuendo. A pesar de no amarla ya, no podía dejar de sentirse atraído por ella. Había sido su primer amor, platónico, aunque ciertamente abrasador. Quizá el destino había deparado a Sam esa mujer exquisita para compensarlo por su fracaso profesional. Y en cambio él, que poseía el puesto de arconte, estaba condenado al desamor.

Cuando hubieron bebido el champán, Cliff notó una creciente tirantez en la pareja. Se miraban sólo esporádicamente y Sam no perdía oportunidad para llevarle la contraria a su mujer en los detalles más nimios sobre el viaje. Conciliadora, ella pasaba por alto sus comentarios, y hasta los minimizaba dándole la razón. Cliff se dio cuenta de que

Rita había dejado de ser la chica inocente de antaño. Se la veía más mujer y sus ojos emanaban destellos de suspicacia que antes hubieran sido impensables, lo que despertó en él un vivo interés.

Por su parte, Sam esquivó cualquier contacto visual con Cliff durante toda la cena. Achispado por el alcohol, cuando llegaron los postres ya estaba convertido en un energúmeno, imponiendo sus opiniones a voz en cuello.

—¿Sabes, papá? Me gustaría que este bebé fuera una niña. Quiero que se parezca a mamá.

—Da mala suerte hablar de eso hasta que no estemos seguros de que estoy encinta… —comentó Rita con timidez.

—¡Estás llena de supersticiones! Pareces una urana común… ¡Claro que ya estás embarazada! Faltaría más —interrumpió Sam, despectivo—. Papá, como le preocupa tanto la magia a Rita, por favor, dale el uróboros de mamá.

—Lo tiene Cliff desde hace años.

Sam fijó la vista en su hermano por primera vez en toda la velada.

—Pues ve por él, Cliff, y dáselo a Rita…, por favor.

—Otro día te lo doy —respondió Cliff, turbado por aquella petición que no podía cumplir.

—No —dijo molesto Sam—. Lo has tenido todos estos años; ahora quiero que lo lleve mi mujer.

—Mañana te lo daré. Tengo que buscarlo.

—¡¿Cómo?! ¿No sabes dónde está? —gritó Sam.

—¡Bueno, ya basta! —exclamó Henry—. Mañana te lo dará. Acompáñame a la cocina por el té —ordenó a Sam.

Cliff agradeció a su padre que lo librara de ese aprieto, al menos por el momento.

Rita tomó asiento junto a su cuñado, ofreciéndole una pasta.

—Me alegra mucho verte, Cliff.

—Gracias. A mí también.

Cliff tomó el plato, y al rozar la mano de Rita, ambos se miraron con inquietud. Desconcertado, él desvió la vista y se llevó el dulce a la boca.

—¿Te has dado cuenta de lo alterado que está Sam? —preguntó Rita con los ojos enrojecidos.

—Será el cansancio del viaje —respondió Cliff, rehuyendo el tema.

—No sé qué le pasa, pero estoy desesperada.

Cliff guardó silencio, pues no quería ahondar en los problemas de la pareja.

—Perdona que te lo diga, pero no puedo hablar con nadie de estas cosas. No volveré a mencionarlo.

—No, querida. Puedes hablar conmigo siempre que lo necesites —dijo Cliff, tomando la mano de Rita.

—Gracias, Cliff… Eres tan bueno.

—¿Qué le pasa a mi hermano?

—No lo sé, pero desde que el Consejo… ya sabes… Desde entonces no es el mismo.

—Lo comprendo. Debió de ser muy duro para él.

—También para mí ha sido un golpe tremendo. Imagínate la presión que he tenido que soportar de mi familia, de mis amigos patricios… Pero lo peor es que Sam está siempre enfadado. Me ignora por completo. —Rita hizo una pausa—. Sólo me toma en cuenta para… dejarme preñada… —terminó la frase ruborizada.

—Cuando lo logren, todo volverá a ser como antes —la alentó Cliff—. Él te ama.

—No. Nuestro matrimonio fue un arreglo entre familias. Yo no pude oponerme, pero confié en que Sam sería un buen compañero. Por desgracia no ha sido así.

—Ha pasado por cosas muy difíciles. Debes comprenderlo.

—Jamás me amó, ni nunca lo hará… Yo soñaba desde niña con un príncipe azul. Cuando conocí a Sam pensé que por fin lo había encontrado, pero desde antes de la boda me di cuenta de mi error.

—No deberías haberte casado.

—Eso era imposible. Él estaba destinado a ser arconte y mi padre jamás hubiera permitido que yo renunciara a ese matrimonio… Qué ironía, ¿verdad?

—Él cambiará cuando sepa que va a ser padre. Debes sobrellevar tu situación —dijo, tratando de sonar convincente.

—¡Cliff! —suspiró Rita con los ojos enrojecidos—. Hay algo que me quema el alma y que debo decirte…

Rita se acercó a su cuñado y lo miró con una mezcla de dulzura y nerviosismo.

—Cuando te vi por primera vez en el altar de la iglesia supe que era contigo con quien debía casarme. —Casi sin aliento, continuó—: Tú eres el príncipe azul que he buscado toda mi vida.

—¡Rita…! —dijo Cliff completamente azorado, pero se interrumpió al oír que su padre y Sam regresaban al salón.

Rita se levantó de un salto para disimular su agitación y ayudó a Henry con la bandeja del té. Sam avanzaba con la mirada fija en el suelo y la respiración agitada.

—Tendrás que disculparnos, papá. Estoy cansado —dijo Sam a media voz—. Nos vamos, Rita. Coge tu abrigo y despídete.

Rita obedeció a su marido, y se despidió de Cliff con el semblante afligido.

Cuando la pareja se hubo marchado, Cliff, aún conmocionado por las palabras de Rita, reparó en el malestar de Henry.

—¿Qué ha pasado? —preguntó.

—Lo que temía. Sam se tomó muy a pecho tu ingreso como arconte.

—Pudo haberlo previsto… ¿O acaso pensaba que también a mí me rechazarían?

—No eches más leña al fuego… Las cosas están siendo muy difíciles para mí.

—Lo siento. Pero no te preocupes, pronto se le pasará.

La revelación de Rita lo había trastornado por completo. Hasta entonces solo había recibido de ella muestras de simpatía filial. ¿Por qué le declaraba su amor en este momento? Tiempo atrás se hubiera partido el alma por ella. Pero las cosas habían cambiado y él era un hombre nuevo… La imagen de la inocente y delicada Rita comenzaba a adquirir visos perturbadores. Estaba tan desencantada, que no era descabellado pensar que buscara la aprobación del concilio de patricios para disolver su matrimonio con Sam, por tratarse de un hombre violento y quizá estéril, que además había sido rechazado como arconte. Cliff se convertiría pronto en el patriarca de la familia y debía garantizar el bienestar de todos, incluyendo a su hermano. Saberse deseado por Rita le halagaba, y removía hermosos sentimientos, pero lo llenaba de angustia. Aun cuando le concedieran la anulación del matrimonio, su cuñada seguiría siendo para él un fruto vedado.

Se acostó lleno de zozobra. Necesitaba soñar con Zeit: esa mujer impetuosa, melancólica y rebosante de sexualidad a la que amaba sin esperanzas. En la vigilia podía guardar en un rincón de la mente su recuerdo, pero la joven dalit dominaba todo su mundo onírico.

La luna en cuarto menguante se asomaba entre las ramas del plátano cubierto de hojas amarillentas. ¿Estaría Zeit viendo esa luna? Un desasosiego muy hondo le humedeció los ojos. ¿Cuándo olvidaría el contacto electrizante de su piel o el abismo de sus ojos negros que lo miraron por última vez con tanto desprecio?

"En poco tiempo seré un arconte —se dijo—, y si quiero que mi voz se oiga dentro del Consejo, debo llevar una vida familiar intachable. Pronto tendré que casarme sin amor, sólo por cumplir con mis obligaciones de casta".

Pero la simple idea de compartir su vida con una mujer que no fuese Zeit lo sumía en un profundo abatimiento.

XLII

Al principio, la clica del norte había recibido con desprecio a Zeit, pero tras haberla visto velar por la recuperación de Ananké y alfabetizar a varios miembros de la célula, se fue ganando su admiración y respeto, hasta el punto de aceptar que su mejor guerrera, Nanshé, la acompañara para filmar a los lokis.

Después de compartir un sinfín de aventuras, entre ellas la visita a las guaridas lokis, Zeit y Nanshé se hicieron grandes amigas. A Zeit le había costado entender el ácido sentido del humor de la thug, pero ahora le respondía con la misma mordacidad festiva. Nunca antes había tenido una amiga a la cual confiarle sus pensamientos más íntimos. Hasta llegó a confesarle su amor por un urano, aunque omitió decirle que se trataba de un patricio. A Nanshé le fascinaba escuchar las historias de su amiga con el guapo urano, pues a pesar de su fiero aspecto, era una romántica que vivía soñando con amores imposibles.

Nanshé había perdido el ojo derecho en una batalla frontal contra los gurkhas, y se las tenía jurada desde entonces. Le contó a Zeit que, incumpliendo con la disciplina thug, una noche de luna llena escapó de su guarida para matar a dos gurkhas que solían hacer la misma ronda cada noche, y que desde entonces había dejado de sentir lástima de sí misma por ser tuerta y había recuperado la sonrisa.

Después de una larga campaña persuasiva, y a pesar de que muchos miembros del clan rechazaban de antemano el, a su parecer, descabellado plan de guerra contra los uranos, Ananké convenció a los jefes thugs para que escucharan a Zeit y a Rudra exponer su proyecto. Tras obtener la aprobación de las clicas, los delegados partieron hacia el lugar del concilio.

Guiados por Zeit, se internaron en el subsuelo Ananké, Mictlan, Nanshé y Kanno, el líder más viejo de los thugs, un hombre de treinta años, con el rostro cubierto de lágrimas negras.

Bajo la luz macilenta que emanaba de la antorcha, los altivos thugs caminaban inseguros, tropezando constantemente.

—¡¿Cómo pueden los topos vivir aquí?! —exclamó Kanno.

Caminar por las vías destripadas del viejo metro de la ciudad era una tarea difícil para cualquier extraño al subsuelo, pero Zeit se asombró de la agilidad con la que Ananké avanzaba en la penumbra.

—Tus compañeros están muy enojados —dijo Zeit a Ananké, tratando de disimular la risa que le causaba ver a los temibles thugs luchando con el terreno.

—Les asusta lo desconocido —replicó Ananké—. Acuérdate cuando llegaste por primera vez a la hondonada…, parecías un animalito herido… Y mírate ahora, toda una guerrera que llega a territorio thug como si tal cosa. —Ananké se acercó a Zeit y susurró a su oído—: Pero no me engañas, pequeña… Todavía necesitas protección y mimos, y yo quiero cuidarte.

Era verdad lo que decía Ananké: ella necesitaba unos brazos fuertes donde refugiarse, unas manos que acariciaran su cuerpo con pasión y arrebato, y un alma gemela para compartir su vida. De otro modo, qué sentido tenía luchar. En aquellos días de convalecencia había descubierto en Ananké un alma pura y el coraje de un león. Lo admiraba, y deseaba amarlo, pero el recuerdo de Cliff aún le pesaba demasiado. No quería dejarse llevar por un impulso del que luego pudiera arrepentirse, pues sabía que Ananké la amaba de verdad.

Al llegar a la estación Central, Zeit constató con sorpresa la febril agitación que reinaba entre los dalits. Bajo las órdenes de los mandos superiores, los topos limpiaban, apilaban los materiales por género y trabajaban en la fabricación de armas blancas, ropa y calzado. En medio de la explanada construían una jaula con raíles del metro. El amplio muro oeste, que había sido escrupulosamente pulido para ser utilizado como una inmensa pizarra, estaba flanqueado por dos mujeres topos que anotaban con minuciosidad el inventario. Las jóvenes hacían muescas en grupos de cinco, debajo de las columnas encabezadas por el dibujo que representaba el tipo de producto, mientras que cuatro niños iban y venían con la información. Las mujeres más viejas alimentaban teas y fogatas para mantener la visibilidad en la explanada. La circulación de aire para que el fuego ardiera sin parar se estaba optimizando por medio de un nuevo sistema de ventilación en el que dos brigadas trabajaban sin descanso. Bajo la supervisión de dos hombres mayores, un grupo de jóvenes se adiestraba con las navajas y practicaba ejercicios militares. Media hora diariamente, los topos se situaban por grupos bajo los respiraderos y las atarjeas, en cumplimiento de la primera orden de Rudra: todos debían acostumbrar de nuevo los ojos a la luz del día.

Codo a codo, Zeit y Nanshé marchaban delante de los thugs, mirando asombradas aquel despliegue de energía y organización.

—¡¿Y esto te parece un caos?! —preguntó Nanshé—. Tú me contaste que los topos vivían en el desorden absoluto.

—¡Estoy impresionada! —respondió Zeit—. Por lo visto, Rudra los hizo reaccionar en muy poco tiempo. ¡Es increíble!

Zeit divisó la imponente figura de Cotto a lo lejos y silbó con todas sus fuerzas. Los dalits la miraron con disgusto por haberlos distraído de sus labores, pero al detectar detrás de ella la presencia de los temidos thugs, una ola de tensión se apoderó del lugar.

—Tranquilos. Es la hermana de Rudra —dijo uno de los topos.

Cotto se acercó a grandes zancadas y los thugs llevaron las manos a sus navajas.

—¡Son amigos! —dijo en voz alta a los dalits.

—Él es Cotto. El protector de mi hermano —explicó Zeit.

El gigante miró sin un parpadeo a los temibles extranjeros y los condujo a la comandancia general donde se encontraba Rudra.

—Siempre he tenido curiosidad por conocer a tu hermano. ¿Es tan guapo como tú? —preguntó Ananké con aire castigador.

Zeit no pudo disimular una sonrisa por el piropo.

—Pórtate bien.

Rudra estaba encaramado en un montón de escombros con los que había fabricado una especie de templete para estar a la misma altura de los demás.

—Rudra, ellos son Nanshé, Mictlan, Kanno y Ananké.

El tullido, que nunca había estado frente a un thug, no pudo evitar un leve tartamudeo en la voz.

—Les agradezco que hayan venido.

Después de referirle a su hermano la matanza de la clica de Ananké, Zeit le explicó el motivo de la visita de los thugs.

—Siento profundamente lo que sucedió con tus compañeros, Ananké —dijo Rudra con los ojos inyectados de rabia.

El joven thug le sonrió con amargura.

—¿Lograron filmar a los lokis? —preguntó Rudra

—Sí. Nanshé y yo filmamos sus ritos macabros. Durante dos días cavamos una entrada directa al garaje de la casa que tú habías localizado como guarida de los lokis —respondió a su hermano—. La tercera noche vimos entrar tres coches. Por los conductos de ventilación seguimos las voces y llegamos al sótano que sirve a estos tipos de cámara de tortura. Nos tendimos en el entramado del cielo raso desde donde logramos filmarlo todo. Como sospechábamos, llevan allí a jóvenes uranos que no imaginan la suerte que les espera. Ese día llegaron con una pareja. Lo que filmamos fue aterrador. Después de vejaciones que prefiero no describir, las víctimas a punto de expirar fueron llevadas a un potro donde un loki tomó una imponente espada. Como por encantamiento, cesaron los gritos enardecidos de los torturadores. El loki armado balanceó en el aire la espada y asestó un golpe seco en el cuello de las víctimas… —con una expresión de horror en el rostro, Zeit concluyó—: Nunca olvidaré el ruido de las cabezas al caer al suelo.

—Son peores de lo que había pensado —comentó Rudra, consternado—. Desde que aparecieron los lokis, las cosas han empeorado para todos. No podemos posponer la declaración de guerra a los uranos, pues creo que estamos próximos al exterminio final. —Se detuvo esperando encontrar una respuesta de los thugs, pero sólo halló miradas imperturbables.

Kanno entornó los ojos y preguntó en tono desafiante:

—Nosotros no somos topos, ¿para qué nos necesitan?

Los gemelos hicieron una síntesis del plan, respondiendo después al exhaustivo interrogatorio de los curiosos y desconfiados thugs, que discutieron hasta el más mínimo detalle de la estrategia maquinada por ellos.

—Pero ¿por qué creen que pueden ganar una guerra contra los uranos? —preguntó Mictlan, displicente.

—Porque conocemos sus debilidades y nuestras fortalezas —respondió Rudra con firmeza.

—Yo veo una lucha muy desigual —señaló Kanno—. Será un suicidio colectivo.

—¡Estás muy equivocado! —respondió Rudra, airado—. En las mismas condiciones, sin ventajas para los gurkhas, los dalits podemos acabar con ellos.

—¡Estás delirando! —arremetió Kanno.

—Lo que pasa es que ustedes tienen miedo de los gurkhas —soltó Rudra, sin medir las consecuencias de sus palabras.

Kanno se lanzó contra el tullido con los puños en alto. Fue Ananké quien logró calmar los ánimos antes de que se armara la gresca, pues Cotto, a la velocidad de un lince, había agarrado por el cuello al thug, mientras Mictlan, Nanshé y Zeit sacaban sus navajas.

—¡Basta! —gritó Ananké.

Zeit se interpuso entre Cotto y Kanno hasta que finalmente el gigante soltó su presa.

Durante un largo rato permanecieron callados. Habían medido sus fuerzas y ahora que parecían equilibradas podían comenzar una negociación.

—Nosotros sabemos dónde se reúnen los lokis —dijo Rudra, rompiendo el silencio—. Estamos dispuestos a revelarles la ubicación de todas sus guaridas a cambio de que ustedes nos ayuden en el secuestro de los gurkhas. Tendrán tiempo para estudiar sus movimientos y atacarlos antes de que nosotros emprendamos la ofensiva final.

—Únicamente les pedimos que esperen hasta ese momento —añadió Zeit.

—Queremos a los lokis para nosotros solos —advirtió Ananké—. Los mataremos con torturas peores a ninguna que ellos hayan inventado.

—¿Serán capaces de coordinar bien los tiempos? —preguntó Nanshé.

—Nosotros libraremos nuestra guerra y ustedes vengarán a los suyos —respondió Rudra—. Les doy mi palabra.

Los cuatro thugs se pusieron de pie, caminaron hacia el fondo del lugar y en su incomprensible dialecto discutieron durante un largo rato.

—Está bien —declaró finalmente Kanno, mirando con fijeza a Rudra—. Vamos a ayudarlos.

—Nuestra venganza tendrá que esperar, pues también nos interesa ver sufrir a los gurkhas —agregó Ananké.

—Pero si no actúan en el plazo previsto, atacaremos aunque ustedes no estén listos —amenazó Mictlan.

—Otra cosa… Nanshé se quedará aquí como enlace —dictó Kanno.

Zeit y Nanshé se miraron complacidas.

—De acuerdo —respondió Rudra.

La despedida entre los dos líderes, Kanno y Rudra, fue áspera. Cotto, sin embargo, le palmeó la espalda al thug, como si nada hubiera pasado.

Zeit guió a los visitantes de vuelta a la superficie. Ananké caminaba junto a ella, sosteniendo en alto la tea para alumbrar el camino de los tres thugs que venían detrás.

—Hacía muchos años que no bajaba a las catacumbas —le dijo Ananké—. Me ha impresionado la mirada de los topos. Recordaba en ellos unos ojos llenos de resignación y miedo. Ahora, despiden fuego.

—Saben que tienen una oportunidad de vivir y sacarán la casta —añadió Zeit—. Quizá algunos se dejen morir en el fondo de los túneles, pero la mayoría luchará por salir de aquí, estoy segura.

—Todo gracias a ti y a tu hermano. Eres valiente, pequeña. —Ananké acarició la espalda de Zeit—. Siempre te he admirado por eso.

—Tú sí que eres valiente —dijo Zeit, enternecida—. Todo lo que has vivido y no te doblegas; y hasta aceptas ayudarnos.

—Por ti haría cualquier cosa… Sabes que te he querido siempre…

Zeit sintió un aleteo en el corazón.

—Cuando todo esto termine, hablaremos. ¿Te parece?

—No. Te buscaré antes —afirmó Ananké—. No quiero esperar a que estalle la ofensiva. Antes de vengar a mis compañeros, vendré a buscarte. Quiero ir por los lokis sabiendo que esperas mi regreso.

—Ananké, yo quería… —Zeit se interrumpió al sentir que alguien la agarraba del hombro.

—¿Falta mucho para llegar? —preguntó Nanshé.

—No, estamos ya muy cerca. Qué bueno que tú te quedes.

Zeit se despidió de los thugs con nostalgia.

—Hasta pronto —dijo Kanno, tan adusto como siempre.

Como muestra de aprecio, Mictlan le dio a Zeit una brusca palmada en la espalda. Ananké se acerco a Zeit con malicia seductora.

—¿Y ahora quién me va a cuidar?

—Ya no necesitas que nadie te cuide.

—Volveré por ti —le dijo Ananké, con tal convicción que a Zeit sólo le quedó asentir con la cabeza.

Las dos jóvenes amigas miraron a los thugs subir a la superficie por la estrecha alcantarilla. Zeit pensó en los entrañables días de duelo que había pasado en la guarida del cementerio. Los echaría de menos a todos; pero a Ananké ya empezaba a añorarlo.

En el camino de vuelta a la explanada en compañía de Nanshé, quedó gratamente sorprendida por la actividad en los túneles. Un frenesí colectivo se había extendido por el subsuelo y topos de todos los confines acudían a la comandancia general para iniciarse como milicianos, temiendo que si quedaban fuera del ejército libertador, jamás saldrían del subsuelo. Los días de indolente vagancia por las catacumbas eran cosa del pasado; ahora todos querían participar en las tareas más importantes, a pesar de que para las mermadas capacidades físicas de los dalits tuvieran que hacer un esfuerzo descomunal. Gran parte de sus carencias las suplían sumando manos a cada operación, por lo que el subsuelo se había convertido en una colonia donde pequeños grupos de hormigas obreras trabajaban por doquier.

Aunque nunca se había sentido cómoda en el subsuelo, al ver en los topos esa mística de trabajo, Zeit empezó a sentirse parte de una gesta colectiva.

Nanshé se quedó ayudando a un grupo de topos que fabricaba una serie de herramientas, mientras Zeit iba a la comandancia general donde Rudra trabajaba sin descanso

—¿Qué te han parecido los thugs? —preguntó Zeit.

—Te confieso que me producen terror. Ya ves, ese tipo casi me mata. Pero me doy cuenta de que son disciplinados. Creo que harán un buen trabajo.

Cotto se acercó a Zeit y se puso en cuclillas.

—¿Sabes? Yo conozco al joven que trajiste. De niño tenía una rata. ¿Te acuerdas Rudra?

Rudra meditó unos momentos.

—¡Es verdad! Ananké tiene una estrella violácea en el dorso de la mano, y la misma cara de aquel niño. ¡Claro!

—¿De qué hablan? —preguntó Zeit.

—Cuando yo tenía como unos siete años, había en los túneles un niño más o menos de mi edad, con una marca de nacimiento en la mano, y los mismos ojos pardos y rasgados de Ananké. Era arisco, muy inquieto y robaba los restos de comida podrida. No me caía nada bien y sin embargo no podía dejar de mirarlo cuando rondaba cerca. Ahora entiendo que me daban envidia su agilidad y su arrogancia. Iba acompañado de una rata poco común: era blanca, bueno, cuando no estaba cubierta por la mugre de los túneles. La rata corría siempre detrás de él como hacen los perros juguetones de los uranos. El niño defendía la vida de su rata con tal fervor, que cuando alguien intentaba cazarla para comérsela organizaba un griterío tan descomunal y daba tantas patadas, que el ladrón desistía de su intento… Un día lo oí llorar, con un llanto doliente que no había escuchado antes; como si en el cuerpo de ese niño se escondiera un desconsuelo muy antiguo. Me arrastré hasta ahí y lo encontré sollozando abrazado a su rata muerta. No supe qué hacer y me quedé acompañándolo en silencio desde un rincón de la cueva. Tras un buen rato sintió mi presencia. Todavía abatido por los estertores del llanto, se acercó, me entregó su rata muerta y salió de la cueva. Lo vi subir a la superficie por la boca de una alcantarilla… Recuerdo que era una mañana muy fría de invierno… No creí que lo volvería a ver.

—Jamás me comentó que hubiera vivido en el subsuelo.

—Le dará vergüenza —dedujo Rudra.

En el rostro de Zeit se dibujó una enigmática sonrisa.

"La vida ha convertido a Ananké en un hombre de una fortaleza excepcional", pensó.

XLIII

Cliff se levantó temprano para acompañar a su padre a las oficinas del consorcio. Llevaba días sin entrar en la ciudad y no pudo dejar de mirar aquí y allá las bocas de alcantarilla por donde había entrado con Zeit más de una vez al subsuelo. Ahora le parecían las puertas de un paraíso perdido. Iluminada por un ambarino sol otoñal, la ciudad de los rascacielos refulgía en su máximo esplendor. Las vistosas gabardinas, los paraguas y los elegantes sombreros de paño respondían a los pronósticos de lluvias vespertinas.

Al traspasar el vestíbulo y mirar el imponente despliegue de cubículos y oficinas, Cliff sintió un alegre hormigueo: él dirigiría las operaciones de uno de los consorcios farmacéuticos más importantes del mundo.

Henry tomó asiento en el escritorio y pidió a Ralph, su secretario, que no lo interrumpiera ni le pasara llamadas. El despacho estaba construido como una especie de torreta desde donde se dominaban varios departamentos de los laboratorios. Las paredes de cristal inteligente permitían ver hacia el exterior sin ser visto, o bloquear la visibilidad por completo. Henry activó la función de transparencia para poder apreciar parte de su emporio y encendió los hologramas para controlar el resto de las instalaciones con cámaras de video.

—He aquí tus dominios —dijo Henry—. Quiero mostrarte la complejidad del consorcio para que reconsideres tu idea de ponerlo todo en manos de Sam.

—Papá, creo que tienes razón, por eso te pido que sigas dirigiendo la empresa hasta que yo me sienta capaz de reemplazarte.

—De acuerdo, me quedaré unos meses. Aunque tengo muchos deseos de jubilarme, te prometo esperar a que estés listo.

—Eres muy joven —afirmó Cliff—. ¿Por qué tienes tanta urgencia en irte del Consejo?

—No quiero prejuiciarte, pero se han aprobado algunas reformas con las que no estoy de acuerdo. Ya no tengo fuerzas para nadar contra la marea, quizá tú sí, o quizá no te parezcan tan graves cuando las conozcas.

—Preferirías que todo permaneciera igual que siempre, ¿verdad…? Eres un conservador, papá.

—No es eso, hijo. Soy partidario de la congruencia con los principios originarios del Consejo.

—Pues yo pienso que puede haber un cambio ordenado… En un primer momento, temí que mis ideas resultaran demasiado revolucionarias, pero ahora creo que pueden tener aceptación en el Consejo. Después de mi estancia en los Claustros pude comprobar que muchos arcontes piensan como yo. Quieren que la sociedad evolucione y que los uranos tengan más libertades… Estoy muy impresionado, por ejemplo, con la decisión de permitir la salida de los dalits del subsuelo para reintegrarlos a la sociedad. El señor X me aseguró que las reformas empezarán muy pronto.

Henry entornó los ojos y preguntó con extrañeza:

—¿X te dijo eso? Pero…

Se escuchó por el altavoz la voz agitada de Ralph.

—Señor Heine, perdone que lo moleste, su hijo Sam está aquí.

—Dígale que pase —respondió Henry, al tiempo que apagaba los hologramas.

Sam entró al despacho bufando como un toro.

—¡Tú aquí! —gritó a Cliff, contrariado—. En fin, me da igual. De todos modos, te vas a enterar.

—¿Qué pasa, hijo? —preguntó Henry, desconcertado.

—¿Sabes lo que acabo de descubrir? —Sam echaba espumarajos por la boca—. ¡Nunca imaginé que esto pudiera pasarme…! Cómo te reirás ahora de mí, flamante arconte…

—¡¿Qué pasa?! —urgió Henry.

—¡La dulce y abnegada patricia que me asignaste como esposa ha estado engañándome todo el tiempo!

Cliff sintió una punzada en el vientre.

—¡Esta mañana descubrí que ha estado inyectándose una sustancia anticonceptiva! —dijo Sam, sumido en la desesperación—. ¡Había llegado a creer que era culpa mía que no se quedara preñada…! Desde que supo que no sería arconte, la muy cerda evitó el embarazo para poder casarse contigo —exclamó, señalando a Cliff—. ¡Eso es lo que estaba tramando!

—¡Deja de decir estupideces! —dijo Cliff, muy alterado.

—¡Eso no puede ser! —exclamó Henry—. Debes estar equivocado. Los anticonceptivos están proscritos.

—Vengo del laboratorio. —Sam sacó un frasco y dos sobres del bolsillo—. No sé dónde los consiguió. Pero no hay duda, es progestina.

—Habla con ella, Sam —dijo Henry—. Quizá guardaba el medicamento por alguna razón.

—No. También he analizado un cabello suyo. Se ha inyectado progestina, lo he comprobado.

—¡Dios mío! —Henry se derrumbó—. Esto es muy grave. No puede ser. Debe haber un error. Yo mismo iré a verificarlo. Dame.

Henry salió a toda prisa con el frasco y el sobre en la mano.

—Lo siento —dijo Cliff, sinceramente preocupado.

—Ya estarás contento, ¿no? —rumió Sam—. No creas que no me di cuenta de lo mucho que te gustó Rita desde el primer momento... ¡Felicidades! Te has quedado con todo y encima vas a lograr convertirme en un paria.

—No es verdad. Ayer le propuse a papá que dirigieras la empresa —dijo Cliff—. Yo no podría hacerlo sin ti.

—No me trates con condescendencia porque terminaremos peor aún —dijo Sam, furibundo—. Quédate con tu empresa, con el Consejo y, por supuesto, con Rita. Esta misma noche la repudiaré como esposa y la devolveré a sus padres.

—¡No hagas eso, Sam!

—Así podrás casarte con ella. ¿Qué más quieres?

—Estás loco.

—Siempre estuviste enamorado de ella.

—Me encandiló, no lo niego —confesó Cliff—. Cuando la vi el día de tu boda, me pareció una mujer perfecta, pero eso ya pasó.

Sam escrutó la mirada de Cliff.

—¿Así que estás enamorado de otra? ¿Cuándo será la boda?

—No quiero hablar de eso. Sólo te aseguro que jamás me acercaré a Rita, aunque la repudies. Es tu esposa.

—¿No quieres hablar? ¿Por qué? ¿Quién es tu novia?

—Nadie. Olvídalo.

Tras una sonora risotada, Sam exclamó:

—¡Así que te enamoraste de una urana! Pues mira por donde tú tampoco podrás ser feliz. Jamás te permitirán casarte con ella.

—Déjame en paz.

—Le diste a ella el uróboros, ¿verdad? Pues más te vale que me lo entregues, porque sino te denunciaré al Consejo por tener amoríos con la plebe.

—No encuentro el uróboros. Debo haberlo perdido.

—¡Mentira! —gritó Sam, y lanzó un puñetazo al rostro de su hermano.

El golpe hizo trastabillar a Cliff. Se llevó las manos a la boca y al sentir el calor de la sangre, se encendió la rabia contenida contra Sam durante años.

—¡Yo no tengo la culpa de tu fracaso como arconte! —gritó Cliff—. Eres un arrogante y un necio.

—¡No saldrás bien librado de tu paso por el Consejo! —reviró Sam—. Eres aprensivo y debilucho. No tienes el valor necesario para ocupar el puesto.

—¡Tú qué sabes de valor si eres una pobre bestia irascible! Quieres resolverlo todo a golpes, pero ser arconte requiere de un arte más fino. Te faltó inteligencia para conquistar el puesto. Acéptalo de una vez.

Sam se abalanzaba contra su hermano como una fiera, cuando Henry entró al despacho.

—¡Qué pasa aquí! —gritó mientras tiraba de Sam, enzarzado con Cliff en la pelea—. ¡Paren ahora mismo!

Cliff esquivó el puño de Sam y se apartó a un rincón de la oficina.

—¿No ves el problema que tiene tu hermano? —reprendió Henry a Cliff.

—Olvida a este imbécil, papá —interrumpió Sam—. Dime qué pasó en el laboratorio.

Henry se acercó apesadumbrado a Sam y lo abrazó.

—Tienes razón, hijo. Lo siento.

Sam se hundió en un sofá, pálido de rabia. Henry hizo un gesto a su hijo menor para que abandonara el despacho.

Cliff se retiró con la respiración agitada y un terrible sentimiento de pérdida. ¿Era éste el precio que tendría qua pagar por ser un arconte? ¿El poder lo condenaría irremisiblemente a distanciarse de todos sus seres queridos?

XLIV

Vistiendo uniforme azul marino, con brillantes botas negras, y portando pistola al cinto, un gurkha rubio se alejaba de su automóvil con paso firme y altivo. Esa mañana no entró a la cafetería de la calle 48, como los días anteriores, sino que se dirigió directamente al ministerio gurkha, situado a un par de calles de ahí. Por unos momentos se detuvo a mirar con el ceño adusto la tapa de alcantarilla medio abierta junto al bordillo. Atisbó buscando a alguien, pero la calle estaba desierta y siguió su camino.

Al doblar la esquina se dio de frente con un joven thug en cuyo rostro se dibujaban tres lágrimas negras. Desencajado de terror, el gurkha retrocedió ahogando un grito e intentó sacar su pistola. Mictlan, responsable del operativo orquestado por Rudra, lo derribó de una patada en el estómago. Con sus últimos arrestos, el dolorido gurkha intentó escapar, pero un golpe en la nuca lo dejó inconsciente. Mictlan lo cargó como un fardo hasta la alcantarilla donde lo esperaban Zeit y su legión de dalits.

Asistida por Nanshé, que le ayudó a bajar los últimos peldaños, Zeit recibió al primer prisionero urano. Durante unos segundos quedó tirado en el suelo, sometido al escrutinio de los curiosos milicianos. Ninguno se atrevía a tocarlo; ni siquiera se acercaban. Habían capturado a un digno exponente de esa raza pretendidamente superior, de la manera más sencilla imaginable. Ahí lo tenían ahora: herido, indefenso, aunque para ellos seguía siendo un temible gurkha.

Zeit se inclinó, y agarrando al tipo por el pelo hurgó en su oído izquierdo para extraer el microprocesador auricular.

—Esto es lo que tenemos que quitarle a cada gurkha en cuanto lo recibamos —dijo, y destrozó el minúsculo artefacto con una piedra. Luego repitió la operación con el procesador de muñeca.

—Quítale la camisa —ordenó a uno de los milicianos.

El chico titubeó un instante antes de obedecer. Cuando hubo terminado, otro más le quitó el resto de la ropa hasta dejarlo completamente desnudo frente a los sorprendidos topos.

Su aspecto indefenso borró de golpe el sentimiento de inferioridad que había intimidado a los dalits frente a sus verdugos.

Dos milicianos cargaron al gurkha herido hasta la explanada de la Estación Central, seguidos por el resto del comando. Al entrar en el sitio repleto de dalits, se hizo un silencio expectante. Los rebeldes interrumpieron sus actividades para mirar el trofeo que llevaban en hombros sus compañeros. Cuando el gurkha empezó a recobrar el conocimiento, se apresuraron a meterlo en la jaula hecha con raíles del metro, unidos por un entramado de alambres, trapos y hasta enredaderas del parque.

Al volver en sí, el urano atisbó confuso y aterrado a su alrededor. Cohibido por su desnudez, se tapó el miembro con la mano izquierda, mientras con la derecha se resentía del vientre golpeado.

El exterior de la jaula comenzaba a llenarse de caras marchitas que miraban con ojos legañosos al prisionero. Manos huesudas y cuarteadas se aferraban a los barrotes para no perder su puesto en el asombroso espectáculo. Segundos después, los curiosos abrieron paso al contrahecho que se arrastraba como un lagarto, seguido por el gigante de expresión bobalicona.

—Eres nuestro primer prisionero de guerra —le notificó Rudra al rubio exponente de la clase opresora de los dalits.

El gurkha empezó a gimotear con una mezcla de rabia y pavor, profiriendo insultos y manoteando como un niño berrinchudo. Los dalits lo miraron, primero, impactados y más tarde, divertidos. El espectáculo era hilarante: el tipo se mesaba los cabellos y volvía a tapar sus genitales, sin dejar de gritar como un demente.

Rudra, que no se había despegado de la reja, contemplaba al prisionero con extrema curiosidad. Su aspecto era similar al de Cliff, no así su comportamiento nervioso y ridículo. Quién iba a pensar que un altivo gurkha se desquiciaría con tal rapidez.

La explanada rebosaba actividad. Rudra había dado su autorización para que los dalits de todos los túneles vinieran por turnos a mirar al cautivo. Las expresiones en los rostros de los topos al contemplarlo iban del embeleso a la extrañeza, pero en todas las miradas brillaba el mismo fulgor de resentimiento.

Un muchacho de unos quince años, llamado Petul, fue el primero en lanzarle una piedra. El prisionero aulló de dolor e indignación… Otro dalit lanzó un viejo zapato al rostro del urano que descubrió sus partes pudendas para protegerse.

Los alaridos del gurkha atrajeron a más dalits hacia el calabozo. Como una jauría hambrienta de sangre, los topos le lanzaban objetos de toda clase. Nadie reía ya como cuando lo oyeron gimotear por vez primera. Lo único que se escuchaba en el recinto eran los golpes contra el cuerpo del gurkha y sus quejumbrosas lamentaciones, que atizaban más todavía el odio de los dalits.

Hecho un ovillo en mitad de la jaula, el cautivo sollozaba ya sin fuerza, escondiendo el rostro entre las manos. Cada pedrada lo iba doblegando más y más, hasta que vencido por las heridas, se desplomó. Sus gritos cesaron para dar paso a un lamento agónico. Sólo entonces cesaron las agresiones.

Los dalits se apretaban contra los barrotes; el gurkha se estaba muriendo y ellos querían presenciar el final. En sus oídos, los estertores del urano resonaron como un toque de diana: la guerra había comenzado.

El segundo prisionero llegó horas más tarde. Saciados con la primera ejecución, los dalits observaron al nuevo gurkha con menor interés.

Al despertar y verse preso junto a un cadáver de su casta, el gurkha explotó en alaridos de horror.

—Amordázalo —ordenó Zeit a Nanshé—. Sus gritos van a enardecer otra vez a la gente.

La joven tuerta sacó su cuchillo y entró al calabozo, seguida por las miradas de los dalits que empezaban a arremolinarse en torno a la jaula. Viendo venir a la thug, el urano se retorció pidiendo clemencia en medio de agudos sollozos.

—¡Quieto! —gritó Nanshé.

El tipo se contuvo y ella pudo amordazarlo con un trapo.

—¡A éste déjenlo vivir! —ordenó Zeit,—. Debemos ver cuánto tiempo tarda en morir.

Nanshé y Zeit se alejaron dejando al prisionero a cargo de dos milicianos del grupo de élite.

Días atrás, Zeit había pedido a su amiga que eligiera a cinco dalits para formar un comando de entre los voluntarios que se habían destacado durante esos días por su coraje y obediencia. Nanshé se encargó de adiestrarlos en tácticas de ataque con la navaja y el rumal. También los obligó a asearse como thugs, y puso a prueba su disciplina una y otra vez, hasta que se sintió satisfecha con el comando.

—Debemos sacar de aquí el cadáver del primer prisionero —indicó Zeit—. ¿La morgue está lista?

—Por supuesto —aseguró Nanshé con orgullo—. Pero ¿tú estás preparada para hacerlo? —preguntó con tacto a su amiga.

Zeit sintió una llamarada que le abrasó el rostro. Había evitado pensar en ese momento, pero no había encontrado alternativa; ella debía poner el ejemplo.

—Sí, estoy lista —afirmó Zeit.

—Entonces, llevemos el cadáver —dijo Nanshé.

Entre miradas de extrañeza, dos miembros del grupo de élite sacaron el cadáver de la jaula y se encaminaron a los túneles, seguidos de Zeit y Nanshé.

Por un laberinto de escaleras y pendientes, bajaron a los niveles inferiores del subsuelo hasta una galería en las cloacas donde apenas un hilo de agua corría por la canaleta. Al encender una tea, el sitio adquirió una lóbrega apariencia: la luz titilante hacía crecer y decrecer la concavidad de la bóveda, como si el techo bajara y subiera un poco con cada vaivén. Las herramientas alineadas con un orden meticuloso despedían mortecinos destellos.

—Déjenlo aquí —ordenó Nanshé.

El miliciano que había cargado el cadáver en el último trayecto lo depositó en el reclinatorio y Nanshé acomodó el cuerpo.

—Listo —le dijo a su amiga con voz muy suave.

Zeit permaneció paralizada en medio de la galería. ¿Cómo había llegado a esto? ¿Por qué su destino la empujaba a hacer algo tan obsceno, tan inhumano? En nada la consolaba que el tipo estuviese muerto. ¿Acaso podía ella ser tan cruel como los lokis? ¿Cualquier ser humano podía volverse de pronto una bestia?

—Está muerto, Zeit —la animó su amiga, hablándole al oído—. No lo pienses más.

Nanshé puso en sus manos el rudimentario machete. Zeit lo tomó sin mirarlo y como una autómata se dirigió al cadáver que aguardaba dócil, con el cuello apoyado en el reclinatorio, y la cabeza colgando pesadamente. Zeit tenía la garganta cerrada por la rabia. Era necesario hacerlo, pero sabía que después de aquello nunca volvería a ser la misma. El resto de inocencia que aún conservaba desaparecería para siempre.

Con las dos manos empuñó firmemente el arma. Su menudo cuerpo apenas podía sostenerla en alto. Miró el cuello del urano, un cuello aún terso, guarnecido de cabellos rubios manchados de sangre. De su memoria rescató el odio por el asesinato de su madre a manos de un gurkha como el que tenía delante, y sin pensarlo más, como una moderna Judith, descargó un golpe de machete sobre el cuello inerte del prisionero.

—Déjenme sola —ordenó Zeit, y salió de la galería.

Con la mirada perdida caminó sin rumbo por las cloacas. El agua maloliente le mojaba los pies y la oscuridad enlutaba sus pensamientos. Sacó su cuchillo y sintió el reborde de las venas en sus muñecas. El sonido de aquella cabeza golpeando contra el suelo era el mismo que había oído cuando los lokis decapitaron a sus víctimas. ¿Tenía por tanto ella la misma catadura moral que esos patricios? Por más que se repetía que era una acción imprescindible para el triunfo de la causa, Zeit no encontraba consuelo. Acercó la navaja a su muñeca. "Necesito descansar —pensó—. Si esto es la guerra, no creo ser capaz de soportarla". Cuando comenzaba a presionar la navaja contra sus venas, escuchó la voz de Nanshé.

—¡Zeit!

Su amiga llegó abriéndose camino con una antorcha.

—Han capturado otro gurkha. Debemos subir. —Nanshé tomó del brazo a su amiga y la puso en pie—. Vámonos… No pienses más.

Zeit se dejó conducir mansamente hasta el nivel superior donde los thugs habían avisado que entregarían al nuevo prisionero.

Nanshé subió a lo alto de la atarjea.

—¿Con quién hablas? —preguntó Zeit, al percibir que conversaba con alguien.

—Es Ananké. Está a punto de capturar a un viejo gurkha retirado que suele pasar por aquí cada día a esta hora —explicó Nanshé—. Dice que quiere hablar contigo.

"Ha venido cuando más lo necesito —pensó Zeit—. Pero viene por mi respuesta y yo hoy sólo necesito que sus brazos fuertes me sostengan para no claudicar".

La entrega se realizó sin tropiezos. El prisionero era un gurkha entrado en años y en carnes, que seguía vistiendo el uniforme, aunque en lugar de pistola cargaba un fino portafolio de cuero. En unos segundos fue despojado del auricular y de toda su ropa.

—Los alcanzaré más tarde en la Estación Central —informó Zeit a Nanshé, que ya daba órdenes a los milicianos para cargar al prisionero.

Ananké había bajado momentos después de entregar al gurkha y presenció el operativo con embeleso.

—Me encantas en tu papel de comandante —sonrió el thug con coquetería.

Se miraron unos momentos, pero Zeit le dio la espalda sin poder contener las lágrimas.

—¡¿Qué te pasa?!

—He decapitado a un hombre, Ananké… Estaba muerto ya y era un miserable gurkha, pero ha sido terrible —dijo sollozando.

—Tranquila… —dijo Ananké, abrazándola—. La guerra será muy dura, pero no nos han dejado otra salida… Olvídalo.

El thug besó la pequeña nariz de Zeit, sus mejillas, y los párpados hinchados de tanto llorar. Cuando sus labios se unieron, el ardor de una pasión contenida largo tiempo se desbocó con salvaje urgencia. Zeit lo besó con desesperación, tratando de perderse en las manos ardientes y generosas de Ananké, en sus besos arrebatados, impetuosos y tiernos a un mismo tiempo. El susurro de las palabras de él en su oído iba enardeciendo su mente y su cuerpo, pero cuanto más crecía su excitación, como esos nudos que se aprietan al intentar deshacerlos, más se clavaba en su pecho el recuerdo de Cliff. "Debo sacarlo de mi mente", se decía, empeñada en entregarse a este hombre que nunca le había fallado, pero el fantasma de Cliff no cesaba de aguijonearla. "El sabor de los labios de Ananké es dulce, no como los de Cliff que saben a eneldo —pensó Zeit sin poder evitarlo—; el olor de su sudor es más suave que el de Cliff; la textura de su piel más áspera". El de Ananké era un cuerpo hermoso como no había visto otro; poseía una pasión volcánica que podía caldear el cuerpo más indiferente, y sin embargo, Zeit sentía que se desgarraba por dentro. "Cliff no puede interponerse entre nosotros", se dijo con rabia, y besó a Ananké con más frenesí; tocó sus músculos tensos por el esfuerzo diario, su piel morena, curtida por la intemperie y, acarició sus heridas. Con todas sus fuerzas intentaba ahuyentar la añoranza que el contacto con Ananké había reavivado, cuando de pronto, el thug se detuvo en seco y retrocedió.

—Estás pensando en el otro —afirmó con el dolor rebosando en su mirada.

—¡No! ¡No!

Zeit lo negaba buscando creerlo ella misma, pero la angustia y la vergüenza, terminaron por traicionarla.

—¡Es verdad…! Pero lo odio… ¡Yo sólo quiero estar contigo! —Se lanzó a los brazos de Ananké buscando de nuevo sus labios.

—No se puede obligar al corazón, pequeña…

Zeit se separó de Ananké llorando con desconsuelo y en ese momento comprendió que el amor por Cliff la castigaba de nuevo, condenándola a la soledad.

En tres días, los dalits vieron morir a media docena de gurkhas en la jaula de acero de la Estación Central.

Cientos se ufanaban de haber participado en el ya histórico linchamiento del primer cautivo, en el que, a lo sumo, había intervenido una veintena de dalits. Algunos afirmaban que el gurkha había muerto a la primera pedrada, y otros que había resistido durante horas.

—¡Ningún otro preso debe ser atacado! —había ordenado Zeit cuando metieron al segundo urano en la jaula—. Los prisioneros comerán y beberán lo mismo que nosotros. Veremos cuánto tiempo tardan en morir.

Muchos dalits se sintieron decepcionados por la prohibición, pero nadie contravino las órdenes hasta que el sexto prisionero, un hombre escuálido y nervioso, fue presa de un ataque de pánico y tras arrancarse la mordaza, comenzó a proferir toda clase de insultos. Los dalits, sin poder contener la rabia, lo silenciaron para siempre a pedradas. Era como si el gurkha hubiera preferido ser lapidado que morir lentamente por no tolerar el agua y la alimentación de los topos, como había sucedido con sus compañeros de infortunio.

Solamente un prisionero había sobrevivido a las duras condiciones del subsuelo. Era un gurkha retirado que se ufanaba de ser consejero de las Comisiones Militares. Zeit lo llamaba Tres, por el orden de su captura. Más corpulento que los demás cautivos, el viejo gurkha se había repuesto a un ataque agudo de disentería.

—¡Tres, ven aquí! —gritó Zeit al prisionero, que rezaba en voz alta, agazapado en un rincón de la jaula.

El frío arreciaba y la humedad calaba hasta los huesos. Como cada otoño, los topos habían sacado de sus escondites toda suerte de telas para abrigarse, y Zeit llevó varios de esos trapos al sobreviviente.

—Cúbrete. Estoy harta de ver tus carnes fofas y blancuzcas.

Tres no sólo poseía una constitución más resistente que sus compañeros, sino un recio temple de carácter, lo que le ayudó a conservar la cordura y la entereza, a diferencia de los otros prisioneros que se desmoralizaron enseguida. A menudo echaba mano de todas las artimañas que conocía para tratar de engañar a sus celadores.

—Hagamos un pacto —le dijo a Zeit con voz mansa, mientras se echaba por los hombros uno de los trapos y enrollaba el más grande a su cintura—. Si me sueltas, te contaré muchos secretos de los uranos.

—¿Los traicionarías? —preguntó Zeit, burlona.

—Quiero ayudar a los dalits —replicó Tres.

Zeit soltó una carcajada.

—Tengo toda la información que necesito, muchas gracias.

—Conozco detalles que podrían servirte —dijo el urano.

Mientras contemplaba al meloso y repulsivo gurkha, Zeit se estremeció al pensar que un hombre como ése había asesinado a su madre.

—Ya que quieres hablar…, cuéntame qué sentías al cazar dalits como perros sarnosos por toda la ciudad —dijo, mirando al gurkha con un odio añejo y profundo.

—No sentía nada… Era mi trabajo.

—Alguna emoción te despertaría dispararnos mientras corríamos como ratas asustadas.

—Simplemente el orgullo de cumplir con mi deber… —respondió Tres, circunspecto—. Dios y el Consejo necesitan de nosotros para librar al mundo de mutantes.

—¿Tu dios todopoderoso permitió una mutación en su perfecta creación?

—Es el castigo divino a los que atentaron contra el bien.

—Pero ¿tu dios castiga destruyendo su obra?

—¡Sólo sé que ustedes deben morir por el mal que hicieron! —exclamó Tres, perdiendo su fingida sumisión.

—¡¿Crees que niños y ancianos deben ser castigados por lo que alguien hizo hace décadas?! Si es que lo hizo.

—¡Sí! Porque llevan dentro el germen del mal, y si los dejamos vivir, volverán a inundar el mundo de terror.

—Pero tú eres un gurkha y nos conoces; sabes que no somos mutantes… Sabes que Dios no nos ha castigado, sino los hombres, los uranos.

—Puede que no sean mutantes, pero son ya tan diferentes a nosotros que es como si lo fueran … Son unos miserables y unos cobardes que se dejaron enterrar en vida —dijo el viejo con saña.

—Entonces, los cobardes son los gurkhas que asesinan a unos miserables que no pueden defenderse —replicó Zeit.

—¡Ustedes aterrorizan a los uranos y es nuestra obligación protegerlos! —gritó el gurkha, herido en su amor propio.

—Por tanto, los uranos son los primeros cobardes, y luego los gurkhas, que aun sabiendo que no somos mutantes han seguido obedeciendo como corderos a sus amos.

—¡Es nuestra misión y punto! —dijo Tres, acorralado.

Zeit lo miró con insidia y dijo:

—Los gurkhas siempre han sido despreciados por los uranos, pero recientemente la cosa ha empeorado, ¿no? Ahora obedecen como criados a sus nuevos amos: los lokis; unos simples patricios. Ya no a los arcontes.

—¡Eso no es cierto! —exclamó Tres furibundo—. ¡Los gurkhas somos soldados del Consejo!

—No. Eso se acabó para ustedes.

—¡Cállate!

"He tocado una fibra muy sensible —pensó Zeit—. El antagonismo que intuimos entre lokis y gurkhas es real. La estratagema que ideamos dará resultado".

Los ojos del prisionero se encendieron llenos de rabia.

—¡¿Cuándo me vas a matar?!

—Te morirás tú solo, como los demás... Quizá tu obesidad te mantenga vivo más tiempo... —Zeit sonrió con crueldad—. ¿O es que acaso le robabas la comida a tus nuevos amos y por eso resistes?

—¡No soy ningún ladrón...! ¡Mi retribución, cuando me jubilé, fue alimentarme como patricio, con comida natural! —espetó Tres.

—Lo sabía... Por eso has sobrevivido... —Zeit lo miró con desprecio y se dio media vuelta.

—¡No te vayas! ¡Mátame de una vez! —rogó el gurkha.

—Déjame en paz.

Tres se agarró a los barrotes de su celda y gritó:

—¡Jamás podrán vencernos! ¡Sólo son un puñado de sabandijas!

—Me provocas para que te mate, pero no lo vas a lograr.

—Eres una rata de alcantarilla —dijo el gurkha, rechinando los dientes de impotencia.

—¿Te repugnamos, verdad?

—¡Claro que me repugnan! —respondió Tres, lleno de odio.

—Pues mira qué pronto te has convertido en uno de nosotros.

—¡Jamás seré como ustedes!

—Ya lo eres... ¡Mírate! En tres días te has convertido en uno de nosotros, miento, sólo en apariencia, pues careces de nuestras facultades para sobrevivir en el subsuelo… ¡Cómo me gustaría sacarte a las calles para que tus compañeros te confundan con un dalit y te cacen como a un animal…! Los uranos te mirarían con asco, igual que a nosotros.

—Nosotros, al menos, los miramos al matarlos —dijo Tres—, pero para los uranos, ustedes ni siquiera existen; si llegan a cruzarse con un dalit, miran a otra parte, porque su presencia les provoca náuseas.

—Eso va a terminar… Cuando empiece la guerra, cada urano tendrá que mirarnos a los ojos para pedir que le enseñemos a sobrevivir.

Una risotada siniestra atronó el lugar.

—¡¿Eso es lo que buscan?! —gritó el viejo—. ¡¿Un poco de respeto?!

Zeit se irguió y mirando fijamente al gurkha, dijo:

—Se puede sobrevivir sin sol, sin techo, sin pan, pero no se puede vivir sin dignidad ni respeto. Los dalits vamos a empezar a vivir. La dignidad ya la hemos alcanzado, ahora nos haremos respetar. Quien nos respete será bienvenido al nuevo mundo. El que no, seguirá siendo nuestro enemigo.

—Pasarán siglos antes de que un urano los mire con respeto —sonrió el gurkha con sorna.

—Los cambios pueden suceder en muy poco tiempo. Míranos a nosotros. No somos los mismos de hace sólo unos meses. Ni tampoco ustedes, desde que los lokis los tratan como basura.

—¡¿Cómo te atreves a decir eso?! —estalló Tres en un alarido—. ¡Mátame de una vez, puta asquerosa!

Nanshé llegó corriendo desde la comandancia general y miró al gurkha con repulsión.

—¡Cómo apesta este gordo, está todo cagado! Pero no parece que vaya a morir pronto. ¿Quieres que lo mate?

—Déjalo que se pudra en su propia mierda —indicó, y fue en busca de su hermano.

Zeit y Nanshé se encaminaban al cuartel general para reunirse con Rudra cuando comenzaron a oír un gran alboroto a sus espaldas. Decenas de dalits se agolpaban alrededor de la jaula, gritando y haciendo aspavientos con las manos, mientras llamaban a Zeit con alaridos.

Por más que corrieron, no pudieron llegar a tiempo al calabozo, donde Tres se había colgado con los trapos que Zeit le había dado para abrigarse.

Los dalits miraron desconcertados el pesado cuerpo que se balanceaba como un juguete descomunal y obsceno.

Zeit sintió una mezcla de asco y compasión, a pesar del odio que le profesaba a aquel gurkha. "No es más que un esclavo del Consejo —pensó—, un idiota que obedece órdenes".

—Era el último prisionero —comentó Nanshé sin despegar la vista de Tres.

Zeit suspiró muy hondo y dijo:

—Sí… Se acerca la hora de nuestra liberación.

XLV

Papá —pronunció Cliff fuerte y claro para que lo captara su microprocesador auricular.

Le había llamado la atención escuchar a su padre salir en coche muy temprano, pero más le extrañaba que ahora no respondiera.

—Cuando puedas, comunícate conmigo —dejó dicho en el contestador de Henry.

Las tribulaciones familiares habían minado la salud de su padre y Cliff quería convencerlo de visitar al doctor Reming esa misma tarde. Henry no pegaba ojo desde que Sam había repudiado a Rita devolviéndola a casa de sus padres por haber traicionado el sagrado deber de procrear.

Cliff se mantuvo al margen de la separación, para no encender más el odio de su hermano, y durante esos días aciagos para la familia se había puesto al corriente en el manejo de la empresa. Aquella mañana tenía previstas varias reuniones con los ejecutivos de mayor rango en los laboratorios y necesitaba consultar con Henry algunos detalles. Más tarde acudiría al propedéutico para hacer un buen papel en el consejo de administración de la Reserva Monetaria Mundial que controlaba el sistema financiero del orbe por medio del Consejo.

Llamó por el auricular a Ralph, el asistente de su padre.

—Buenos días, señor.

—Mi padre no contesta mis llamadas, ¿se encuentra con usted?

—Lo siento, pero el señor Heine no ha llegado a la oficina.... Aprovecho para recordarle que a las dieciocho horas tiene programada una visita a la mansión que quiere comprar.

—Lo había olvidado. Cancélela y concierte una cita con el doctor Reming a nombre de mi padre para esta tarde... Llegaré en quince minutos.

De punta en blanco, Cliff subió a su coche y dictó las coordenadas de los laboratorios. El piloto automático y la calefacción se pusieron en marcha. Mirando el bucólico paisaje a la salida del protectorado, sus pensamientos vagaron plácidamente: lo más duro de la tormenta familiar había pasado; ahora él y Henry podrían concentrarse en su toma de posesión como arconte.

Cliff se preparaba para marcar un hito en el Consejo. En las últimas semanas se había dedicado a desempolvar sus proyectos más vanguardistas y renovadores para depurarlos a la luz de todo lo vivido en aquellos meses. Tras ese imprevisto viraje del destino, por el cual había conocido el inframundo, su vida volvía a enderezarse y pensaba enriquecer a la sociedad con su experiencia. Desde el puesto de arconte promovería el más elevado de los fines: reunificar a la especie humana. Estaba seguro de que el Consejo aplaudiría sus métodos para acelerar la liberación de los dalits y desclasificar información a los uranos. Sonrió al recordar que esa misma noche había soñado que sus colegas lo colmaban de elogios y las masas dalits lo recibían con vítores, mientras Zeit, a la distancia, le decía con los ojos que aún lo amaba.

Una llamada lo despertó de sus ensoñaciones.

—¿Sí?

—Cliff. Soy X.

—Buenos días, señor X —respondió Cliff, sorprendido por la llamada.

—Necesito que vengas urgentemente al cuartel general en los Claustros.

—¿Pasa algo?

—No tardes —respondió lacónico el señor X, y cortó la comunicación.

"Qué extraño —pensó—. Los encuentros con miembros del Consejo se concretan siempre con mucha antelación y por conductos oficiales. Se tratará de algo relacionado con la ceremonia de nombramiento", se dijo para tranquilizarse. Titubeó unos segundos, y llamó de nuevo al auricular de su padre.

Henry seguía sin responder.

—Me han llamado con urgencia a los Claustros —le dejó recado en el contestador—. No podré asistir a las reuniones que tenemos programadas para esta mañana… Te llamo cuando salga.

Giró en el primer cambio de sentido para tomar la autopista hacia el norte. La temperatura había descendido bruscamente esa noche y una ligera neblina cubría las ramas altas de los árboles. Al divisar las cinco imponentes edificaciones medievales de los Claustros, recordó las semanas vividas en sus vetustas habitaciones. Aun cuando el entrenamiento había terminado con éxito, la relación con el señor X le seguía produciendo una incómoda desazón.

Le intrigó que el portón principal de los Claustros se abriera al paso de su coche sin necesidad de dictar ninguna contraseña en el sensor. No se cruzó con nadie en el primer patio y encontró también desiertos los corredores internos, donde no escuchó sonido alguno tras los visillos de las oficinas. Cuando llegó al despacho del señor X halló la puerta entreabierta y se acercó tímidamente para tocar con los nudillos. Tras unos segundos de total silencio, la voz inconfundible del arconte retumbó hasta la antesala:

—Pasa, Cliff.

Al cruzar el umbral, la puerta se cerró tras él produciendo un ruido seco que lo sobresaltó.

—Me alegra que llegues tan pronto...

—¿Sucede algo?

—Tu padre te necesita —afirmó X, articulando las palabras flemáticamente.

—¡¿Le pasa algo?! —preguntó Cliff, alarmado.

—Eso dependerá de tu colaboración.

—¿Cómo?

—Toma asiento.

Desencajado, Cliff obedeció al señor X, que lo miraba impasible.

—Tu padre vino esta mañana muy temprano a interrogarme por un comentario que le hiciste sobre nuestra última charla... —X hizo una pausa y con gravedad, preguntó—: ¿No sabes que tienes prohibido hablar del Consejo con Henry mientras no seas nombrado arconte?

—No recuerdo haberle dicho nada...

—Le comentaste que el Consejo era proclive a la liberación de los intocables.

Cliff no atinaba a recordar con precisión, pero la sola mención de los dalits lo consternó.

—Creo que mencioné algo sin importancia, pero...

—Por ese pequeño comentario, tu padre se dio cuenta de que algo pasaba y vino a interrogarme para conocer tu situación en el Consejo.

—¿Mi situación?

—¡¿De verdad crees que no sabíamos que has estado en tratos con los dalits?! —explotó el señor X, irreconocible.

Cliff sintió que el suelo se abría bajo sus pies. ¡Cómo había podido ser tan soberbio..., tan estúpido! ¡Claro que nadie podía engañar al Consejo!

—Mi padre no sabe nada. ¡Lo juro por la memoria de mi madre...! ¡No le hagan daño!

—Si quieres salvar a tu padre, debes decirnos todo lo que sabes de los dalits… Queríamos esperar un tiempo para interrogarte, pero has precipitado las cosas por tu imprudencia.

—Yo no sé nada de ellos —mintió Cliff—. ¿Qué puedo decirles? Me cuidaron después de mi accidente. Eso es todo.

—Mira, Cliff, ya comprobaste que no puedes tomarnos el pelo. Así que te aconsejo que hables. Tú padre está muy decaído y no creo que resista mucho tiempo en cautiverio.

—¿Dónde está? —Cliff sólo obtuvo de X una sarcástica sonrisa por respuesta—. No diré una palabra más hasta comprobar que no le han hecho daño —dijo terminante.

El señor X se levantó sin apremio y abandonó el despacho. Minutos después dos fornidos gurkhas custodiaron a Cliff por los pasillos de los Claustros hasta un edificio anexo, donde bajaron una empinada escalera. Al entrar, el olor a humedad y el intenso frío revivieron sus recuerdos del subsuelo. Una pesada puerta se abrió descubriendo un amplio y austero salón amueblado con dos antiguos sofás. Cliff avanzó y la puerta se cerró tras él.

Permaneció mucho rato paralizado en medio del recinto, sin osar moverse. Al escuchar ruidos, se apartó hacia la pared lateral. La puerta se abrió y dos gurkhas empujaron hacia dentro del salón a Henry. Cliff corrió hacia él y al abrazarlo sintió su respiración agitada y sus brazos exánimes.

—¡Papá, ¿qué te han hecho?!

—Estoy bien…

Cliff hizo sentar a Henry en uno de los sofás.

—Hijo, X me encerró y no ha querido explicarme nada… ¡¿Por qué estamos presos?! ¡¿Qué pasa?!

—Hay tantas cosas que te he ocultado, papá… —dijo Cliff apesadumbrado, y tomó aliento buscando la forma de resumirle todo lo sucedido—: Verás…, cuando vivía en Dresde presencié cómo los lokis torturaban a una urana. No lo pude permitir y herí a uno de ellos…

—¡Dios mío! Eso es gravísimo.

—El señor X me dijo que sobrevivió.

—¿Desde cuándo sabe esto el Consejo?

—Desde antes de empezar mi instrucción… —respondió Cliff.

—¡¿Cómo permitieron que siguieras?! No entiendo…

—Pero hay otra cosa, papá… Tras mi accidente, unos dalits me salvaron la vida y, por lo visto, el Consejo cree que conspiro junto a ellos.

—¡Qué tontería…!

Henry, muy exaltado, se puso de pie y habló proyectando la voz:

—¡X, ¿dónde estás?! ¡No puedes condenar a mi hijo por haber sido salvado por unos dalits! ¿Por qué iniciaste el proceso de instrucción sabiendo que había herido a un patricio…? ¡Todavía soy un arconte y merezco una explicación!

—Cálmate —pidió Cliff a su padre—. No lograrás nada poniéndote así… Será mejor tratar de entender por qué X ha reaccionado así… Explícame qué dije para alarmarte hasta el extremo de venir a preguntarle.

Henry tomó asiento y le indicó con la mirada que se sentara a su lado.

—El día que nos enteramos del engaño de Rita, me comentaste que X te había dicho que el Consejo tenía la intención de relajar el control de los uranos y liberar a los dalits en un futuro próximo… A causa del problema de tu hermano, hasta hoy no pude venir a averiguar por qué X te había mentido…

—¡¿Cómo?! ¿Es mentira que el Consejo va a liberar a los dalits? —preguntó Cliff, consternado.

—¡Por supuesto! ¡Jamás hemos pensado hacer algo tan absurdo…! Me extrañó mucho que X te dijera una barbaridad semejante cuando estás a punto de convertirte en arconte.

—¡Pero ahora que la tecnología erradicará completamente el trabajo manual, los dalits ya no serán necesarios en los gulags y ese plan puede realizarse…! —insistió Cliff, asiéndose a su última esperanza.

Henry lo miró desconcertado y espetó:

—¡Por supuesto que no hemos erradicado el trabajo manual!

—Pero eso me aseguró X.

—¡En eso también te mintió!

—¡Quizá tú no estás enterado, papá! Ya no necesitan dalits en las plantaciones clandestinas. Porque me imagino que ahí los tienen.

—Cliff, escúchame. La sociedad cree que sólo Dios tiene el poder de crear vida y que el Consejo produce las materias primas en industrias muy tecnificadas sin recurrir a la autorreplicación espontánea…, pero eso no es verdad… Con el fin de obtener altísimas ganancias, ocultamos a la sociedad que gracias al BANG hace décadas logramos crear organismos autorreplicantes.

—¿El Consejo cobra por las materias primas sin desembolsar ningún capital? —preguntó Cliff, indignado.

—Es nuestra retribución por cuidar de la sociedad, Cliff… Nuestra inversión se reduce al almacenamiento y la esterilización para detener la clonación espontánea cuando los alimentos llegan a los uranos.

—Pero si las máquinas, y ahora me dices que también las materias primas, son autorreplicadas, ¿para qué necesitan trabajo humano? No entiendo.

—Desde el inicio de la Neohistoria, el Consejo esclaviza secretamente a los dalits para producir máquinas. Los arcontes hicimos creer a la sociedad que las máquinas se autorreplican para ocultar que no hemos erradicado el trabajo manual…

—¿Es eso para lo que utilizan trabajo humano? ¿Para fabricar máquinas? —repitió Cliff, tratando de asimilar la revelación tantos años buscada—. ¡Entonces nos han explicado todo al revés, diciéndonos que las materias primas no se autorreplican y las máquinas sí...! —Cliff se detuvo un momento y refutó, ansioso—: Pero X me dijo que acabamos de alcanzar la tecnología para autorreplicar cualquier cosa.

—¡Cliff, trata de comprender! Imagina en el caso más extremo: no existen máquinas que produzcan máquinas. ¡Eso es un disparate...! Al menos alguien debe producir la máquina primigenia, la que crea un nuevo modelo de máquina... —Henry hizo una pausa, profundamente consternado—. El trabajo manual jamás desaparecerá..., ¿cómo íbamos a obtener ganancia alguna si todo estuviera tecnificado? Además, es imposible. ¡Pero lo que sí es terrible es lo que piensan hacer ahora en los gulags...!

—¿De qué hablas? —inquirió Cliff.

Henry suspiró, con el rostro constreñido.

—El Consejo ha decidido exterminar definitivamente a los dalits, ¡para abastecer a los gulags con uranos del estrato más bajo!

Golpeado por la terrible noticia, Cliff sintió un intenso mareo. Había perdido a Zeit a causa de una mentira y había fundado sus proyectos de gloria en un espejismo.

—El Consejo ha decidido convertir a los uranos en esclavos, para acortar la pirámide social y laboral —continuó Henry con gesto apesadumbrado—. Ya no hay puestos para todos, y no es fácil incrementar mucho más el número de préstamos para alentar el consumo: los uranos crecieron más de lo previsto, lo mismo que los patricios, que además se han vuelto unos parásitos sociales. Cuando los uranos menos favorecidos se conviertan en esclavos, la pirámide se distenderá y...

—¡Pero eso es una locura! —gritó Cliff, sumido en el dolor—. ¡Otra vez se repite lo mismo! ¡¿Por qué no dejaron el mundo como era antes de la Neohistoria?! ¿Por qué tuvieron que esclavizar a los dalits?

—Es la fuente de nuestra ganancia, entiéndelo... Sólo el trabajo crea valor, Cliff. Pues aunque nos acercáramos a lograr que las máquinas se autorreplicaran, y consiguiéramos realmente erradicar el trabajo manual de la faz de la Tierra, liberar el desarrollo de la inteligencia artificial implicaría renunciar a la creación de nuestra ganancia, que a pesar de todas las estrategias, sigue encogiéndose cada vez más por el inevitable avance de la tecnología... La tecnología fue lo que hizo posible nuestra supremacía, pero siempre supimos que sería nuestra tumba. ¡Estamos en un callejón sin salida, pues sin ella se rompería el orden económico por falta de incentivos para el desarrollo!

—¡¿Qué desarrollo?! —irrumpió Cliff—. Tú sabes bien que el Consejo vive frenando los descubrimientos científicos que ponen en peligro su supremacía. ¡Aun rodeados de parafernalia, vivimos en la segunda Edad Media, papá!

—Hijo, todo este tiempo he luchado por evitar que violemos la misión fundamental del Consejo, que es velar por el bien de los uranos —dijo Henry, buscando la comprensión de su hijo.

—¡Ay, papá! ¡La misión del Consejo fue siempre imponer un orden draconiano y hacer crecer su capital!

—Nuestro incentivo para cuidar a los uranos es la riqueza, no lo niego... Pero hoy, dentro del Consejo, estamos viviendo una lucha encarnizada por la disminución de la tasa de ganancia, pues no tenemos ya hacia dónde expandirnos... Yo luché mucho tiempo por crear reservas de dalits que proveyeran de esclavos a los gulags, para dejar en paz a los uranos, pero no pude lograr más que la animadversión de los arcontes... —dijo Henry con tristeza—. Y hace tiempo que me di por vencido.

—Yo hubiera podido seguir tu lucha y extenderla a los uranos más bajos e incluso a los dalits —dijo Cliff, mirando la triste imagen de su padre derrotado.

—Me preocupó que siguieras mis pasos y que nuestra posición de arconte peligrara. Por eso cedí mi puesto a Sam. Yo sabía que iba a ver con buenos ojos las nuevas estrategias del Consejo. Sin duda eras mejor candidato, pero tu espíritu rebelde hubiera agravado nuestros problemas. Sólo accedí a tu candidatura cuando Sam fue expulsado...

—¿Pero si el Consejo ya sabía lo que había pasado en Dresde, por qué me dejaron llegar tan lejos?

Por unos momentos, Henry guardó silencio con la mente fija en amargas reflexiones. Se levantó de su asiento y con la mirada desorbitada gritó:

—¡Primero Sam, y después esta reacción del Consejo contra Cliff...! ¡Sal para que hablemos, X! ¡Tenemos derecho a defendernos!

Un silencio glacial invadió el salón, hasta que la voz del señor X retumbó con fuerza en los altavoces.

—Está bien... Te dejaré hablar.

Pocos segundos después, la puerta se abrió y X caminó hacia ellos.

—Si intentan atacarme serán eliminados ipso facto —dijo al tiempo que se sentaba en el sofá—. Han hablado mucho Cliff y tú. ¿Ya te contó que asesinó a un patricio por defender a una simple urana?

—¡Usted me dijo que no había muerto! —exclamó Cliff.

—Mentí. Hubiera sido imposible hasta para ti creer que haríamos arconte a un asesino de patricios.

—¡Pero ¿por qué no aprehendieron a Cliff como hacen con todos los detractores o los criminales?! —preguntó Henry enardecido—. ¡¿Por qué siguieron con su entrenamiento?!

—Si bajas la voz te lo explicaré...

Henry respiró muy hondo, para contenerse.

—¿Sabes que cuando tu hijo cometió su travesura en Dresde estuviste a punto de ser eliminado? —dijo X, mirando con frialdad a Henry—. En una reunión urgente, el

Consejo decidió terminar con tu estirpe. A Cliff ya lo dábamos por muerto, pues en ese momento no sabíamos que lo habían salvado los dalits. Sólo nos quedaba terminar discretamente con Sam y contigo. Primero nos deshicimos de Sam como candidato, argumentando su fracaso en la inundación del subsuelo. El accidente donde morirían se había planeado con detalle, pero no contábamos con que Cliff estaba vivo y aparecería el mismo día que estaba programada la ejecución. Fue necesario aplazarla, pues hubiera levantado demasiadas suspicacias.

—¿Así que pensaban matarme sin derecho a juicio? —reclamó Henry.

—¿De qué te sorprendes? Es la práctica común en estos casos. ¿A cuántos uranos has mandado desaparecer para liquidarlos sin juicio alguno? —dijo X, complacido al ver la expresión de horror en Cliff—. En fin, mientras llegaba la hora, y como ya antes tu hijo se había extirpado el auricular, extremamos las precauciones asignando un comando de gurkhas para vigilarlo. Pero los acontecimientos tomaron un giro imprevisto cuando una noche detectamos que Cliff se escabullía del protectorado para entrevistarse con unos intocables cerca del muelle. Una gran sorpresa para nosotros.

—¿Volviste a ver a los dalits, Cliff? —preguntó Henry, asustado.

—No sólo eso, sino que es su aliado… —interrumpió el señor X—. Recordarás que hace meses presagiábamos una acción terrorista de los dalits contra el mundo urano, aunque tú la descartaste ingenuamente. Al saber que tu hijo tenía tratos con los dalits, creímos que había regresado como espía, a lo cual le vimos una gran utilidad… Como sabes, aún nos faltan algunos meses para poder eliminar definitivamente a los dalits y sustituirlos por uranos en los gulags. Por lo tanto teníamos dos opciones: interrogar a Cliff para obtener información sobre los planes dalits y comenzar su exterminio a costa de paralizar la producción de maquinaria o darle información falsa para que los dalits desistieran de su ataque al creer que pronto los liberaríamos, y con ello ganar los meses que nos faltan para la solución final. Optamos por lo segundo, que al parecer surtió efecto, pues los dalits han estado muy calmados.

—No digas tonterías, él es un patricio. ¿Cómo va a tener trato con esos mutantes?

—Tú y yo sabemos que no lo son. ¿Por qué tu hijo no iba a querer hacerse el héroe dándole a los dalits información sobre el Consejo…? Siempre supe que era un romántico idealista.

—¿Es eso verdad? —preguntó Henry—. ¿Has dado información a los dalits sobre el Consejo?

—Esa gente me salvó la vida, me cuidó y me dejó ir después. Estoy agradecido, eso es todo. Pero no planean ninguna acción contra los uranos —mintió Cliff—. ¿Cómo podrían esos seres miserables combatir a los gurkhas?

—Mi hijo tiene razón. El Consejo está ya demasiado paranoico.

X los miró con una sonrisa enigmática y prosiguió con su tono ecuánime:

—Descubrimos que esos mutantes se comunicaron con otros dalits en distintas partes del mundo, por medio de aquella pueril cruz hecha de una sustancia repugnante, ¿recuerdas? Tardamos varios días en detectar la treta y la señal fue difundida en los medios de comunicación antes de que pudiéramos censurarlos. Cuando los atacamos, tratando de inundarlos para darles un escarmiento y hacerlos desistir de sus planes, ¡destruyeron una central eléctrica! Seguro que tú estabas ahí, Cliff… Fue días antes de tu reaparición. ¡Para colmo degollaron a un patricio…!

Cliff trató de disimular su consternación al recordar el rostro de Robert al asesinarlo.

—Ellos no tienen capacidad para enfrentarse a un patricio —respondió Cliff.

—¡Déjate de tonterías! —exclamó X—. La segunda vez que volviste a la guarida del muelle, revisamos el sitio. ¿Sabes lo que encontramos ahí, Henry? —preguntó X.

Cliff sintió una punzada de angustia en el pecho. "¿Habrán capturado a Zeit?"

—¡Cientos de libros, periódicos, apuntes! ¡Saben leer! Y han estado estudiándonos… Tanto cuidado y esfuerzo para mantener a los uranos en la ignorancia, y estos mutantes de cloaca acumulan, quién sabe cómo, información valiosísima… Figúrate que encontramos copias de los manuscritos de Nicola Tesla. ¡Sabes el daño que podrían causarnos si llegaran a producir energía libre!

—Esos infelices no pueden hacer daño alguno al Consejo —interrumpió Henry—. Por más libros que lean.

—Eres un ingenuo y un necio, Henry.

—¡Sólo sé que hacer esclavos a los uranos es una aberración de la Neohistoria! —respondió Henry exaltado.

—Pues no sé si los uranos son mejores que los dalits —dijo X como si reflexionara para sí mismo—. Hemos comprobado una y otra vez que los uranos no saben hacer uso de la libertad; son como animalitos que debemos sujetar con una correa. Sin ir más lejos, tú mismo, Cliff, cuando quisiste desligarte de nosotros, caíste en todas las trampas de la emancipación: drogas, hedonismo e indolencia. Te desdibujaste, perdiste el norte y terminaste en las cloacas…

—¡Pero eso no significa que debamos convertirlos en esclavos como a los repugnantes dalits! —exclamó Henry.

X miró al arconte Heine con desprecio.

—¡Lo que pasa es que tú quieres seguir ganando carretadas de dinero proveyendo al Consejo de la desoxiefedrina que usamos para hacer rendir a los esclavos! Sabes que los uranos son más fuertes que los dalits y su trabajo cundirá el doble… No necesitaremos más de tus drogas.

—¡No digas tonterías! ¡No es por eso que me opongo a la esclavitud de los uranos! —respondió Henry fuera de sí.

Cliff, horrorizado por esta nueva revelación, se encaró a su padre:

—¡Entonces, ¿no solamente esclavizan a los dalits, sino que los drogan con metanfetaminas para hacerlos trabajar?!

—No son más que dalits, Cliff —respondió Henry—. Están condenados a llevar una vida miserable. Por eso los llamamos dalits, intocables, para que nadie intente tocarlos ni socorrerlos.

Cliff sintió náuseas al escuchar a su padre. "Soy hijo de un genocida enfermo de soberbia", pensó. ¿Cómo había podido creer en la buena voluntad de un arconte? Zeit había hecho bien al despreciarlo. Le entristecía morir sin poder decirle cuánto se avergonzaba de su origen.

—Basta de discusiones —dijo tajante el señor X, dirigiéndose a Cliff—. El Consejo está dispuesto a perdonar tu comportamiento si revelas todo lo que sabes sobre los dalits. Por supuesto, a partir de ese momento, los Heine vivirán como simples uranos, aunque severamente vigilados por las Comisiones Militares.

—No tengo nada que decir —respondió Cliff con firmeza.

—Tenemos muchos métodos para hacerte hablar —amenazó X.

—Mátenme. Ya nada me importa.

El señor X hizo una seña con la mano y segundos después aparecieron los dos gurkhas.

—¡Por favor, hijo! —rogó Henry—. ¡Te torturarán hasta que hables! ¡Diles lo que quieren saber!

—No tengo nada que decir, papá.

—Llévenselo —pronunció X con voz pausada.

—¡No lo hagan! —suplicaba Henry—. ¡Por favor!

—Papá, no ruegues, no pierdas la poca dignidad que te queda…

Los gurkhas quisieron llevar a Cliff en volandas, pero se revolvió como un felino acorralado.

—¡No me toquen! Los seguiré por mi propio pie.

El señor X asintió con la cabeza y los gurkhas soltaron a Cliff, quien siguió el camino con la cabeza enhiesta. No oía ya los ruegos de su padre. Sabía que Henry también sería ejecutado. Nada podía hacer para salvarlo.

Ansiaba alcanzar la tranquilidad a través de la muerte. Soportaría la tortura pensando en Zeit, y moriría pronunciando su nombre.

XLVI

Mientras el joven lugarteniente leía a Rudra el parte de los dalits que se habían hecho capturar la noche anterior en las redadas gurkhas, para incitar la sublevación dentro de los gulags, Zeit entró en la comandancia.

—¡Hola, Zeit! —saludó Petul muy excitado—. ¿Te acuerdas de Tani, el voluntario que quería dejarse apresar para buscar a su mujer a quien los gurkhas hace dos semanas tomaron prisionera?

Zeit asintió.

—Pues anoche lo metieron en una patrulla con jaula que se fue por la carretera del norte… Al otro, el loco que presume que es Espartaco, lo capturaron en el sur. —Poniéndose muy derecho, Petul terminó diciendo—: Misión cumplida, comandante.

—Muy bien, Petul.

Henchido de orgullo, el muchacho se retiró a sus tareas.

—Con ellos dos, tenemos ya seis dalits infiltrados en los gulags para liberar a los esclavos en cuanto logremos el apagón general. —Rudra se arrastró para mirar el hervidero en el que se había convertido la explanada central, y suspiró intranquilo.

—¿Qué te pasa? —le preguntó Zeit.

—¿Te das cuenta de que estamos cada vez más cerca de iniciar una guerra? Hay momentos en los que siento una opresión muy grande… Hemos involucrado en ella a miles de seres humanos y no sabemos lo que puede pasar. —Se giró para mirar a su hermana—. ¿Y si nos equivocamos? ¿Si no tenemos ninguna oportunidad de derrotar al Consejo?

Zeit guardó silencio y se sentó en flor de loto junto a su hermano gemelo.

—Rudra, no podemos dar marcha atrás… Vengo a decirte que el último prisionero se suicidó. Tienes que decidir cuándo iniciaremos la ofensiva…

Rudra miró a su hermana como buscando en el negro de sus ojos una respuesta.

—¡Siento que faltan años de entrenamiento, de planeación…!

—Nunca vamos a estar del todo preparados, pero los milicianos, igual que yo, estamos ansiosos por arrancar —afirmó Zeit—. Si tardamos mucho podríamos perder el ímpetu.

—¿No provocaremos una masacre? Salir del subsuelo con ánimo de venganza nos desviaría de nuestro objetivo, que es ganar la libertad. —Se arrastró hasta Zeit y clavó su mirada en ella—. ¿Crees que los dalits están listos para pelear esta guerra?

—No sé qué contestarte. Tú eres el estratega. Eres como un jugador de ajedrez que se adelanta a los acontecimientos, previendo las jugadas de los contrincantes… Yo sólo reacciono a las circunstancias. Me muevo por sentimientos, por intuición, pero no puedo…

—¡Entonces, dime qué sientes! —la apremió.

Zeit se recostó contra la pared y respiró hondo buscando las palabras que expresaran fielmente sus emociones en esos días convulsos.

—Tener la suerte de siete prisioneros en mis manos aplacó mis instintos de revancha… En un principio, al ver que la turba mataba a pedradas al gurkha, me llenó de una euforia salvaje. Tuve que refrenar mis propias ansias de venganza para contener a los soldados... Pero después, cuando oía a los gurkhas rezar, o insultarnos, o implorar piedad, no sentía nada, ni odio ni resentimiento. Había logrado exorcizar la encarnación de mis miedos, ¿entiendes? Los gurkhas dejaron de ser los demonios que me atemorizaban, para convertirse en simples prisioneros de guerra: un instrumento para lograr nuestros fines.

—¿Crees que los dalits sentirán lo mismo?

—La mayoría, sí.

Rudra sonrió y en sus ojos se dibujó un rayo de esperanza.

—¡Entonces, ha llegado la hora! Avisa a las clicas thugs que los lokis son suyos y comunica a tu grupo que es hora de la última misión.

—Nanshé y yo nos encargaremos, es demasiado delicado para delegarlo en ningún comando —explicó Zeit.

—No me gusta que te arriesgues tanto en estos momentos, pero si así lo has decidido, adelante. Yo decretaré el estado de máxima alerta para que los insurgentes se preparen. En cuanto nos confirmes que todo ha salido bien y estés a punto de enviar las imágenes, Cotto partirá al toroide con su comitiva y declararemos la guerra al mundo urano...

Con sus grandes manazas envueltas en trapos viejos, Rudra abrazó a su hermana.

—Ten mucho cuidado.

Zeit, Nanshé y un pequeño comando partieron rumbo a Central Park con su necrófila carga en sacos de fibra sintética.

Desde la víspera, Nanshé había colocado a un grupo de vigilancia en el lago del parque para seguir la función de *El lago de los cisnes* que se representaba durante el otoño. El espectáculo comenzaba en un escenario construido sobre una gran plataforma flotante. Más tarde, del fondo de las aguas del lago, emergía una segunda plataforma lateral: el lugar idóneo para depositar la ofrenda mortuoria.

Poco antes del anochecer, las dos amigas se apostaron entre los altos juncos de un recodo del lago, mientras el comando se diseminaba por los alrededores, sin perderlas de vista. Permanecieron ahí durante un par de horas, con medio cuerpo sumergido en el agua, sosteniendo firmemente las bolsas de plástico con las siete cabezas. Nanshé, si bien resistía el peso de las cabezas mejor que Zeit, no podía reprimir el insistente castañeteo de dientes por el frío.

—He pensado que no me iré hoy con mis compañeros para atacar a los lokis —comentó la thug—. Te ayudaré a mandar las imágenes.

Emocionada por el solidario gesto de su amiga, Zeit sintió un nudo en la garganta.

—Nunca había tenido una amiga… ¿Sabes que daría la vida por ti, Nanshé?

—Eres una tonta —respondió, ruborizada—. Pero no hará falta, porque soy indestructible.

—Estás loca de remate. —Zeit se rio, mirándola con cariño.

Desde donde se encontraban no podían ver el escenario flotante ni las gradas en el muelle, pero sintieron el murmullo del público que llegaba a las tribunas. Al escuchar los primeros acordes de la orquesta afinando sus instrumentos, Zeit sintió que el corazón le latía muy de prisa.

—Vámonos ya. La función va a empezar.

Tomaron una bocanada de aire y se sumergieron en las frías aguas del lago, tirando de su carga. Llegaron sin ser vistas a la plataforma subacuática del barón Rothbart y esperaron pacientes respirando por unas finas cánulas de metal. Zeit apretó los párpados para contener la claustrofobia y el frío causado por la inmovilidad, mientras las bellas notas del vals, tan ajenas a su macabra misión, llegaban a ella filtradas por el agua para despertarle una inmensa nostalgia. "¿Dónde estará Cliff?", pensó. Ella, como Odette, hubiera deseado que Sigfrido deshiciera el hechizo que la confinaba a la oscuridad. Lloró lágrimas que se mezclaron con el agua, pensando en lo hermoso que hubiera sido morir junto a Cliff en las profundidades del lago, para salvar a todos los cisnes.

Al escuchar el final de la polonesa, Zeit dio un golpecito con el pie a Nanshé, para alertarla. Tenían menos de un minuto para realizar el operativo, pues ninguna de las dos podría contener por más tiempo la respiración bajo el agua. A toda prisa, bucearon hasta el pequeño templete de Odette, y ahí vaciaron su carga, justo cuando la plataforma empezaba a moverse. Tenían sólo unos segundos para escapar. Cuando el rugido del motor que activaba la plataforma ahogó la triste música del andante, Nanshé sintió que la pierna derecha del pantalón se le enganchaba en un saliente metálico. Zeit, viendo lo que pasaba, se lanzó hacia su amiga y logró liberarla en el último instante, tirando del pantalón con todas sus fuerzas. Alcanzaron la orilla segundos después de que la plataforma emergiera por completo.

Las bailarinas vestidas de cisnes comenzaron a cruzar el puente que se había formado para ocupar sus posiciones sobre el escenario lateral.

Desde donde estaban Zeit y Nanshé se podía distinguir en las gradas a muchos espectadores grabando el ballet con sus pequeños microprocesadores.

—Ya están todos mirando hacia la plataforma —dijo Nanshé—. Vámonos.

—No, espera —la detuvo Zeit, encandilada por los suaves movimientos de las bailarinas.

Aunque sabía que era más prudente dejar que el comando le informara de la reacción de los uranos al macabro sacrificio, Zeit no quiso privarse de atestiguar su obra.

Las melancólicas notas del andante parecían mover a los níveos cisnes, como el viento a las hojas. La dulce melodía se tornó briosa y trágica justo en el momento en el que desde la plataforma repleta de cisnes se oyó un grito desgarrador. Las bailarinas detuvieron su grácil danza. Petrificadas, miraban las tumefactas cabezas humanas, y sus alaridos crecieron hasta acallar a la orquesta. El público, sin embargo, tardó varios segundos en comprender lo que sucedía. Al descubrir la pira mortuoria, cientos de espectadores sucumbieron a la fascinación morbosa y filmaron con avidez la siniestra escena, hasta que intuyendo el peligro comenzó el caos y la histeria colectiva.

En la frenética huida, el público abarrotó las salidas, mientras los dalits, agazapados entre la maleza, observaban.

Rudra recibió a Zeit y a Nanshé con mantas y un lecho suave para que descansaran.

—¡¿Qué pasó?! —preguntó inquieto.

—Todo salió bien —respondió Zeit, echándose en el camastro.

Las chicas hicieron un breve recuento de los hechos, aunque antes de terminar, Nanshé cayó rendida.

—Pobre… está exhausta.

Zeit se giró hacia su hermano y le preguntó en voz baja:

—Rudra, ¿crees que saldrá todo como esperamos?

—Ojalá que sí… Cuando los gurkhas vean las cabezas de sus compañeros, pensarán que los lokis no se contentan ya con decapitar uranos, sino que han comenzado a victimizar a los gurkhas… Dentro de unas horas, algunos lokis habrán sido liquidados por los thugs y, cuando el Consejo lo descubra, pensará que los causantes son los propios gurkhas en venganza por la decapitación de sus compañeros. Es posible que eso haga que los arcontes empiecen a perder la confianza en los gurkhas… Por otra parte, cuando los uranos vean las imágenes de los lokis torturándolos, que subirás mañana a la red, descubrirán la traición de la que han sido objeto y el desconcierto será muy grande. Los dalits del mundo están pendientes de la red, esperando esa señal para sabotear los toroides y dejar a los uranos en la oscuridad.

—Es una trama demasiado compleja… Si una sola parte del plan falla, estaremos perdidos.

—Con lo que hiciste esta noche, el engranaje ha echado a andar. Hay que esperar a que las imágenes de las cabezas en el espectáculo de ballet circulen por el mundo para que se desborde la especulación y empiecen a desconfiar unos de otros… Lo más importante ahora es transmitir las torturas de los lokis al ciberespacio —insistió Rudra.

—Eso es pan comido. He ensayado una y otra vez el operativo. ¿Quieres que te lo explique?

—No. Tienes que descansar —dijo Rudra, arropando a su hermana—. Mañana será un día muy duro.

Zeit empezó a dormitar apenas puso la cabeza en la almohada. La música del ballet se coló en sus sueños, mezclada con los desgarradores gritos de las frágiles bailarinas. De un lago terriblemente hermoso del cual brotaban reflejos de plata, surgía Cliff, más guapo que nunca. Zeit, grácil como un cisne de cuento, esperaba en la otra orilla. Al mirarla, Cliff comenzaba a nadar impetuosamente. Zeit aguardaba con los brazos extendidos su llegada, cuando de pronto, una fuerza invisible detenía su avance. Ante Zeit que gritaba impotente, Cliff luchaba con denuedo por soltarse de su intangible verdugo…, pero las majestuosas aguas terminaban hundiéndolo para siempre en su negro abismo.

Zeit se despertó sobresaltada y Rudra, que velaba su sueño, corrió a tranquilizarla.

—Calma… Es sólo una pesadilla…

—¡Fue horrible!

—Espabílate, ya es tarde. Nanshé ha ido a prepararse y pronto vendrá por ti.

Rudra se arrastró unos metros para seguir con sus preparativos. Después de recomponerse un poco, Zeit se sentó en flor de loto junto a él y le aferró las manos para interrumpir su frenético trabajo.

—Rudra, con tanto ajetreo, no hemos discutido qué vamos a hacer cuando estalle la guerra.

—El Consejo luchará con uñas y dientes, eso es seguro… Será una guerra larga, pero el apagón nos facilitará las maniobras por las noches para ir tomando posiciones en la superficie —explicó—. Durante el día nos refugiaremos en el subsuelo…

—¿Cómo sabremos si los dalits están teniendo éxito en otros lados también?

—Buscaré la manera de crear correos por todo el continente… Para que tengas comunicación con otros comandantes, te enviaré mensajeros de cada región a la que llegue.

—¿Qué dices? ¿Adónde piensas ir? —preguntó, sobresaltada.

Rudra suspiró muy hondo.

—Zeit…, lo he pensado mucho. En cuanto Cotto sabotee el toroide y arranquemos la ofensiva, me iré al sur. Debo aprovechar el desconcierto para avanzar.

—¡¿De qué estás hablando?! —exclamó Zeit, fuera de sí—. ¡Tú no puedes abandonarnos ahora!

—Kali me espera… Esta guerra podré librarla en cualquier parte del mundo en donde haya dalits. Tú quedarás a cargo de esta zona.

—¡Estás loco! —Zeit se puso de pie hecha una fiera—. ¡No voy a dirigir esta maldita guerra en la que tú me embarcaste…!

—Lo siento, Zeit —interrumpió Rudra con firmeza—. No renunciaré a Kali, aunque muera en mi intento por alcanzarla.

Zeit miró a su hermano con rabia.

—¡En cuanto supiste de mi existencia pensaste cómo aprovecharte de mí para llevar a cabo tus planes!

—¡Yo te di una razón para vivir, Zeit! —estalló Rudra, herido en su orgullo—. Cuando te encontré estabas hundida en la impotencia y el odio. Tú única esperanza era convertirte en una thug y dejarte matar por los gurkhas en cualquier emboscada…

—¡Cállate!

Rudra la miró con un extraño brillo en los ojos.

—Tú me robaste a mi madre al nacer. Ella me abandonó para que tú vivieras…

Zeit recibió esas palabras como un violento golpe en el alma.

—Pero ya no te guardo rencor porque todo el resentimiento dentro de mí lo lavó Kali con su cariño… Antes de conocerla yo era un ser incompleto, amorfo; ansiaba vivir, pero no sabía cómo. Kali rompió el capullo donde yo hibernaba y me convirtió en un hombre completo…

—Sólo la quieres a ella… Yo nunca te he importado… —murmuró su hermana con gran dolor.

—Eso no es verdad, Zeit. Ni siquiera mi partida cambiará el hecho de que somos un mismo ser… Por eso debes encabezar la guerra que fraguamos juntos.

—¡No! —repuso airada—. Si hubiera sabido que te irías, no habría participado en esta locura.

—Eres una guerrera innata, mucho más que yo… Y además tienes un incentivo muy poderoso: Cliff.

—Él está muerto para mí.

—No es verdad. Cuando encabeces esta guerra estarás a su misma altura. Serán enemigos, pero podrás mirarlo de igual a igual… es un aliciente que no puedes despreciar. Aunque sólo sea para hacerle ver lo equivocado que estaba, pelearás esta guerra.

—No soy tan soberbia.

—Lo eres. Ése es tu pecado. Igual que el mío… No en vano compartimos el mismo vientre.

—¡Reniego de ti como hermano! ¡Nunca te lo voy a perdonar!

—Lo siento. Mi decisión está tomada —sostuvo Rudra sin pestañear.

Zeit se alejó y desde la entrada de la comandancia gritó:

—¡No comandaré tu guerra! En cuanto suba las imágenes a la red, vendré a avisarte para que Cotto desactive el toroide, pero nunca me volverán a ver. ¡Ni tú ni tu ejército de topos!

Dejando a Rudra profundamente abatido, Zeit salió como una centella. Ni siquiera se detuvo para contestar a Nanshé cuando le preguntó adónde iba.

—Prepárate para irnos. Nos vemos aquí dentro de una hora.

Zeit, embargada por una mezcla de frustración, desamparo y rabia, intentaba contener las lágrimas que corrían por sus mejillas. Caminó deprisa para que los milicianos no percibieran su flaqueza, pero la agitación del trote sólo agravaba su desolación. ¿Cómo iba a emprender una guerra sin Rudra? Nunca imaginó que él pudiera desaparecer de su vida… Primero su madre, luego Cliff y ahora él… Después de tantos esfuerzos para huir del subsuelo, ahora sólo deseaba ocultarse en lo más hondo de los túneles y olvidarse del horror de la guerra que estaba a punto de estallar.

Llegó a la cueva que Cotto ocupaba para sus experimentos. Ahí estaba el gigante que le había salvado la vida. Su presencia siempre le infundía seguridad. Cuántas noches había encontrado abrigo entre sus brazos; cuántos días, buscando juntos el dichoso toroide, la había alimentado y cobijado. Cuando miraba el fondo de sus ojos, una inconmensurable ternura sedaba su inquietud, pero esta vez estaba segura de que Cotto no podría consolarla.

—¿Sabes que Rudra se marcha? —preguntó Zeit al gigante que había detenido su labor para recibirla.

—Sí... Se va con Kali —respondió Cotto, apesadumbrado.

—¡No puede abandonarnos ahora! Tenemos que impedirlo.

Cotto empezó a mecerse con un vaivén incesante y poco a poco los ojos se le llenaron de lágrimas. Era la primera vez que lo veía llorar.

—Rudra debe ir con Kali —susurró entre quedos sollozos.

Zeit se avergonzó al ver el llanto de Cotto por la partida de Rudra: su propio dolor era despreciable ante la tristeza que desgarraba al gigante. Él estaba a punto de perder a su hermano, a su compañero de toda la vida, y sin embargo, lo aceptaba con entereza, como un valiente acepta lo inevitable.

Esta vez era Cotto quien necesitaba consuelo y Zeit se acercó a él y rodeó su cuello nervudo con los brazos.

—No llores.

—Siempre juntos... Yo nunca he estado solo... —dijo con la voz quebrada.

—Yo estaré contigo. Me cargarás en tus hombros y lucharemos juntos contra los uranos. ¿Te parece?

—Pero no veré a Rudra otra vez.

—Quizá un día, cuando seamos libres, nos reuniremos todos en alguna parte del mundo.

Zeit comenzó a tararear el adagio que solía cantarle Cotto para arrullarla, y el balanceo con la cadencia de la música, sedó su dolor.

—Vamos. Debes estar fuerte para tu misión —dijo Zeit, soltando a Cotto—. ¿Ya tienes todo listo?

—Sí.

—Partirás en cuanto yo vuelva de enviar al satélite los videos de las torturas de los lokis.

Cotto seguía decaído y Zeit temió que la imprudencia de haber avivado su pena lo inutilizara para la importante tarea.

—Anda, vamos a repasar el sabotaje. Cuéntame lo que vas a hacer.

Cotto le mostró los bocetos del toroide y del sistema de refrigeración de Carnot. Zeit se tranquilizó al ver que Cotto volvía a su natural ensimismamiento en cuanto hubo comenzado a hablar de su misión en el toroide.

—No tardes mucho en volver —dijo Cotto.

—Regresaré en unas horas a darte luz verde para iniciar el sabotaje... Recuerda que tienes que volver a la explanada en cuanto termines. No sabemos cuánto tiempo tardará en calentarse el helio y fracturarse el toroide... Los dos juntos saldremos a pelear en la ciudad que tú habrás sumido en la penumbra...

Cotto asintió con la cabeza y siguió anotando los últimos cálculos sin prestarle ya demasiada atención a su visitante.

De camino a la salida, Zeit pensó en lo injusta que había sido con Rudra. "Iré ahora mismo a la comandancia a pedirle perdón por haber reaccionado con tanta violencia a su partida —se dijo, y acarició en su pecho el uróboros de Cliff—. Yo también defendí mi amor, como él lo hace ahora".

—¿Dónde está mi hermano? —preguntó Zeit al alférez que hacía guardia en la comandancia general.

—Salió a dar la alerta roja en todos los túneles. No sé a qué hora volverá.

—¿Dónde está Petul?

—Se fue con él.

Zeit sintió un terrible abatimiento. No quería marcharse sin decirle a Rudra que comprendía su necesidad de ir en busca de Kali, y que estaba dispuesta a tratar de dirigir la guerra mientras un comandante mejor la relevaba.

En un punto del camino hacia la salida, Zeit, acompañada por Nanshé y su grupo, vislumbró a Rudra a lo lejos, arengando a los milicianos sobre un vagón desvencijado. Desde ese oscuro rincón de los túneles, Zeit lo llamó agitando los brazos, pero Rudra no la vio. "Volveré muy pronto, hermano —dijo con una voz apenas audible—, y yo misma te encaminaré hacia el sur".

La imagen de aquel hombrecillo maltrecho, que todos los dalits admiraban, acompañó a Zeit hacia esa última misión, preámbulo de la guerra.

—Cómo quisiera que te quedaras conmigo, Nanshé —dijo a su amiga—. Me vas a hacer tanta falta…

—Debo vengar a la clica de Ananké…

—Lo sé.

Nanshé hizo una pausa y detuvo a su amiga tomándola del brazo.

—Zeit, ¿tú amas a Ananké?

—No —respondió Zeit con tristeza—. ¿Por qué? Avergonzada, Nanshé bajó la cabeza.

—¿Sabes? Yo lo quiero desde hace años.

Sólo en ese instante, Zeit recordó las miradas de Nanshé a Ananké, y los mil cuidados que le profesó durante su recuperación. Abismada en sus problemas, nunca imaginó que los sueños románticos de la thug fueran producto de un amor mal correspondido. Pobrecita, cuánto le habrá dolido presenciar el coqueteo entre ella y Ananké, sus halagos juguetones, sus encuentros furtivos.

—¡¿Cómo no me di cuenta?! Lo siento.

—No importa. Al principio tuve muchos celos de ti, pero luego aprendí a quererte y cuando me contaste lo de Cliff, me quedé más tranquila… Pero… Ananké te quiere a ti.

—Me olvidará muy pronto y tú lo harás feliz.

—No lo creo… —Sonrió—. Pero te prometo que mientras te olvida, voy a practicar el arte de la seducción con todos los thugs para aprender a conquistarlo.

Ambas se rieron.

Cuando llegaron al sitio donde habían escondido la cámara, el sol todavía brillaba en el horizonte. No tenían tiempo para investigar la reacción de los uranos a las cabezas de los gurkhas, pero notaron negros nubarrones en el ambiente. Había menos personas por las calles que en un día normal y las gigantes pizarras electrónicas estaban apagadas.

—Zeit, quiero ir yo sola. Mi comando me vigilará desde las atarjeas mientras asalto a un urano para traerte su microprocesador. Te prometo que no le haré daño. Lo dejaré atado en un lugar apartado.

—Es peligroso, hoy habrá más vigilancia que otros días. Debemos ir juntas.

—Escucha, si nos capturan a las dos, las imágenes no podrán ser transmitidas. Si yo no vuelvo cuando el sol se ponga, tendrás todavía una segunda oportunidad yendo tú misma por un microprocesador.

Zeit lo pensó un momento.

—Está bien… Lo más seguro será esperarte en la guarida de Rudra.

—Te acompañarán dos milicianos que ya conocen las contraseñas.

—De acuerdo… Ten mucho cuidado…

Con la cámara en su talego, Zeit volvió a internarse en el subsuelo, acompañada de los dos milicianos. Caminaron por los fríos pasadizos hasta la alcantarilla delante de la guarida de Rudra, donde ellos montarían guardia.

"¿Quién puede haber entrado?", se preguntó alarmada al encontrar la guarida en completo desorden. No podía cambiar el lugar de encuentro con Nanshé a esas alturas. Sólo esperaba que hubiese sido un dalit el invasor, y no los gurkhas. Durante un largo rato observó los alrededores del muelle, pero no detectó nada sospechoso.

La impaciencia la consumía y para distraerse aprovechó el tiempo en ordenar el lugar. Al tocar los preciados libros de Rudra, recordó su arduo proceso de formación. Era verdad, como decía Rudra, que cuando él la conoció su vida carecía de sentido. Hundida en la fatalidad y el abandono, no encontraba mejor desahogo que autolesionarse. Rudra le descubrió el mundo que se escondía entre las páginas de los libros. Recordó su avidez por conocerlo todo, por adentrarse en la trama de las novelas y por adueñarse un poco de cada personaje… Acudieron también a su memoria las horas de amor vividas con Cliff en ese lugar inhóspito, pero más hermoso para ella que cualquier paraíso descrito en *Las mil y una noches*. ¡Pensar que hacía tan poco tiempo había sido feliz ahí mismo, en ese lecho de amor improvisado con telas raídas!

La contraseña en el metal oxidado sacó a Zeit de sus recuerdos. Corrió a la entrada y bajó a toda prisa por la torre semiderruida.

—Toma. —Nanshé le dio un microprocesador y un auricular—. Cuando termines, silba la contraseña para que los milicianos te acompañen de vuelta al subsuelo. Yo te busco en la explanada más tarde, cuando termine con los lokis…

—No te expongas demasiado. Tendremos tiempo y medios para vengarnos de ellos más adelante.

—Adiós, Zeit.

—Hasta muy pronto, Nanshé.

El microprocesador funcionaba a la perfección. Zeit se colocó el auricular, y lo activó en la función de infrarrojo. Un holograma fluorescente se formó en el aire. Encendió la cámara y la dirigió al sensor infrarrojo del microprocesador. Cuando apareció la opción de copiado, Zeit pronunció con voz clara el nombre de cada uno de los cuatro sitios más importantes del ciberespacio: g. para información, el tubo para imágenes, miespacio para blogs y Oniria para la vida fantástica. Corroboró que en cada sitio aparecieran las terribles imágenes de los lokis torturando a sus víctimas. Cuando ya no tuvo duda alguna del éxito de la operación, destruyó con un martillo el microprocesador y el auricular, y los arrojó al río. En pocos instantes, los uranos conectados a la red verían que un nuevo video había entrado en el ciberespacio y una reacción en cadena provocaría su distribución por todos los rincones del mundo. La bomba estaba a punto de estallar.

Zeit respiró aliviada. Había cumplido su misión. Tomó su talego apresuradamente para avisar a Rudra que Cotto podía destruir el toroide.

Una noche sin luna sepultaba el muelle en la oscuridad más profunda. Zeit asomó la cabeza y silbó la tonada de contraseña. Esperó unos segundos, pero no escuchó más que el rumor del río. Volvió a llamar. Oyó un sonido metálico y antes de poder siquiera ver de dónde procedía, sintió un golpe seco en el rostro. Intentó con todas sus fuerzas no perder la conciencia, mientras sentía cómo la arrastraban por el suelo de la guarida. "¿Dónde está mi escolta? —pensó, desesperada—. ¿Quién es este hombre? ¡Esto no puede estar pasando, Rudra tiene que saber que he enviado las imágenes! ¡La guerra debe empezar ahora!".

El hombre acercó a Zeit la luz de una linterna. Con sus frías manos, descubrió el pecho y de un tirón rompió la cadena con el uróboros.

—¡Así que eras una dalit! —exclamó el hombre—. ¿Dónde está Cliff?

—No lo sé… ¿Quién eres tú? —dijo Zeit al borde del desmayo.

Una sonora risotada atronó la guarida.

—¿No me reconoces? Soy tu cuñado. El hermano de Cliff.

Sam se acercó a Zeit y la miró con ojos delirantes.

—La amante de Cliff es ahora mi prisionera. ¡Qué gran regalo me ofrece el destino!

XLVII

Ten cuidado, hijo. Tienes que ser bueno —dijo Sandra con la misma voz aterciopelada que Cliff había escuchado de niño, cuando ella le contaba cuentos de hadas y dragones.

—Lo intento con todas mis fuerzas, mamá, pero no quiero hacer lo que me piden.

—Debes obedecer a tu pastor, a tu padre y al Consejo. Ellos te protegerán de todo, incluso de ti mismo...

De pronto, Cliff se revolvió como un loco dando tumbos contra las paredes invisibles que lo repelían con descargas eléctricas. En el patio central de los Claustros un campo electromagnético le impedía salir. Las columnas que rodeaban el hermoso recinto eran las fronteras de su prisión, y la fuente y los bancos de piedra el único mobiliario.

—Dile al Consejo lo que quieren saber, hijo —volvió a escuchar Cliff.

—¡¡No!! —gritó—. ¡¡Apaguen esto de mi cabeza!!

De nada le valía cerrar los ojos o taparse los oídos, pues las vívidas escenas estaban siendo implantadas en su mente. Había perdido la noción del tiempo y cada vez le resultaba más difícil distinguir la realidad de la fantasía.

—¡Cobardes! ¡Dejen a mi madre en paz!

Con voz metálica retumbaron dentro de su cerebro las palabras de X:

—Háblanos de los dalits y todo terminará, Cliff.

—¡No sé nada de ellos!

—¡Esos miserables están degollando a nuestros gurkhas! Ayer dejaron sus cabezas en Central Park... ¡Habla de una vez! ¿Quiénes son los cabecillas?

—Aunque me maten no puedo decirles nada.

—Hay cosas peores que morir —sentenció X.

De repente, un silencio total invadió el cerebro atormentado de Cliff. La psicosis inducida había cesado. Se desplomó en el banco de piedra con una desmayada sonrisa de alivio en el rostro ajado por la larga agonía, y poco a poco empezó a ordenar sus pensamientos. Mas cuando al fin se encontraba sosegado, el sonido de un rifle cortando cartucho lo sacó de su benigno letargo. De un salto se colocó en medio del patio buscando el origen de aquel ruido. "Ahora me matarán —pensó—. Mejor así. Que termine todo de una vez".

—No es para ti, Cliff —oyó a X desde el fondo de su cerebro.

Abrió los ojos desmesuradamente, y en ese instante los almendros, las columnas y la fuente se convirtieron en el telón de fondo de la imagen que los torturadores proyectaban como un holograma en su retina. En primer plano estaba Henry, de rodillas, con las manos en alto, vestido con una camisa blanca y un pantalón amarillo, rodeado de un líquido granate impregnado en el suelo. Frente a él, los soldados de un pelotón de fusilamiento apuntaban sus rifles con bayonetas.

—¡Preparados...! ¡Apunten...! ¡Fuego!

Herido de muerte, Henry caía de lado, como una marioneta con los hilos cortados.

—¡¡No...!! —aulló Cliff, desgarrándose la voz.

Pero de golpe comenzó a reír como un loco.

—¡Todo es una invención! —gritó en una carcajada—. Saben lo mucho que me impresiona ese cuadro de Goya. ¡Qué imbéciles son!

—¿No crees lo que estás viendo? —dijo la voz de X en su cabeza—. ¿Crees que sólo es la recreación de un cuadro para asustarte?

—¡Todo es un burdo holograma de *Los fusilamientos del 3 de mayo*! —gritó entre risotadas angustiosas—. Nada es real...

—Ahora verás cómo todo es verdad, Cliff. Nosotros no inventamos nada, nos limitamos a reproducir los sucesos.

De nuevo el silencio. Pero esta vez Cliff no se confió y permaneció tenso, esperando que volvieran a sugestionarlo. Debía mantener la mente clara; distinguir lo falso de la realidad. No se dejaría engañar por hologramas mentales y voces electrónicas, pero temía que los torturadores pudieran leer sus pensamientos más recónditos y por eso había escondido en lo más profundo de la mente su amor por Zeit, su admiración por Rudra y su solidaridad con los dalits en pie de guerra.

De golpe, volvió a invadirlo una nueva oleada de alucinaciones. Pero esta vez no eran representaciones ficticias, sino escenas de su pasado filmadas por las cámaras del Consejo.

Ahí estaba él, a los diez años, jugando con Sam bajo el frondoso plátano, cuando un Henry más joven, con el rostro lleno de lágrimas, se acercó para anunciarles que su madre había muerto. Cliff se abrazó al cuello de Henry, con el alma aterida.

Fue una visión fugaz, pero bastó para dejarle una profunda oquedad en el pecho.

Ahora se veía a sí mismo con diecisiete años al salir del templo junto a su amigo Tom, el día de la discusión que provocó su distanciamiento definitivo.

—Mejor no nos quedamos al sermón del reverendo Wilkings —dice Cliff adolescente—. Anda, vamos a meternos en Oniria. Descubrí un sitio clandestino donde las chicas se dejan besar.

—No piensas más que en sexo —responde Tom, mirándolo con desprecio—. Si no respetas a Dios, ¿adónde vas a llegar? ¡Te has vuelto un cínico!

Encima del dolor por la muerte de su madre, ahora le revivían la pérdida de su mejor amigo, abriendo de un tajo otra vieja herida. Querían desgarrarle el alma y lo estaban logrando. ¿Cuántos golpes bajos le faltaba recibir? ¿Acaso su vida entera estaba registrada en los anales del Consejo? ¿No había tenido un solo momento de intimidad? Sí, él sabía qué episodios no estaban registrados por el gran hermano, y los guardaba en el fondo de su cerebro, para salvar a Zeit y a los dalits. Pero eso no sería suficiente, pues cuando las fuerzas le fallaran, el Consejo se infiltraría en su mente hasta encontrarlos. Necesitaba olvidar, borrar esos recuerdos… Pero ¿cómo podría vencer el instinto que lo llevaba siempre a ella? Sólo había una manera de lograrlo: enloquecer o morir para que así se esfumaran para siempre.

Se entregó al delirio de la tortura y dejó de luchar contra aquellas evocaciones que buscaban doblegarlo. Él iría aun más lejos que sus propios torturadores: dejaría que su mente cruzara esa delgada línea que separa la cordura de la demencia. "La realidad es tan frágil —pensó—, tanto, que el sufrimiento puede extraviarla para siempre… Si al menos pudiera ver por última vez el rostro de Zeit antes de perder la razón, la locura sería más dulce".

El golpe en la nuca le había impedido luchar contra su captor, quien había logrado atarla de pies y manos. Consumiendo sus últimas fuerzas, Zeit forcejeaba para zafarse de los nudos ciegos, mientras Sam la observaba curioso, como el entomólogo contempla un insecto en su laboratorio.

"¡Tengo que avisar que las imágenes ya están en el ciberespacio! —se repetía Zeit con desesperación—. Rudra pensará que los he abandonado sin terminar la misión. ¿Cómo no preví los peligros que podía correr para llegar al subsuelo con la noticia? ¡Qué imbécil soy! ¡La guerra tantos años soñada por los dalits va a malograrse por mi fatal descuido!".

El odio en la mirada de Sam cortaba como una navaja afilada. El azul metálico de esos ojos despedía un fulgor hiriente y altivo, muy distinto al azul hechicero que recordaba en Cliff. ¿Cómo podían dos hermanos ser tan diferentes y tan parecidos a la vez?

Después de aspirar un polvo blanco en una pequeña caja, Sam comenzó a desgañitarse, profiriendo maldiciones y diatribas incoherentes.

—¿Dónde está mi hermano…? ¿Por qué se esconde?

—No sé nada —respondió Zeit con voz casi inaudible.

—¡No te hagas la tonta! Dime en qué mazmorra lo escondes…

Zeit negó con la cabeza.

—¡Qué tierno mi hermanito…, te dio el uróboros de mi madre! El muy imbécil no sabe que tiene un dispositivo de seguimiento. —Sam estalló en una carcajada—. Yo pensaba que la amante secreta de Cliff era una urana y mira lo que me encontré, ¡una asquerosa dalit!

Mientras Sam vociferaba como un desquiciado, Zeit seguía todos sus movimientos y oteaba el entorno, buscando la manera de escapar.

—¡Cliff y los malditos dalits arruinaron mi vida…! —le reprochó Sam—. Ahora me doy cuenta de que ustedes saboteaaron la bomba hidráulica en la inundación. ¡Por su culpa perdí mi puesto de arconte, estúpida! Mi hermanito les dijo cómo hacerlo, ¿verdad? ¡Habla!

Sobreexcitado por la droga y el rencor, Sam caminaba en círculos rompiendo libros y todo lo que encontraba a su paso.

—¡Así que este lugar es como una escuelita de dalits! ¿Con estos viejos libros pretenden vencernos? —Se rio—. ¿Los dos topos que maté aquí abajo eran tus alumnos?

Al oír las palabras de su agresor, el miedo de Zeit se transformó en ira.

—¿Qué me ves? —espetó Sam.

Zeit lo miró desafiante.

—¿No serás tú el imbécil? —espetó con agallas—. ¿Qué haces aquí con una miserable dalit?

Sam abofeteó a Zeit con el dorso de la mano, pero ella ni siquiera emitió un quejido de dolor.

—¿No te duele? —rio con mofa, mirándola tirada en el suelo.

—No existe dolor que no haya sentido… Me puedes despellejar viva y ni siquiera eso me va a perturbar.

—Ya verás cómo me vas a implorar que pare.

—Producir sufrimiento es el único placer que conservas, porque ya nada te causa alegría, ¿verdad?

—¡¿Cómo te atreves?!

—Tu corazón está helado y sólo con sangre ajena se calienta un poco, ¿no? Pero ¿sabes?, el placer es un mal sustituto de la felicidad, Sam.

—¿Qué entiendes tú de ser feliz, miserable dalit? —rio Sam.

—Muy poco. Pero tú tampoco, pues me temo que no hay modo ya de revivir ese corazón necrosado que sólo responde a los latigazos de tu ira, y que está muerto para el amor, para la pasión…

—¡¿Crees que soy incapaz de sentir pasión?! —Sam soltó una soez carcajada y recogió del suelo la navaja de Zeit—. ¡En mí se encierra la bravura de los leones y la inteligencia de los dioses! Pertenezco a la casta superior de la especie humana; al círculo de los elegidos para mandar.

—Si eres un elegido, ¿por qué estás tan enojado con la vida?

Se hizo un silencio espeso hasta que Sam, con la mirada perdida, pronunció en voz muy baja, casi para sí mismo:

—Porque me han arrebatado mi puesto.

—¿Quién te lo quitó?

—Mi hermano… ¡Mi maldito hermano que nos ha engañado a todos! —musitó entre dientes—. Traicionó a su clase, engañó a mi padre, y me robó lo que más quería… ¡Primero me quitó el puesto y luego a mi mujer!

Zeit sintió como si un ácido corrosivo le quemara las entrañas. ¿Cliff estaba enamorado de su cuñada?

—¡¡Ah!! —vociferó Sam—. ¿No lo sabías? Pues sí, mi querida dalit, tu amante patricio sedujo a mi mujer, de quien se enamoró el día que la conoció… Así que si lo estás protegiendo, de nada te va a servir, porque se irá con Rita en cuanto salga de su escondrijo.

La revelación sumió a Zeit en un negro abismo. Todos sus pensamientos se paralizaron en una sola idea: Cliff la había olvidado en brazos de Rita. Entonces, ¿por qué le había hecho el amor con tanta ternura ahí mismo, tan sólo unas semanas atrás?

—¿No me crees? ¿Aspirabas a que un patricio te amara a ti teniendo a su alcance a la patricia más bella de todas? —Sam se rio estruendosamente—. Aunque mirándote bien…, tú serías muy buen postre para un aquelarre loki…

Sam se acercó sinuoso a Zeit y la miró con lascivia.

—Nos vamos a divertir mucho tú y yo. Te voy a hacer olvidar a mi hermano…

Con el aliento de un toro en brama, Sam comenzó a rozarle los pechos usando el canto de una navaja.

—¿Crees que yo fui amante de tu hermano y ahora vienes por sus sobras? —susurró Zeit con voz gélida—. Eso es lo que hacen los lokis, ¿verdad? Lamer las sobras de los arcontes.

La respiración de Sam se tornó jadeante. Levantó la mirada hacia el rostro de Zeit y hundió un centímetro el cuchillo en su carne.

—¡Asquerosa mutante! ¡Di tus últimas palabras! —masculló con los ojos extraviados por la ira y la mano firme en la herida.

Zeit respiró muy hondo, observando con fijeza a su verdugo.

—¡Cómo te despreciaba Cliff! Ahora lo entiendo.

La guarida se sumió en un silencio ominoso. Como si se hubiera congelado de pronto, Sam dejó de respirar, manteniendo inmóvil el cuchillo en la herida de Zeit. Ambos permanecieron petrificados; sólo la sangre que corría por la hoja de la navaja parecía tener vida.

—¿Que Cliff me desprecia? —preguntó Sam con voz casi inaudible.

Zeit asintió sin bajar la mirada.

—Pero él me envidiaba cuando llegó aquí; en ese momento yo iba a ser arconte. No podía despreciarme.

—Envidiaba tu suerte, pero te despreciaba a ti.

Sam retrocedió unos pasos con los ojos desorbitados. Como un poseído miró el cuchillo ensangrentado que tenía en la mano y fue a inhalar los restos de polvo blanco.

—¿Qué te contó? —dijo con el rostro contraído.

—Él sabía que no estabas capacitado para ser un arconte —dijo Zeit, incorporándose con esfuerzo hasta quedar de rodillas.

—¡No existe nadie mejor que yo para llevar esa investidura! —exclamó con vehemencia, como defendiéndose inútilmente ante un tribunal que ha llegado ya a un veredicto condenatorio.

Sam se desplomó sobre una pila de libros.

—Ahora parezco un loco, lo sé —musitó abatido—. Estoy lleno de resentimiento y rabia, pero hasta hace muy poco yo era el ideal patricio… Sólo me faltaba un paso para llegar a la cumbre… ¡Estuve tan cerca de lograrlo!

—¿Sólo siendo arconte puedes ser feliz?

—No podrías entender cuánto me embriagaba la idea de sentarme a gobernar el mundo en la mesa redonda del Consejo… Desde los quince años anhelé tener en un puño el destino de los uranos… Pero, además, ansiaba el orden y la disciplina que le impondría a mi vida la posición de patriarca. No te imaginas el bienestar que da la estabilidad y la certidumbre; saber que todo está en su sitio porque eres tú mismo quien designa el lugar a todas las cosas… Poseer la mujer y el hogar perfecto, y la jerarquía de mayor rango en la sociedad, me daba tal sensación de ligereza… Era como si me hubieran brotado alas —con un gesto de dolor rompió su alegato—. ¡No me conformo con ser un patricio! ¡Quiero tener los hilos de la madeja en mi mano!

—¿Necesitas tanto ese poder que te has convertido en una bestia por haberlo perdido? ¿No ves que el anonimato de los arcontes les ofrece un poder muy endeble?

—¡Pero si controlamos el mundo entero, imbécil! —exclamó Sam, soltando una risotada.

—Tus súbditos no te conocen y por lo tanto nadie te respeta. Tú, en la calle, no eres más que un urano cualquiera. Nadie admira tus hazañas como arconte, nadie quiere emularte; eres un desconocido. Si de pronto desaparecieras, ningún urano lloraría la pérdida de su líder.

—¡Yo iba a ser un líder!

—¿En las sombras? ¿Nunca ambicionaste que los uranos te aclamaran por tus decisiones? ¿Que te miraran con admiración? ¡Qué cobarde es un liderazgo ejercido desde un escondite!

—¡Es la única manera de estar a salvo! —profirió Sam, airado.

—¿A salvo de quién? ¿No dices que son todopoderosos?

Sam la miró atónito, como si hubiera recibido un escupitajo en plena cara.

Tirado en la grava, Cliff se abandonó al dolor. El regusto dulzón de la melancolía le abrasaba la boca, mezclándose en sus labios con la salmuera del llanto.

A pesar de los esfuerzos por enloquecer, su razón se resistía a capitular. "¿Cuánta tristeza se necesitará para vencerme? —pensó—. Si yo quiero arriar las velas, ¿por qué mi cerebro continúa razonando?".

De pronto, los recuerdos penosos de su vida cesaron y en su lugar apareció un espejismo devastador: la estampida de miles de personas huyendo de una ciudad apocalíptica. No distinguía sus rostros, pero a su paso percibió el ácido corrosivo del miedo. Los gritos y los llantos de niños y mujeres siguieron torturándolo mucho rato. "¡Eso es lo que necesito —se dijo ávido de sufrimiento—, todo el dolor del mundo para enloquecerme de una vez!".

—¿Es que deseas una catástrofe así para los uranos, Cliff? —preguntó la voz de X, por encima de los lamentos—. ¡Pues ocurrirá de un momento a otro si continúas encubriendo a los dalits! Sabemos que están fraguando una rebelión y cuando salgan a la superficie, se echarán contra los uranos como una jauría rabiosa.

—¡Ustedes crearon al monstruo! ¡Ahora todos pagaremos por ello!

—¡Habla de una vez! —cortó X, furioso—. De nada servirá tu silencio, pues tarde o temprano los vamos a encontrar. Te estamos dando la oportunidad de evitar la masacre que va a desencadenar la sublevación dalit. Apelo a tu conciencia, Cliff.

—No tengo nada que decir… Terminemos de una vez…

—Como tú quieras… Hice todo lo que pude por ti —dijo X, con fastidio—. Junto a la fuente sobresale una lápida esculpida. Dentro hallarás lo que necesitas para escapar de tu cautiverio.

Cliff caminó con pesadumbre hasta la fuente. En efecto, a la derecha se erguía una estela de mármol con inscripciones en latín. A duras penas pudo remover la pesada losa. Al meter la mano en la oquedad, palpó el frío acero de una espada. La sacó de su escondite y admiró su fina hoja de acero templado. Era hermosa, una resplandeciente amiga para cortar de tajo sus penas. ¡Qué cobardes eran los arcontes! Ni siquiera se cobraban ellos mismos la traición. Mejor así, prefería morir por su propia mano.

Se sentó en el borde de la fuente y posó la espada sobre sus rodillas. Estaba tan cansado… Muy despacio, acarició con el dedo el brillante filo y vio manar su sangre patricia, tan roja como la sangre de todos los dalits. La hendidura de su carne abierta le trajo a la memoria las cicatrices de su amada Zeit. "¡No debo recordarla! —pensó alarmado—. Pero antes de abandonar el mundo necesito mirar por última vez lo más preciado que he tenido en la vida".

Se puso de pie con la espada entre las manos y dirigió los ojos al cielo. ¿Dónde estaban las estrellas? Las luces del patio brillaban con obscena intensidad, ensombreciendo la luz de los astros. Cuánto mejor hubiera sido la penumbra para morir.

Cerró los ojos y sintió que cada una de sus células se electrizaba. Como si le quitaran los lastres que lo sujetaban a la tierra, su cuerpo se volvió ligero como el éter. Ya no tenía miedo. Haciendo un gran esfuerzo, relegó las visiones de la tortura al fondo de su mente, y evocó a su madre. Apareció su sonrisa, la tersura de su piel, el fulgor de sus ojos. "Cuánta falta me has hecho, mamá…". Pensó en Henry con un remordimiento teñido de rabia: había sido un buen padre, pero un verdugo implacable de los dalits.

Cuando elevó la espada con las dos manos, un desconsuelo abrasador le nubló el coraje. "¡Todo lo que nos faltó por vivir, Zeit! —dijo en un triste diálogo imaginario mirando el dulce rostro de la dalit a quien tanto amaba—. Perdóname, necesito pensar en ti por última vez".

Luchando por acallar las voces impuestas en su mente, comenzó a dibujar los pies diminutos, las piernas torneadas, los pequeños pechos, las manos calientes, los labios carnosos, invitantes, y los dulces ojos negros de la amada ausente. Elevó aun más alto la espada. Bastaba con dejarla caer y todo habría terminado. Tensó el brazo y permitió que el amor por Zeit colmara su corazón y su mente. Respiró muy hondo afianzando con fuerza la empuñadura, cuando de pronto tuvo una beatífica sensación de paz… El delirio cibernético que lo tenía hundido en la psicosis, había cesado. Sólo Zeit ocupaba su mente, derribando con su belleza todas las tormentosas visiones. A pesar del peligro, no pudo evitar detenerse un momento en aquel deleite. Solos él y Zeit juntos por última vez.

¡Las voces y las imágenes habían desaparecido! ¿Sería una trampa de sus torturadores o un milagro? No pudo contener la dicha y aplazó un instante su final.

—¡Cliff, responde! —escuchó un hilo de voz de X, que parecía salir del fondo de un pozo.

Pero Cliff cerró los ojos para concentrarse en Zeit y su esfuerzo mental acalló por completo la voz del arconte. ¡La evocación de su amor había derrotado a sus torturadores! ¿Qué mágico poder tenía ese sentimiento que burlaba toda la ingeniería cibernética del Consejo? ¡Había estado luchando contra lo único que podía salvarlo! ¡Qué necio había sido! Una inmensa felicidad le devolvió el valor.

¡El Consejo no podía controlar su corazón ni su pensamiento! Ahora tenía que idear cómo salir de ahí. De nada le serviría su espada contra las barreras eléctricas. Debía pensar cómo ganar tiempo para engañar a sus celadores.

—Está bien… Voy a hablar.

—Haces lo correcto. La muerte del samurái es muy dolorosa…

—Bien… Los dalits me recogieron cerca de la carretera del norte donde estrellé mi avión. Estaba muy malherido…

—Eso lo sabemos. Continúa —lo apremió X.

—Cuando me metieron en el subsuelo…

La intensa luz del patio comenzó a titilar. Cliff, extrañado, detuvo su relato.

—¿Qué están haciendo ahora?

Pero X no respondió a su pregunta. La luz parpadeó frenéticamente, pero perdía intensidad.

—¿Qué pasa? —insistió.

"Mis torturadores deben de haber descubierto la treta", pensó preocupado.

Repentinamente, las luces de todo el edificio medieval se apagaron. "¿Por qué me dejan a oscuras?" No percibía ya el menor vestigio de tortura mental, y el leve chisporroteo de la barrera eléctrica también había desaparecido, sumiendo el patio en una densa negrura.

Lanzó la espada fuera de las columnas. Nada la detuvo: ¡estaba libre! Salió fuera del perímetro antes electrificado y tanteó el suelo para recobrarla. Escuchó voces a lo lejos y corrió con todas sus fuerzas, aguzando los sentidos como había aprendido de los dalits.

Si alcanzaba la carretera, podría internarse en el subsuelo y el Consejo ya nunca lo encontraría.

El último puñetazo le había cerrado el ojo izquierdo. Hecha un ovillo en el rincón de la guarida, Zeit resoplaba casi exánime. Sabía que los golpes que ahora sólo le escocían, muy pronto empezarían a dolerle por todo el cuerpo. "No voy a levantar la cara —pensó—. Que me destroce el cuerpo, pero no le daré el gusto de desfigurarme". Esperaba en cualquier momento una nueva andanada de golpes, pero Sam no se acercó a completar su aniquilación. "¿Qué pasa?", se preguntó Zeit. Con la cabeza gacha, sólo podía escuchar los jadeos de Sam que poco a poco se iban aquietando.

Un silencio opresivo invadió la guarida.

Después de la brutal estridencia de los minutos previos, el sosiego comenzó a desquiciarla. "¡Que grite, que me pegue; lo que sea, pero que no se detenga ahora…! ¡No quiero recordar, no quiero pensar en lo que le hice a mi hermano, a mi gente…! ¡Por culpa de ese amor maldito que me unió a un patricio, los míos no podrán salir del inframundo! ¿Por qué no me pega más?! ¡¿Por qué no me mata de una vez?".

—¡No te detengas! —gritó Zeit, provocadora.

Sam callaba, pero ella podía escuchar su respiración agitada.

—¿Por qué no me matas, imbécil? ¿Ni eso puedes hacer?

Zeit esperaba ansiosa una respuesta de su verdugo.

—No voy a matarte... ¡No…! Acabo de entender que tú eres mi arma contra Cliff. Voy a denunciarlo ante el Consejo y tú eres la prueba de su traición. Serás mi testigo contra él… Estoy seguro de que el Consejo me premiará por esto. Voy a recuperar el puesto que Cliff me robó.

Pero Zeit estaba dispuesta a morir antes que dejarse llevar por Sam.

Giró la cabeza despacio, buscando un hueco para arrojarse al río. Con el ojo izquierdo percibió el tenue destello de la linterna sobre la figura de Sam, que la miraba con ojos delirantes, cuando de pronto se dio cuenta… "¿Estaré volviéndome loca? —se preguntó. No pudo contener un grito de alborozo al ver que el resplandor de las luces de la ciudad había desaparecido—. ¡¿Será posible que Cotto haya logrado sabotear el toroide?! ¡Debe de ser eso, la ciudad jamás ha estado a oscuras! ¡Lo hemos logrado!". Un inmenso júbilo le hizo olvidar por un momento que era la prisionera de un patricio desquiciado por el odio y las drogas.

—¿Qué te pasa ahora? ¿Te asusta dejar tus mazmorras para venir conmigo a la ciudad? —se burló Sam.

La situación había dado un vuelco de trescientos sesenta grados; ahora debía vivir para librar la guerra que se había declarado con el apagón. Tenía que ganar esta descarnada batalla con el patricio para relevar a Rudra. De golpe, una energía incontenible le subió por todo el cuerpo. Pero debía ser cautelosa, tendría pocas probabilidades de vencer a Sam; un movimiento o una palabra en falso lo arruinarían todo.

—¿Me vas a llevar contigo? —dijo Zeit, fingiendo una voz exangüe.

—Sí. Nos iremos cuando amanezca.

Sam no parecía haber notado la ausencia de luz eléctrica. Sentado sobre una pila de libros, miraba con perversa delectación los esfuerzos de Zeit por incorporarse.

—¡Qué mujer tan singular eres! He torturado a varias uranas y se quiebran enseguida, pero tú…

—Te gusta que griten cuando las azotas, ¿verdad? —preguntó Zeit, con tono desvaído—. ¿Eso te excita?

—Sí… Pero más me excitas tú que resistes el dolor como si te provocara placer… Te da placer, ¿verdad?

Zeit lo miró de soslayo.

—¿Así te trataba mi hermano?

—No. Él era suave, delicado.

—Pero a ti te gusta la rudeza, ¿no es cierto? Lo veo en tu mirada.

Zeit guardó silencio. Intentaba abrir un poco el ojo izquierdo para ver con mayor claridad al patricio. Ya no bramaba. Parecía relajado, entretenido con su juego. A pocos centímetros, su cuchillo reposaba en el suelo… Si pudiera agarrarlo sin que él se diera cuenta…

—Contéstame… ¿Te gusta ser dominada?

Zeit se incorporó un poco para responder:

—Nadie me había tratado así… —dijo en un susurro—. Ni nadie me había mirado de esta manera.

—¿Cómo te miro?

—Como si quisieras adueñarte de mí —dijo Zeit con voz débil—. ¿Es eso lo que quieres?

Sam susurró, electrizado.

—Sí… Te llevaré conmigo, y después de que testifiques en el Consejo, te encerraré para hacerte mi esclava… Serás sólo mía… Únicamente Cliff sabrá que soy tu dueño —dijo Sam, deleitándose con sus palabras.

—Sí… Sufrirá mucho cuando lo sepa.

Sam la miró como poseído por un delirio.

—¿Y serás siempre tan impetuoso como ahora? —preguntó Zeit, arrastrándose con las rodillas hacia Sam—. ¿Tan fuerte?

—Te castigaré cuando te portes mal… y te va a gustar… Pero luego te voy a mimar y eso también te va a gustar —desvarió Sam, con la mirada vidriosa, y extendió su mano indicándole el camino a Zeit, que poco a poco ganaba terreno a cuatro patas.

Unos centímetros la separaban de Sam; podía oler su sudor, su aliento espeso, y mirar aquellos ojos azules que la observaban con enardecida ansiedad. La mano del patricio seguía extendida, esperando tocarla de un momento a otro. Sam no parecía tener prisa; disfrutaba viéndola avanzar torpemente, con las extremidades maniatadas y el rostro tumefacto y sucio.

Zeit no despegó ni un momento la vista de los ojos anhelantes de Sam. Tenía que prolongar esa suerte de flujo hipnótico unos segundos más; estaba muy cerca de cortar la soga de sus manos con el cuchillo que había logrado coger en su penoso avance… Faltaba tan poco…

—Arrástrate un poco más…

—¿Así? —susurró Zeit, al tiempo que lograba cortar las ataduras de sus muñecas.

—No tengas miedo, ven… —dijo Sam, cuando un ruido agudo le hizo girar la cabeza.

Aprovechando la distracción de su verdugo, ella levantó el puñal por encima de su cabeza.

—¡¡No!!

La voz de Cliff paralizó su mano y se volvió para mirarlo, pero cuando comenzaba a bajar el puñal, vio por el rabillo del ojo, que Sam se abalanzaba sobre ella para arrebatárselo.

—¡Zeit, cuidado! —gritó Cliff horrorizado.

Eclipsada por un rapto, sin pensarlo un instante, clavó el puñal muy hondo en la garganta de Sam.

Cliff corrió hacia él. Tomó su cuello ensangrentado entre las manos y contempló con horror que su hermano exhalaba el último aliento.

—¡Sam! —exclamó en un grito de impotencia.

Zeit se desvaneció extenuada.

Cliff lloró con la angustia y el horror hendidos en el pecho acariciando el rostro de su hermano muerto.

—Lo siento, era mi vida o la suya… —dijo Zeit, casi en un suspiro.

—Lo sé… No tuviste alternativa.

Los brazos de Cliff rodearon el abatido cuerpo de Zeit y un llanto angustioso fue uniéndolos de nuevo. Cliff buscó los labios de ella y en sus besos sintió que recobraba la vida.

—Siempre tuviste razón, Zeit… Estaba ciego.

—No es fácil reconocer la verdad… Vámonos… Más tarde daremos sepultura a tu hermano.

El rocío se colaba por el techo de la guarida; pronto amanecería. A lo lejos ululaban las sirenas de patrullas, ambulancias y camiones de bomberos, anunciando que el caos se había apoderado de la ciudad.

Desde lo alto de la torre, miraron el impetuoso relámpago que surcó los cielos iluminando la ciudad por unos instantes. Una lluvia pertinaz y sanadora marcaba el comienzo de la guerra.

Al internarse por las calles, encontraron la ciudad convertida en un pandemónium. Donde horas atrás había imperado el orden y el silencio, ahora bandadas de dalits atronaban con sus gritos e imponían su anarquía. Primero tímidos, y más tarde eufóricos, los topos se habían adueñado de avenidas y callejones, levantando barricadas y hogueras. Ráfagas de metrallas y estruendos de balas se escuchaban a lo lejos, con una intermitencia sincopada. Las atarjeas volcadas casi en cada calle, y los respiraderos abiertos descaradamente de par en par daban la sensación de que el subsuelo nunca hubiera sido la prisión de los dalits. ¡Pensar que hasta hacía sólo unas horas la barrera construida con pólvora y miedo había logrado contener a miles de dalits cautivos en el subsuelo!

Contagiados por el alborozo del nuevo mundo que despertaba, Zeit y Cliff caminaron con bríos renovados.

Al percibir a lo lejos un familiar tintineo metálico, Zeit se separó de Cliff para aguzar el oído.

—Escucha… ¡Son Cotto y Rudra!

Desde el sur comenzaban a propagarse las percusiones del titán. En postes, bordillos, vallas, coches y todo material donde pudiera tañirse el grito de libertad, los dalits contestaban los acordes musicales de Cotto. Respondiendo al golpeteo que crecía impetuosamente, los cuerpos de los dalits ateridos durante años, bailaban al ritmo poderoso y sensual de la música libertaria.

Zeit y Cliff apresuraron el paso buscando el origen de las percusiones que hacían vibrar la ciudad.

—¡Somos libres! —gritó Zeit. Era la primera vez en su vida que se atrevía a gritar en la superficie del mundo.

Cliff la atrajo hacia él y se besaron contagiados por el paroxismo de la nueva era que había nacido.

Glosario

DALIT: Habitante del subsuelo, perseguido por el Consejo.

URANO: Habitante de la superficie, protegido por el Consejo.

CONSEJO MUNDIAL: Órgano supranacional que gobierna al mundo en el anonimato.

ARCONTE: Miembro del Consejo.

PATRICIO: Familiar de un arconte.

LOKI: Patricio que se organiza en grupos paramilitares.

PROTECTORADO: Urbanización cercada en los suburbios, donde viven los uranos.

THUG: Ser sanguinario que vive en la superficie, organizado en clicas o pandillas, escapando de los gurkhas.

GURKHA: Policía del Consejo.

CLICA: Pandilla en las que se organizan los thugs.

RUMAL: Cinta con la que los thugs asfixian a sus víctimas.

BELENUS: Sustancia gelatinosa que brilla en la oscuridad; se origina por la descomposición de los cadáveres en las cuevas del subsuelo.